EL SUMARIO

EL SUMARIO

FRANCISCO MARCO

◐ UMBRIEL

Argentina – Chile – Colombia – España
Estados Unidos – México – Perú – Uruguay

Todavía encontraréis por los alrededores de Madrid, en la cuneta de un camino, al pie de un vallado, en los arriates de los árboles y aun en pleno campo, entre los surcos, hojas sueltas del archivo de las Salesas.

La letra curialesca os atraerá. (…) ¿Qué dirán? ¿Qué delito descubren? ¿Qué expoliación amparan? Si tratáis de descifrarlos hallaréis un solo párrafo empedrado de gerundios, sin principio ni fin, porque un folio no basta para desenvolver en palabras ninguna idea jurídica. El principio y el fin están carbonizados, y los otros folios los desparramó el viento.

Esas hojas, mustias ya por la lluvia, compañeras de los terrones campesinos y de los detritus ciudadanos, pueden decir que han vivido. Aunque se pierda para siempre el documento probatorio, ¡bien fugadas están! Lo que ellas probaban, ¿qué trabajo les cuesta a los hombres de la curia volverlo a probar?

Luis Bello. *Ensayos e imaginaciones de Madrid.* 1919.

Para Melissa, gracias por ser, por estar
y por devolverme la confianza en el amor.

UNAS PALABRAS DEL AUTOR...

P or insignificante que sea un sumario judicial, nunca se sabe qué secretos puede ocultar. Por eso, cuando hace cinco años conseguí el sumario original de la causa 326 de 1908, una demanda de paternidad contra el rey Alfonso XII, junto a unas notas manuscritas por el intendente de la Casa Real, que también era su abogado, me pusieron sobre la pista de lo que intuí que podría ser una buena historia. Los documentos, ennegrecidos, parcialmente quemados y apergaminados, describían una guerra judicial a la que se había enfrentado la Corona Española durante años. La verdadera sorpresa llegó al descubrir que el Tribunal Supremo había sufrido un incendio en 1915 y que estos documentos deberían haberse perdido. Sin embargo, ahí estaban, sobre mi mesa de trabajo, desafiando la historia oficial.

Tiempo después, supe que en 1994 la Policía Nacional había intervenido judicialmente una subasta de arte por anunciar al mercado una pintura de Juan Antonio Escalante *Abraham y los tres ángeles*, que, supuestamente, también había desaparecido aquel fatídico día. Igual ocurrió con otro cuadro, de 7,30 metros de largo y 4,62 de alto, llamado *El desembarco de Fernando VII en el puerto de Santa María*, pintado por José Aparicio Inglada, que se localizó tiempo después del incendio en el museo del carlista marqués de Cerralbo. El cuadro se había troceado para ocultar la pose de uno de los personajes retratados. Investigando, me sorprendió conocer que el propio marqués estuvo vinculado a un delincuente que había salido de prisión un año antes de la catástrofe. Entonces, profundicé más en la investigación, que durante mucho tiempo se convirtió en mi obsesión personal.

En el año 2021, llegué a la conclusión de que alguien había ordenado incendiar el Palacio de las Salesas, donde se guardaban todos los sumarios judiciales. Se me presentaba la oportunidad, más de cien años después, de descubrir quién había estado dispuesto a destruir la historia de España para ocultar sus propios crímenes. Intenté corroborar mis sospechas con la prensa de la época, pero lo máximo que encontré fueron rumores y alguna que otra acusación que vinculaba el fuego con la corrupción política que imperaba en Madrid en los años previos a la Segunda República, bajo la regencia de Alfonso XIII.

Entonces, un día, mientras seguía con el problema sin resolver en mi mente, llegaron a mis manos otros documentos que revelaron la verdad. Esta es su historia.

PRIMERA PARTE

PRÓLOGO

«¡FUEGO!», GRITÓ UN NIÑO

Era el 4 de mayo de 1915, y Madrid se encontraba al borde de un incendio que amenazaba con devorar el Tribunal Supremo y los secretos más oscuros de la historia criminal de España. En un túnel sombrío que unía el Palacio de Justicia con la iglesia de Santa Bárbara, un pícaro corría a toda prisa, aferrando en sus manos un sumario que podría hacer tambalear los cimientos de la monarquía española. Este relato, guardado por más de un siglo, fue descubierto por quien esto escribe en las notas de un joven periodista llamado Alonso Torquemada, desvelando esta historia que, durante casi ciento nueve años, ha permanecido en la oscuridad.

El hombre, vestido con una toga de abogado manchada de polvo, luchaba por respirar mientras aceleraba sus zancadas por el pasaje secreto construido por Fernando VI para sus encuentros ilícitos, hasta que tropezó y cayó, dispersando su botín a su alrededor. Al poco, recobró el sentido, se levantó, recogió la antorcha del suelo y, de repente, dos cráneos infantiles aparecieron ante él, recordándole que su huida era una cuestión de vida o muerte. Al contemplar las calaveras, desprovistas de carne y cabello, asumió que pertenecían a bebés nacidos bajo la sombra del estigma y la vergüenza. Apartó la mirada como si le hubieran arrojado ácido. Luego, llevándose la mano a la frente, notó algo viscoso, probablemente sangre, y se sobresaltó. La piel le ardía y olía a quemado. El dolor lo doblaba en dos y casi le impedía andar, pero se juró a sí mismo que nada lo detendría. Si había logrado llegar hasta allí, un poco de sangre y algunas quemaduras no serían obstáculo para salvar su vida y salir de la miseria.

Con prisa, se despojó de la toga negra cubierta de hollín y la arrojó al suelo. Cerró los ojos e intentó concentrarse, escuchando entre la bruma de humo que comenzaba a llenar el túnel. El pulso marcó las venas de su frente, que comenzaron a palpitar a toda velocidad. De repente, como si el aroma del eucalipto invadiera su mente, abrió los párpados de par en par y giró sobre sí mismo en busca de las pertenencias que había ocultado bajo una manta polvorienta y que se habían esparcido por el suelo. A su izquierda, localizó el valioso cuadro que antes adornaba las paredes del Tribunal Supremo; un poco más allá, el sumario judicial parcialmente quemado; junto a sus pies, un estuche de cuero que contenía un collar de oro con la palabra «justicia» grabada. Sabía que estaba cerca de su objetivo, pero todavía no había escuchado la señal que le iba a permitir escapar con vida.

Reunió todo lo robado bajo la manta y se preparó para continuar con la huida. Contuvo la respiración, intentando captar, de nuevo, alguna señal que indicara si el incendio, que había estado devorando las entrañas del edificio durante un tiempo, había sido descubierto. Pero reinaba solo un silencio sepulcral. Tras avanzar diez pasos, vio un punto de luz y esperó. De repente, la calma se rompió con el grito desesperado de un niño: «¡Fuego!». Eran las doce y cuarenta y siete del mediodía.

Arrancó a correr por las escaleras que ascendían hacia la iglesia de Santa Bárbara, sintiendo que resonaban con su respiración agitada al alcanzar el final del trayecto. Casi había logrado su propósito. Al llegar arriba, se ocultó junto al ornamentado sepulcro de Fernando VI. Desde su escondite, observó a unos sacerdotes corriendo de un lado a otro, despavoridos. Pensó que no podría escapar con el cuadro intacto. Lo posó sobre el suelo, quitó el marco y, con una navaja, comenzó a trocearlo. Pocos minutos después, el latido rápido e intenso que marcaba un ritmo desesperado en su sien empezó a ralentizarse. Y entonces, otro grito, la señal definitiva: «¡Fuego!».

Sin perder tiempo, se levantó y, tras una rápida ojeada a su alrededor, se lanzó a correr por el interior de la iglesia hasta llegar a la calle, que empezaba a llenarse de curiosos. Poco después desaparecía en las calles de Madrid, mientras las llamas comenzaban a devorar las paredes del Palacio de Justicia y un secretario del Tribunal Supremo se preparaba para morir.

1

PÁNICO Y MUERTE
EN LAS SALESAS

Poco después del atroz alarido infantil que alertó sobre el humo ascendiendo desde el interior del Palacio de Justicia, las nubes descargaron plomo sobre los tejados de la ciudad y los pájaros huyeron de la plaza de las Salesas. El reportero Alonso Torquemada llegó justo en ese instante, cuando una columna de humo se alzaba desde la fachada que daba a la plaza de la Villa de París, en la esquina con Marqués de la Ensenada. Sacó su libreta de tapas negras y, con letra minúscula y una ansiedad juvenil, comenzó a anotar detalles sobre los olores a plomo y zinc que penetraban su mente, sobre las miradas enrojecidas de los transeúntes y sobre el miedo de los abogados que huían del fuego, con las togas enredándose con sus zapatos llenos de polvo. Tituló su artículo «Pánico y muerte en las Salesas».

Después de sortear la multitud que comenzaba a agolparse en la zona, se plantó frente al edificio como si fuese un pintor delante de un lienzo, mientras a su alrededor reinaba una confusión espantosa. Se sentía algo mareado, tanto por el licor de absenta que corría por sus venas como por el manto de humo que cubría la ciudad. A pesar de ser pequeño y delgado, y de vestir un traje gris desgastado cubierto por una capa apolillada que ocultaba su angosta barba, de sus ojos azules emanaba la sabiduría de los libros. Un guardia se le acercó y, de manera brusca, lo apartó.

—Agente, soy reportero de *El Imparcial* —declaró Torquemada.

—Ni reportero ni nada. Aquí no pasa nadie. Son órdenes de la superioridad. Póngase ahí, a un lado, junto al resto de los periodistas.

Torquemada miró a su derecha y vio a un grupo de hombres trajeados, con sombreros calado, que parecían una manada de ovejas mansas. Sus trajes, aunque de corte elegante, mostraban signos de desgaste, con los bordes de los pantalones ligeramente deshilachados y las solapas de los abrigos brillando por el uso. Sus sombreros, de ala ancha, eran el refugio perfecto para ocultar el estrés de su mirada bajo la sombra. Las corbatas, casi todas sin anudar, los mostraban como obreros de la tinta. En sus manos, como si posasen para una fotografía, sostenían cuadernos de notas y lápices, pero permanecían inmóviles ante la tragedia que se desplegaba ante ellos.

Torquemada miró de nuevo al policía y sintió un profundo desprecio mientras buscaba una forma de colarse, a solas, en el centro de la acción. Finalmente, decidió entrar en el Café de las Salesas, frente al Palacio de Justicia, desde donde pudo observar toda la tragedia de aquel día aciago.

«Las llamas, aún ocultas, crepitaban en las paredes cuando los letrados Ángel Ossorio y Gallardo, Félix de Eznarriaga y Cierva conversaban tranquilamente en el Colegio de Abogados. De repente, se oyeron voces de alarma y el humo se transformó en un voraz incendio que descendía del último piso, próximo a la residencia de los empleados del tribunal, hacia el archivo de los expedientes judiciales. Eran la una de la tarde», escribió Alonso Torquemada en la primera libreta dedicada al incendio de las Salesas, la cual, tras ser descubierta, se convertiría en su propia biografía. Horas después, solo quedaría desolación. Fue el incendio más devastador ocurrido en Madrid en el último siglo.

—¡Ossorio, cuidado, cae plomo del techo! —gritó Torquemada desde la puerta del Café de las Salesas al letrado que escapaba del Palacio de Justicia.

El periodista agitaba las manos para llamar la atención del abogado, al que apenas conocía, y volvió a gritar:

—¡Cuidado, Ossorio, cuidado!

Nadie lo escuchaba. Miró hacia la izquierda del edificio, hacia la plaza de la Villa de París, y vio que la espiral de humo lanzaba chispas de fuego. Parecía surgir desde debajo de la torre del reloj y por momentos se hacía más denso. De repente, los cristales estallaron y, con horror, observó cómo el techo se partía, dejando pasar un torrente de llamas. Se lanzó hacia el Palacio de Justicia a la carrera, pero al intentar cruzar la calle, un guardia se interpuso en su camino.

—¡Eh, usted! ¿Acaso quiere morir? ¡Retroceda! —le ordenó el agente.

Torquemada masculló varios insultos y, apesadumbrado por no poder hacer más, regresó a la entrada del café. Pronto vio salir a otros letrados en estampida, con sus togas llenas de ceniza, cruzando la calle para ponerse a salvo. Un nuevo grito alarmó al periodista justo cuando el secretario de la Sala Segunda del Tribunal Supremo, José María Armada, emergía del infierno tosiendo y dejaba caer el expediente que sujetaba. Nadie sabía aún que Armada moriría ese día. Torquemada intentó de nuevo correr hacia la puerta cuando el guardia, una vez más, se lo impidió.

—¡Usted, maldita sea! Entre al café, no se lo repetiré. O me obedece o lo arresto aquí mismo —le advirtió el guardia, empujándolo.

Alonso, ignorando la advertencia, levantó la vista y comprobó que el fuego ya formaba un anillo anaranjado que recorría las cuatro fachadas del edificio, como si fuera un faro para la capital. Se giró al oír nuevos gritos detrás de él y vio acercarse a un anciano vestido con modestia.

«Un guardia atontado intentó detenerlo, sin reconocer al señor Aldecoa, presidente del Tribunal Supremo, que, tras identificarse, cruzó el umbral con el gentío, exigiendo responsabilidades. La multitud apenas pudo ser contenida por los agentes de seguridad que formaban un cordón», narró Torquemada en un relato que describe el caos humano que se agolpaba en la plaza. Entre la multitud había bomberos, barrenderos, guardias, obreros y señoritos, todos formando una larga fila que trasladaba documentos desde la fiscalía a la casa colindante del señor Rives. «Los empleados del Tribunal Supremo lloraban desconsolados tras haber perdido sus hogares y sus humildes pertenencias. Una vez rescatados todos, un sargento de la Guardia Civil bajó a los calabozos para poner a salvo a un recluso acusado de violación. A este preso, al día siguiente, se le concedería la libertad provisional, a pesar de que algunos periodistas lo señalaban como el autor del incendio», escribió. Este preso sería el primero en la lista de sospechosos que el periodista elaboraría durante su investigación, y que más de cien años después me ha permitido reconstruir los hechos.

Torquemada aprovechó el momento de confusión para cruzar hacia la calle Bárbara de Braganza, donde vivía Guillermo del Valle, el niño que había avistado el fuego, y le preguntó por el origen de las llamas.

—Salía una densa humareda por allí —dijo el padre del niño, apuntando hacia lo que Torquemada reconoció como las ventanas de la Sala Primera del Tribunal Supremo.

Estaba a punto de agradecerle la información cuando el reloj de las Salesas se derrumbó, causando un estruendo, que le pareció una bomba, al convertirse en un amasijo de hierros. Poco después, los muros comenzaron a resquebrajarse mientras los empleados sacaban al exterior los pocos muebles, cuadros, libros y documentos que habían sobrevivido al desastre. «Se han salvado todos los libros de la biblioteca, algunas obras de arte y muebles. ¡Cuántos antecedentes, pruebas, litigios, informes, trabajos de abogacía y causas extensas e importantes se han perdido!», lamentan sus libretas. El *Cristo* de Alonso Cano fue consumido por las llamas cuando el Palacio de Justicia hervía como una caldera.

—¡Eh! —gritó Torquemada al guardia—. En lugar de preocuparse por mí, preste atención, están robando —dijo mientras señalaba a un hombre que acababa de tomar un candelabro y corría desesperadamente lejos del lugar.

«Los guardias, más de porra que de pensamiento, detuvieron a un rata con un candelabro que afanó al descuido de la puerta del Palacio de Justicia, pero lo peor estaba por llegar», escribió, recordando que, en un acto quijotesco, el secretario del Tribunal Supremo, José Armada, pálido y desencajado, arrancó de nuevo hacia el interior del edificio cuando la columna de fuego se había apoderado de la escalera principal y el fuego campaba de un lado a otro.

José María Armada, «soltero, de misa y obligaciones diarias», subió a su despacho, a pesar de los gritos de los bomberos que intentaron impedírselo. Tomó una causa vieja, cosida con grueso hilo, y a duras penas comenzó a descender. Había perdido mucho tiempo y el fuego se deslizaba por el papel que inundaba las estanterías de la estancia cuando ganó la calle. «Lo vieron toser, doblado sobre su torso. Lo describieron como un hombre con la cara grisácea como si la muerte estuviese a punto de sucumbirle. Otros dijeron que tenía el rostro blanquecino, cerúleo, casi fantasmal, cuando dio dos pasos, se derrumbó y cayó al suelo. No respiraba y su rostro parecía amortajado, casi momificado, cuando el mármol contra el que chocó se llevó su vida. El secretario había muerto, pero su alma nunca desaparecería del Palacio de Justicia, esperando ver la cara del rata que lo había quemado».

En el caos, Torquemada logró eludir al guardia, entrevistando a varios testigos y abriéndose paso entre la multitud. La noticia del incendio se había esparcido por Madrid con la rapidez de las llamas en el Palacio de Justicia. Aún cubierta de humo, la ciudad convertía la tragedia en tema de conversación en cada rincón. Las especulaciones iban desde simples accidentes hasta teorías conspirativas relacionadas con los anarquistas o con desavenencias políticas.

A las tres y cuarto, cuando los dejó atrás y ya se marchaba hacia la redacción de *El Imparcial* para escribir la crónica de la jornada, vio un automóvil inmenso que marchaba lentamente por la calle Fernando VI. Se acercó y en su interior reconoció a la reina María Cristina, madre del rey Alfonso XIII. El coche circulaba lentamente como si quisiese comprobar que las noticias del incendio eran reales. Torquemada frenó su propia respiración mientras las ruedas rodaban lentamente frente a él y el moño escarpado de la reina madre pasaba a cámara lenta. «¿Qué hace aquí?», escribió.

Aún sorprendido, decidió cambiar su rumbo y dirigirse, de nuevo, a la plaza de las Salesas para continuar investigando. «Fue en esos momentos cuando comprendí que el incendio ocultaba algún secreto», narró. Algo en el rostro de la reina María Cristina se quedó grabado en su memoria. «¿Era preocupación, miedo o simple curiosidad?», se preguntaba el periodista. «Había algo más en sus ojos, una mirada perdida que no podía descifrar».

A medida que se acercaba de nuevo a la zona, el aroma del humo se intensificaba y la multitud se volvía más densa. Fue entonces cuando Candela, una colega de *El Imparcial*, lo abordó con noticias sobre un documento que podía alterar el rumbo de la monarquía.

—¿Has visto? —preguntó ella, con un tono de voz cargado de emoción—. Hablan de que hay un sumario sobre unos hijos adulterinos de Alfonso XII que se ha quemado en el incendio y que contenía algún documento que, de encontrarse, pondría en duda la legitimidad de nuestro rey.

Torquemada la miró intrigado. Le pareció «un dibujo de óvalo perfecto y sonrisa diamantina. La profundidad de sus ojos rasgados, casi azabaches, su piel tostada, su melena castaña y esa mirada felina que se transformaba cuando sus ojos se cruzaban en algo pacificador. Sus piernas, largas, infinitas, parecían sacadas de una compañía de balé y su torso de un salón de belleza parisino, mientras sus labios anchos y perfilados prometían unos besos que, por enigmáticos, hacían suspirar toda la redacción. Pero hay algo intrigante en Candela que me rechina, como una tiza en la pizarra», escribió.

—Tienes que darme más detalles, ya sabes que ando tras el rey desde hace tiempo —contestó Torquemada—. Pero ahora no es el momento, Candela, los guardias están tratando mal a la prensa y tú no tienes aspecto de reportera. Deberías irte.

—Si tú puedes, yo también, Alonso. No soy una niña pequeña a la que necesites proteger. Así que tú sigue buscando testigos para tu crónica que yo continuaré con los míos. Y ya veremos quién de los dos acababa en la primera página o en la tercera.

Él asintió con una sonrisa en los labios.

—¿Alguien sabe dónde está el rey? —preguntó Torquemada—. Debería estar aquí, es una desdicha mayúscula como para no venir.

Ella negó con la cabeza y poco después se despidieron para continuar con su competencia habitual.

«El rey Alfonso XIII, quien debería haber estado al frente de la tragedia, llegó tarde al desastre, generando rumores y descontento», escribió Torquemada en su libreta cargada, en su estilo inconfundible, de la ironía y el cinismo que durante años marcó la narración de sus artículos. «El fuego no discriminó entre sumarios de realeza o plebe, dejando solo ruinas y recuerdos en un incendio cuya tea tiene origen criminal».

La versión oficial afirmará que el incendio fue fortuito. «Nadie se la cree, y muchos ya hablan de que el fuego trataba de purificar un alma impura cuya vida iba a cambiar radicalmente si no se perdía su sumario judicial», narró el reportero. Lo único cierto, hasta estos momentos, es que muchos papeles de sumarios a medio consumir se deslizaron por la niebla de fuego de Madrid, negándose a posar en el suelo mientras un delincuente consumaba, sin testigos ni informantes, su último gran robo.

Y así quedó el relato, grabado en las páginas de las libretas de Alonso Torquemada, de una ciudad que nunca olvidaría el día en que ardió su historia criminal. Un misterio, un secreto y un fantasma que, ciento nueve años después, camina por el subsuelo del Tribunal Supremo, ululando justicia.

2

ALONSO TORQUEMADA

«Anoche circuló el rumor de que han sido detenidos e incomunicados dos individuos sobre quienes recaen sospechas de que fuesen los autores del incendio», escribió al día siguiente Torquemada. Junto a la nota apuntó el apellido: «Fernández» y, renglón seguido, «guardia». Con la información, se dirigió hacia la calle Duque de Alba, donde el diario *El Imparcial* tenía su redacción.

De reojo miró el cielo de un color gris plomizo que rehusaba dejar atrás el humo del día anterior. Se arropó con la capa apolillada y entornó los ojos al comenzar a correr. Temía no llegar a tiempo para el cierre del diario y que su crónica se perdiera en la basura. El director le había encargado una pieza sobre las fiestas de San Isidro que se celebrarían diez días después, pero el periodista se negaba a abandonar la investigación del incendio por un reportaje social, más aún si tenía la exclusiva de que el incendio no había sido fortuito.

Apenas se vislumbraba el sol, que luchaba por colarse entre la maleza, cuando llegó al parque del Retiro. La primera vez que lo había visitado, le pareció un cuadro de Monet que capturaba la esencia de una sociedad que buscaba belleza y serenidad, en medio de la decadencia de un país que acababa de perder una guerra y sus colonias. Tras el incendio todo había cambiado, y el follaje le pareció sucio y oscuro. Madrid nunca volvería a ser lo mismo tras el fuego de las Salesas.

Esa mañana había desayunado porras con dos vasos de absenta, su régimen alimenticio habitual, pero ni con eso consiguió sentirse bien; el recuerdo de su amor de juventud martilleaba en su sien. Desde su muerte, la vida le parecía «una camisa dos tallas menor sobre la barriga de un bebedor de cerveza». A pesar de ello, sonrió al cruzarse con dos jóvenes que se robaban un beso inocente en los labios y casi se detuvo para observarlos, pero su ansia por escribir lo obligó a acelerar aún más el paso. Se cruzó con una estatua que dominaba el lugar y pensó en cuándo sería el mejor momento para narrar todas las historias que sabía sobre Alfonso XIII, a quien culpaba de la muerte de Catalina; pero sus libretas tardarían semanas en revelar esa parte de la historia que tanto marcaría su vida.

Se veía a sí mismo como un pintor de la ciudad, un esteta que detestaba la segregación de clases y sexos y que se veía constreñido en su escritura. Sin embargo, tomaba notas de todo lo que captaba su interés en su libreta, soñando con el día en que pudiera escribir un libro sobre la vida en Madrid. Sus observaciones abarcaban desde las solteronas acompañadas por sus chaperonas hasta las relaciones clandestinas con prostitutas de lujo, capturando el pulso de una ciudad que esa mañana había amanecido sombría, a pesar de la reciente liberación de las formas y modas parisinas, más osadas que las de aquella España remilgada y curial.

Veinte minutos después, llegó a la puerta del diario. Ascendió a la planta principal por la escalinata, cuya alfombra de terciopelo dejaba ver la blancura del mármol, y cruzó el vestíbulo hasta la redacción. Casi sin respirar, suspiró al no escuchar las ocho rotativas, que dos pisos más abajo bramaban al devorar las bobinas de papel cuando el diario empezaba a imprimirse. Todavía tenía tiempo para escribir su pequeña crónica. Se sentó a una de las mesas y garabateó el artículo con un lápiz en tan solo quince minutos. Levantó la mirada hacia su derecha, donde Luis López Ballesteros, el director, tenía su amplio y lujoso despacho. Al comprobar que estaba solo, se plantó en la puerta.

—Don Luis, han detenido a dos hombres por el incendio del Supremo.

—Pase, Alonso, pase —contestó el director de *El Imparcial*, al que Torquemada había descrito como: «Liberal, apegado al poder, culto, muy culto, de pluma afilada y verbo cortante. Sus cejas parecen un mostacho frondoso pegado a una cabeza despoblada»—. Al grano, que nos conocemos y hoy tengo muchas cosas que hacer.

Torquemada le resumió la noticia a la espera del plácet para llevarla al linotipista, que teclearía el texto para introducirlo en una de las seis páginas del diario del día siguiente.

—Esa es la noticia, don Luis. Alguien quemó el Tribunal Supremo y han capturado a dos hombres. Y el gobierno no ha hecho nada por esclarecerlo, ya que no le interesa...

—Detenidos de los que no se sabe ni siquiera la filiación, ¿verdad, Alonso? —preguntó el director.

—Pero la sabré. Lo importante es que no ha sido un accidente...

—No me irrite, Torquemada, que hoy no es el día para caldear a la población. Candela ya ha escrito una crónica, que es la que mañana llevaremos a la portada.

Torquemada entornó los ojos con odio.

—El puñetero incendio ha sido fortuito y mañana publicaremos las manifestaciones del rey, que hoy ha despachado con el presidente del Consejo, sobre las consecuencias del incendio y la necesidad de honrar al secretario ese que murió —añadió el director.

—Armada, don Luis. Se llamaba José María Armada y era secretario del Tribunal Supremo.

El director negó con la cabeza, acostumbrado a las impertinencias del redactor, y golpeó con la mano al aire, dándole a entender que no había nada más que hablar, pero Torquemada no pensaba darse por vencido.

—El problema, don Luis, es que este es un diario liberal con un público burgués temeroso de movimientos obreros y nuevos nacionalismos...

—No me provoque, Torquemada. Este diario lo fundó Eduardo Gasset y se ha convertido en el periódico más influyente de Madrid.

—Sí, claro, por su tibieza al tratar asuntos de la corte y del gobierno. Esta es una gaceta aburrida y complaciente con el poder, don Luis, dicho sea con todos los respetos.

El director enrojeció de ira.

—¡Maldita sea, Torquemada! Si no quiere terminar escribiendo folletines en su casa, váyase ahora mismo a su mesa, recoja sus cosas y salga a la calle a buscar noticias de verdad, pero antes escriba algo sobre cómo será el proceso de reconstrucción del Palacio de Justicia. Los sucesos como este incendio no necesitan tanto bombo. Eso lo dejamos para la política.

El periodista calló, consciente de que poco a poco las cosas cambiarían, ya que la opinión pública estaba cada vez más ávida de información. A pesar de sus escasos treinta años y de que todavía no tenía grandes exclusivas, se había convertido en un referente en el periodismo, intentando profundizar en sus investigaciones y abordar las causas y consecuencias políticas de los sucesos. Salió del despacho a tiempo de escuchar las últimas palabras de su director:

—¡Y no se olvide de las fiestas de San Isidro!

Poco después, escribió una crónica más adecuada a lo que su director querría y dejó la redacción con el peso de la información censurada sobre sus hombros. La noche anterior se había enterado de que algunos policías también dudaban de la casualidad del incendio del Tribunal Supremo, a pesar de que oficialmente se había iniciado una investigación para cerrar el caso cuanto antes. «Si alguien lo incendió, fue para ocultar un sumario que necesitaba que desapareciese», escribió en su libreta. Madrid bullía con rumores sobre el origen del fuego, y Torquemada quería reunirse con una de sus fuentes de información habituales para arrancarle la verdad.

Caminó hacia la Puerta del Sol, donde un niño vendía diarios a voz en cuello. *La Correspondencia de España*, un diario conservador y competidor de *El Imparcial*, titulaba ese día: «¡Formidable incendio en el Palacio de Justicia!». A pesar de su antipatía por los conservadores, Torquemada compró un ejemplar, consciente de que la familia del niño dependía de esas ventas para subsistir.

Mientras le daba los cinco céntimos que costaba el diario, recordó un suceso que no había sido publicado: el duque de Uceda había atropellado a uno de aquellos vendedores de periódicos, dejándolo tirado en plena calle con el cráneo destrozado, algo que había recriminado a su director.

—¿Desde cuándo no es noticia que el chófer de un rico mate a un niño y lo deje tirado en la calle? —le había dicho.

—Torquemada, deje sus sentimientos anarquistas de lado y céntrese en lo que la gente quiere leer —le había contestado su director.

—La gente está cada vez más desapegada de los ricos y necesita saber la verdad.

—Pues la verdad es lo que decimos nosotros. No arruine su carrera, Torquemada —había concluido don Luis antes de invitarlo a retirarse.

Ya entonces investigaba a Alfonso XIII, a quien deseaba ver derrocado, y sabía que el duque formaba parte de sus cortesanos. Dejó escrito: «El coche avanzó por el lado contrario y arrastró largo trecho el cuerpecillo del niño, dejándolo allí tirado cuando huyó por la Puerta del Sol. Sabido es que quien tiene un automóvil es porque lleva prisa, como el hijo del duque de Uceda, amigo del rey, al que seguramente lo esperaban sus amigos para tomar unas cervezas».

Con aquellos recuerdos removiendo su conciencia, tomó la calle Alcalá y giró por la calle Sevilla hacia la carrera de San Gerónimo, mirando atrás. En el escaparate de madera y bronce de la tienda Antolín Quevedo, simuló estar observando las telas que brillaban como joyas. Miró su reloj de bolsillo: eran las ocho de la tarde. Todavía le quedaban dos horas para su cita. Así que decidió deambular por la ciudad hasta que la penumbra le permitiera pasar desapercibido. Era esencial que nadie viera lo que estaba por hacer, pero no sabía que alguien lo estaba siguiendo desde hacía tiempo.

3

NOCHERNIEGOS

Como la capital del reino, Madrid era noctámbula en tiempos de Alonso Torquemada: teatros, cafés, espectáculos, tascas y verbenas subsistían junto a la miseria y la prostitución, de cuyas fuentes bebía el reportero. Llevaba meses tras una pista que implicaba al rey Alfonso XIII en escándalos financieros, consciente del peligro que corría en un Madrid plagado de espías. La ciudad, ya modernizada con ferrocarril, electricidad, teléfonos y agua corriente en los hogares de la clase media, tenía más de seiscientos mil habitantes. En sus calles, infestadas de mendigos a los que Torquemada recurría como fuentes para sus crónicas, la presencia de niños desnutridos y delincuentes era común, lo que obligaba a las damas a resguardar sus joyas y a la policía a lidiar con bandas temidas, conocidas como «apaches», que convertían a Madrid en un terreno hostil.

Después de deambular sin rumbo durante quince minutos y asegurarse de no ser seguido, Torquemada regresó sobre sus pasos hacia la calle Alcalá y entró en un café cantante que, pese a una orden ministerial de 1908 que dictaba su cierre, seguía operando en la clandestinidad. Entre juegos de cartas y toreros cortejando a mujeres atractivas, se acomodó para escuchar a la Niña de los Peines, que entonaba sus tangos en el escenario. Tras tres copas de vino y un intercambio discreto con un camarero llamado José Dani, salió del local, casi sin fuerzas y con algo en su bolsillo.

Al aire libre, arrancó a andar a paso lento hacia el Gran Café, donde lo esperaba Madame Celestina, su amante, protectora y mejor fuente de información. De camino se paró en una esquina y se llevó la mano al bolsillo, de donde sacó un vial de cocaína líquida, conocida como «coco», que se llevó a la boca. Le había costado unos pocos céntimos, y recordó las palabras de José Dani sobre la ironía de tener que buscarla en lugares clandestinos cuando aún se vendía en farmacias. Dependiente de este estimulante desde que lo descubrió en un anuncio de su propio periódico, se había habituado a su uso para mantenerse alerta y complacer su pasión por la investigación, pero había envenenado su existencia, y nadie podía saber que lo tomaba.

La biografía de Torquemada estaría marcada por escándalos, pleitos e incluso un asesinato, pero en aquellos años de reporterismo, su vida oscilaba entre el trabajo incansable y las noches de pasión en los brazos de alguna meretriz. Solo las madrugadas que se daban mal dormía solo; lo hacía en un piso de la calle de Ceres, «ahumado y sucio, donde pagaba a reales por un lecho lleno de insectos». Su poca ropa y muchos libros estaban en casa de su madre, un cuchitril en el distrito de Chamberí por el que se abonaba quince pesetas mensuales. Su padre los había abandonado buscando la riqueza en Barcelona, vistiendo a sus ejércitos de la guerra europea. «Madrid se fijaba en Berlín, y Barcelona en París. Madrid, noctámbula y peligrosa. Barcelona, rica y burguesa. La industria madrileña era la burocracia estatal, mientras que Barcelona se industrializaba y se construía. Madrid gobernaba y Barcelona movía el país. Madrid bebía vino y en Barcelona corría el champán; la burguesía disfrutaba la abundancia en los teatros de El Paralelo. Noches de cabaré y bohemia a pesar de la semana trágica de 1909», dejó escrito. Una vida, la barcelonesa, con la que Torquemada soñaba mientras su único cepillo de dientes, de cabello de jabalí, yacía en el lujoso piso de Madame Celestina, una prostituta cansada del trabajo que había ahorrado en sus noches del café Fornos, ahora reconvertido en el Gran Café, donde controlaba a un par de chicas que, si bien no la enriquecían, tampoco le permitían empobrecer.

Quince minutos después, con fuerzas renovadas, llegó a la puerta del Gran Café, en la esquina con la calle Peligros, un lugar de encuentro lleno de secretos y con dos entradas, donde la noche prometía desvelar más historias ocultas en el corazón de Madrid. El bullicio de la ciudad se intensificaba a medida que el sol se ocultaba y las farolas comenzaban a encenderse, proyectando sombras alargadas en las fachadas de los edificios.

El local se erigía imponente con su fachada elegante y sus ventanas grandes y cerradas, guardando en su interior las confidencias y risas de sus habituales comensales y de las chicas con las que solían pasar el rato. La esquina estaba animada, con un ir y venir constante de personas de toda índole: hombres de negocios con sus trajes bien planchados, artistas bohemios con atuendos despreocupados y mujeres vestidas con elegancia, algunas de ellas con mantones que les daban un aire de misterio.

Accedió por la puerta trasera. El local tenía una doble vida. Durante el día, funcionaba como un prestigioso restaurante de lujo; por la noche, se transformaba en un animado club de citas y alcohol. Personalidades de la talla de Azorín y Pío Baroja habían pasado por allí para disfrutar de unas copas. Incluso Marcelino Menéndez Pelayo, admirado por Torquemada a pesar de sus diferencias políticas, era un visitante frecuente. Entre aquellas paredes, adornadas por obras de pintores como Zuloaga o Emilio Sala Francés, se ocultaban historias de juego, escándalos, desafíos, suicidios y crímenes pasionales. El lugar era tanto una galería de arte como un punto de encuentro clandestino, similar al Rector de Nueva York, con sus prostitutas de lujo e información privilegiada. En los reservados del entresuelo, accesibles por una entrada discreta desde la calle Peligros, se habían vivido incontables historias. Allí, Torquemada buscaba inspiración y las confidencias de su musa, una mujer forjada en adversidades que, tras noches de amores clandestinos, apoyo de algún empresario y algunos hurtos, había logrado ascender a una vida de lujo. Madame Celestina, conocida como la mejor fuente de información de Madrid, era el nexo entre todos los secretos de la ciudad. Y ella lo esperaba.

Al ascender los escalones, Torquemada se cruzó con el novelista Vicente Blasco Ibáñez, quien bajaba con la tranquilidad de quien ha encontrado alivio. A pesar de que quería ganar la calle, Blasco Ibáñez se detuvo para intercambiar unas palabras con Torquemada, considerado por muchos como la futura promesa del periodismo.

—Alonso, ¡qué alegría verlo! —saludó el maestro.

—Pensaba que estaba en París, maestro.

—Es cierto, allí resido. Pero he vuelto a España para encontrarme con unos camaradas que tienen información sobre Alfonso XIII...

—Información que, obviamente, no compartirá... —interrumpió Torquemada, mezclando curiosidad y resignación.

Blasco Ibáñez sonrió y descendió un escalón, indicando su deseo de dejar atrás el café.

—¿Y qué está escribiendo, maestro? —preguntó Torquemada.

—Una novela, porque en España el periodismo no da dinero. Espero hacerme rico de una vez y, por eso, no puedo compartir esa información.

Se dieron la mano y, mientras la espalda del valenciano se perdía hacia la farola de la calle, Torquemada alzó la voz y preguntó:

—¿Sabe algo del incendio del Tribunal Supremo?

Blasco Ibáñez giró medio torso, volvió hacia el reportero y le dijo:

—He escuchado algo sobre un tal Isidoro Pedraza de la Pascua, un estafador amigo del rey que quería hacer desaparecer su historia criminal. Anda metido en una reclamación judicial a una compañía de seguros, por un millón de pesetas. Pero investigue usted, reportero, que yo ya no estoy para estos temas que no dejan peculio alguno. Las novelas son el futuro... Aunque, si usted quiere seguir siendo pobre, también he escuchado que se quemó la causa Garvey, donde la Hacienda española tiene mucho que ganar, casi tanto como cinco millones de pesetas, si se quema el sumario. Ahí tiene dos hilos sobre los que investigar, quizás tres, si cuenta un rumor sobre una tal duquesa de Pinohermoso. Pero poco más sé de tan excelsa dama.

Torquemada recordó que la causa Garvey era «un caso donde se discutía si un rico jerezano tenía que pagar sus impuestos en

España o en Inglaterra. ¡Problemas de ricos!», o al menos así lo dejó escrito. Tomó nota mental de los nombres del estafador y de la duquesa, de la que ya había oído hablar hacía tiempo, y se despidió.

—Gracias, maestro.

—Y tenga usted cuidado, Alonso, me han dicho que está en el punto de mira de la policía política.

—Y ¿por qué debería tener cuidado?

—Por ser anarquista. —Obtuvo por toda respuesta, antes de que Blasco Ibáñez desapareciera en la noche.

4

LA MADAME

Pasadas las diez en punto, encontró a Madame Celestina en su pequeña mesa de mármol negro en el primer piso, inmersa en la lectura de las crónicas de *El Imparcial*. Era la hora del pecado, cuando las chicas estaban ocupadas en el entresuelo y nadie podía molestarlas. Una hora de silencio y confidencias.

—¿Sabes algo del incendio? —preguntó el joven periodista al verla, con voz acelerada.

Los separaban quince años de experiencia e información, aunque, en la cama, las edades se diluían entre los efluvios del alcohol, el «coco» y el placer tóxico.

—Qué poco conoces a las mujeres, querido. Primero un saludo, luego se deslizan palabras bonitas, quizás un leve piropo. Solo al final, la pregunta —replicó ella.

Torquemada sonrió y se corrigió:

—Buenas noches, querida. Después de horas entre humo, escombros y muerte, al fin veo algo que me hace sonreír y pensar que este Madrid, neutral en la guerra y batallador en sus debates parlamentarios, tiene algo por lo que luchar —dijo sonriendo. Ella cerró el periódico y clavó su mirada en los ojos pícaros del periodista, mientras sus pestañas revelaban su corazón abierto—. ¿Sabes algo del incendio?

—Ay, mi niño, ¿qué harías sin Madame Celestina, que ha escuchado un par de cosas, un par de… ideas?

—¿Rumores?

Ella asintió, clavando las patas de gallo de sus ojos en los del joven periodista, que sudaba mientras se movía de un lado a otro. Semejaba un reloj roto, algo que no pasó desapercibido para la experiencia de los muslos anchos y pechos generosos de la madame. Era de un moreno agitanado, de pómulos que parecían unas almohadas casi tan anchas como sus labios, perfilados como si la hubiese creado un ebanista.

—¿Por qué no te sientas, Alonso?

Obedeció. Un camarero, vestido rigurosamente de negro, se acercó y les sirvió un par de copas con absenta.

—El mundo se mueve por dinero y por amor, y los rumores que he escuchado son de ambos tipos, pero quizás cuando estés más tranquilo puedas escuchar sin riesgo —dijo ella.

—Te escucho impaciente, aunque también pienso en pasar esta noche contigo —respondió Torquemada, inclinándose hacia la mesa.

El humo del tabaco, que normalmente era denso, pareció disiparse como si la promesa de amor tuviera el poder de Moisés frente al mar Rojo.

—Ahora comienzas a entender a las damas —replicó ella con ironía. Esa noche deseaba calor humano, y no permitiría que unos tragos y algo de cocaína lo arruinaran—. ¿Por dónde empezamos, por el rumor de alcoba o el real?

—Alfonso XIII siempre va primero.

—Entonces tendrás que esperar. Primero el de alcoba, a pesar de tus inclinaciones republicanas. —Hizo una pausa para crear un ambiente de suspenso que llevó a Torquemada a encender un cigarrillo—. No te impacientes, mi niño. He escuchado a un empresario de la comunicación, dueño de uno de los muchos periódicos de este país, quien se relaciona con una de mis chicas, culpar a cierta duquesa antigua amante de tu admirado Marcelino Menéndez Pelayo.

—Tienes razón respecto al escritor. La llamaba Ródopis para mantener su anonimato, ya que la distinguida dama estaba casada en aquel entonces. Ahora viuda, parece ser el deleite de algún político, según se rumorea en Madrid.

Madame Celestina contuvo la sonrisa para no hacer evidentes las arrugas alrededor de sus ojos, cada vez más profundas, frente al joven periodista, cuya juventud y deseo de información percibía como efímeros.

—Así es. Se dice que ofrecía a la venta un edificio que posee en la calle Amor de Dios, rechazado por su mal estado. Ahora que las Salesas necesitan recambio, parece ser la mejor opción. Se habla incluso de romances con algún político y de favores en los palcos del Teatro Real —continuó ella.

—Hablas de la duquesa de Pinohermoso, ¿correcto?

Ella asintió.

—¿Blasco Ibáñez? —preguntó Madame Celestina a continuación.

—Exacto, lo vi salir con una gran sonrisa, y mencionó rumores sobre ella.

—La misma sonrisa que te dejaré si pasas esta noche con tu querida Madame Celestina.

—Así será, amada pretendiente.

Ella sonrió, satisfecha.

—Volvamos al asunto principal. Una aristócrata quemando el Palacio de las Salesas para alquilar su propio edificio... Sería un escándalo —dijo el periodista, tomando notas en su libreta—. Pero, cuéntame, ¿qué hay del lío real, hermosa dama?

Bebieron juntos.

—Se rumorea que bajo el Palacio de Justicia había un pasadizo secreto por el que Fernando VI escapaba... Y se habla de un prisionero que, sabiéndose culpable, incendió el edificio.

—¿Y algo más actual?

—Otros dicen que en las Salesas se quemó un expediente de paternidad de dos hijos ilegítimos de Alfonso XII, el padre de nuestro monarca, en París, y que uno de ellos es mayor que nuestro rey...

—Entonces, si tiene un hermano mayor que reclama el apellido nuestro rey se quedaría sin trono... —reflexionó Torquemada.

—Eso parece —contestó ella con los ojos cargados de preocupación—. Pero esa historia merece otra noche, cuando estés más calmado, ya que recientemente encarcelaron a un impresor que iba a publicarla.

La expresión de Torquemada se iluminó al recordar las palabras de Candela la tarde del incendio.

—¿Quién? —preguntó.

Ella se inclinó hacia él y bajó la voz.

—Investiga, querido. Eres *reporter*, ¿no?

—Es la segunda vez que me lo dicen esta noche, pero si el editor fuera de Madrid ya sabría de su encarcelamiento por culpa del rey.

—Quizás no. La influencia de Su Majestad es muy poderosa en este país, así que te aconsejo no escribir sobre ello —advirtió Madame Celestina.

—Bien, bien —interrumpió Torquemada—. Pero ¿qué más sabes de la duquesa de Pinohermoso?

—Poco, pero Madame Celestina se enterará para ti, si tú te dedicas a ella. Aunque sí he escuchado algo a un policía que ha pasado aquí la tarde: la hora oficial del inicio del incendio fue las 12:47.

Torquemada únicamente tuvo tiempo de anotar el nombre de tan excelsa dama, porque esa noche tuvo que pagar con pecado la calidad de la información. En la cama, Madame Celestina le comentó que el rey, finalmente, sí había asistido al lugar del incendio, y le explicó todos los detalles que había escuchado sobre su llegada y la recepción de la ciudadanía obnubilada por un monarca campechano, a pesar de que pronto sabría los motivos por los que había llegado tarde. «¡Una vergüenza lo poco que trabajan algunos!», dejó escrito. Durmió poco, y al día siguiente, al alba, salió de entre las sábanas de la madame. Quería ver quién lloraba al secretario del Tribunal Supremo.

5

LOS SOSPECHOSOS

Aquella mañana del 6 de mayo de 1915 decidió acicalarse en la barbería El Kinze, ubicada en la calle Cuchilleros. Al entrar, lo recibió el ambiente acogedor de un interior revestido de madera, con espejos que destilaban historias de antaño y sillas de cuero color borgoña, testigos del paso de políticos, aristócratas y policías. El aroma del talco, la loción de afeitar y el tabaco golpearon su rostro.

Un barbero lo invitó a sentarse, le colocó una toalla caliente alrededor de la cara y comenzó a afeitarle las zonas despobladas de pelo.

—Un reportero como usted debe llevar la barba arreglada —lo reprendió el barbero.

Torquemada apenas asintió, y retuvo sus palabras. En su interior, una tormenta de sentimientos lo asaltaba; su apatía, rebeldía y esa fascinación por el abismo eran cicatrices dejadas por la muerte de Catalina, atribuida al rey Alfonso XIII. Era algo en lo que no quería ni pensar, porque el dolor rastrillaba su estómago de tal forma que lo único que venía a su mente era un puente y la idea de quitarse la vida tras beberse una botella de absenta.

Ajeno a las meditaciones del periodista, el barbero aplicó la espuma con una brocha de tejón mientras charlaba sobre el incendio del Tribunal Supremo. El sonido de la hoja rasurando la piel se mezclaba con las voces de otros clientes que también hablaban sobre el siniestro. Tras varios minutos de cuidadoso trabajo, el barbero tomó unas tijeras y aligeró la barba de Torquemada, quien salió de su ensoñación y aprovechó para preguntarle:

—¿Qué se dice del incendio del Palacio de Justicia?

—Quia, ¡qué se va a decir! Que eso ha sido mano de criminales.

Poco después, tras pagar una peseta por el servicio, Torquemada se sumergió en el frescor de la mañana madrileña, dejándose llevar por el bullicio de una ciudad que despertaba al trotar de los mulos.

Su camino lo llevaba hacia las puertas de la Casa de los Canónigos, donde se daría el último adiós al secretario de Justicia. Pasando frente a la perfumería Gal, su mirada se detuvo en el anuncio de las festividades de San Isidro, dudando de la celebración tras el desastre que había enmudecido a la ciudad. Sabía que tenía que escribir algo más allá de lo obvio, porque su competencia con Candela lo estaba desquiciando y, desde hacía pocas semanas, ella ganaba de calle, firmando crónicas con información que no sabía de dónde salía, pero que era buena.

Con la perspectiva de tener que cubrir un evento social y competir con la joven periodista, su ánimo se ensombreció, y apresuró el paso hacia el consistorio. En un bar cercano, decidió tomar un desayuno ligero mientras repasaba las noticias. El periódico *Dominó Negro* sugería una mano criminal detrás del incendio, una teoría que resonaba con sus propias sospechas. «El incendio que el pasado martes redujo a cenizas el Palacio de Justicia es obra de una mano criminal, consecuencia de un infame complot por algún miserable de elevado puesto social, que puso la tea incendiaria en manos de tres malhechores (...). ¿A quién pudiera convenirle la destrucción del antiguo Palacio de las Salesas? ¿Quién posee en Madrid algún edificio o solar en el cual pueda instalarse o construirse el Palacio de Justicia? ¿Quién ha hecho al Estado, en alguna ocasión, ofrecimiento de esta índole? ¡He ahí el camino!». Torquemada añadió en su libreta: «El *Dominó Negro* apunta directamente a la duquesa de Pinohermoso».

Mientras degustaba su café con absenta, Torquemada reflexionaba sobre los detalles conocidos del incendio. El fuego, iniciado simultáneamente en tres puntos distintos, no podía ser accidental. Entre sorbos, sus pensamientos se dirigían a la duquesa de Pinohermoso, mencionada en rumores que la vinculaban con un posible interés en el terreno del Palacio de Justicia. Intrigado, indagó al camarero sobre los serenos de la zona, y recibió una respuesta que lo llevó a contemplar la vasta red de propiedades disponibles para la Audiencia. La conversación derivó hacia aquella dama de alta sociedad, cuya influencia podría ser clave en la decisión de alquilar un edificio inadecuado para las necesidades judiciales.

—Los serenos viven en los figones y no se enteran de nada, salvo del taconeo del señorito que les deja propina. Pero ya le digo yo que, de saber, sé un rato, y que en Madrid hay algo más de cuatrocientas treinta y tres casas muy hermosas para acoger la Audiencia. En todas estaba el trapo en el balcón para mostrar que se pueden alquilar —dijo el camarero como si tal cosa.

—¿Y usted cómo sabe eso? —le preguntó Torquemada.

«Dejó el delantal con el que se estaba limpiando las manos y se acercó a mi rostro. La boca le olía a cebolla y alcohol. Los pocos dientes que le quedaban eran color carbón de tanto tabaco que había masticado, pero me ayudó. Antes de hacerlo, bajó la voz, como si me fuese a contar cómo se estaba fraguando el próximo atentado contra Alfonso XIII», escribió en su libreta.

—Porque mi mujer trabaja en el ayuntamiento y ayer, tras el incendio, se presentó un tal Carlos Martín, el hombre de confianza de una dama que posee un edificio en la calle Amor de Dios, para conocer el dato. Y ya le digo yo que, según se dice, si se lo alquilan a esa duquesa, será por él y por amor, no por Dios —dijo con un retintín que Torquemada, entonces, no entendió.

Días después sabría que ese hombre al que se había referido el tabernero era Eduardo Dato, el presidente del gobierno, cuyo enfrentamiento con Maura por el control del Partido Conservador hacía las delicias de los periodistas y de los rumores que corrían por Madrid. «¿Facilitó Eduardo Dato el alquiler a la duquesa de Pinohermoso porque eran amantes?», se preguntaría pocos días después en sus libretas. Una de las meretrices le dirá —y él apuntará— que, tras pasar la noche con un magistrado, le había confiado: «Es un edificio que no aguantará el papel y el trajín de la Audiencia. Pero ya sabe usted que en España la amistad vale más que la razón».

Torquemada visitaría los días posteriores la calle Amor de Dios, número dos, en multitud de ocasiones, y conseguiría una antigua escritura de compraventa de 1868 entre Joaquín Pérez del Pulgar, conde de Clavijo, y Juan Nepomuceno Roca de Togores, duque de Pinohermoso, por la casa de la calle Amor de Dios. Un documento que dejaría doblado dentro de una de sus libretas y que viajaría a través del tiempo hasta las manos de quien esto escribe, como una de las tantas pistas que el periodista acumulara aquellos días. Añadirá en sus notas: «Lo viejo de la casa, ni siquiera caserón, de la señora duquesa de Pinohermoso, denota que debe ser ya de pino podrido, y en tal estado que se ha dado el caso de que, al descargar unos fardos de papel, se agrieta el techo, lo que prueba la falta de condiciones para resistir el peso que forzosamente hay que cargar, aumentándose el peligro con la trepidación del constante movimiento de las muchas personas que allí tienen que acudir. Quien ha decidido que el edificio se convierta en Audiencia piensa más con sus pantalones que con la cabeza».

Torquemada no fue el único que dudó de tan excelsa dama. El *Foro Español* dejó buena nota de ello: «En un palco del Teatro Real, durante la última conferencia del señor Maura, parece ser que se acordó hacer a la citada duquesa el regalo anual que significa el crecido arrendamiento de finca tan reducida (...). Damos la voz de alarma para que, cuando menos sirva, si el caso llega, poder concretar responsabilidades».

Pero vayamos paso a paso, dejemos que sean las propias libretas de Torquemada las que guíen esta historia, porque aquella mañana las pistas sobre la duquesa eran la bruma previa a la niebla, mientras él apuraba la primera copa de absenta y escribía:

«Los posibles autores del incendio del Tribunal Supremo son:

- El entorno del rey Alfonso XIII, para evitar la reclamación de filiación por un hijo extramatrimonial de su padre, el rey Alfonso XII.

- Isidoro Pedraza de la Pascua, para eliminar el sumario que lo vinculaba a fraudes económicos y que lo hacía parecer un delincuente frente a la compañía de seguros a la que reclamaba un millón de pesetas.
- La duquesa de Pinohermoso, para así alquilar su vivienda de la calle Amor de Dios como sede temporal del Tribunal Supremo.
- El servicio secreto español, para no devolver a la familia Garvey cinco millones de pesetas.
- Un presidiario que esperaba a ser juzgado en los calabozos del Tribunal Supremo».

Luego se tomó tres vasos más del licor verde que había enloquecido a muchos poetas. Descargó el último como si fuese lo único que le quedaba por hacer en su vida y anduvo hacia la Casa de los Canónigos, donde se iba a dar sepultura al fallecido secretario del Tribunal Supremo. No supo que, poco después de su partida, dos policías entraron en el bar para preguntar por él.

Esa mañana se intensificaba la persecución que dejaría tantas cicatrices en su rostro como censura en sus textos.

6

LA DESPEDIDA

Media hora antes de la hora señalada, era imposible transitar por las espaciosas galerías de la Casa de Canónigos. Las plazas de las Salesas y de la Villa de París, así como parte de la calle del General Castaños, estaban invadidas de público. Porteros del Tribunal Supremo, ataviados con uniforme de gala, escoltaban la carroza que portaba el cadáver de Armada. A continuación, y a pie, marchaba la presidencia del duelo, integrada por el ministro de Gracia y Justicia, los presidentes del Tribunal Supremo, de la Sala Segunda del Tribunal y de la Audiencia, así como los señores marqueses de Figueroa y de Alhucemas. Los seguía un numeroso acompañamiento, en el que figuraba la mayoría de la magistratura, rindiendo con gran solemnidad el último homenaje al compañero víctima del cumplimiento de su deber.

Se situó al fondo de la plaza, en un espacio rodeado de columnas antiguas y suelos empedrados que resonaban con el eco de las conversaciones sobre la muerte. Las sombras proyectadas por el sol matutino dibujaban figuras sobre los muros que se emborronaban en los ojos del periodista que intentaba localizar al rey entre la multitud. «¿Dónde está el jefe de policía? ¿Dónde está el alcalde? ¡Esto es una cosa espantosa! ¡No se puede seguir así!», había manifestado Alfonso XIII a su llegada al Tribunal Supremo, para luego retirarse a bordo de su automóvil Hispano-Suiza hacia palacio, siguiendo desde allí las noticias que llegaban del infernal fuego que continuaba en la noche sin poderse extinguir, mientras ya se velaba el cuerpo de José Armada. «La vida del secretario del Supremo estuvo dedicada al derecho y a la religión. Vivía solo en la casa de viajeros de la Plaza de Bilbao, número uno. Las habitaciones que ocupaba han sido selladas por el juez de guardia, Félix Jarabo, que telegrafió a la familia del secretario para informar del infortunio», escribió junto al nombre del magistrado del Tribunal Supremo, Edelmiro Trillo.

Candela le hizo un gesto con el rostro y Torquemada se le acercó.

—Buena portada la de hoy —le dijo el periodista a la joven.

—Gracias, me han dicho que no te permitieron publicar que había dos detenidos. A mí también me llegó la información, pero parece que luego los dejaron marchar porque eran dos ladronzuelos que rapiñaron cuatro objetos pero que nada tuvieron que ver con el incendio.

Torquemada alzó los hombros con desdén, todavía enfadado por no haber podido publicar su crónica.

—¿Has bebido, Alonso? —le preguntó Candela, que guardaba en secreto un pasado donde el alcohol había hecho estragos.

Él la fulminó con la mirada y contestó:

—Perdona, que he visto a una persona con la que quiero hablar.

Se giró, dándole la espalda, y caminó hacia el magistrado Edelmiro Trillo, al que, tras presentarse, preguntó por el secretario judicial.

—Lo conocí siendo yo magistrado en El Ferrol. Un gran hombre —dijo el magistrado, de pie, en medio del patio de la Casa de Canónigos.

—Pero, don Edelmiro, ¿por qué regresó Armada al Palacio de Justicia cuando ya estaba a salvo en el exterior?

—Seguramente encontró la muerte al volver a su despacho a recoger cinco mil pesetas en metálico que le habían entregado en depósito en una de las causas que se juzgaban en el Supremo. Yo también estuve a punto de perecer, señor Torquemada —remarcó el magistrado.

—Pero me habían informado que Armada fue a buscar un sumario, no dinero —contestó el periodista.

—Versiones de un mismo hecho, pero el resultado fue el mismo: su muerte.

—¿Quién me puede dar más información? —preguntó el periodista.

—Félix Jarabo, el juez de primera instancia del distrito de Buenavista. Allí lo tiene —dijo, señalando hacia un hombre de bigote poblado, vestido de negro riguroso a juego con su corbata—. Es el juez de guardia y está instruyendo un sumario sobre el incendio. Tenga cuidado, no es un hombre que asuma con facilidad la debilidad ajena.

—¿Algo que decirme, magistrado?

Bajó la voz.

—Huele usted a alcohol.

—Oler, olemos todos a algo, señoría —dijo con media sonrisa en el rostro—. Por cierto, ¿es verdad que hoy se han reunido todos los magistrados para determinar qué expedientes se han destruido?

—Así es, y, por lo que me han informado, no han sufrido daños los documentos de trámite corriente, pero se han destruido los legajos de mayor antigüedad, que databan de 1834. Por otro lado, se han salvado las sentencias originales desde 1859. Solo se han quemado las sentencias de 1913 y 1914, así como también parte de las de 1915.

—¿Y los expedientes judiciales?

—Se han salvado todos desde 1907. Los anteriores perecieron en el incendio —le informó el magistrado.

—Y el sumario sobre los hijos adulterinos de Alfonso XII es de 1907, ¿verdad?

«El magistrado mostró cara de sorpresa, como si le hubiese dado un guantazo en su austero y blanquecino rostro», dejó escrito.

—Así es, Torquemada, aunque la sentencia es de 1908. Un año antes se le demandó en un juzgado de primera instancia y, posteriormente, el pleito se sustanció en el Tribunal Supremo.

—¿Y el sumario se ha salvado? —preguntó, de nuevo, Torquemada.

El magistrado negó con la mirada.

—¿Lo puedo publicar?

—No —contestó rotundo Edelmiro Trillo, y así lo apuntó el periodista en su libreta.

—Si me ha dicho que se han salvado todos salvo esos tres años, ¿cómo puede ser que un sumario de 1907 no haya sobrevivido al fuego? ¿Que es la excepción que confirma la regla?

—No diré nada más, reportero.

Torquemada le agradeció la información, se despidió y se dirigió directamente hacia el juez de guardia que investigaba el siniestro.

—¡Magistrado Jarabo! —exclamó—, ¿es cierto que el rey estaba practicando tiro al pichón cuando ocurrió el incendio?

Félix Jarabo se giró lentamente, entrecerrando los ojos, y asintió a disgusto.

—Dicen que no llegó hasta las cinco menos cuarto de la tarde, cuando el incendio había comenzado casi a la una —añadió el periodista.

—No tengo nada que decir, señor…

—Torquemada. Me llamo Alonso Torquemada.

El periodista sonrió. Ya había redactado la crónica y solo quería captar la atención del magistrado. «A las cinco menos cuarto llegó el rey a las Salesas. Se encontraba en el tiro al pichón en la Casa de Campo. Cuando le informaron, subió a su automóvil, junto con el conde de Maceda, y se dirigió al lugar del siniestro. El público rodeó al monarca, vestido al estilo parisino, que aparentó dejarse querer por el pueblo que veía en él a alguien campechano y cercano. Sin embargo, Su Majestad hizo un gesto que casi pasó desapercibido, y la guardia civil cargó contra la gente para sacársela de encima. Acto seguido, el rey entró en la iglesia para observar los desperfectos. Antes había enviado a un ayudante para saber si corría algún peligro, no fuese que sufriese algún tipo de mancha en su ropa».

Y volvió a preguntar al magistrado:

—¿Se salvó el preso que estaba a punto de ser juzgado?

—Sí, Torquemada, lo hizo —contestó el juez, seco.

En sus notas, Torquemada escribirá: «En las celdas de las Salesas había varios presos encerrados en espera de la vista de sus procesos que había de celebrarse ese día, de no haberse producido el incendio. Allí, aislados, con el rostro contraído y amarillento, casi mudos por el terror, creyeron que iban a morir olvidados hasta que fueron salvados y conducidos, en el coche celular, a la cárcel Modelo».

—¿Le puedo pedir algo? —preguntó Torquemada.

—Usted dirá.

—El expediente personal de Armada. Me gustaría hacer una crónica homenajeándolo.

—Lo intentaré —contestó el magistrado.

—Una última pregunta, señoría.

El magistrado comenzó a repiquetear con el pie en el suelo esperando la pregunta de Torquemada, que se tomó su tiempo mientras se encendía un cigarrillo.

—¿Es verdad que han detenido a dos sospechosos? —consultó, al fin.

—Señor Torquemada, dispara tanto que nunca acertará al pichón. Las incógnitas se despejan individualmente, no de a pares. Pero permítame que le conteste. No, eso no es cierto, no se ha detenido a nadie. Se ha interrogado a dos personas y se las ha dejado en libertad —sentenció el magistrado, dejando con la palabra en la boca al periodista.

Acababa de llegar Manuel Burgos, el ministro de Gracia y Justicia. «¿Me equivoqué creyendo que habían detenido a dos sospechosos?», se preguntará en sus libretas, «ya se verá, porque mis informantes nunca fallan».

7

EL MINISTRO

La mirada del periodista y la del ministro de Gracia y Justicia, Manuel de Burgos, se cruzaron cuando el magistrado Jarabo les dio la espalda. Torquemada entendió que el político no estaba muy contento con su crónica, en la que había responsabilizado del incendio a Eduardo Dato, el presidente conservador que desde el año anterior dirigía el país: «Dato tiene la culpa de la desorganización en la extinción del incendio. O eso piensa Alfonso XIII». Sin embargo, su crónica había quedado relegada a la quinta página, mientras la portada la ocupaba una de Candela, titulada «El rey se hace cargo de las labores de reconstrucción».

Alonso dio tres pasos y esperó pacientemente a que el ministro acabase de hablar. De barba frondosa y pelo relamido, el onubense era un preboste del partido conservador que había acabado en las libretas de Torquemada con el nombre de «cacique intermediario de empresas extranjeras con intereses en España».

—¡Ejem! —carraspeó ostensiblemente el periodista, lo que provocó que Burgos lo fulminase con la mirada.

—No estoy para infantilidades, reportero. Ayer los periodistas ya me dieron el día con sus quejas, y hoy la prensa en bloque lo ha dejado claro al culparme de que no se les dejase quemarse en el fuego. ¿Qué más quiere?

Los periodistas no habían entendido los motivos por los que miembros de la Dirección General de Seguridad los habían tratado tan mal durante el incendio e, incluso, habían redactado una nota en la que dejaban patente su «más enérgica protesta por la desconsideración con que han sido tratados en la información del incendio de las Salesas».

—Señor ministro —lo interpeló—, ¿qué le parece que el rey lo culpase de falta de profesionalidad en la extinción del incendio?

Manuel de Burgos se giró con displicencia y, con los ojos fijos en el doloroso azul de los de Torquemada, simplemente le espetó:

—¿De verdad quiere una respuesta?

—¿Es verdad que, a pesar de que se le dijo que el edificio corría peligro de incendiarse, usted no había contratado un seguro antiincendios?

Silencio.

—¿El incendio fue provocado? —remachó Torquemada.

—Joven, pregunte a los bomberos, no a mí —dijo al fin el ministro.

Torquemada sonrió, porque su pregunta no merecía respuesta alguna. Simplemente quería provocarlo, porque si algo molestaba al reportero era el rey, ya que creía que la Corona impedía una república con la que soñaba. Sentía que España era débil por la indecisión de un monarca dividido entre una madre austríaca y una esposa inglesa. «Es prusiano en sus formas y francés en sus gustos», solía decir para justificar que, en cuanto Alemania declaró la guerra a Francia, Dato y el monarca proclamasen la neutralidad española. Torquemada sintió aquello como una cobardía propia de un Sancho Panza y, en cuanto había profundizado en la investigación sobre las finanzas reales, había comenzado a sentirse perseguido por espías. Por eso, cuando el monarca había mostrado deseos de contemplar el cadáver de José Armada en el velatorio y se había deshecho en elogios hacia el secretario, cuya muerte calificó de heroica, escribió en su libreta: «¿Qué oculta bajo ese mostacho y esos ojos de pez el que nació rey?».

—¿De verdad no va a contestar al rey? Dijo de usted, cuando menos, que era un infructuoso.

El ministro arrancó una sonrisa cínica y achinó los ojos como si lo quisiese fulminar.

—No es el momento, reportero. Mida sus palabras. Está usted hablando de nuestro rey —afirmó con voz marcial.

—Y de un ministro, ¿no? —remachó el periodista.

Torquemada no se iba a dejar amilanar por el gobernante, sobre todo si no lo hacía por un rey, del que escribió en el prólogo del libro que comenzó a esbozar sobre sus hallazgos del incendio de las Salesas y que nunca se llegó a publicar: «El 17 de mayo de 1886 nació un varón, coronado rey nada más llorar en brazos del médico, y que cinco días después fue bautizado con los nombres de Alfonso León Fernando María Santiago Isidro Pascual Antón, Alfonso XIII. Porque Alfonso XIII nació rey y no príncipe. La inesperada muerte de su padre, el rey Alfonso XII, el 25 de noviembre de 1885, había provocado una crisis que llevó al gobierno a paralizar el proceso de sucesión a la Corona a la espera de que su viuda, María Cristina de Habsburgo, a la que llamaban «doña Virtudes», diese a luz. Y fue María Cristina, su madre, quien había ejercido la regencia durante su minoría de edad, entre 1885 y 1902. Doña Virtudes lo alimentó bajo el yugo del catolicismo más recalcitrante, convirtiendo a su hijo en un niño mimado y consentido. El rey solo sabe cazar y conducir automóviles. Sus ministros dicen que sí a todo. Y ella estaba en el lugar del incendio».

Poco antes de comenzar su reinado, España había perdido Cuba, Puerto Rico, Filipinas y Guam, una derrota militar que había sumido al pueblo español en una crisis de identidad y a Torquemada en un republicanismo recalcitrante. A pesar de todo, o precisamente por ello, intentaba que sus reportajes no mostrasen su verdadero sentimiento político, sabedor de que su diario no le iba a permitir más que un par de chascarrillos o rumores de salón. Así que se limitaba a un par de adjetivos por aquí, «mimado, consentido, militarista…», y a un par de insinuaciones por allá, «en la corte, con su madre, el día se empezaba rezando, y ahora comienza jugando». Y por eso los gobernantes, como el ministro de Gracia y Justicia, odiaban su forma de escribir y de cuestionar.

—Ministro, una pregunta más —disparó Torquemada.

—No, joven, ya no hay más preguntas. Solo le pido que deje de beber y olvídese de ir investigando por ahí sobre el incendio y esparciendo rumores absurdos. Este país no está para que lo quemen con bulos sin sentido.

Al poco se marchó hacia el diario. Sus relamidos compañeros lo miraron con condescendencia cuando se sentó a la mesa y les sonrió. Escribió: «Durante la jornada, han estado velando el cadáver de Armada muchos amigos. A la derecha aparecía el estandarte del Cristo de la Buena Muerte. Se veían en el rostro del finado las huellas de las lesiones sufridas a consecuencia de la caída. Sobre el borde superior de la nariz tenía una extensa herida y equimosis en la frente y la cara. Todas las actuaciones practicadas hasta el momento parecen confirmar que el incendio se inició en un guardillón que estaba situado a la derecha del reloj. Por esa habitación pasaba la tubería de una de las estufas, y parece que ya en dos ocasiones se habían producido pequeños incendios, fácil y prontamente sofocados. ¿Perderemos también esta guerra, como en Cuba, y no conoceremos al culpable?». Su director se negó a publicarlo, pero alguien en la redacción hizo una copia y se la envió al intendente de la Casa Real y abogado del rey, Luis Moreno y Gil de Borja, que ordenó que redoblasen el control sobre el periodista.

Ese artículo fue como ponerse una pistola en la cabeza, aunque a esa hora todavía no intuía lo que estaba por venir esa misma noche, y se limitó a apuntar en sus libretas que esa tarde se habían reunido los presidentes de sala y algunos magistrados en casa del presidente del Tribunal Supremo, señor Aldecoa, que les había solicitado magnanimidad y autos de libertad, y les había comunicado que iba a conceder varios días inhábiles judiciales a raíz del incendio, para que no computasen los plazos de los reos. Aldecoa también había informado a sus compañeros que los libros del registro general se habían salvado de la quema y que se habían perdido algunos expedientes contenciosos y gubernativos, así como varias sentencias que se estaban copiando en la sala de máquinas del Tribunal Supremo.

Pasó el resto de la jornada en la biblioteca del diario y luego bebiendo por los bares de los alrededores. Aguó el alcohol con la cocaína líquida que comenzaba a marcar su existencia y, con la noche cerrada, visitó el Palacio de las Salesas y narró: «Por el suelo había muchos expedientes esparcidos. El tejado, que es de plomo, despedía un calor espantoso, a pesar de que los bomberos seguían lanzando agua que provocaba chispas. Del piso superior apenas queda huella. Entre los muros se ven montones de escombros mezclados con maderos y objetos medio deshechos. De todo ajuar que había en aquella parte solo ha quedado una jarra, que aún permanece en la pared colgada de un clavo. La biblioteca se ha salvado. Los rumores apuntan a que alguien se ha beneficiado. Se ha perdido el pleito Garvey». Escribió también, en un rincón de la libreta: «Gran Café. Localizar al culpable real. Conseguir el expediente personal de Armada».

A las tres de la madrugada, con gotas de sudor frío recorriendo su frente, dejó la plaza de las Salesas camino de vuelta a la calle Ceres. El sonido irregular de sus pasos se mezclaba con el grito lejano de los vecinos que llamaban a un sereno y con el maullido de los gatos en busca de algún resto de comida. De repente, tres siluetas delineadas por la tenue luz de los faroles de gas, que apenas iluminaban la plaza, se abalanzaron sobre él desde la oscuridad. Llevaban abrigos largos y sombreros que ocultaban sus rostros, pero sus intenciones eran claramente criminales.

—Olvida tus investigaciones, gacetillero; deja en paz a la gente de bien —le advirtieron, justo antes de que un puñetazo lo derribara al suelo.

Le siguieron golpes rápidos y despiadados. Los puñetazos castigaron al periodista sin piedad, mientras que las patadas, dirigidas a su cuerpo y rostro, dejaron tras de sí marcas lacerantes de un tono vino tinto mezclado con sangre. Finalmente, sus atacantes se detuvieron, y lo dejaron tendido en el suelo, con el honor aún más dañado que su físico. Alonso intentó enfocar la vista, tratando de identificar a sus agresores, algo que resultó imposible. Y entonces su cuerpo convulsionó mientras, en la distancia, resonaba una última advertencia:

—Deja de investigar o acabarás muerto.

Los asaltantes se dispersaron rápidamente, desvaneciéndose en las oscuras callejuelas, dejando tras de sí el ensordecedor silencio de una plaza que, una vez más, había sido testigo de la violencia. Durante largos minutos, Alonso se quedó, medio muerto, sobre el frío suelo de piedra hasta que pudo recuperar fuerzas y llegar al cuchitril donde habitaba. «Fueron golpes eternos que me postraron varios días en casa, largas jornadas en las que no escribí ni casi respiré, atento a cualquier maullido lejano que me avisase de una nueva golpiza. Casi me matan a palos para callarme. Hoy he decidido volver a pensar sin alcohol ni cocaína. Hoy decido volver a vivir», narrará días después.

8

VUELTA A LA VIDA

«Solo sereno podré descubrir quién incendió el Tribunal Supremo», escribió tres días más tarde en el pequeño piso que tenía alquilado en la calle Ceres. La habitación solo tenía una cama, una silla y una mesa. Las letrinas estaban en el pasillo, y la poca ropa que tenía aparecía dispersa aquí y allá, entre libros y legajos de papel polvoriento.

Solía cubrirse con una manta sobre las piernas para evitar el frío, pero esa mañana, inusualmente cálida, optó por hacerlo en calzoncillos a pesar de que las sábanas lijaban sus piernas. Se sentía agotado, a pesar de su reciente abstinencia de sustancias, y los moratones todavía marcaban su piel. Los primeros dos días después de la golpiza se había refugiado en la cama, y había reflexionado sobre su estilo de vida desde el fallecimiento de su amada Catalina. Era consciente de que ella había sido el principal motivo de su descenso hacia el vacío, ya que no recordaba nada tras las noches eternas de cocaína y alcohol. Decidió no denunciar la agresión, pero sus libretas empezaron a llenarse de certezas sobre cómo se sentía perseguido allá donde fuera; cómo conocían sus movimientos y, sobre todo, quién dentro de su círculo podría estar filtrando información que solo él poseía.

Al tercer día, tomó una sopa que Candela había dejado frente a su puerta y aprovechó para investigar y tomar notas para un futuro viaje a Barcelona, donde residía su padre. Copió de la revista *Acción Socialista*: «Es práctica común en los partidos republicanos solicitar indultos tras las amnistías. En Cataluña están acostumbrados a alzar la voz, pero cuando se ven atrapados por las leyes, lo único que se les ocurre es proclamar su inocencia y luego pedir un indulto». También anotó: «Mi padre nos abandonó cuando yo era un niño, y mi madre tuvo que hacernos frente a ambos. Nunca entenderé a esos hombres que solo aman a sus hijos mientras están con su mujer. Me dicen que ese hombre que me dio la vida vive en Barcelona y trabaja en el sector textil; otros afirman que en realidad se desempeña como pistolero para los dueños de fábricas, intimidando a sindicalistas y anarquistas. Parece que la sangre que perdí el otro día en Las Salesas tiene un color distinto a la del hombre que me engendró».

El día anterior, cuando logró disimular los hematomas de su rostro, Torquemada se reunió con los doctores Vega y Alonso de la Policlínica de Tamayo y anotó los nombres de todos los heridos en el incendio de las Salesas: «Luis de Robles, con una herida de cuatro centímetros en la mano; Alberto Izquierdo, que sufrió contusiones al caer debido a un vértigo; Isabel Carroz, Teresa Corrales y Jenaro del Cerro, tratados por un ataque de histeria; el bombero Luis Cenarro con contusiones en el pecho», y otros más. Pero lo más relevante de esos días se plasmó en su libreta cuando Félix Jarabo, el magistrado de guardia, le facilitó a través de su secretario el expediente completo de Armada. Había comenzado a establecer una red de conexiones sobre una posible conspiración para incendiar el Tribunal Supremo, lo que lo llenó a él de esperanzas y a su libreta de notas sobre el origen del incendio y la biografía del secretario fallecido.

«José María Armada y Soto, natural de Ortigueira, La Coruña. Poseedor del documento de identidad número 9889, expedido en esa localidad. Se graduó en la Universidad de Santiago el 12 de noviembre de 1888 con calificación sobresaliente. En 1911, solicitó que se le reconociera la categoría de magistrado de la Audiencia Provincial de Madrid, tras ocho años como secretario en la Audiencia de La Coruña y seis como secretario del Tribunal Supremo. Nada en su historial sugería que su muerte hubiera sido intencionada. Los sospechosos del incendio eran otros», anotó el periodista, junto al nombre de varios abogados que se convertirían en sus fuentes de información.

También había investigado algunas sentencias pasadas dictadas por el fallecido secretario del Tribunal Supremo en La Coruña y unas pocas reflexiones que este había dejado escritas: «El organismo judicial debe ser ajeno a toda injerencia de los poderes públicos; es incorrecto decirlo en términos tan absolutos, pero se acierta al expresar que el Poder Ejecutivo, encarnación de la política, no debe intervenir en las funciones propias de los tribunales de justicia». Sin embargo, hubo una frase que Torquemada subrayó, y a la que añadió dos signos de exclamación: «Los partidos políticos viven sin el aliento de la fe y sin la pasión del ideal, corroídos por la incertidumbre y atormentados por el secreto».

«Nada en la vida personal de Armada sugería un final tan trágico, y por eso siento la necesidad de hacer justicia con este jurisconsulto», garabateó en sus notas. Y cuando el quinto día tras la paliza comenzó a oscurecer, decidió que era momento de volver a visitar a Madame Celestina.

Una hora más tarde, ascendió los escalones hacia el entresuelo del Gran Café. Las risas y las conversaciones se entremezclaban con el tintineo de las copas y los platos. Al llegar, se encontró con un grupo junto a una mesa donde un par de periodistas, con sus sombreros calados hasta las orejas, jugaban a las cartas, acompañados de unas señoritas ligeras de ropa.

A medida que avanzaba en el salón, varias jóvenes le lanzaban miradas de saludo, a las cuales respondió con una amplia sonrisa. Por último, su atención se centró en Madame Celestina, quien, elegantemente ataviada, estaba sentada en un sofá de terciopelo negro, sosteniendo una copa de champán. Ella le hizo un gesto invitándolo a acercarse.

—Umm, cuando visitas a esta musa, seguro necesitas algo… —dijo ella con una voz melódica.

—Tu encantadora presencia y algo de información —replicó el reportero.

—¿Mi presencia? Ya te he visto coqueteando con algunas de mis chicas. ¿Piensas pagar por lo que obtienes de mí sin costo alguno?

—Ay, querida dama, ninguna se compara contigo en mi vida —dijo él, acercándose y posando su mano sobre la de ella, esquivando un anillo que brillaba como un garbanzo de oro blanco.

—*Touché*, querido amigo. Parece que vas aprendiendo.

—¿Puedo sentarme? —inquirió Torquemada.

Con un gesto, ella indicó un sillón hacia el cual el periodista se dirigió y se dejó caer.

—Madame Celestina te ve más sereno. ¿Algo que quieras compartir?

—Solo algunas reflexiones y la necesidad de paz en mi vida.

—¿Te apetece algo de beber, querido? —preguntó mientras hacía una señal a un camarero.

—Agua estará bien, gracias.

Ella sonrió con ternura.

—Me alegra, Alonso. Tal vez esa paliza te ha hecho reflexionar —comentó, dejando que sus arrugas se marcaran al sonreír.

Torquemada se quedó sorprendido, pues había intentado ocultar el incidente, pero Madame Celestina siempre acababa sabiéndolo todo.

—¿Cómo te enteraste del ataque? —preguntó, desconcertado.

—Aquí todos hablan de eso, y tu rostro, a pesar de tus esfuerzos, te delata. Creímos que habías muerto cuando nos llegó la noticia de que los hombres de Manolo Barroso te habían atacado. Aunque luego supimos que los golpes afectaron más tu orgullo que tu físico.

Torquemada la miró fijamente, consciente del peligro que representaba el nombre de Barroso en Madrid.

—¿Qué tiene que ver Barroso conmigo?

—Se rumorea que fueron sus hombres. Parece que tienes un pasado común con él, en especial por Clara de Osuna… Recuerdo que fuiste su amante una temporada, compaginándola conmigo. Se dice que aún no te ha perdonado.

Al escuchar el nombre de Clara de Osuna, Torquemada se espantó y comenzó a preguntarse cómo Madame Celestina conocía tantos detalles de su vida.

—No tiene sentido. Barroso y sus hombres son mis informantes, y no tiene motivos para ir contra mí. Lo de la paliza debe ser para disuadirme de investigar ciertos asuntos, no tiene relación con Clara.

Madame Celestina simplemente sonrió y se encogió de hombros, como quien no tiene más información.

—Hablemos de la duquesa de Pinohermoso —dijo Torquemada con un tono más firme, cambiando de tema.

—Es una mujer influyente, pero si quieres saber más, deberías hablar precisamente con Clara de Osuna. Aunque te advierto, procede con cuidado. Barroso no es de los que se toman las cosas a la ligera.

—Entonces la visitaré —dijo, decidido.

El semblante de Madame Celestina reflejó un atisbo de celos, algo que no pasó desapercibido para el periodista, que recordaba a aquella joven rubia como la única mujer que le había hecho sentir algo tras la muerte de su verdadero amor.

—Veremos si ella desea verte. Recuerdo que tu último encuentro no terminó bien.

—Lo comprobaremos… —definió Torquemada—. ¿Y sobre los hijos ilegítimos del rey?

—Son dos hermanos que viven en París. Parece que interpusieron una demanda hace unos años para que se los reconociese como hijos de Alfonso XII y, como la Justicia no les dio la razón, escribieron un panfleto, *Los hijos de Elena Sanz*, que se distribuyó por todo Madrid, aunque ahora sea imposible de encontrar. Se dice que, en aquella demanda, Alfonso XIII aportó algún tipo de documento falso que ahora se ha quemado en el incendio.

—Interesante… —contestó, recordando que Candela le había dicho algo similar la noche del incendio—. ¿Alguien con información sobre esa demanda?

—Un abogado, Pablo Bergía, tuvo problemas por eso. Podría saber algo.

Torquemada acercó sus labios a la mejilla de ella, que sonrió.

—Y ahora que tu mente te deja escuchar, ¿por qué no vienes a vivir con tu madame? —dijo ella.

—Sabes que eso es imposible.

—Piénsalo, por favor, Alonso. La vida de esta mujer madura es aburrida y solitaria. Tengo más de lo que querría, mi casa es grande y me encantaría compartir lo que he ganado estos años con alguien. Y ese, querido amigo, eres tú.

—Lo pensaré, de verdad que lo haré —dijo él—. Pero ahora deseo volver a casa. Mañana quiero retomar la investigación del incendio. He estado muchos días en barbecho por culpa de la golpiza, y hoy prefiero descansar para mañana centrarme en Isidoro Pedraza, un estafador del que me habló el otro día el maestro Vicente Blasco Ibáñez. Si te parece bien...

—A tu Madame Celestina todo le parece bien.

Junto a aquellas líneas, esa noche transcribirá el artículo del diario *El Foro* que preñará su libreta de la siguiente pista sobre la duquesa de Pinohermoso: «Una persona allegadísima a nosotros ha condensado en una frase irónica y humorística el asunto de la casa de la afortunada duquesa y sus merecimientos para albergar la futura Audiencia, diciendo que no reúne más condiciones buenas para ello que la de estar situada en la calle del Amor de Dios; será esto un motivo más para impartir justicia, aunque solo sea por el nombre de la calle donde se administra».

Al día siguiente, investigará en los juzgados, donde obtuvo poca información. No será hasta dos días después cuando su libreta comience a tomar cuerpo sobre lo que ocurrió el día del incendio.

9

VIDA JUDICIAL

En la planta baja del número diecisiete de la calle Conde de Xiquena, el Café de las Salesas se había convertido en el epicentro de encuentros entre abogados y periodistas. «Este lugar es un hervidero de actividad: aquí se arregla todo, se preparan vistas y se conciertan pruebas. Mientras tanto, desde las cocinas se transportan bandejas de comida hacia los calabozos del juzgado de guardia para saciar el apetito de los detenidos distinguidos», había escrito sobre el local. Al entrar, dejó a un lado un gran ventanal, donde fue recibido por el siempre amable camarero, Mariano Barrero. Este, pese a estar inmerso en una animada conversación con otro cliente, no dudó en saludarle con entusiasmo.

—¡Alonso! ¿Cómo estás?

—Bien, Mariano, ¿y tú? A propósito, te agradezco que me permitieras quedarme aquí el día del incendio.

—No hay de qué. Por cierto, Nilo, permíteme presentarte a Alonso Torquemada, periodista. Este es Nilo Saiz, abogado.

—Es un placer —respondió Torquemada.

Al mirar al abogado directamente a los ojos, sintió un escalofrío recorrer su nuca, especialmente al notar su pronunciada cojera. Se despidió de Saiz y se giró hacia el camarero.

—Mariano, ¿puedo sentarme allá? —preguntó, señalando hacia el fondo del local.

—Claro. ¿Quieres absenta?

—No, mejor agua, por favor.

El camarero asintió, aunque algo extrañado, y Torquemada se dirigió al lugar indicado, pasando junto a una estantería repleta de licores. Se observó en uno de los espejos que adornaban las paredes, diseñados para ampliar visualmente el espacio. El reflejo le mostró el paso del tiempo: a pesar de tener solo treinta años, su barba comenzaba a rizarse y su pelo ya mostraba mechones blancos. Desvió la mirada, pues no quería confrontar más su imagen, y se acomodó en un diván de terciopelo rojo. Extrajo su cuaderno y comenzó a anotar lo que había descubierto el día anterior: «Anteayer se reanudó, aunque solo de manera temporal, la actividad judicial en la Audiencia. La primera vista fue una causa por estafa, que tuvo que ser suspendida al no comparecer ninguno de los testigos citados. A continuación, se trató un caso de hurto: Francisco García, operario de una fábrica de cola, fue sorprendido sustrayendo un saco de harina, y se le condenó a seis meses de reclusión, con la agravante de abuso de confianza. ¡Increíble país este, donde un obrero va a prisión por hambre durante seis meses, mientras los señoritos matan a niños repartidores de periódicos impunemente! Hoy tengo una cita con Ossorio y Gallardo, exgobernador civil de Barcelona y uno de los letrados que vivió el incendio desde dentro del Palacio...».

No pudo terminar la frase, ya que, con un cuarto de hora de retraso, llegó el letrado, disculpándose por la demora.

Se sentó junto al periodista y comenzó a hablar:

—¿Sabías que este diván proviene del Colegio de Procuradores del Palacio de Justicia?

—No, no tenía idea.

—Así es. Tras el incendio, algunos muebles se guardaron en la residencia del conde de Xiquena y, como agradecimiento por los servicios prestados a lo largo de los años, estos divanes fueron cedidos al café. Aquí, en este café, nos sentimos como en casa. Todo se soluciona entre estas cuatro paredes. Pero dígame, ¿qué necesita de mí?

—Necesito reconstruir, minuto a minuto, todo lo ocurrido la mañana del incendio de las Salesas.

Ossorio levantó la mano para llamar la atención del camarero y pedir un café para él y un chocolate para Torquemada.

—Apunte usted —dijo Ossorio—. Por lo que yo sé, además de los empleados, los primeros en llegar al Tribunal Supremo fueron, como siempre, los presidentes de sala, Aurioles y Ruiz.

—¿Juntos? —preguntó el periodista.

—Perdone un momento —dijo Ossorio mientras se incorporaba para saludar a una persona que acababa de entrar.

Volvió al poco y, bajando la voz, le dijo:

—Perdone, ha entrado el magistrado José María Ortega y he ido a saludarle. Pero ¿por dónde íbamos?

—Me decía que aquella mañana los primeros en llegar fueron los presidentes de sala del Tribunal Supremo.

—Así es, ascendieron por la escalera principal, dejando a su derecha la fiscalía, para girar a la izquierda, donde había una gran antesala coronada con un inmenso cuadro de siete metros que representa el desembarco de Fernando VII, al ser libertado por el duque de Angulema y los cien mil hijos de San Luis. El cuadro se ha quemado.

«Casi medio centenar de personalidades de la época aparecen retratadas para disgusto de algunos», había escrito Torquemada sobre esa obra en su cuaderno de notas, cuya fuente de información fue el fotógrafo del Museo Nacional de Pinturas, señor Lacoste, que le explicó mientras investigaba el suceso que aquel lienzo lo odiaban los carlistas, como el marqués de Cerralbo, porque mostraba al pretendiente ultraconservador Carlos María Isidoro de Borbón en actitud sumisa ante una injerencia militar extranjera en la política española. Al final de esas notas, Torquemada dejó un gran interrogante, como si quisiese advertir a un futuro lector de una pista que vinculaba al carlismo con el incendio.

—El magistrado Ruiz Hita se dirigió a la Sala Segunda, o de lo Criminal, presidida por un gran *Calvario*, una *Adoración* y un *Santo Toribio* de Sebastiano Conca. Aurioles, por su lado, había caminado a la Sala Primera, o de lo Civil, donde se encontraban un crucifijo de Alonso Cano y una bellísima *Inmaculada* firmada por Claudio Coello.

—¿Y a qué hora fue eso?

—Alrededor de la una menos veinte. Nosotros estábamos dentro...

—¿Nosotros? —interrumpió Torquemada.

—Los letrados Cierva, Félix de Eznarriaga y yo. Recuerdo que en esos momentos yo lanzaba dardos envenenados contra la monarquía y me quejaba de la dejadez del Palacio de las Salesas, en cuanto a limpieza y conservación. Luego despotriqué un rato contra Pablo Iglesias por haberse plegado a los designios de la socialdemocracia alemana en las manifestaciones proletarias del primero de mayo, mientras Europa estaba en guerra. Y, de repente... —Su discurso se vio interrumpido por el camarero, que apareció con la comanda.

Ossorio se llevó el café a los labios y soltó un improperio.

—¡Arde! ¡Este café arde!

Rápidamente, de entre las mesas llenas, apareció Mariano con un vaso con agua para el letrado, que bebió con premura. Ossorio asintió con los ojos y el camarero desapareció entre el humo de cincuenta cigarrillos que quemaban al unísono.

—Yo a usted lo vi escapar de estampida cuando las primeras llamas salían del techo —dijo Torquemada.

—No lo vi, la verdad.

—No me extraña que no me viese, aquello era una locura... Pero hágame un favor y no vaya tan rápido, letrado, para que pueda tomar notas. Eso sería... ¿sobre qué hora?

Ossorio no pudo contestar. Una mujer, con moño, blusa y falda, lo interrumpió:

—¡Letrado!, ¿algún cliente en suspensión de pagos?

—No, hoy no, fiadora —contestó.

Esperó a estar de nuevo a solas y dijo en voz baja:

—Si alguna vez usted cae en desgracia, no le pida dinero prestado a esta señora. Es preferible dos o tres meses de arresto mayor que sus vejámenes barriobajeros. Pero sigamos, le decía que estábamos paseando por el pasillo que hay frente a la Sala de lo Contencioso, en la que además se encontraba la secretaría del Supremo y los despachos de los secretarios de esa sección, pues sería aproximadamente la una menos diez. Y luego fue el caos.

—Me han comentado que había un preso en los calabozos, al que salvó un guardia civil.

—Así es, el guardia se llama Rafael Serrano Medina. Un héroe que luego nos ayudó a transportar algunos sumarios a casa de un tal señor Rives, que vivía allí al lado, en la calle Bárbara de Braganza.

—¿Y del rey? ¿Qué recuerda?

—Llegó más tarde. Primero acudieron alumnos de la Escuela de Guerra, comandados por Eduardo Dato. Recuerdo que lo acompañaban el conde de Esteban Collantes y el ministro de Gracia y Justicia, Manuel de Burgos. Entre los tres ordenaban a los bomberos que sofocasen el siniestro. Pero nadie estaba preparado para semejante desastre…

—¿Y el rey? —insistió el periodista, justo en el momento en que el reloj hexagonal, colgado en la pared tras el mostrador del encargado, marcaba las doce del mediodía.

—Más tarde, Torquemada. Llegó más tarde porque, usted sabe, estaba tirando al pichón. Los rumores sobre una crónica no publicada, que llevaba su rúbrica, los ha escuchado hasta el apuntador…

Torquemada rio y, cuando se recompuso, volvió a preguntar.

—¿Quién me puede dar más información?

—No lo sé, la verdad —contestó el letrado.

—Vi a la reina madre, que pasó a las tres y cuarto a bordo de su automóvil y ni siquiera paró. Era como si quisiese comprobar si el incendio era real.

—Mucha gente pasó por allí, Torquemada. Mucha gente que no se quería creer que el Palacio de Justicia ardiese.

—Y por lo que usted sabe, ¿lo de celebrar vistas en la Casa de los Canónigos es provisional? Me han dicho que se busca algún edificio estatal donde instalar la Audiencia. Pero váyase usted a saber, porque en este país de pícaros alguno hará su agosto alquilando un chamizo. Y se habla de una duquesa….

—Eso me han dicho también, Torquemada. Pero vayamos al meollo…. —dijo Ossorio, a quien en sus escritos el periodista calificará como «un maurista reconocido, con fama de ser directo y poca mano izquierda»—. ¡Deje ya la investigación del incendio, le causará problemas! Todo el mundo judicial habla de lo que usted anda diciendo por ahí. Que el incendio fue provocado, y eso le traerá más conflictos de los que ya le ha traído.

Torquemada alzó las cejas con incredulidad.

—Sí, todo el mundo habla de la paliza que le han dado —añadió el letrado—. Hágase un favor, a usted y a todos. Olvide el incendio, deje que el tiempo pase, que el juez haga su trabajo, y luego sabremos si fue o no provocado. Pero no incendie más los ánimos.

Poco después, se despidieron.

10

LA LUNA DE MADRID

Torquemada pasó el resto de la mañana y parte de la tarde en su vivienda de la calle Ceres, redactando a partir de las notas que había tomado: «Los trajes negros y los bombines se congregaron junto a las camisas desgastadas frente al Palacio de las Salesas. Sin embargo, el rey no se encontraba allí, pues disfrutaba del tiro al pichón en la Casa de Campo. Mientras él se divertía, personas harapientas venidas desde los soportales de la plaza Mayor competían con magistrados y políticos por comprobar si sus causas se consumían junto al plomo derretido de la techumbre del edificio. Madrid se unió ante las fallas de papel que, como un conejo sacado de la chistera de un mago, surgían del interior del edificio. Todos, excepto el rey».

La siguiente anotación de aquel día hacía referencia a Isidoro Pedraza de la Pascua, el estafador amigo de Alfonso XIII, a quien conocería pocos días después: «¿Quién es realmente Isidoro Pedraza? ¿Qué negocios tiene con el rey? ¿Es un empresario o un estafador?».

Acosado por el calor sofocante y con el recuerdo de Catalina rondando su mente (había dejado escrito: «No te olvido»), decidió salir a la calle en busca de información sobre los rateros de la ciudad, jurándose no tocar el alcohol, y menos el «coco». Dejó atrás el olor nauseabundo de la calle Ceres, cruzó el callejón del Perro y se detuvo en la calle del Desengaño, donde entró en una taberna y miró la botella de absenta con el mismo deseo que un vagabundo siente ante una hogaza de pan. Finalmente, pidió un platillo y agua, lo cual sorprendió al tabernero, que estaba acostumbrado a ver a Torquemada bebiendo hasta perder el equilibrio.

—¿Qué ha pasado? —preguntó el tabernero.

—¿Pasar? ¿A qué se refiere?

—Porque no lo imaginaba bebiendo agua.

—Pues anote que nunca más debo beber licor, aunque se lo pida.

—Así se hará.

Torquemada observó la botella verde de absenta y desvió la mirada hacia la mesa. Tomó el vaso de agua, dio un largo trago y no respondió.

Tras comer, deambuló por calles y plazas preguntando si alguien había visto o tenía información sobre quién había iniciado el incendio del Palacio de las Salesas. Durante esos días, escribiría: «Nadie sabe nada, nadie ha oído nada, nadie quiere hablar por miedo a represalias de alguien cercano al rey».

Tomó otro platillo en una taberna de la calle Aduana, donde preguntó por Isidoro Pedraza de la Pascua. «El encargado, un tal Paco, con un pequeño bigote rizado, porte delicado y voz afectada, lo conocía y me informó», escribió.

—Ese es un estafador de poca monta. Vivió aquí durante una temporada.

—Eso es lo que he oído —respondió el periodista.

—Fue arquitecto por un breve tiempo y con escaso éxito en el barrio de Gracia en Barcelona. Allí conoció a su primera esposa, pero parece que no la consideraba adecuada socialmente y la abandonó. Se trasladó a Madrid y vivió aquí al lado, en la casa de huéspedes de la calle Aduana, hasta que conoció a Eufrasio Valdés.

—¿Y quién es ese? —preguntó Torquemada.

—Un exmilitar carlista y estafador que se convirtió en agente matrimonial.

Le relató cómo Pedraza había forjado su reputación desde su llegada a Madrid en 1895, y luego habló de su encuentro con Valdés. Escuchó con atención, luchando contra la tentación de beber. El color verde de la bebida lo atraía desde la botella, y el recuerdo de Catalina volvía a su mente. No obstante, se mantuvo firme, pagó y abandonó el lugar. Aquello fue uno de los indicios que encontró ese día, pero no era suficiente para escribir algo relevante o buscar justicia para las familias que residían en las plantas superiores del Palacio de Justicia. Durante esos días de sobriedad, también se había reunido con ellas, y no pudo evitar emocionarse al ver cómo habían caído en la más profunda miseria.

«Si han podido cubrir su desnudez, ha sido gracias a la caridad de los vecinos, no del rey. Alfonsina, la joven hija de un electricista de la Audiencia, iba a casarse en estos días, pero ya no podrá hacerlo porque su vestido de novia fue consumido por las llamas. Estos y otros casos, por dolorosos que sean, no deben cegarnos en la búsqueda del responsable de prender fuego a los expedientes. No obstante, hay que agradecer al pueblo de Madrid por su generosidad y por el alivio brindado a aquellos a quienes las autoridades han olvidado como si fueran animales».

Esa noche, agotado y furioso, se dirigió hacia la plaza de las Salesas. Llegó cuando a través de las paredes derruidas se filtraba la luz de la luna de Madrid. Se encontraba en uno de los barrios más aristocráticos de la ciudad, frente a los restos de la fachada principal del palacio, cuyos jardines albergaban las estatuas de Fernando VI y Bárbara de Braganza. Poco quedaba de la pátina gris de la piedra, del dorado blanquecino de las esculturas y del verdor del jardín. Se sentó en un banco de la plaza y pasó más de dos horas observando a los serenos y a algún que otro transeúnte que, como él, vivía mientras el resto del mundo dormía, mientras esperaba que, nuevamente, lo golpeasen. Parecía querer que alguien lo matase.

De madrugada, regresó solo a la calle Ceres y se acostó en una cama que parecía hecha de balones de fútbol desinflados, donde tomó notas en su libreta: «Al caer la noche, la florista de la plaza de las Salesas apaga la estufa, y el socavón que yace en medio de Madrid se transforma en el refugio de los más desfavorecidos, quienes se dan calor unos a otros, al igual que lo hacen en el Ministerio de Hacienda, los soportales de la plaza Mayor o el atrio de San José. Este es un país que acepta el hambre como parte de su historia, un país que permite que las ruinas dejadas por la Justicia den cobijo a aquellos que no tienen nada más que su nombre. Es un país desolador. Mañana habrá más».

11

LA REDACCIÓN

Aquella mañana del 15 de mayo, madrileños e isidros se acercaron a la Puerta del Sol. Allí, una canastilla de flores se erguía majestuosa en la farola que presidía la plaza, testigo del paso de los siglos. De los balcones colgaban mantones de Manila, cayendo como petunias en busca de un haz de sol en las sombrías callejuelas. Las vetustas casas vestían galas de colores; el aire estaba impregnado del aroma de jazmín y de la comida que se vendía en los puestos. Pero la algarabía iba a jugar una mala pasada a Torquemada, que, lápiz en mano, cazaba impresiones para escribir el artículo que tantas veces le había pedido su director. No quería hacer un texto repetitivo y sin corazón, e intentaba encontrar la noticia en algún lugar.

Anduvo sin rumbo fijo y habló con muchos sobre sus impresiones acerca de la guerra y sobre el papel de España. Pero la gente solo quería hablar de comida y bebida. Era el día en que Madrid rendía homenaje a su patrón, y la ciudad se volcaba en las calles. Las mujeres, evocando tiempos de zarzuelas, portaban orgullosas sus atuendos de chulapas: mantones que eran un lienzo de historias bordadas y peinetas que competían con el sol. Los varones, por su parte, lucían al estilo chulapo, con chalecos, pañuelos de seda, sombreros con aires de calaña y claveles engalanando sus solapas.

Los niños correteaban por la plaza, riendo y jugando, mientras los vendedores ambulantes ofrecían sus mercancías, desde

71

rosquillas hasta juguetes de madera y abanicos pintados a mano. En un rincón de la Puerta del Sol, un grupo de músicos tocaba un chotis, y varias parejas bailaban deslizándose con un salero que solo podía encontrarse en las calles de la capital en ese día. Torquemada intentó interrogar a un par de personas sobre qué significaba para ellos aquella fiesta, tras el incendio de las Salesas, pero todo el mundo parecía haberlo olvidado, algo que le frustraba.

Esquivó un tranvía que bordeaba la plaza y tomó notas sobre «un hombre que gritaba a su burro, como si fuese un amigo, con el que transportaba madera». De repente, un carruaje cruzó a toda velocidad y casi atropella a unos chavales que jugaban con una peonza.

—¡Imprudente! —gritó, y de repente una luz se encendió en sus ojos.

Decidió que el enfoque de su artículo sería la falta de consideración de los ricos que, ni en un día como aquel, se detenían a dejar pasar a los niños; los mismos ricos que luego los atropellaban; los hombres a los que él conocía como «cortesanos». Con esa idea, partió hacia la redacción.

Llegó cuando el reloj marcaba las cuatro de la tarde. La sala principal estaba llena de escritorios de madera gastada, máquinas de escribir y montones de papel. En un rincón de la sala, el editor jefe, Félix Lorenzo, supervisaba el trabajo. Era la autoridad en la redacción, y su severidad, una tradición que se transmitía de veterano a novato.

Las paredes estaban repletas de fotografías y recortes de periódicos antiguos. El aire olía a tinta y papel, y el constante chasquido de las máquinas de escribir creaba una cacofonía similar al tintineo del metal golpeando un vaso con agua. En un escritorio cercano a la ventana, Candela, la joven reportera, estaba inmersa en su trabajo. Su pluma volaba sobre el papel mientras redactaba un artículo. Los plazos eran ajustados, y la presión para producir era intensa, para todos excepto para él, que creía en la literatura y no en la crónica.

Cuando el reloj marcaba la hora de cierre, Torquemada aún no había terminado su texto, y el redactor jefe le reprendió:

—No se puede confiar en usted, es un indisciplinado. ¡Suerte que Candela ha hecho la crónica! —exclamó, señalando hacia la joven.

—¿Y para qué me ha hecho perder el tiempo? —preguntó al redactor jefe.

—Para que sus compañeros vean que usted juega en solitario, cuando el resto es un equipo.

Torquemada estaba a punto de vociferar un improperio cuando se detuvo. Recogió sus cosas y salió a la calle con la cara enrojecida. Caminaba lento, meditando qué hacer sin sucumbir a las tentaciones del alcohol. Esa noche pensaba visitar la plaza de toros y sorprender a su director con una crónica del San Isidro nocturno y taurino mientras se ocupaba de interrogar a Isidoro Pedraza, pero para eso tenía que matar el tiempo, y no quería encerrarse en casa y que los pensamientos lo devoraran.

Tomó la calle Colegiata. Las estrechas calles del centro bullían de actividad: caballos y coches se entremezclaban, vendedores ambulantes ofrecían sus mercancías y los transeúntes caminaban con prisa, cada uno inmerso en su propia vida. Antes de que pudiera alcanzar la siguiente esquina, escuchó su nombre.

—¡Alonso!

Se giró para encontrarse con Candela. Aunque llevaba un sencillo vestido y un chal, había algo en ella, más allá de sus ojos penetrantes y su melena que clareaba desde el marrón, que le pareció «una manta sobre su cuerpo curvilíneo», algo que le hizo pensar que no era una chica común y corriente.

—No he tenido nada que ver con el regaño que te han dado —comentó Candela juntando las manos.

Torquemada la examinó de arriba abajo, confundido. Sintió algo eléctrico bajo la piel, algo así como el momento previo al primer beso, cuando las defensas caen, cuando una boca se acerca a la otra sin saber con certeza si se unirán. Era una sensación de ahogo que desde la muerte de Catalina no sentía.

—¿Alonso? —dijo ella.

—Sí, perdona, ¿de qué estás hablando? —preguntó, al fin.

La joven hizo una pausa, como si estuviera buscando las palabras adecuadas.

—La discusión en la redacción. Lo oí todo. Yo... yo no sabía que te habían pedido la misma crónica.

Alonso suspiró, todavía molesto por el ridículo, pero no quería desquitarse con ella.

—No te preocupes, lo mío no es llevarme bien con los jefes, ni con los guardias, ni con... Vamos, con los poderosos en general. Y, por cierto, todavía no te he dado las gracias por la sopa que me dejaste los días que estuve enfermo en casa...

Ella sonrió débilmente, aliviada.

—Me alegro de que no me culpes. Y sobre la sopa... No hay nada que agradecer. Si estás enfermo, o magullado —le sonrió con los ojos—, encantada de ayudar.

«Parece que todo el mundo sabe de mi altercado con aquellos salvajes, Candela incluida. Creo que se preocupa de verdad por mí. ¡Qué gran mujer! Aunque nuestra competencia por escribir me haga mantenerme alejado, a pesar de que me deje claro a diario que quiere ayudar», escribió en esos días.

—Además, tengo información que te puede interesar. Sé que andas tras los autores del incendio del Palacio de Justicia y me ha llegado algo que podría ser importante —añadió Candela, bajando la mirada, «como si yo le intimidase».

—¿Hacia dónde vas? —preguntó Torquemada.

—A ningún sitio, ya he escrito la crónica y pensaba marcharme a casa. ¿Y tú?

—Todavía no lo tengo claro. Pero es un bonito día para caminar. ¿Vienes conmigo? —propuso el periodista.

Candela asintió y, juntos, comenzaron a andar por las calles adoquinadas hacia el norte de la ciudad. Conversaron sobre trivialidades, el tiempo, la música de la época y los últimos estrenos de teatro. Sin embargo, el verdadero interés de Alonso seguía siendo la información que ella tenía para él.

Llegaron a la plaza de Armas y, a través del vallado, observaron el Palacio Real, contemplando su majestuosidad. Alonso sintió una mezcla de asco y pesar al mirar el edificio, símbolo de la grandeza y la sucesión hereditaria del monarca. Creía que Alfonso XIII se había enriquecido a costa de empresarios como Isidoro Pedraza y quería desenmascararlo.

—Es impresionante, ¿no? —susurró Candela señalando el palacio.

Alonso asintió, todavía absorto en sus pensamientos. Aunque estaba hablando del palacio, en realidad se refería a ella y al misterio que la rodeaba.

—Y pensar que quien allí habita y nos gobierna a lo mejor tiene un hermano mayor que sería el directo sucesor de Alfonso XII y, por tanto, nuestro rey...

—Un hijo del adulterio jamás nos gobernaría, Alonso —dijo ella.

Él alzó los hombros.

—Bueno, ¿qué información tienes para mí? —preguntó.

—Parece ser que un amigo del rey, un tal Isidoro Pedraza, ha dicho que gracias al incendio del Palacio de Justicia se han eliminado muchas de las deudas que le reclamaban judicialmente. En apariencia, debe mucho dinero a una fiadora de los juzgados, que ya no tiene forma de demostrar cuánto dinero le debía. ¿Sabes que lo detuvieron?

Torquemada asintió, y recordó a la mujer que había interrumpido a Ossorio y Gallardo en el Café de las Salesas.

—Me han dado una fotografía del día de su detención, por si la necesitas.

—¿De quién? ¿De Pedraza?

—Sí —dijo ella, con una gran sonrisa que dejó ver sus dientes perfectos.

Torquemada se sorprendió. Eran como la noche y el día. Él obtenía la información de los delincuentes, y ella, supuso, de los policías.

—Y además su expediente policial completo —añadió Candela.

—Pues es uno de los sospechosos de mi lista.

—¿Qué lista? —preguntó.

—Tengo a varios sospechosos, personas o instituciones que podrían haber estado interesados en quemar el Palacio de Justicia.

—Incluido Alfonso XIII, imagino —contestó ella mientras bajaba la voz.

De repente, a través del rabillo del ojo, Torquemada percibió una silueta que parecía estar observándolos. Se giró de golpe y solo vio el arbolado de los jardines que los rodeaban. Cerró los ojos, espiró con fuerza y volvió su rostro hacia Candela, que lo miraba con una sonrisa inmensa en el rostro.

—Muchas gracias, Candela. Esta noche iré a la plaza de toros y, si no me equivoco, Pedraza estará allí.

—Como todo el mundo que quiere ser alguien en esta ciudad —respondió la mujer.

—Así es. Gracias por la información. Me voy corriendo a mi casa para estudiarla.

Ella se arrepintió al momento de no haberlo retenido más tiempo. Suspiraba por conocerlo mejor.

12

ISIDORO PEDRAZA
DE LA PASCUA

La noche había envuelto la ciudad con su manto oscuro, pero la fiesta de San Isidro ardía aún con fuerza cuando Alonso Torquemada llegó a la plaza de toros que, a esas horas, se transformaba en un espectáculo de luces. Las farolas arrojaban su brillo dorado sobre la arena, mientras las gradas parecían a punto de reventar con el griterío de los madrileños.

Ascendió al tendido, desde donde pudo observar a la gente en la distancia, intentando otear las caras del público. Los trajes de luces destellaban frente a los chiqueros, semejantes a estrellas. Fuera del recinto se oían risas, exclamaciones de alegría y el bullicio de la venta de comida y vino. Dentro, la tensión se mezclaba con el susurro de los entendidos.

En medio de la muchedumbre, Torquemada trataba de localizar a Isidoro Pedraza, gracias a la fotografía policial que Candela le había proporcionado, justo cuando los toreros hicieron su entrada en el ruedo, recibiendo ovaciones de los madrileños.

Avanzando entre la gente, se dirigió hacia las gradas donde se mezclaba un grupo de aristócratas. La banda de música comenzó a tocar, y la multitud se unió en un aplauso estruendoso cuando los toros de Saltillo saltaron al coso. Por un momento, Torquemada se quedó al margen, observando la fiesta y, de reojo, vio a Pedraza. Se hizo paso entre dos «orondos hombres que fumaban un puro, tan grande como su desvergüenza, mientras un par de mujeres de buen ver charlaban sobre la última moda de la ropa de París», escribió aquel día.

El primer toro de la noche fue para Pastor, que muleteó sin castigar. «Entró como un mal novillero y salió de la plaza entre pitos, mientras Rafael Gallo lo sustituía en el coso para dar monumentales pases de muleta en pie y de rodillas», narró. La multitud, cautivada, ovacionó al torero.

Mientras la euforia dominaba a la muchedumbre, Torquemada se acercó decididamente al financiero.

—¿Señor Pedraza? —preguntó.

Isidoro Pedraza, extrañado, lo miró. Vestía un sombrero de ala ancha y un esmoquin negro, que armonizaba con su bigote en forma de caracola. «Parece un actor cinematográfico: bien vestido, bien relacionado, con facciones clásicas y un porte aristocrático. ¡Un delincuente!», escribió.

—Me llamo Alonso Torquemada, me envía mi buen amigo el novelista Blasco Ibáñez —comenzó.

—No podría haber elegido peor carta de presentación —respondió el financiero, algo sarcástico—. Decir que viene de parte de Blasco Ibáñez es como presentarse con un juez a un recluso frente al garrote vil. Yo soy amigo de don Alfonso, nuestro rey, y Blasco su más férreo detractor. Pero ya que está aquí, hable.

Torquemada había estudiado bien a su interlocutor. Sabía que las ambiciones desmedidas de Isidoro Pedraza le habían permitido acercarse al mismísimo rey Alfonso XIII y abrirse paso en las altas esferas de Londres y Nueva York. En ciertas zonas, como Puigcerdà, era considerado un benefactor por donar tierras para un cementerio. La prensa, ya fuera española o francesa, lo describió primero como arquitecto y más tarde como banquero, hasta que su nombre se vio manchado por un fraude que afectó al Banco Español de Obras Públicas y Crédito y al político radical Alejandro Lerroux, quien, antes de presidir la República, había sido su socio en el negocio bancario. Y fue el mismo Lerroux quien ordenó su arresto por estafa.

El abogado de Pedraza, tras ser este esposado justo cuando intentaba fugarse en un barco rumbo a Estados Unidos, defendió a su cliente argumentando que no era un estafador, sino un empresario: «Quien, como él, paga quince mil francos anuales por el alquiler de un apartamento en París, es lógico que, para pasar mes y medio en Nueva York con su esposa, lleve diez mil pesetas en la cartera, máxime teniendo en cuenta que solo el pasaje costaba mil duros». No mencionó a los medios que a quien llamaba «su esposa» era en realidad su segunda mujer, y que la primera había muerto en circunstancias misteriosas, un hecho que Torquemada había descubierto pocas horas antes, gracias a Candela.

—Veo que su detención por estafa ha quedado en nada... —dijo Torquemada.

—Disputas entre socios que Lerroux no ha sabido gestionar adecuadamente. Pero si se ha informado sobre mí, sabrá que la cantidad de la que se me acusa de haber robado es insignificante, dada mi forma de vivir.

—No parecía tan acomodado cuando llegó a Madrid y conoció a Eufrasio Valdés —replicó Torquemada, desconcertando al banquero al mencionar al agente matrimonial.

—¿Qué insinúa usted?

—Me han informado que Valdés le encontró a su primera esposa, Asunción González Rueda, hija de un acaudalado notario. «Soltera, vulnerable y rica» fueron las condiciones que usted especificó y que el agente cumplió. Se dice que Luis González, el influyente notario, le prohibió acercarse a su hija. Pero usted logró convencerla para que se casaran en secreto, sorprendiéndola, el 20 de marzo de 1896. Ese fue el comienzo de su carrera como un financiero de verbo fácil, ideas grandilocuentes y tantos amigos como litigios a sus espaldas.

—Vaya al grano, señor Torquemada —dijo Pedraza, visiblemente molesto.

Torquemada asintió.

—Se casó con una mujer que sufría de endocarditis crónica y que murió poco después —continuó, recordando la documentación proporcionada por Candela.

Sonrió.

—Me estoy cansando de sus insinuaciones, Torquemada. ¿Qué quiere?

—Convénzame de que no tiene nada que ver con el incendio del Tribunal Supremo. Sé que los litigios le resultan atractivos.

Pedraza soltó una carcajada.

—¿No tiene nada que decir sobre su afición a los juicios? —insistió Torquemada.

Se había enterado de que Pedraza había demandado a su suegro, exigiendo como dote que le entregara a su hija junto con la mitad de su herencia legítima. Tras una larga disputa, alcanzaron un acuerdo ante el notario Moreno Caballero, por el cual Pedraza recibió sesenta mil pesetas. Con ese dinero, no solo aseguró el futuro de su esposa, sino que también alquiló un lujoso apartamento en la calle Villalar, número cinco, que amuebló con exquisito gusto.

—Mire, señor Torquemada, me han acusado de muchas cosas, pero de ser un incendiario, nunca. ¿De dónde sale tal rumor? —preguntó Pedraza.

—Es lo que se comenta por Madrid, dada su fama en cuanto a la mentira.

—¿Quién se atreve a llamarme mentiroso? —exclamó el financiero, indignado.

—Engañó a Santos Riesco, el propietario de la tienda de muebles, quien le demandó por una deuda en 1897 y 1898. Al año siguiente, intentó asegurar su vida en La Previsión de Barcelona, pero fue rechazado. Sin embargo, consiguió hacerlo en La Equitativa, por sesenta mil pesetas, y en Seguros El Fénix, por un millón. Su esposa murió el 25 de junio de 1897 de una congestión pulmonar y fallo cardíaco. Usted, habiendo sido nombrado beneficiario en su testamento de Málaga del 16 de junio, reclamó un millón a la aseguradora.

Los investigadores del seguro siguieron a Pedraza de cerca, y descubrieron que intentaba esconder su turbio pasado y continuar viviendo como el personaje que había creado. Según informes, Pedraza buscaba destruir documentos judiciales almacenados en el Palacio de las Salesas.

—Si alguien puede hablar bien de mí, es el propio rey don Alfonso, mi amigo… —afirmó Pedraza con una sonrisa confiada.

—¿El rey? —preguntó Torquemada, incrédulo.

—Exactamente, joven. El rey es mi amigo y futuro socio. Si tiene dudas sobre el incendio, hable con él.

En ese momento, la plaza se llenó de gritos. Un toro de la ganadería Saltillo había corneado a un torero. El bullicio se convirtió en un silencio sepulcral, y ambos hombres observaron la arena. Al ver que el torero se levantaba ileso, Torquemada retomó su interrogatorio.

—¿Por qué debería hablar con el rey? —preguntó, provocando una risa en el financiero.

Torquemada tardaría días en descubrir la verdad. Pedraza desapareció tan pronto como dos hombres de aspecto rudo, con sombreros calados y bigotes bien recortados, se acercaron. Uno de ellos, adelantándose, dijo al periodista con poca amabilidad:

—Acompáñenos.

13

EL INTERROGATORIO

La comisaría era lúgubre, una imponente estructura de piedra gris, con altas ventanas enrejadas que miraban hacia las calles, aún húmedas por la neblina nocturna. Su fachada, erosionada por el tiempo, era el reflejo de aquella España en evolución.

Torquemada, escoltado por dos agentes, cruzó las imponentes puertas de madera de la comisaría. Al adentrarse, el bullicio de la calle fue reemplazado por un silencio abrumador, anticipando los golpes que esperaba recibir. Mientras descendían por unas escaleras, notó la cojera de uno de los policías, que, lejos de ser accidental, parecía causada por un defecto congénito, evidenciado por el alza de madera bajo su zapato, detalle que Torquemada no pasó por alto en sus notas: «Nadie que nace tullido se cría sano, y por eso creí que esa noche no salía vivo de las garras de mis captores».

La sala de interrogatorios, situada en el subsuelo, la sintió «desoladora, el anticipo de esta España. La visión de la falta de derechos y de garantías. El espejo de la sinrazón». Sus paredes, desprovistas de cualquier decoración y con la pintura desgastada, contribuían a la sensación de confinamiento, acentuada por la luz tenue de una única bombilla que proyectaba sombras inquietantes. En el centro, una mesa robusta, testigo silente de innumerables interrogatorios previos, separaba a los inquisidores del periodista. Las sillas, marcadas por el uso, se disponían a ambos lados de la mesa, mientras el policía cojo permanecía de pie, imponiendo su presencia amenazante.

—Aquí estamos, señor Torquemada. Parece que ha hecho todo lo posible para encontrarse con nosotros —articuló el policía más joven, sentado frente a él.

Torquemada, sumido en sus pensamientos, hallaba consuelo en la idea de refugiarse en la absenta y el «coco» para amortiguar el impacto de los golpes venideros. Los últimos años habían sido una lucha constante, con cada día sobrio contaba como una pequeña victoria. Era plenamente consciente de que su silencio y serenidad eran su única escapatoria, y comenzó a recordar sus días con Catalina; aquellas mañanas sobrias, donde lo único importante era su batalla verbal sobre la política; su sentimiento republicano, izquierdista; sus besos; sus manos acariciando el cuerpo del único amor que le permitió crecer sano en un país donde la vida era tan dura como el pan de días.

—¿Me escucha? —insistió el policía.

El tenso silencio que se prolongó fue interrumpido por la voz firme pero cargada de autoridad del oficial de pie, lo que obligó a Torquemada a enfrentar la gravedad de su situación.

—Sabemos todo —declaró finalmente, acercándose amenazante a Torquemada—. ¡Hable! ¿Cuál es su interés en la duquesa de Pinohermoso?

Mientras el joven policía encendía un cigarrillo, el otro empezó a lanzar amenazas en caso de que Torquemada optara por el silencio.

—Parece que el periodista prefiere mantenerse callado —comentó el oficial sentado, incitándolo a hablar.

Torquemada, anticipando el dolor físico, optó por permanecer en silencio, preparándose para lo inevitable.

—Hable, Torquemada. ¿Quiénes son sus fuentes de información? ¿Qué busca al indagar sobre la duquesa de Pinohermoso? —presionó el policía de mayor rango.

El silencio prevaleció hasta que el policía más joven se acercó, su aliento impregnado de ajo, y amenazó con involucrar a Candela, la única persona que había permanecido leal a Torquemada en sus momentos más bajos.

—No la arrastren a esto —pronunció como única y firme respuesta, su voz delatando preocupación.

El policía sonrió, tras romper la barrera del silencio.

—¿De dónde obtiene la cocaína, amigo Alonso? —insinuó el policía, sugiriendo un delito más allá del periodismo.

Torquemada se mantuvo callado, consciente del peligro de sus palabras, pero igualmente consciente de que el silencio era un reto en sí mismo.

—¿Qué quieren de mí? —preguntó por fin, su voz mezclando desafío y desesperación.

—Queremos que comprenda que el incendio de las Salesas fue un accidente. Usted, como anarquista, no es bien visto en estos tiempos, y debe cesar sus preguntas sobre la duquesa —añadió el policía cojo.

Torquemada, esperando un golpe físico que nunca llegó, entendió que la lucha más dura no venía de un puño, sino de la tentación de sumergirse de nuevo en el alcohol para escapar de su realidad. En ese momento se dio cuenta de que debía buscar a Clara de Osuna, su examante, que podría tener información clave sobre la duquesa de Pinohermoso. Algo le decía que la aristócrata estaba detrás de este teatro policial.

—Y su asociación con Blasco Ibáñez no contribuye a su causa —añadió el oficial joven, revelando conocimiento sobre todos los aspectos de la vida de Torquemada.

—Si ya lo saben todo… ¿Qué más desean de mí?

—Lo único que queremos es que entienda que no puede interferir con ministros, jueces y otros hombres poderosos de Madrid en su búsqueda de una verdad inexistente. El incendio fue un accidente —afirmó el cojo, su pie derecho emitiendo un sonido característico al moverse.

—¿Quiere ver cuánto más sabemos? —inquirió el joven policía.

—¿Deberíamos hablar de Madame Celestina? ¿Del camarero al que interrogó sobre la duquesa? —prosiguió el oficial mayor.

A pesar de la presión, Torquemada se mantuvo callado, prometiéndose a sí mismo, y a aquellos a quienes juró proteger, que no cedería. La sala de interrogatorios se convirtió en un confesionario simbólico, donde las voces de los policías resonaban con una autoridad casi divina. Justo cuando uno de los oficiales se disponía a golpearle, la puerta se abrió. El joven policía salió y regresó poco después con un mensaje final:

—Puede irse, pero es mejor que deje la investigación. Por su bien.

«Alguien, desconocido todavía, daba las órdenes. De eso no hay duda», escribió esa noche. Desilusionado y sin opciones, Torquemada corrió hacia la calle Ceres, donde finalmente se derrumbó, consciente de que alguien a su alrededor lo estaba traicionando. Alguien informaba de todos sus movimientos a la policía.

14

AMORES EXTRAÑOS

Al día siguiente, se levantó de la cama sin pasar por el agua y caminó hacia la vivienda de Clara de Osuna, una antigua amante que había escandalizado a la clase alta madrileña cuando, a los diecinueve años, se fugó a París con un pintor veinte años mayor que ella. Se contaban mil historias sobre la vida pecaminosa de Clara en París, pero la verdad es que la aventura duró solo unos meses hasta que regresó a Madrid; su padre la perdonó y la internó en un convento de monjas. Permaneció allí durante la vida de su padre y, tras su muerte, vivía sola en la casa familiar, disfrutando de la comodidad económica típica de las nacidas en buena cuna. Se había convertido en una paria de la sociedad madrileña, por lo que disfrutaba de la vida sin preocuparse por las apariencias.

Torquemada la recordaba alta, de pestañas inmensas, curvilínea, rubia, de piel alabastrina y grandes pechos, locuaz, desinhibida y apasionada por el sexo. Hacía al menos un año que no la veía, y algo más desde la última vez que estuvieron íntimos. Lo suyo duró un tiempo hasta que alguien la había amenazado con revelar sus «inclinaciones sáficas». Madrid podría perdonarle todo, incluso su afiliación a la CNT, pero no que besara a otra mujer. Entonces Clara había citado a Torquemada en un café cantante clandestino y le había dicho que no podían volver a verse. Había transcurrido casi un año desde aquel día, y esa mañana se presentó en su puerta como si nunca hubiese pasado el tiempo.

«Su rostro juvenil palideció al abrir la verja y ver mi sonrisa afilada. Llevaba un traje ceñido de gasa que hacía que el escote casi ocultara el cuello. Se había pintado los labios de un intenso rojo bermellón y se había perfumado con una fragancia suave con notas de pachuli. Parecía estar esperando a alguien, aunque no dijo nada y yo tampoco pregunté», narró en sus cuadernos.

Torquemada anotó el diálogo que tuvo ese día con Clara de Osuna, entre comentarios sobre Manolo Barroso, ex amante de la joven y quien, según Madame Celestina, era quien había ordenado que le dieran una paliza. También sobre sus recuerdos íntimos con ella: «Nunca nadie me ha hecho sentir tan impuro en la cama; su cuerpo deja ir ríos de agua que empapan el suelo; sin embargo, nunca logró iluminar del todo mi corazón, perdido entre los recuerdos de Catalina; aunque casi lo consigue».

—¿Qué haces aquí, Alonso? —fueron las primeras palabras que la joven dirigió al reportero.

«Clara avanzó un paso como si estuviera a punto de comenzar a correr, se hizo a un lado y miró hacia la calle. ¿A quién teme?», se preguntó el periodista mientras apuntaba posibles respuestas: «¿Manolo Barroso? ¿Madame Celestina?».

—¿Pasa algo? —interrogó Alonso.

—No, pero la última vez que te vi una amiga tuya me dio dos bofetadas y me amenazó de tal manera que…

—¿Madame Celestina? Ahora entiendo nuestra última cita…

—Así es, fue ella. Me amenazó con exponer mi vida sexual a la corte, y por eso decidí que lo nuestro había terminado. Si estás con ella, no estás con nadie más. Esa es su reputación. Pero entra, no nos quedemos en la puerta.

Alonso la siguió hasta el salón y esperó a que se sentara en el sofá para ocupar el sillón frente a ella. Clara tocó una campanilla y una joven de apenas dieciséis años, de piel casi translúcida, se acercó. Pidió té y dos copas de vino, algo que Torquemada rechazó.

—Un vaso de agua estará bien —dijo.

El rostro de Clara se alargó hacia el techo sin decir nada.

—Un tiempo sin alcohol no le hace daño a nadie —contestó Torquemada.

—Si tú lo dices... —dijo ella, y luego a la joven—: Té y vino para mí y agua para el invitado, gracias.

Mientras la sirvienta preparaba las bebidas, se pusieron al día. Clara le explicó que no tenía amante fijo salvo las caricias nocturnas con la sirvienta, que según ella tenía las mejores manos que nunca había conocido. Torquemada recordó una noche en la que Clara le pidió yacer con otra chica y con ella, a lo que él se negó. Aquel fue el primer disparo que anunció el fin de la relación, pero sus pensamientos se disiparon al ver caer el bermellón del vino como una serpiente en el interior del vaso y comenzó a salivar, indiferente a las palabras de su acompañante.

—¡Alonso! —gritó Clara—. ¿Estás aquí?

El cuerpo del periodista tuvo un espasmo y dijo:

—Perdona, estaba en otro sitio.

—Ya imagino, en el cielo de Baco.

Torquemada sonrió a la ironía de la joven sobre su abstinencia. En esos días son muchas las anotaciones sobre cómo estaba reaccionando su cuerpo a la falta de alcohol. Sus agendas hablan de espasmos, bichos en la pared, falta de concentración, temblores y, sobre todo, pensamientos reiterados sobre la absenta.

—¿Estás seguro de que no quieres un vaso con absenta? —insistió Clara de Osuna, a lo que, una y otra vez, Torquemada contestó:

—Seguro.

—¡Qué aburrido eres, chico!

Esa fue la respuesta que anotó en sus libretas, hasta que finalmente Torquemada comenzó a hablar de lo que le había llevado allí.

—Necesito que me cuentes de la condensa de Pinohermoso.

—Una señorona muy afecta a los reyes y con deslices en la alta sociedad.

—Paso a paso, Clara, que necesito tomar notas.

—Enriqueta María de Togores es una de las damas más cercanas a la reina. Culta y muy relacionada con literatos. Es una elegida en la corte y también una adelantada a su tiempo en cuestiones de relaciones. Enviudó, pero no se ha quedado para vestir santos.

Habló durante unos largos veinte minutos y, cuando su boca se secó, Clara miró fijamente al periodista y le dijo:

—Beber ya me has dicho que no, pero sexo...

—Me han dicho que eres la nueva protegida de Manolo Barroso, y ya sabes que, si su nombre aparece, lo mejor es alejarse —dijo él, sin querer enfangarse en responder a las provocaciones de la joven.

Clara comenzó a reír.

—¿Barroso? ¿Su protegida? Para nada, Alonso. A mí no me protege nadie, y menos un zopenco como Barroso. Él, como tú, sois el pasado, y no creo que a Manolo le preocupe nada mío.

—Pues me hizo pegar una paliza...

—Si fue él o alguno de sus hombres, no tiene nada que ver conmigo, querido Alonso. Y ahora, contesta a mi proposición...

Algo se iluminó en los ojos de Torquemada, como si supiese que su abstinencia fuese un mero parón frente al gran declive.

—¿Qué más me puedes decir de la duquesa de Pinohermoso? —preguntó el periodista.

—¿Qué más quieres saber?

—Que por ahí se dice que tiene algún tipo de relación con alguien del gobierno.

—Eso tiene sentido —contestó ella.

Torquemada le explicó que se comentaba que, gracias al incendio, la condensa había cerrado un acuerdo para alquilar uno de sus edificios como sede de la nueva Audiencia.

—Me enteraré, pero... ¿por qué no hablamos de nosotros? —preguntó Clara.

Torquemada la miró fijamente. Sabía que ya no podría evitar más la respuesta, pero quería ser firme. Intuía que, si caía entre sus brazos, todo podía pasar, y no quería volver a la bebida.

—No hay un *nosotros*, Clara. Por lo que me dijeron, volviste con el hombre mayor, tras nuestra ruptura. Y a mí no me gusta compartir a una mujer con nadie más.

—Ya, y a Madame Celestina no la compartes... Venga, Alonso, que es puta...

—Celestina está retirada y no se acuesta con nadie más que conmigo. Y te repito, no me gusta compartir, y menos con el tipo de hombres con los que te dejas ver, que parecen sacados de una feria de monstruos a punto de jubilarse.

—Y eso es lo que no me perdona esta sociedad remilgada. Pero no porque sea mayor que yo, sino porque es de otra clase social, porque ese hombre al que te refieres es un dirigente anarquista que busca la emancipación de la clase obrera, a la que gente como mi padre esclavizó en sus fábricas. No es muy inteligente, y es feo, pero tiene claras las ideas. Y tú sabes que, para mí, el anarquismo está por encima de cualquier otra cosa. Pero en estos momentos solo me importas tú...

Se levantó y se acercó al periodista, dejando el pecho frente a los ojos del joven, que comenzó a sentir calor bajo la ropa.

—Alonso, recuerdo que eras muy entregado en la cama... ¿Sigues siéndolo?

—Clara, no estoy en mi mejor momento personal, por favor, sigamos con la charla.

Ella volvió a sentarse y dio un sorbo al vino.

—Sí, regresé con el hombre aquel, un desdichado al que incluso tuve que mantener, pero todavía recuerdo que me tocaba bien. Aunque no tan bien como tú; siempre fuiste muy voluntarioso. Sueño con las prestidigitaciones de tu lengua.

—Clara...

En el aire flotaba una tensión palpable, una mezcla de deseo y represión. Los contornos de su cuerpo, iluminados por la luz vacilante de las velas, se grababan en la mente de Torquemada. Él, paralizado por la mezcla entre los recuerdos del pasado y su propio conflicto interno, no se movió mientras ella comenzaba a despojarse de la ropa. La visión del cuerpo curvo, de sus pechos blanquecinos, de la aureola casi etérea que poco a poco se aparecía ante él, le dejó mudo. La ropa siguió su camino, dejando a la vista el culo que por grande laceraba su mente y su mirada.

—Déjate llevar, Alonso. Piensa que es solo una noche, el recuerdo de lo que fuimos... —dijo ella, y volvió a levantarse.

Tomó la mano de Torquemada y la dirigió a uno de sus pechos mientras con la otra buscaba su sexo, que comenzó a reaccionar como si fuese su primera vez. Ella se estiró sobre el sofá y le pidió que se arrodillase frente a su pubis. Su cuerpo comenzó a moverse en una cadencia única mientras sujetaba con fuerza la cabeza de Torquemada que, obediente, le daba placer. Y cuando Clara estaba a punto de sentir un golpe hímnico de goce, paró y lo obligó a sentarse. Tomó un almohadón de suave lino y se arrodilló, llevando su boca al sexo de Torquemada, que se arqueó hacia atrás.

Poco rato después, sus cuerpos se unieron. Pronto encontraron el ritmo común que ya conocían. Los sonidos de su unión llenaron la estancia hasta que un suspiro gutural de Clara y un charco líquido en el suelo marcaron el final de la sinfonía. El mundo exterior se desvaneció en un fundido a negro que selló aquel momento.

Al volver en sí, Torquemada notó una figura en la penumbra, cerca de la puerta. La joven sirvienta, que había sido testigo silencioso de toda la escena, se encontraba allí, su respiración casi tan agitada como la de los amantes. Una mano escondida entre las enaguas. Sus ojos grandes, llenos de una mezcla de sorpresa y curiosidad, no dejaban de observar.

Poco después, la absenta descendía por el cuello de Torquemada, arrasando con todo hasta que su estómago pareció una bola de fuego. «Volver a sentir el calor del alcohol rasgando mi tráquea y lijando mi alma hizo que mi mente volase y que mi corazón sintiese que un clavo lo atravesaba. Culpé al mundo, culpé a Clara y, sobre todo, me quise morir», escribiría días después.

—Bebe, Alonso, bebe conmigo —dijo Clara, desnuda sobre el lecho, una hora después.

Torquemada se incorporó, apoyó la cabeza sobre un almohadón recubierto con tela de lino y la miró fijamente.

—Háblame de la duquesa —le dijo.

—Era la amante de Menéndez Pelayo.

—Algo que no sepa ya, amiga mía.

—Tiene un hombre para todo, un asistente. Esa es la persona que conoce todas sus finanzas y le gestiona todos los contratos. Si hay algo turbio, él lo tiene que saber.

Torquemada giró el cuerpo a la derecha, tomó un vaso de absenta y lo bebió de golpe; luego volvió a la posición donde podía mirarla a los ojos.

—¿Tienes un nombre?

—Creo que se llama Carlos Martín. Pero si fuese tú, yo visitaría el edificio de la calle Amor de Dios y hablaría con el portero. Esos conocen a todos y todo lo que pasa en los edificios.

—Me parece un buen enfoque —dijo él.

Clara se incorporó, dejando que sus pechos cayesen hacia el cielo. Empujó suavemente a Torquemada hasta dejarlo mirando boca arriba, se montó sobre él y comenzó a besarlo. Treinta minutos después, exhaustos, miraban los dos al techo, uno al lado del otro.

—¿Y de un tal Isidoro Pedraza, conoces algo? —preguntó cuando recuperó el resuello.

—Un tipo extraño que llegó sin un real a Madrid y ahora maneja billetes —contestó jadeante Clara—. Pero si alguien tiene que saber de él, es tu madame. Conoce a todos los ricos de Madrid.

—Y a los pobres también —contestó Torquemada—. Yo lo soy.

—Eso es lo que más me gusta de ti, tu pobreza. Tu forma de ver la vida, de defender al pueblo sin creerte un tocado por la varita de la sabiduría. ¿Por qué no vienes ya a las reuniones del sindicato?

—Sabes bien que, desde que murió Catalina, no quiero saber nada de los movimientos anarquistas.

Luego volvieron a hacer el amor, bebieron toda la noche y, cuando de madrugada volvió a su piso de la calle Ceres, al grito de «Catalina» se derrumbó. «La amo, la echo de menos», escribió. Con cada rasgada del lapicero su estómago se contraía, queriéndose vaciar.

15

VOMITANDO BILIS

Pasó la mañana dormitando sin ver la luz hasta que, cuando la luna se posó sobre la ciudad, decidió visitar a Madame Celestina. La localizó en su mesa del Gran Café, y casi se cayó al suelo cuando se acercó para besarla.

—Siéntate, o Madame Celestina hará que te echen —le dijo ella.

Él obedeció, vacilante.

—Amiga mía, necesito hablar contigo, escúchame, por favor —imploró Torquemada.

—En tu estado, no creo que estés capacitado para escuchar. ¿Dónde ha quedado la sobriedad?

—En la plaza de las Salesas.

—Al menos no mientas a esta vieja, Alonso. La sobriedad ha quedado en casa de Clara de Osuna.

—¿Por qué no te metes en la vida de otro?

—Si estamos con esas, creo que debes escuchar la voz de la experiencia. Tu vida corre peligro. Comienza a rumorearse que vas contra el rey, y eso no es bueno para ti. La vida vale poco por la noche. Si bebes, eres noche.

—Necesito saber más de Pedraza, del estafador —dijo el periodista, mientras intentaba acomodar su cuerpo en la silla.

Ella suspiró, dándole un tiempo para serenarse. Vestía de negro, como si esa mañana hubiese anticipado la caída a los infiernos de su amante. Adelantó el cuerpo y posó su mano sobre la pierna del periodista, que la apartó de malas formas.

—No es él, Alonso. Ese hombre no ha quemado el Tribunal Supremo. Se juega mucho. Tiene planes para construir un tren que va de Madrid a Valencia.

—¿Y eso cómo lo sabes? No creo que ahora seas ingeniera, porque hasta donde yo sé, eres puta.

Madame Celestina se levantó y fue a abofetearlo, aunque finalmente no lo hizo. Se sentó de nuevo y lo reprendió con ira.

—Te diría lo que pienso de tus impertinencias, Alonso, pero sé que habla el alcohol y no tú. Un tal Luis Silvela es su abogado y se lo ha escuchado decir que quiere hacer un tren directo de Madrid a Valencia y hacerse cargo de todos los gastos de construcción.[1] Pedraza no se metería en un incendio teniendo un proyecto tan importante en marcha, además de un pleito con Lerroux.

—¿Entonces?

—El pleito de los hermanos bastardos del rey, eso es lo que más preocupa a la Casa Real en estos momentos. Y, querido mío, creo que ha llegado el momento de que dejes de ver a esta mujer, a pesar de que te quiera mucho. Nunca más volverás a faltarle al respeto a Madame Celestina con la excusa de la muerte de tu amada Catalina.

Él se sobresaltó. No esperaba la reacción, y el miedo se acumuló en su mirada vítrea.

—No te falto el respeto por ella, sino porque me has estado ocultando muchas cosas.

—¿Clara de Osuna? —preguntó ella.

—¿Por qué la echaste de mi vida?

—¿No lo ves, Alonso? Hace unos días estabas sobrio, y en una noche con ella has olvidado todo.

—Me ha explicado que Barroso nada tiene que ver con ella. Así que solo me cabe una explicación: intentaste que me diese un susto para que volviese a tus brazos...

---

1. Nota del autor. Estos contactos llevaron a la Diputación Provincial de Valencia a redactar un convenio de construcción del ferrocarril directo, en el que se obligaba a Pedraza a abonar 185.000 pesetas por los gastos que las corporaciones cedentes tuvieron en la redacción del proyecto (RCH, 20.03.1920). No obstante, Pedraza y sus socios no concurrieron a la subasta que se realizó el 3 de septiembre de 1920 y quedó desierta.

—No digas absurdos, Alonso, yo te quie...

Torquemada la interrumpió, levantándose de golpe como si, de repente, hubiese recuperado la sobriedad.

—Ni se te ocurra acabar la frase. No eres Catalina y nunca lo serás.

Y se marchó dejándola con la palabra en la boca, sabedor de que había perdido a la mejor fuente de información de Madrid por su querencia al alcohol. Mientras se dirigía a su vivienda, sus pasos y pensamientos trastabillaban desacompasados, mientras gritaba a la gente con la que se cruzaba. Esa noche, Torquemada se transformó en otro loco más de Madrid, un desquiciado que maldecía al mundo. Su odio hacia Clara de Osuna por haberlo arrastrado de nuevo al abismo de la absenta era intenso, y el recuerdo de Catalina pesaba en su mente, recordándole lo que pudo ser y nunca sería. Y sus libretas dejan buena constancia de ello, aunque al día siguiente el primero de los sospechosos se evaporaría de su lista.

16

ADIÓS, SOSPECHAS

Al día siguiente, se levantó en su piso de la calle Ceres solo, descalzo y con vómito sobre la ropa. Al poco, alguien llamó a la puerta. Cuando consiguió abrir, localizó dos legajos de papel apergaminado en el suelo y una nota, firmada en el sobre, de Blasco Ibáñez.

Se sentó en la cama mientras abría el paquete y leyó:

«Estimado amigo:

»Esta mañana Madame Celestina me ha interrumpido durante el desayuno para explicarme sus cuitas con Isidoro Pedraza de la Pascua. En los últimos años, creyó don Alfonso haber encontrado el hombre de negocios que necesitaba para hacerse rico. Es este un señor Pedraza, español que ha rodado mucho por Estados Unidos y la América del Sur; hombre listo, inteligente, y al cual por su historia llena de altibajos dan algunos el título de aventurero. El último telegrama que le envió días antes del incendio dice así: "Ven pronto. Todo está preparado. Alfonso R^2"».

Torquemada tomó una taza vacía y sucia y la llenó de absenta mientras, nuevamente sentado sobre el camastro, leía los legajos de papel. Se trataba de un sumario judicial del año 1915 (recurso 703/1915). Era una suerte de quiebra económica personal de Pedraza, que intentó aparentar ser pobre de solemnidad para no abonar sus deudas con el empresario Luis de la Mata Martínez.

---

2. Nota del autor. Texto obtenido del libro *Por España y contra el Rey*.

«Isidoro Pedraza está en situación de insolvencia personal y necesita que los pleitos sigan en marcha. Si se hubiese quemado su expediente de quiebra económica, los acreedores se le tirarían al cuello. No es él quien hizo quemar el Tribunal Supremo, porque tiene suficiente dinero para hacer desaparecer el expediente. Mal que le pese no es su hombre, Torquemada», escribió el novelista valenciano.

El reportero, entre brumas de alcohol, asumió que Blasco tenía razón y que carecía de sentido que el financiero destruyese los expedientes, cuando la prensa había dado buena cuenta de su conflicto con Lerroux en la creación en un banco y narrado su detención y su extradición desde Francia, donde iba a tomar el buque con destino a Nueva York para ser encarcelado en Barcelona en 1914. «Si ya era conocido por ser un estafador, ¿para qué va a arriesgarse a quemar sus expedientes judiciales, si necesitaba que siguiesen en marcha para evitar hacer los pagos a sus acreedores?», se preguntan sus libretas. En ese caso, Pedraza debería de haber creado un cortafuegos que justificase su actitud, pero jamás habría quemado los sumarios que, a la postre, acabaron salvándose porque los había hecho robar de las dependencias judiciales.

Una línea de un color diferente hecha con mucha presión elimina un nombre de la lista de sospechosos:

- El entorno del rey Alfonso XIII, para evitar la reclamación de filiación por un hijo extramatrimonial de su padre, el rey Alfonso XII.
- Isidoro Pedraza de la Pascua, para eliminar el sumario que lo vinculaba a fraudes económicos y que lo hacía parecer un delincuente frente a la compañía de seguros a la que reclamaba un millón de pesetas.
- La duquesa de Pinohermoso, para así alquilar su vivienda de la calle Amor de Dios como sede temporal del Tribunal Supremo.
- El servicio secreto español, para no devolver a la familia Garvey cinco millones de pesetas.

- Un presidiario que esperaba a ser juzgado en los calabozos del Tribunal Supremo.

Después de descartar a Pedraza, sus libretas callaron durante semanas, con la excepción de tres palabras: «Catalina», «muerte» y «Candela».

Fueron semanas de destrucción.

SEGUNDA PARTE

17

DEL ODIO AL AMOR

Pasaron las semanas, y junio trajo de vuelta el bochorno a la ciudad. La redacción de *El Imparcial* se había convertido en un horno, y Torquemada se sentía como un animal atrapado entre las llamas. Habían transcurrido varios días desde que escuchó rumores sobre un par de lámparas, supuestamente perdidas durante el incendio del Tribunal Supremo, que se vendieron en la Ribera de los Curtidores. Sin embargo, el nombre del vendedor, o «perista», seguía siendo un misterio, lo que aumentaba su frustración.

Había estado bebiendo durante muchos días consecutivos en la cama de Clara de Osuna, hasta que, tras una noche en la que acabó peleándose sin motivo con dos hombres a la salida de un bar, decidió pactar consigo mismo el retorno progresivo a la abstinencia. Por eso, en esos días, sus agendas carecen de reflexiones personales y tampoco mencionan el nombre de Catalina. Todo en su vida parece sumido en la nebulosa del alcohol hasta una anotación el domingo 6 de junio, apenas el día anterior: «Esa tarde, algo perdido y ligeramente ebrio, decidí caminar cerca del hipódromo, donde me encontré con una montaña de papeles esparcidos, restos volados desde las Salesas que cubrieron Madrid. Los documentos, parcialmente quemados y con los bordes chamuscados, desprendían un penetrante olor a carbón apagado con agua, un recordatorio constante de aquel día aciago».

Aquellos documentos terminaron en su casa de la calle Ceres y, a la mañana siguiente, los llevó a la redacción, provocando las quejas de sus relamidos colegas, quienes le reprocharon por «traer basura al trabajo». Entre los papeles, descubrió tres documentos cruciales que ocultó en su cajón; uno vinculaba a la duquesa de Pinohermoso con la casa en la calle Amor de Dios, y el otro era una carta de recomendación parcialmente quemada de un senador para José Aldecoa, presidente del Tribunal Supremo. «Esta España de compadreos nunca nos permitirá avanzar, donde todo se compra y se vende con una recomendación», pensó amargamente. El tercer documento revelaba que el director general de Seguridad, Ramón Méndez Alanís, manipulaba a la policía para beneficio personal. «Debo confrontar a Méndez con su nefasta gestión del incendio», anotó con decisión.

Sin pistas sobre el perista, Torquemada saltó de su silla y caminó hasta la planta superior, donde estaba la biblioteca del diario. El aire allí era más fresco y menos sofocante. Encontró una mesa despejada y se sentó para revisar la edición de La *Vanguardia* que había sido probablemente olvidada por algún colega. Tras la portada llena de esquelas y anuncios, localizó una noticia sobre un recurso de casación que defendió Ossorio y Gallardo en el Tribunal Supremo. Este, más pronto que tarde, se convertiría en su fuente de información y en su protector. El litigio traía causa de una medicación para los ojos llamada Pomada de la Marquesa, que fabricaba una señora con la receta de un farmacéutico. Tras registrar la marca, este último había intentado usurparla. El Tribunal Supremo había fallado a favor del fabricante. Torquemada apuntó en su libreta que tenía que hablar con el abogado para preguntarle si aquel pleito era el que iba a defender la mañana en que el Palacio de Justicia ardió.

Justo entonces, Candela se le acercó con información sobre recientes redadas policiales que podrían estar relacionadas con el incendio.

—Parece que la policía ha hecho varias redadas y ha detenido a mucha gente. Se dice que, entre ellos, pueden estar algunos sospechosos del incendio.

Alonso le agradeció la información, conocedor de que en su profesión nadie la da por nada.

—Espero que estés mejor —añadió ella.

—Sí, gracias, lo estoy, y gracias por el dato. Al principio de la investigación se detuvo a dos personas, pero luego resultó ser una pista falsa. Esperemos que de una vez sea real y se descubra al incendiario. Estoy convencido de que lo hizo por orden de alguien.

—Aquí te he apuntado algunos detalles —contestó Candela, entregándole un papel—. ¿Sigues tú la pista o la sigo yo?

—Tranquila, lo haré yo. Tengo una visita pendiente desde hace semanas con Ramón Méndez Alanís, el director general de Seguridad, algo así como el jefe de la represión. Ya es hora de que me lo encuentre.

—¿Has descartado a alguien más de tu lista de sospechosos o solo a Isidoro Pedraza?

—Por ahora, únicamente al estafador. Parece que le gusta tanto el dinero como su fama de pendenciero. No ganaba nada quemando el palacio.

—Por cierto, Alonso... —comenzó a hablar, mientras sus pómulos se tornaban colorados—, ¿te gustaría que un día de estos fuésemos a comer?

Torquemada se sorprendió ante la petición de Candela y apuntó: «Si algún día olvido mi pasado, Candela será mi presente». Pero su respuesta fue otra:

—Si no te importa, en otra ocasión.

Candela asintió y se giró apenada, camino de su escritorio, cuando Alonso alzó la voz:

—Muchas gracias, en serio. Me ayuda mucho saber que alguien cree en mí.

Ella asintió con la mirada y continuó su trayecto. Entonces, Torquemada pensó en Madame Celestina. Desde su desafortunada borrachera, no había tenido noticias de ella. También recordó sus últimos encuentros con Clara de Osuna, y la mera reminiscencia de su cuerpo le provocó el deseo irrefrenable de beber. Intentó dejar de pensar en ella y concentrarse en sus notas.

A las doce del mediodía dejó la biblioteca, descendió un piso y acomodó los papeles en la cajonera de su escritorio, cuando Luis López Ballesteros, el director del diario, bramó su nombre desde su despacho. Caminó hacia allí y asomó la cara a través del dintel de la puerta.

—Pase, Alonso, pase.

Acercó una silla y se sentó.

—Me han dicho que anda usted preguntando por una duquesa.

Alonso se sorprendió de cómo volaba la información en aquel Madrid de espías y porteras.

—Ándese con cuidado, Torquemada, no se puede ir por ahí lanzando infundios relacionados con el incendio —dijo Luis López.

—¿Por qué? —contestó rotundo el periodista—. Nobles y pobres merecen lo mismo, y nadie me ha dicho nada por ir preguntando por ahí por un ratero que tiene material robado del Palacio de las Salesas.

—¡Ya estamos! ¡Torquemada y sus impertinencias!

Alonso sonrió.

—Ándese con cuidado, Torquemada, o perderá su trabajo si esto sigue así.

—No se preocupe, que tomaré todo el cuidado del mundo en ver quién está informando sobre mí a toda persona viviente.

—Alonso…

—Don Luis, si no tiene nada más que decirme, me tengo que ir.

—¿A dónde va usted a estas horas de la mañana, Alonso?

—A ver a Méndez Alanís.

—Dios nos libre —dijo Luis López, conocedor de la fama de malhumorado del director de Seguridad español.

—Me ha citado él —aseguró Torquemada con retintín.

—Peor, mucho peor, Torquemada. Pero vaya, no lo haga esperar.

18

REDADAS CONTRA LA POBREZA

A penas salió a la calle, el camino hacia el Gobierno Civil, donde se ubicaba la Dirección General de Seguridad, lo sometió a un calor abrasador que sintió incluso bajo sus botas desgastadas. Había dejado atrás la capa y ahora vestía una camiseta deportiva y chaleco, distinguiéndose de las chaquetas de cheviot y las pajaritas de los forasteros que empezaban a abarrotar la capital. Atraídos por una exposición en Londres titulada *Sunny Spain*, organizada el año anterior por la Comisaría Regia del Turismo y Cultura Popular, estos visitantes no sospechaban que su presencia desencadenaría redadas. Bajo órdenes de «limpiar las calles de mendigos y malhechores», la ciudad mostraba una cara distinta, una directriz impulsada por Alfonso XIII y su visión de un turismo que ocultara la pobreza.

Méndez Alanís, aún retumbando por el regaño del rey tras el desastroso incendio de las Salesas, había mandado a Ramón Fernández Luna, comisario jefe de la Brigada de Investigación Criminal, a intensificar las redadas. Así que cuando Candela mencionó que entre los detenidos podría estar un sospechoso del incendio del Palacio de Justicia, supo que era momento de actuar.

Tomó un recorrido histórico: calle Atocha, plaza de Antón Martín, Príncipe, carrera de San Gerónimo, hasta llegar a la Puerta del Sol y a la calle Mayor. Ese mismo trayecto lo habían recorrido estudiantes que años atrás protestaban por abusos policiales. Justo entonces, vio a dos oficiales golpeando a un mendigo. Sin pensarlo, se interpuso, gritándoles que parasen. Los oficiales, sorprendidos, se encararon con él, pero el mendigo aprovechó para desaparecer. Torquemada, tras una tensa identificación como reportero, fue liberado.

Casi al llegar al Gobierno Civil, aceleró el paso cuando una sombra esquiva captó su atención al doblar una esquina. Se detuvo, escudriñando el entorno. Entonces, de repente, un hombre desaliñado se cruzó en su camino y le pidió un cigarrillo. Mientras Torquemada lo preparaba, el hombre se presentó como Ricardo Villar, viudo y expolicía marcado por una vida de penurias. Su historia tocó a Torquemada, quien decidió invitarlo a entrar en un bar cercano para escucharlo mejor.

Justo antes de sentarse, Torquemada escrutó nerviosamente los alrededores, atento a la sombra anterior. Pero fue interrumpido por una afirmación inesperada del hombre:

—Fue culpa de Alfonso XIII —dijo Villar, con una mirada que se perdía en el pasado.

—¿El qué? —preguntó Torquemada, su confusión palpable ante el giro de la conversación.

—¿No me escucha, joven?

—Perdóneme, Ricardo, dígame. Estaba distraído. —Se disculpó el periodista con un gesto de contrición.

—Lo que le decía era que yo trabajaba en las minas de hierro del Rif, en Marruecos, cuando nos atacaron. Aquello fue devastador... Eran las 8 de la mañana del 9 de julio de 1909. Estábamos trabajando en la construcción de las vías del ferrocarril que unirían Melilla con las minas de Beni Bu Ifrur cuando un grupo de rifeños nos atacó. Primero dispararon y luego acuchillaron a cinco compañeros...

—Y España arremetió contra ellos enviando tropas... —interrumpió Torquemada, intentando seguir la narrativa.

—Así es, joven. Las tropas españolas los bombardearon. Por eso, en 1912, cuando Francia cedió a España la administración colonial de la franja norte de Marruecos y la aceptamos, nos sentimos decepcionados. Nos dieron únicamente un mísero cinco por ciento del país, y nos conformamos. Todos los que dimos nuestra sangre en esa contienda nos sentimos traicionados. Yo, gracias a Dios, me hice policía a raíz de eso, pero me jubilé hace un año por problemas de salud. Y todo por la tibieza o los intereses de este rey...

Torquemada, que aborrecía la guerra y la violencia, sintió compasión por el hombre y decidió callar su opinión sobre la pérdida de Marruecos, y por fin se despidió.

—Encantado de conocerlo, pero tengo que irme. Me esperan en una reunión importante.

—Nos veremos; estoy seguro de que volveremos a encontrarnos —afirmó con una voz de ultratumba. —Torquemada alzó los hombros ante esas palabras—. En Madrid todos nos cruzamos con todos al menos tres veces en la vida, y esta solo es la primera.

—Si usted lo dice...

—Así es, joven —dijo el policía, para luego despedirse.

Torquemada arrancó a andar, rumiando lo que acababa de escuchar. Lo que no sabía era que esas palabras quedarían grabadas en su memoria cuando, tiempo después, asesinara a Ricardo Villar. Tampoco sabía que ese crimen lo obligaría a abandonar Madrid.

Pero antes, investigaría las finanzas de Alfonso XIII y sus tejemanejes judiciales. Nunca publicaría los resultados, pero sus libretas dejarían las pistas que ahora nos permiten conocer esa parte de la historia desconocida de nuestro país. No todo se quemó en el incendio de las Salesas.

19

EL PODER

Méndez Alanís esperaba en su despacho, acomodado en un sillón chéster de tono granate, tras una robusta mesa de madera. Al recibir a Torquemada, el pálido tono de su piel no pasó desapercibido. Torquemada escribiría luego: «Ante mí se halla una figura esencial en un periodo crítico para la transformación de la policía española, respaldado por el comisario Fernández Luna. Con su nariz afilada, cabello como si un gato lo hubiera lamido y una barba que evocaba a la nobleza, parecía alguien con una conexión divina». Lo que nadie sabía era que Méndez Alanís perdería la vida en diciembre de ese año.

—Por favor, tome asiento —invitó el director general de Seguridad, señalando hacia una silla austera frente a su mesa.

Torquemada arrastró la silla con estrépito, la separó un poco de la mesa y se sentó, sin apartar la vista de la prominente nariz de Méndez. «Era imposible no fijarse en ella, como si una mosca se paseara por esa prominencia. Me sentí como Quevedo mofándose de Góngora, luchando por contener la risa, que logré sofocar para que no se percatara».

—¿Qué necesita de este director general? —preguntó Méndez.

El periodista desvió la mirada, un gesto que no pasó inadvertido para el director de policía. Esa noche, Torquemada escribiría en su libreta: «Otro que recurre a la tercera persona para hablar de sí mismo. Un verdadero pedante con pómulos hundidos, que luce una corbata digna de una noche en la ópera y con nariz de rapaz. No obstante, me esforcé por concentrarme en lo esencial y comencé a interrogarlo. Estaba convencido de que, presionándole con mis preguntas, acabaría confrontándome. La seguridad era primordial para el hombre que se señalaba como culpable del atentado del 12 de noviembre de 1912, que acabó con la vida del presidente del consejo de ministros, José Canalejas Méndez. Aquel magnicidio había llevado a que tanto el poder político como los medios de comunicación pusieran el foco de atención en la policía, responsabilizándola casi exclusivamente de no haber prevenido el ataque y apuntando en particular a la Sección Especial de Anarquismo por no haber seguido los movimientos de Manuel Pardiñas, el asesino. No me equivoqué».

—He oído que se están llevando a cabo redadas, y me gustaría saber si alguna está relacionada con el incendio de las Salesas —indicó.

—Eso no tiene nada que ver con el incendio. Simplemente estamos patrullando las calles para garantizar la seguridad de los foráneos cuando lleguen —respondió Méndez.

—Entonces debo haber sido mal informado. No obstante, una colega de la redacción, que es una excelente periodista, me ha sugerido lo contrario.

—Están errados, tanto usted como esa joven periodista… Candela Rincón, ¿me equivoco?

La mención de Candela por su nombre sorprendió a Torquemada. «¿Cómo sabía Méndez el nombre de Candela y que me refería a ella? Aún no tenía la respuesta, pero no tardaría en encontrarla», reflexionaría más tarde.

—¿Está insinuando una amenaza hacia los periodistas de *El Imparcial*? —inquirió Torquemada.

—Por supuesto que no. Empecemos de nuevo, si le parece bien. Este director general está aquí para asistir tanto a usted como al resto de los periodistas del país.

La mirada fija y la sonrisa enigmática de Méndez desconcertaron a Torquemada, quien estaba seguro de que se burlaba de él abiertamente. «Esa sonrisa, en ese momento, no supe interpretarla.

Pero estoy convencido de que se estaba riendo de mí sin el menor recato», anotaría en su libreta.

—Entonces, ¿qué hay de las redadas? —Volvió a preguntar Torquemada.

—Son simplemente medidas preventivas para evitar que los vacacionistas se lleven una mala impresión de nuestro país. Estoy seguro de que el director de su periódico estará de acuerdo conmigo en que lo importante ahora son las próximas fiestas de San Isidro —respondió Méndez, esbozando otra sonrisa.

—Si me equivoco, entonces poco más necesito de usted —replicó Torquemada, levantándose para irse. —Acabo de ver cómo tratan sus policías a los ciudadanos, y me parece tan desagradable como inaceptable.

—¡Siéntese! —ordenó Méndez.

El periodista obedeció instintivamente. «El poder tiene su manera de imponerse. Con un simple grito, volví a sentarme. Por poco pierdo la compostura», escribiría.

Con un cigarro encendido y entre volutas de humo que oscurecían su mirada, Méndez lanzó una advertencia:

—Por cierto, me han informado de sus vínculos con grupos anarquistas, Torquemada. Y recuerde, tras el asesinato de Canalejas, los anarquistas han quedado bajo el escrutinio de nuestra brigada de información.

Torquemada percibió la amenaza implícita y optó por no responder, pese a la sonrisa condescendiente de Méndez.

—Sin embargo, las órdenes del Palacio son claras: debemos atender a los periodistas. No lo interrogaré sobre ciertos informes que he recibido acerca de usted y sus vínculos con Clara de Osuna. —Torquemada entrecerró los ojos ante estas palabras—. ¿No sabe que su amiga es una de las dirigentes nacionales de la CNT? —Méndez Alanís sonrió y volvió a dirigir su voz poderosa contra Torquemada—: Y recuerde, un favor se paga con otro favor... Deje de investigar y acepte que el incendio fue una mera casualidad, ¡nada más! Y olvídese de esas ideas republicanas, Alonso, hágame caso, por Dios, que es muy joven —añadió condescendiente.

—¿Y qué se supone que debo hacer? ¿Debo pensar como usted? ¿Convertirme en conservador o monárquico? ¿Ceder ante las amenazas de sus hombres? Ya me han interrogado y… —replicó el periodista con firmeza.

Méndez Alanís negó con la cabeza y, más tarde, redactaría una nota confidencial para Luis Moreno y Gil de Borja, el intendente de la Casa Real: «Es un impertinente, pero entrará en razón. Me encargaré personalmente».

—Piense como quiera, pero no se asocie con delincuentes anarquistas —concluyó Méndez.

—¿A quién se refiere? —cuestionó dejando que la pregunta resonase durante un segundo—. ¿A Clara de Osuna?

Méndez negó con la cabeza.

—Ahora puede irse, señor periodista. Y no olvide visitar al jefe de la Brigada de Investigación Criminal, el señor Fernández Luna. Mencione mi nombre y lo atenderá. Él le proporcionará toda la información necesaria sobre el incendio en el Palacio de Justicia. Verá cómo lo convence de que fue un suceso fortuito. Recuerde, este director general está aquí para ayudarlos a ustedes, los periodistas, a llevar la verdad al público, siempre que podamos ser aliados.

20

POLICÍA

En la calle, Torquemada ya no sentía el calor en sus pies, sino bajo las axilas que humedecían su camiseta de algodón. Sin dilación, caminó hacia el antiguo palacio en la calle Víctor Hugo, número cuatro, que desde hacía solo unos meses albergaba la Jefatura Superior de Policía.

El comisario Ramón Fernández Luna lo recibió en un despacho de la planta principal. Torquemada se sorprendió por el aspecto del policía: mandíbulas marcadas, barba poblada pero corta, pelo rasurado y ojos inteligentes; una descripción que plasmó en un par de párrafos de su libreta.

Se saludaron cordialmente y Fernández Luna apartó unos legajos de papel que ocupaban una silla.

—Siéntese, por favor, señor Torquemada —dijo el policía—. La dirección general ya me ha informado de su visita. ¿En qué puedo ayudarle?

Ambos se sentaron el uno al lado del otro.

—He oído que el magistrado del distrito de Buenavista ha iniciado una investigación sobre el incendio de las Salesas y que usted está a cargo de la investigación policial.

—Así es, Alonso. ¿Puedo llamarlo Alonso?

—Por supuesto —respondió Torquemada, deseoso de obtener información—. ¿Podría darme un resumen del estado de la investigación?

—Estamos casi concluyendo… Si lo desea, puedo resumirle lo que hemos descubierto hasta ahora.

Torquemada asintió mientras sacaba su libreta y comenzaba a tomar notas: «Reunión con Fernández Luna. 7 de junio de 1915».

—El fuego se inició en el ático, cerca de las habitaciones de los empleados del Tribunal Supremo. Parece que las llamas se habían ocultado entre los maderos desde que se encendió la calefacción días atrás. Y cuando alcanzaron el papel, que abundaba tanto aquí como allí, todo se incendió rápidamente.

—¿Hay testigos entre los supervivientes? —preguntó Torquemada.

—Estamos interrogando a algunos. Otros ya han declarado y sus testimonios coinciden con lo que le acabo de explicar.

—¿Podría darme algunos nombres, comisario? —preguntó el periodista, buscando pistas.

—Cuando comenzó el fuego, María Luisa, la hija paralítica de uno de los porteros, estaba en los sótanos. Desafortunadamente, se desmayó y permaneció inconsciente durante bastante tiempo antes de que, al recuperar la consciencia, sus gritos fueran escuchados y pudiera ser rescatada. También se ayudó a una anciana que vivía en las buhardillas. Además, el bombero Luis Cenarro resultó herido durante la extinción del fuego, pero fue atendido adecuadamente por el médico del cuerpo.

Torquemada anotó en su libreta: «Hablar con los bomberos».

—¿Las redadas recientes están relacionadas con el incendio?

—No, Torquemada, son asuntos separados, como le acaba de informar el director general —dijo el policía con una amplia sonrisa.

El periodista mostró a Fernández Luna un documento que Candela le había entregado, y resumió su contenido: el mismo día del incendio, la policía había capturado a un hombre en la calle Zurbano, número veintiocho, intentando subir a una azotea con una llave falsa para robar ropa tendida a secar. «Esta orden venía de un tal Juanito, quien luego vendía la ropa en el mercado de la Ribera de Curtidores», según el informe policial redactado por el propio Fernández Luna, que Candela había copiado.

—Conozco el caso, lo detuve personalmente —confirmó Fernández Luna—, pero no tiene relación con el incendio. Juanito es un conocido de nuestros calabozos.

Torquemada consultó sus notas y replicó:

—También sé que después del incendio, diez personas fueron encarceladas en la Modelo tras ser fichadas por la Dirección General.

—Como le han informado en la dirección —dijo, remachando cada sílaba—, su detención asegura la tranquilidad de los visitantes en la ciudad estos días. No está relacionado con el incendio, créame.

—Le haré caso.

—En cuanto al incendio, le recomiendo que hable con el bombero Julián Martínez, él le puede dar una perspectiva más clara y técnica de cómo se produjo el incidente.

—¿Por qué debo hablar específicamente con ese bombero?

—Porque estuvo a punto de perder la vida en el lugar.

Tomando nota del nombre, Torquemada miró al comisario mientras este le ofrecía más detalles sobre la intervención en las Salesas y el esfuerzo por controlar el fuego.

—Así lo haré, pero quisiera saber más. Mis fuentes sugieren que el incendio podría estar vinculado a criminales que buscaban beneficiar a una duquesa alquilando un edificio que posee en...

—En la calle Amor de Dios, número dos —interrumpió Fernández Luna.

Con una sonrisa, Torquemada reconoció:

—Exactamente, comisario.

—Descarte esa idea, son solo rumores. No hay más que un antiguo palacio de madera, una calefacción defectuosa y una tragedia. El fuego se inició por un fallo en el caldero de la calefacción y nada más. El resto es pura ficción, como las novelas de su amigo Vicente Blasco Ibáñez. Permítame darle algunos datos...

Después de anotar la explicación de Fernández Luna, Torquemada reflexionó: «Una vez más me siento censurado. ¿Cómo sabe de mi relación con Vicente Blasco?». Con dudas aún por resolver, se despidió del comisario.

No sería la última vez que sus caminos se cruzaran. Aquella tarde, escribiría en su libreta: «¿Están vigilándome? Ese policía es cualquier cosa menos un tonto. Necesito investigar más sobre él. Parece que siguen mis pasos y conocen a mis fuentes. El tiempo dirá de dónde vienen los golpes».

21

BOMBEROS

«Mientras un bombero caía al vacío, resonaba en sus oídos el grito de espanto del público que observaba cómo el fuego devoraba las Salesas», había escrito Torquemada sobre el origen del incendio. Todas sus fuentes apuntaban a la duquesa de Pinohermoso como la presunta autora intelectual del siniestro. Sin embargo, el periodista, antes de indagar más sobre ella, quería confirmar la naturaleza criminal del fuego.

Por ello, se dirigía sin previo aviso a la calle Imperial, donde se encontraba La Dirección, nombre por el que se conocía al parque de bomberos. Su objetivo era entrevistar a «Julián Martínez, quien se había lanzado sobre un colchón para salvarse de las llamas», según sus notas. Era consciente de que aquellos hombres habían acudido rápidamente al Palacio de Justicia, a pesar de que algunos ciudadanos les responsabilizaban de la veloz propagación del fuego. Torquemada planeaba usar esta circunstancia para descubrir la verdad: acusarlos de negligencia y, así, presionarlos para que revelaran a los verdaderos culpables del incendio.

«A la una y treinta y cinco de la tarde, más de media hora después del primer grito que advirtió del fuego, los bomberos instalaron la escalera Magirus y se prepararon para ascender al tejado de las Salesas. El primer bombero, con la manguera sujeta a la cintura, saltó a un área libre de llamas y comenzó a rociar agua sobre la fachada de piedra. Varios de los encargados de extinguir el fuego sufrieron quemaduras en los ojos por las chispas que saltaban de las vigas en llamas. Los bomberos podrían tener la clave», anotó en una de sus libretas, gracias a la información que el comisario Fernández Luna le había proporcionado el día anterior y a lo que había recopilado de algunos diarios que cubrieron el suceso. «El incendio tardó dos días en ser sofocado. Había escasez de agua y el viento avivaba las llamas, lo que supuso enormes dificultades para los bomberos. Algunos, tras alcanzar los pisos superiores, quedaron aislados y en grave peligro», había informado Torquemada en sus libretas. «Sin embargo, el alcalde los acusó de falta de previsión».

Llegó a la calle Imperial, número 8, a primera hora de la mañana. Allí estaba el puesto de emergencia, inicialmente equipado con una cuba y una bomba arrastradas por mulas, luego por caballos, hasta que en 1908 adquirieron un vehículo automóvil Bayard-Clément, con el que habían sofocado el incendio de las Salesas. La ciudad se había dividido en cinco zonas y se habían establecido puestos similares, tras el devastador incendio en la Ribera de los Curtidores que había destruido doce edificios.

Cruzó el gran portalón y observó a cuatro bomberos, vestidos de gris, que charlaban apaciblemente mientras jugaban al parchís. Se acercó a ellos y, tras una mirada inicial de desafío, su actitud cambió al preguntar por Julián Martínez. Le señalaron hacia una mesa donde un bombero apoyaba sus pies, recostado en una silla.

—¿Julián Martínez?

—Usted dirá —respondió el bombero, ajustándose en la silla.

—Es usted el apagafuegos que se tiró al vacío…, imagino.

La conversación se interrumpió por el sonido del timbre de aviso de incendio. La estación se llenó de actividad y, pronto, el rugido de un motor anunciaba la salida del personal.

—Me tengo que ir, señor…

—Torquemada, soy reportero del…

—Ahora no puedo hablar, lo veo más tarde —contestó el bombero, poniéndose la chaqueta y corriendo hacia el vehículo.

Tres horas después, los bomberos volvieron, cubiertos de hollín y sin ganas de hablar. Martínez se acercó a Torquemada, que esperaba fuera, pensando en las historias sobre el pasadizo secreto bajo el Palacio de Justicia y sobre los motivos por los que los bomberos tardaron media hora en llegar a las Salesas.

—Perdone, un conato de incendio en una tienda de perfumería en la calle Gravina.

—¿Muchas pérdidas? —preguntó Torquemada.

—No, el escaparate donde estaba el foco de fuego. El resto lo hemos podido salvar. Pero ¿quién me decía que era usted?

—Alonso Torquemada, reportero de *El Imparcial*. Me envía el comisario Fernández Luna.

—Entonces todo está dicho. Sentémonos.

Se acomodaron sobre unos barriles de agua en desuso y continuaron la conversación sobre el arriesgado acto de Martínez durante el incendio en las Salesas.

—¿Mucho miedo? —preguntó Torquemada.

—Miedo no tuve, pero las pasé negrísimas —dijo Julián Martínez—. Habíamos subido otros dos compañeros y yo y estábamos tirando agua desde el tejado. Cuando escuchamos unos lamentos en los guardillones. Mis compañeros bajaron por si había alguien a quien salvar. Entonces las llamas aceleraron....

—¿Cómo que aceleraron? —le preguntó Torquemada.

—Sí, vinieron hacia mí como si me quisiesen devorar. Me fui replegando hacia el último pico del tejado y comprobé que no tenía más remedio que tirarme. Era morir carbonizado o aventurarme a saltar al vacío. La gente gritaba: «¡No te tires! ¡No te tires!». Pero como es natural, yo no hice caso y me lancé.

—¿Y usted cree que fue fortuito?

—No sé qué decirle, señor mío, pero no es el primer incendio que ocurre en ese edificio.

Torquemada se quedó petrificado.

—¿Qué me quiere decir?

—Fue en julio de 1907. Varios plomeros estaban recomponiendo la cúpula de la iglesia y tenían un hornillo permanentemente encendido. Saltó una chispa y la cúpula ardió. La Guardia Civil detuvo a los operarios —le informó el bombero.

Torquemada meditó sobre lo que acababa de escuchar, y esa noche apuntó: «Si no hay detenidos, es que nadie del interior pudo incendiarlo de forma fortuita. El fuego fue provocado». Pero su ansiedad por vincular al rey no lo dejó profundizar en aquella respuesta, y cargó con la siguiente pregunta:

—¿Es verdad que hay un pasadizo secreto en los bajos del palacio?

—El fuego destapó dos sepulcros de las monjas fundadoras del convento. Era un pasadizo secreto que conducía del Palacio a la Iglesia de Santa Bárbara. Pero no solo eso sino también algo más macabro. —Hizo una pausa, y Torquemada esperó a que continuase—. Cráneos de tamaño pequeño. Piense que aquellas monjas cuidaban a chicas de la alta sociedad que iban allí a ocultar embarazos… Y algunas debieron de fallecer y ser enterradas en el sótano.

—¿Lo inspeccionaron? Me refiero al sótano —dijo el periodista.

—Cuando se sofoca un incendio estamos para pocas idioteces. Mis compañeros miraron que allí no hubiese nadie, regaron con agua y salieron. Poco más.

—Entonces… ustedes no podrían decir si alguien incendió el palacio y luego escapó por allí. O si alguien robó de forma previa al fuego y se marchó. Total, ustedes llegaron media hora después de conocerse que había un incendio, ¿no?

Martínez lo miró contrariado.

—¿Me acusa de algo? —dijo, poniéndose de pie.

Torquemada se mantuvo sentado y contestó:

—Yo no lo acuso de nada, simplemente hago preguntas para saber si el incendio pudo ser provocado.

—Sí, claro —dijo el bombero—. Alguien quemó el guardillón y luego se escapó por un pasadizo secreto. Parece un folletín de teatro, y no es verdad.

—Pasadizo que usaban los borbones para entrar y salir sin ser vistos, imagino —añadió Torquemada.

—Con lo que usted imagina yo no hago un parte de trabajo, reportero, eso lo dejo para las novelas. Pero le aseguro que, gracias a que tenemos un rey como Alfonso XIII, el país no se ha desmoronado tras la pérdida de nuestras colonias. La gente que vivía en Cuba y se había enriquecido ha vuelto al país, gracias a la restauración monárquica. Ha invertido su dinero. Gracias al rey no hemos entrado en guerra. Gracias...

—Vale, vale, lo he entendido. Es usted monárquico.

—Y a mucha honra —contestó el bombero.

Torquemada calló y volvió al origen del fuego:

—Y en esta ocasión, en este incendio, ¿por qué no hay detenidos como en el de 1907?

—A eso no le puedo contestar.

—Pero de una manera u otra, debería de haber detenidos, salvo que sea cierto el rumor sobre la duquesa de Pinohermoso —dijo el periodista, cada vez más convencido de que tal excelsa dama tenía algo que ver con el fuego.

—Hasta aquí, reportero.

—¿No quiere limpiar el buen nombre de su cuerpo contestando a quienes dijeron que ustedes tardaron demasiado en sofocar el incendio?

—No me toque los cojones, Torquemada. A mí no me manipula ni mi padre, así que si no quiere llevarse un par de tortazos, vuelva por donde ha venido.

Entonces Martínez, iracundo, regresó al interior de la estación, mientras Torquemada, feliz, se dirigía a la calle Amor de Dios, número dos. Era el momento de ponerse a investigar si era cierto el rumor sobre la duquesa o de saber si un delincuente había provocado el incendio y se había fugado por el pasadizo secreto.

22

¡POR EL AMOR DE DIOS!

Torquemada había estado apostado durante quince días cerca de la antigua y maloliente casa en el número dos de la calle que debía su nombre al lugar donde antiguamente las mujeres vendían sus cuerpos al por menor. Había pasado semanas sin consumir alcohol, pero sin poder dejar de pensar en Catalina. Mientras paseaba, solo veía gente degustando vino o cerveza; el agua de las fuentes le parecía verde, similar a la absenta. Sabía que el trabajo lo ayudaba a distraerse del dolor, y por eso escribió: «Todos los días apareces en mi mente, aunque me niego a escribir sobre ti. Sé que, si lo hago, recurriré a la absenta para olvidarte».

En esos días, sus libretas también se llenaron de notas sobre las investigaciones que había realizado; en particular sobre las entradas y salidas de la gente de la casa que la duquesa de Pinohermoso poseía en la calle Amor de Dios. Los observaba ingresar al edificio por las antiguas cuadras, ahora transformadas en salas de vistas judiciales, cuya mayor virtud era haber sido vecinas de las casas donde Miguel de Cervantes, Lope de Vega y Góngora habían paseado y vivido. Escribió: «Los inquilinos desaparecen y aparecen operarios que activan las calderas para que los magistrados puedan impartir justicia sin estalactitas en sus manos». Había interrogado a todos los trabajadores, pero ninguno pudo proporcionarle información, excepto un nombre, el del portero del edificio, a quien todos consideraban «la persona que más sabía» sobre el lugar.

La calle, pequeña y estrecha, se extendía de la de Huertas a la de Atocha, lugar donde el periodista había empezado a ser conocido como un mojón más. Entre pequeñas charlas y bromas con los vecinos, se enteró de que el antiguo edificio con fachada de granito había sido la embajada alemana en 1885, hasta que una multitud arrancó el escudo del Imperio y el asta y la bandera que, como trofeos de guerra, fueron lanzados al fuego en la Puerta del Sol. Años más tarde, se convirtió en el palacio de los marqueses de Hoyos, escenario de fiestas suntuosas y lugar donde falleció el marqués, hasta que fue adquirido por la familia de la duquesa de Pinohermoso.

También logró que un sereno le proporcionara información sobre los antiguos inquilinos y sobre la propiedad del nuevo Palacio de Justicia. Mediante métodos poco claros, consiguió algunos de aquellos contratos e interrogó a los anteriores arrendatarios, quienes no pudieron darle pistas concretas. Hasta que, finalmente, esa mañana vio salir de la finca a Pedro Peña, el antiguo portero, a quien la duquesa había despedido con quince pesetas, ya que nadie lo necesitaba para la nueva Audiencia. La seriedad del hombre era bien conocida por todos. Su presencia imponía respeto y temor por igual. Al cruzarse con él, Torquemada intentó adivinar qué historias se escondían tras esa mirada distante y cuántos secretos albergaban las ojeras, oscuras y profundas, marcadas en su rostro.

—Buenos días —saludó Torquemada con una voz ronca—. Estoy buscando respuestas que me conduzcan hacia la verdad.

Las notas de Torquemada relatan la conversación y las pruebas que obtuvo. «Parecía enfadado y aproveché para abordarlo», escribió. Era el día en que Carlos Martín, hombre de confianza de la duquesa, lo había citado para pagarle el finiquito.

El portero lo estudió con ojos entrecerrados antes de responder:

—Aquí todos buscan algo, señor. Pero no todos están preparados para lo que puedan encontrar.

—¿Un cigarrillo? —preguntó Torquemada mientras le ofrecía uno que había liado con anterioridad.

Pedro Peña asintió y se lo llevó a los labios. Torquemada acercó un chisquero al cigarrillo y, cuando las volutas de humo se hicieron patentes, volvió a hablar.

—Yo solo busco la verdad que encierra el edificio de la calle Amor de Dios. El resto de los secretos se los puede usted guardar, porque no son de mi interés.

—¿Quién lo quiere saber?

—Me llamo Alonso Torquemada y trabajo en el diario *El Imparcial*.

—¿Y qué secretos le interesan? Sé más de los que me gustaría. Por ese edificio han pasado decenas de inquilinos y todos con sus secretos... ¡Y no se puede imaginar usted cuánta degeneración hay en el mundo!

—A mí solo me interesan los de su antigua patrona, la duquesa de Pinohermoso.

Peña negó con la cabeza y miró alrededor con temor.

—Aquí no, señor. En esta ciudad todos saben y todos escuchan, y no quiero que me vean con un reportero —dijo, lanzando el cigarrillo al suelo y pisoteándolo como si fuese un clavo torcido.

Torquemada entendió perfectamente el mensaje. Si al principio de la investigación se había sentido observado por sus preguntas sobre el dinero de Alfonso XIII, desde que se había interesado por el incendio del Tribunal Supremo sentía que alguien lo seguía a todos lados, más tras saber que se lo investigaba por anarquista.

Sin hablar, se alejaron caminando hacia la calle Alcalá, junto a la Puerta del Sol, y entraron en el café Colonial. Se sentaron en un diván rojo mientras Torquemada oteaba a través de los grandes espejos quién entraba y quién salía. Pidieron dos medias raciones de cocido y comenzaron a hablar. Y a beber. «No debí hacerlo, pero la única forma de estirar un secreto a través de la lengua es llenar la cabeza de alcohol», escribió.

—Nos han echado a todos. Inquilinos y empleados. He oído rumores de que el magistrado presidente de la Audiencia dijo que no quería instalarse ahí, pero oiga, al final la duquesa es amiga del rey —dijo Pedro Peña.

Escuchar nombrar a Alfonso XIII erizó la piel del periodista, que dio cuenta de un enorme vaso de vino que comenzó a embotar su cabeza.

—¿Cuál era su sueldo? Si lo puedo preguntar... —Torquemada alzó la mirada e hizo un gesto al camarero, girando el dedo índice sobre sí mismo, para que les llenasen las copas.

—¿Por qué? —preguntó el portero.

—Quiero saber cuánto va a ganar de más la duquesa tras haber vaciado el edificio para entregarlo a los jueces y abogados. Porque por lo que he visto, ese edificio era una ruina hasta que lo ha convertido en el nuevo Palacio de Justicia.

El portero meditó las palabras de Torquemada como si tuviese que resolver un problema matemático. Finalmente, dijo:

—Eso es fácil. Yo le puedo dar los estados de cuentas de la finca. Yo cobraba noventa pesetas al mes, pero sé que, en enero, justo antes del incendio, hubo una merma. Creo que el administrador de la duquesa la llamó así...

—¿Una merma...?

—Eso dijo.

—¿Quiere decir que perdió dinero? Vamos, en nuestro idioma, ¿que gastó en reparaciones más de lo que ganó con las rentas, y que por ende los rumores son ciertos, don Pedro?

—Yo no sé de esas cosas, pero he tomado mis precauciones en cuanto el señor administrador me anunció que me echaban a la calle.

Se llevó la mano al bolsillo de una chaqueta ruinosa y sacó unos papeles mientras el rostro de Torquemada se iluminaba.

—No crea que me los llevo por nada malo, ¿eh? Es simplemente porque me lo ha pedido mi abogado, y como hoy me despedían, me los he traído para hacerles entender que conmigo es mejor a las buenas que a las malas.

—¿Y cómo ha reaccionado Carlos Martín al saber que tenía esos documentos?

—No se los he enseñado; me he jiñado.

Torquemada sonrió.

—Y no sabrá usted si los rumores sobre que la duquesa había ofrecido el edificio en varias ocasiones al gobierno son ciertos, ¿verdad? —preguntó el periodista.

Pedro Peña negó con la cabeza. Alonso se acercó al portero y le dijo, con voz suave:

—¿Quiere usted comer otro medio platillo de algo?

Dos platos de albóndigas y uno de carne magra después, acompañados cada uno con sendos vasos de vino, Peña estaba más lábil. También lo estaba él, tras muchos días sin catar el alcohol. Comenzó a sentir una quemazón en el estómago y se acordó de José Dani y del «coco». De repente, le entraron las prisas por marcharse, cuando el portero desembuchó:

—En una ocasión, escuché al administrador, el señor Carlos Martín, decir que el rey le había prometido a la duquesa cambiar la ley para que los estamentos públicos pudiesen ocupar edificios privados, algo que en aquella época estaba prohibido.

—¿Y eso cuando fue, amigo mío?

—Hace unos dos años, durante una Semana Santa, cuando el rey indulta a presos, algo que nunca entenderé, la verdad. ¡Quien la hace, la debe pagar!

Torquemada no quiso llevarle la contraria y continuó con su interrogatorio:

—Por cierto, ¿sabe usted cuánto durarán las obras para acondicionar el edificio?

—Poco, porque poco van a gastar en repararlo —dijo Peña.

Esa misma tarde, Torquemada volvió a la redacción de *El Imparcial* y buscó en la biblioteca una copia de la *Gaceta de Madrid* donde se abriese un concurso público para trasladar la Audiencia a la calle Amor de Dios, pero no lo encontró. Esa noche durmió en casa de Clara de Osuna, con la sangre llena de cocaína y convencido de que la duquesa había hecho quemar el edificio. Al día siguiente sabrá, por lo que deja escrito en sus cuadernos, que «Peña tenía razón; el alquiler se pactó dos años antes, durante la Semana Santa, en el convento de Santa Bárbara».

23

INDULTOS

Cansado de una noche frenética, al día siguiente Alonso se sentó frente a su mesa en la redacción de *El Imparcial* y esparció las notas que había tomado en esos días. Recopiló los datos que Pedro Peña le había facilitado y estudió los gastos de la vivienda en la calle Amor de Dios, número dos. Se dio cuenta de que mantener aquella propiedad era muy costoso y de que los desperfectos absorbían parte de los ingresos por alquiler. No tenía claro si sería más rentable arrendar individualmente cada piso en lugar de todo el edificio, y esperaba que los cálculos lo ayudaran a decidir si había valido la pena incendiar el Palacio de Justicia para que la Audiencia se trasladase a su edificio.

Anotó las últimas cifras cuando Candela se acercó a su mesa. Llevaba un vestido vaporoso que le llegaba por debajo de las rodillas. Parecía feliz.

—¿Cómo va la investigación del incendio? —preguntó.

—Aquí me tienes, haciendo números como un contable, y nunca se me han dado bien, la verdad. Todo lo que no sea hablar sin filtro se me va de las manos. —Alonso sonrió, mirándola a los ojos.

—¿Has vuelto a beber, Alonso? —dijo ella mientras lo olisqueaba.

—No mucho, algo, un poco con el portero. Era la única forma de sacarle información.

—Si sigues así, te matarás, Alonso. Ya hay muchos rumores sobre tu problema con la bebida. Eso podría acabarte.

Torquemada guardó silencio.

—He encontrado un par de noticias que vinculan a tu duquesa con Alfonso XIII. Parece que hace un par de años que intenta convertir la vivienda de la calle Amor de Dios en un edificio estatal —dijo Candela, entregándole unos recortes de diarios.

—Gracias, no sé qué decir... —afirmó Torquemada, que no quiso desilusionarla diciéndole que ya conocía la información.

La miró incómodo. Se sentía mal por haber pasado la noche con Clara de Osuna, que le había explicado que la duquesa de Pinohermoso asistiría a una obra de teatro. Alonso pagó la información con sexo desenfrenado y mucho alcohol, tanto que su cuerpo comenzaba a supurarlo por la espalda, con grandes pústulas que amenazaban como globos a punto de explotar.

—No digas nada, solo agradéceme.

—Pues gracias entonces, Candela. Ahora mismo me pongo a estudiar estos documentos.

—Solo te pido que no te acerques a ella para confrontarla; esa mujer es poderosa, y podría hacer que pierdas tu puesto de trabajo. He escuchado rumores por aquí sobre tu posible despido si no dejas pronto esta investigación. Debes volver a tus reportajes sociales.

Ella asintió y giró el cuerpo para regresar hacia su mesa cuando Alonso llamó su atención:

—Por cierto —alzó la voz Torquemada—, me han dicho que dentro de unos días hay una obra de teatro en el Eslava que está muy bien. ¿Me acompañarías?

Ella sonrió y apostilló:

—Siempre y cuando no te acerques a la duquesa.

Se despidieron y Alonso estudió los documentos que le había facilitado Candela. Ninguno le sorprendió, salvo un viejo recorte de diario sobre los indultos reales que le recordó las palabras de Pedro Peña y le permitió datar cuándo se había cerrado del arrendamiento del edificio de la calle Amor de Dios.

Aquella noche, sentado en una taberna, con la absenta navegando por sus venas, llenó de tachones su libreta con sus pensamientos más íntimos: «Candela me cuida y me protege; Clara, en cambio, envenena mi alma y yo sigo ahí, entre sus piernas, dándole placer a cambio de mi propio sufrimiento. Ni yo me entiendo. Un día de estos acabaré con todo, incluso con mi vida que ya no vale ni para escribir. Es una promesa que me he hecho: o consigo dejar de matarme con absenta o le ayudo desollando el alcohol por las venas de mis muñecas».

Al día siguiente, algo más calmado, escribió: «El origen de todo se produjo dos años antes del incendio. Aquella mañana de Semana Santa, el limosnero mayor entregó al rey Alfonso XIII, vestido con el uniforme de gala de capitán general, la bandeja de plata que contenía las abultadas causas judiciales de veintitrés reos, atadas con cinta negra, emblema de la muerte. No era habitual que en el Convento de Santa Bárbara se oficiasen los indultos reales, pero así fue en 1913. La solemnidad del acto, vaticinada por una procesión que había comenzado una hora antes, tenía el ambiente de un misticismo casi mortal.

Tras el rey llegaron las infantas doña María Teresa y doña Isabel, y tras ellas sus damas de guardia, la marquesa de Castelar y doña Enriqueta Roca de Togores y Corradini, octava duquesa de Villaleal y primera duquesa de Pinohermoso, título nobiliario que le había concedido el rey tres años antes. La duquesa de Pinohermoso era rolliza, bella y muy culta. Todo Madrid había oído hablar de ella. Con raíces mexicanas, y habiendo cruzado el océano para casarse con un noble español, su nombre se susurraba en cada esquina y salón de la capital. Rumores, chismes y fábulas la perseguían en esa época donde el honor y el qué dirán eran moneda corriente.

En el sagrado recinto, flanqueado por las imponentes esculturas rococó de santa Bárbara y san Francisco de Sales, el monarca parecía encogido, reducido a su esencia humana. El lujo del lugar contrastaba con la sencillez de los que, ese día, serían salvados de un cruel destino. Entonces, el rey se acercó a la Cruz y, tras dejar caer una onza de oro en la bandeja de las limosnas, examinó los sumarios de los presos a los que iba a indultar y se santiguó frente al presbiterio que cobijaba el altar de mármol con las iniciales de los reyes sobre lapislázuli, rodeado de nubes y cabezas de ángeles. La voz del nuncio resonó, casi sepulcral, cuando formuló la pregunta al soberano: "¿Perdona Vuestra Majestad a estos reos?". Alfonso XIII puso la mano derecha sobre los expedientes y exclamó: "Que Dios me perdone, como yo los perdono". Luego, la cinta negra fue sustituida por otra blanca, emblema del indulto concedido.

A la salida, la duquesa de Pinohermoso, siempre oportuna, susurraba al oído del rey sus intereses inmobiliarios. Alfonso XIII le respondió: "Estimada amiga, las leyes de esta tierra son estrictas en estos asuntos, mas daré orden a mis consejeros para encontrar una solución". Tardó dos años, pero lo consiguió. En 1915, el edificio de la calle Amor de Dios, número dos, será la nueva sede de la Audiencia Provincial de Madrid.

24

LA VIDA ES UN VODEVIL

Una semana después, sentados en sendas butacas de estilo inglés con asiento verde, Candela y Torquemada guardaban silencio mientras la orquesta comenzaba a tocar. El teatro Eslava, con sus opulentas decoraciones y el murmullo de la alta sociedad, era un mundo aparte, un oasis de cultura. Se representaba *La voz suprema*, un drama en tres actos.

Pronto se percataron de que los actores habían olvidado sus líneas y solo se oía al apuntador, lo que desató las risas del público. Torquemada, sin embargo, andaba distraído mirando hacia todos lados mientras el cuerpo desnudo de Clara de Osuna, saltando sobre la cama, gritando de alegría y besándolo sin parar, aparecía una y otra vez en su cerebro. «Tengo que dejar de verla, hace conmigo lo que quiere», escribió. El público volvió a reír y se dio cuenta de que algo estaba ocurriendo sobre el escenario.

—¿Alonso? ¿Estás aquí? —preguntó Candela.

—¿Qué sucede?

—Los actores se han olvidado del libreto.

Él asintió.

—¿Dónde anda tu cabeza? Parece que el drama se ha convertido en comedia, Alonso.

El drama giraba en torno a Patricia, cuya voz clamaba a sus hijos para defender la nación ante una invasión extranjera, un tema que eclipsaba toda teoría humanitaria.

Torquemada volvió a fijarse en el anfiteatro, buscando con la mirada.

—¿Alguna razón especial para traerme a esta obra y a este teatro? —preguntó ella, algo enfurruñada.

—Solo deseaba compartir contigo una velada teatral —dijo algo críptico—. Y ver este prodigio de reforma arquitectónica que han hecho en solo tres meses.

Como se aburría, Torquemada tomó notas mentales que por la noche escribirá en su libreta: «Elegantes lámparas de globos triangulares y múltiples bombillas puestas en las tres lucernas del techo lanzan raudales de luz que amplían el teatro». Luego observó, de nuevo, los pisos superiores, como si quisiese encontrar a alguien mientras Candela le tocaba el brazo cada vez que los actores se olvidaban del libreto. Finalmente, los actores se centraron y reinó el silencio hasta que el telón de terciopelo cayó.

Cuando se levantaron de los asientos, Torquemada miró a la parte alta del escenario y localizó, en un palco, a la duquesa de Pinohermoso, tras los cortinajes verdes que dejaban entrever el rojo del espacio. Sonrió con descaro y comenzó a caminar hacia las escaleras que daban paso al primer piso.

Tras dos pasos con malas formas apartó a una pareja de obsesos que discutían sobre la obra. Miró hacia la parte superior y vio que la duquesa comenzaba a dejar su palco. Aceleró y gritó a un grupo de casamenteras que cuchicheaban sobre el actor para que le dejasen pasar. Cruzó una puerta y vio unas escaleras que desembocaban en la zona de los palcos cuando escuchó la voz jadeante de Candela.

—Para, Alonso, detente.

Él se giró con odio en la mirada.

—Vamos, quiero hablar contigo de esta mujer. Don Luis ha dicho en el diario que, si te acercas a ella, tendrás problemas. Además, he sabido que la duquesa se ha entrevistado con los directores de los principales diarios para acallar los rumores que tus preguntas han disparado en la ciudad.

—Me da igual, quiero hablar con ella.

—No, Alonso, no lo hagas hasta que charlemos nosotros dos.

Discutieron durante dos largos minutos y, finalmente, el periodista cedió a los ojos llenos de lágrimas de Candela.

—Me han dicho que has conocido a una chica, una tal Clara de Osuna, que está envenenando tu existencia.

Él negó con la cabeza, arrepintiéndose de haberla invitado a ver la obra de teatro. «Al menos Clara sigue mis locuras», escribió.

—Tranquilicémonos, Candela, y vayamos a hablar.

Salieron del teatro por una de las cinco puertas de cristal esmerilado y comenzaron a caminar en silencio. Pasaron junto a la librería San Ginés, adosada al muro de la iglesia, donde ambos miraron algunos de los libros. Poco después, caminaron hacia la Buñolería. El olor a aceite, jazmín y café revivió a la pareja. Candela se adelantó y pidió café colado y churros para los dos. Torquemada pensó pedir una absenta, pero desistió ante la mirada desaprobadora de Candela.

—Te tengo una lista de proveedores para el edificio de la calle Amor de Dios —dijo Candela.

—¿Cómo la conseguiste?

Ella guardó silencio mientras Torquemada examinaba los documentos con la boca llena de churros.

—¡Qué buenos están! —exclamó Alonso.

Ella asintió mientras bebía de forma delicada el chocolate.

—Todo parece legal. Incluso el Ministerio de Justicia, como arrendatario, acepta que el alquiler es temporal y que se restaurará el edificio a su estado original —dijo ella cuando Torquemada dejó los documentos a un lado de la mesa.

—No deberías haber indagado, Candela. Es mi asunto.

—Lo he hecho para evitar que vayas a ver a la duquesa. Si la confrontas, te despedirán del periódico. Ella es influyente, cercana al rey, y yo no quiero que te vayas de *El Imparcial*. Siento la necesidad de protegerte, pero parece que no quieres dejarte ayudar...

—No, por favor, Candela no sigas por ahí. Mi corazón se quedó hace muchos años roto y no se ha vuelto a recomponer.

—Alonso, yo también tuve una infancia difícil, y algo ocurrió con mi vida, pero desde que te conozco sé que tú puedes sacarme del infierno del pasado. Pero necesito que no veas a la duquesa, porque si no te perderé para siempre.

—¡No me importa! —exclamó él, pidiendo finalmente su absenta.

Los ojos de Candela se humedecieron. Los de Alonso ardían de ira.

—Solo quería ayudarte —susurró ella.

—Es mi investigación, Candela. No quiero interferencias.

Ella comenzó a llorar y, entre sollozos, intentó convencerlo con la información que ya sabía.

—Como te dije el otro día, hablé con el portero, Pedro Peña. La duquesa de Pinohermoso se lucrará desalojando a los inquilinos —afirmó él.

—No la vayas a ver, Alonso. Don Luis te despedirá.

—No me detendré, Candela. Debo probar que incendiaron el Palacio de Justicia. Solo el día que demuestre que el rey y sus cortesanos son lo peor para el país podré descansar.

Poco después, Torquemada pagó la cuenta y salieron del local. Dejaron atrás el pasadizo de San Ginés y caminaron, sin hablar, hasta la calle Santa Isabel, donde vivía la joven. Se despidieron en la puerta con una última petición de ella, «por favor, no vayas a ver a esta mujer», y con una promesa de él, «no dudes de que iré».

Y no tardó en hacerlo.

25

LE TOUT MADRID

En aquella semana de finales de junio, el periodista exploró meticulosamente cada rincón de la calle Amor de Dios. Visitó antiguas tiendas, talleres de herreros y hasta conversó con el encargado de la caldera del edificio, quien, a pesar de la carga de trabajo, recordaba el esfuerzo requerido para adaptar el lugar a las exigencias de jueces, fiscales y abogados; sin embargo, ninguna de estas visitas le proporcionó pistas útiles. El misterio de esa calle parecía guardar un secreto, pero ninguno relevante para descubrir quién había ordenado destruir los registros criminales del país. De pie, soportando el calor que agostaba incluso a las flores, observó la fachada del número dos, convencido de que alguien debía saber quién había mandado incendiar el Palacio de Justicia.

Desde un banco, con la mirada perdida, observaba el ir y venir en la Audiencia, ese edificio lleno de tantos secretos como criminales. Fue entonces cuando decidió dar un giro a su investigación y enfrentarse personalmente a la duquesa de Pinohermoso. Días atrás, había obtenido su dirección a través de Juanito, el ladrón arrestado por Ramón Fernández Luna. Se habían encontrado una noche en un tugurio, donde Juanito le reveló que poseía un listado de domicilios en la ciudad, incluido el de la duquesa, con intenciones de robo.

Se levantó y caminó hacia la gran casa que la duquesa tenía en Madrid, parando a repostar absenta en un bar. Habían pasado semanas desde aquel encuentro con Pedro Peña en el antiguo café

Colonial. Los días se desdibujaban en una neblina de absenta y el amargo sabor del «coco». Aquella mañana, la resaca golpeaba su mente, empujándolo hacia un abismo peligroso. *Maldito seas*, se reprendió en voz baja, *has caído en las garras del alcohol, tu único compañero de vida*. Recordó a Candela, brillante y hermosa, advirtiéndole sobre los rumores, protegiéndolo mientras lo instaba a buscar ayuda, a dejar el alcohol y a mantenerse alejado de la duquesa de Pinohermoso. Aunque la absenta nublaba sus recuerdos, la culpa lo torturaba.

¿Sería ella, con su influencia y poder, la responsable del incendio del Palacio de Justicia?, se preguntaba, ya ebrio, mientras caminaba hacia el campillo de las Vistillas, en el barrio de Palacio. Pasó por la Academia Misol, donde unos jóvenes jugaban a la pelota y, al pasar por el número treinta y ocho, recordó los teatros que habían sido devorados por las llamas: el Teatro Variedades, que se había consumido en el fuego en 1888, al igual que, posteriormente, el Teatro de la Zarzuela en 1909 y el Teatro de la Comedia ese mismo año. Continuó su camino hasta llegar a la plaza de la Cebada, dejando atrás el mercado en medio del bullicio y, poco después, llegó a la calle Don Pedro.

Llamó a la puerta de la duquesa y esperó. «Con audacia, me presenté en su residencia de la calle Don Pedro, número diez», escribiría más tarde. «El imponente edificio, conocido por sus grandiosas fiestas, acoge a lo más selecto de Madrid. La duquesa, de distinguida cuna, es una mujer de gran talento y cultura, rodeada siempre de literatos». Había descubierto que la duquesa estaba estrechamente vinculada a las esferas más altas, incluso al propio Eduardo Dato.

Después de un breve momento, la puerta se abrió. Presentándose como Alonso Torquemada, periodista, fue recibido con una tarjeta de visita de la duquesa, que leía: «Antes de dar mi consentimiento para la consecución del negocio, necesito saber la posición de nuestros arquitectos y lo que costará el volver a poner la casa como está hoy. Para pedirlo como indemnizatorio. Las 6000 pesetas conseguidas son poco, sobre todo habiendo dejado la casa por 25000 pesetas».

Tras leer la tarjeta, levantó la vista y escuchó a la asistenta:

—Mi señora dice que todo el mundo en Madrid sabe que la está investigando. Esta tarjeta demuestra que ella no quería alquilar el edificio de la calle Amor de Dios y que ha perdido mucho dinero al tenerla que reformar. Que lo ha hecho simplemente para ayudar al rey y al pueblo de Madrid. Y que le ruega encarecidamente que deje de chusmear aquí y allá o de buscarla en el teatro.

Luego cerró la puerta. De fondo se escuchó un grito: «¿Ya se ha ido el borracho ese?».

Desalentado, Torquemada inició el camino de vuelta, reflexionando sobre las palabras de la duquesa y la realidad detrás de ellas. A pesar de la negativa, estaba decidido a continuar con su investigación, convencido de la necesidad de una revolución que pusiera fin a las desigualdades sociales. Con esos pensamientos, caminó hacia la vivienda de Clara de Osuna. Era el momento de enfrentar sus propios demonios.

La joven le recibió en la puerta.

—¿Qué haces aquí, Alonso?

—He ido a ver a la duquesa de Pinohermoso —contestó él, mientras avanzaba hacia el interior de la casa.

Clara se situó frente a él como un cancerbero.

—No estoy sola, Alonso. Quiero que te marches.

—Eres mala gente, Clara —atinó a decir mientras le daba la espalda y comenzaba a caminar.

Poco después llegaba a su piso de la calle Ceres, en donde escribió: «Nadie en su sano juicio puede ser feliz cuando el pueblo pasa hambre y algunos pocos disfrutan de suntuosas casas y rentas como las de la duquesa de Pinohermoso. Es hora de organizar una revolución del pueblo». Sus cuitas le llevaron a pensar en la cocaína y en Catalina. «Me llaman borracho. Hoy vuelves a mi pluma, amada mía, y hoy debo olvidarte. Tu ausencia me mata. Bebo para no sentirte».

26

LA NOCHE MÁS DOLOROSA

En la noche de aquel día, el Madrid antiguo se mostraba desvencijado, con sus adoquines desgastados por el tiempo y sus sombras alargadas ocultando a mendigos que el propio rey ignoraba. Torquemada, perdido en un embriagado torbellino de desesperación, se encontró, sin recordar cómo, en el tétrico callejón del Perro. El eco de sus gritos, sordos y desgarradores, era absorbido por las paredes encaladas que parecían cerrarse sobre él, mientras su alma luchaba con el veneno del alcohol que recorría sus venas. Aquella fue su noche más dolorosa, la que marcaría el resto de sus días, la que casi se lleva su vida y en la que, irónicamente, consiguió el primer avance importante en la investigación sobre el incendio del Palacio de Justicia.

Había salido de su casa con la decisión amarga de quitarse la vida. Planeaba emborracharse hasta perder el sentido y buscar un puente desde donde lanzarse al vacío. Su vida, ahora un laberinto sin salida, carecía de sentido desde que había perdido a su amor de juventud. Añadiendo más miseria, su trabajo, que antes lo llenaba de orgullo, se había tornado en una fuente de vacío, y su existencia se había puesto patas arriba.

Tumbado en el suelo, más abandonado que reposando, lloraba y gritaba, pataleando contra el empedrado lleno de agua, orín y vómito, cuando sus ojos, en un destello de lucidez forzada por el dolor, se posaron sobre una visión que encendió su ira. Una prostituta, obrera de la noche, corría hacia él, medio desnuda y con la

137

ropa rasgada, perseguida por una jauría humana. Eran cuatro hombres, jóvenes de piel oscura y barbas de varios días, vestidos con ropas sucias y emitiendo gritos que cortaban el aire frío. Torquemada se levantó justo en el momento en que ella cruzaba frente a él y, encontrando una fuerza desconocida hasta entonces, se preparó para enfrentar a los perseguidores.

—Detrás de mí —atinó a decir.

Ella se parapetó tras él.

Los hombres llegaron enseguida y anunciaron claramente sus intenciones.

—¡Déjala, es nuestra!

Sabía qué iba a ocurrir. Las violaciones en manada eran el pan de cada día en aquel Madrid de principios de siglo.

Sin titubear, alzó los puños y gritó:

—¡Os mataré, sin dudarlo! ¡Tocadla y os mataré!

Esa noche apuntó: «Mis palabras, acostumbradas al trazo en el papel, sonaron como puños», pero aquellos apaches no se arredraban ante nada, mucho menos ante un periodista. «La lucha no era contra unos maleantes, era contra la oscuridad de mi alma y de mi existencia».

Se plantó frente a ellos y comenzó a moverse, de un lado al otro, con los puños en alto. Los hombres se miraron y se burlaron de él. Lo rodearon y, de repente, uno de ellos lanzó un crochet de derecha que tiró a Torquemada contra el pavimento. «Al primer puñetazo, mi nariz crujió como una paloma bajo un automóvil».

De repente, un silbido apareció de la nada, acompañado de unas botas saltando en el adoquín. Eran dos guardias que, al grito de «¡policía!», le salvaron la vida.

Poco después, lo atendieron en la Policlínica de Tamayo, en la calle Almirante, donde le diagnosticaron una herida en la cabeza y la nariz partida. Era la segunda vez que iba a ese centro médico. La primera había sido pocos días después del incendio del Tribunal Supremo, ya que fue en ese mismo dispensario donde curaron a los heridos. Fue el doctor Vega quien los atendió y quien recordó primero a Torquemada.

—Usted es el periodista que se interesó por los heridos en el Palacio de Justicia, ¿verdad?

—Así es —contestó con voz nasal Torquemada, sentado sobre la camilla con el torso desnudo.

—Tiene usted muy mal pronóstico. Debe dejar de beber, sus ojos amarillentos me dicen que su hígado está en mal estado.

Torquemada asintió.

—¿Me hará caso? —preguntó el médico.

—¿Qué recuerda de aquel día? —inquirió Torquemada, haciendo caso omiso a su situación clínica.

—Aquí vemos de todo: atropellos, reyertas, violaciones... Por cierto, gracias a usted doña Antonia, a la que llaman Toñi, ha salvado su vida.

—¿Antonia?

—Sí, la señora a la que unos desconocidos han violado esta noche. Parece que a mitad del acto ha podido escapar, y es cuando ha intervenido usted, salvándole la vida. Y esos policías que lo encontraron han salvado la suya.

Torquemada escribió: «No les debo nada, porque hubiera preferido morir. ¿Me siguen? ¿Cómo llegaron tan rápido?».

—Me alegro por ella, pero dígame qué recuerda del incendio.

—Trece heridos, todos leves y varios con ataques de histerismo, además del fallecido señor Armada. Poca cosa para lo que pudo ser. Aunque aquella noche apareció, de la nada, otro hombre con quemaduras graves.

Torquemada alzó la mirada como si se hubiese vuelto a beber un sorbo de «coco».

—¿Y por qué no me lo dijo cuando lo visité?

—No le había echado cuentas hasta ahora.

—¿No recuerda su nombre?

—No, pero si me da un rato hago que una enfermera lo compruebe. Ahora descanse, Torquemada. Vuelvo en un rato.

Esa noche llegó a la calle Ceres vivo y con la primera pista importante: «Jenaro Rojas», un nombre que rastreará durante tiempo sin conseguir dar con él.

27

CANDELA

En una estancia mal iluminada de *El Imparcial* se produjo la reunión. Los muebles, de roble oscuro y pesado, eran el fiel centelleo de la línea editorial del diario. Sobre la mesa yacían montones de papel, manuscritos, fotografías, tinteros y plumas estilográficas. Un gran reloj de pared con péndulo marcaba el lacerante paso del tiempo, un recordatorio del cierre inminente de la edición de la tarde.

En una punta de la mesa se encontraba Torquemada, con el cabello en desorden, la nariz apuntalada con vendas, la camisa desabrochada y una botella de absenta a medio consumir. Frente a él, casi como un contraste viviente, Candela, la joven periodista, era el *summum* de la perfección. Llevaba el cabello colocado de tal manera que tapaba sus orejas y un traje que no dejaba ver un ápice de piel. Aunque recién llegada al mundo del periodismo, su talento y su agudeza la habían hecho destacar rápidamente y habían hecho que Alonso Torquemada cayese, cada vez más, en el olvido de los lectores. Entre los dos, ocupando la cabeza de la mesa, estaba don Luis, el espetado director del diario. Vestido con un traje gris perfectamente planchado, miraba con severidad a Torquemada, apenas disimulando la decepción.

—Alonso —comenzó don Luis con un tono frío—, este diario ha sido el reflejo de la verdad y el decoro desde que lo fundó la familia Gasset. No puedo permitir que un hombre en su estado manche nuestra reputación. ¡Mírese, borracho y con la nariz partida!

Candela, tratando de mediar, intercedió:

—Don Luis, si bien el estado de Alonso no es el adecuado, su talento es indiscutible. Tal vez con ayuda y orientación...

Alonso rio y la interrumpió:

—No necesito defensa, Candela. Pero tampoco permitiré que se me juzgue solo por un mal día. —Levantó la botella, dio un largo trago y añadió—: Tal vez esta es mi forma de lidiar con la realidad de este diario donde no se me valora. Pero nunca, jamás, he dejado que ello afecte la calidad de mi trabajo. Estoy tras la pista de un fantasma, uno que me dicen que vaga por las Salesas desde el día del incendio. Y descubriré quién es, porque estoy seguro de que se trata de un incendiario al que pagaron por destruir algún sumario.

Candela y don Luis se llevaron las manos a la cabeza, casi como una coreografía de balé.

—¡Y sigue en sus trece! ¡No hay incendiario, y mucho menos un fantasma, Alonso! Céntrese de una vez, que al final creeré que tiene usted algún problema mental —advirtió don Luis.

—Veremos —apuntaló Alonso—. Tengo una nueva pista, un tal Jenaro Rojas apareció quemado en la Policlínica de Tamayo la misma noche del incendio.

—No la seguirá con el sueldo que le paga la familia Gasset. Las noticias las marco yo, no usted, Alonso, y quiero que deje la investigación del incendio y vaya preparando un artículo sobre las fiestas de San Isidro del año que viene. O si me apura, sobre cualquier otra festividad, pero deje ya de perseguir fantasmas...

—Pues ya me dirá usted sobre qué quiere que escriba.

—Se lo acabo de decir, Alonso.

—¡Ah!, ¿que no era una ironía? —contestó Torquemada—. Y algo con más...

—¿Enjundia? —interrumpió Candela, con una sonrisa en sus ojos centelleantes.

—¡¿Quiere trabajar?! Pues vamos allá. Han detenido a un policía por asesinar a su mujer en el distrito de Buenavista. Creo que el juez que ha dado la orden es Félix Jarabo.

Alonso alzó la cabeza, conocedor de que en aquel juzgado se investigaba el incendio de las Salesas.

—Don Luis —interrumpió Candela—, ese tema es mío. Estoy escribiendo un reportaje sobre el maltrato del hombre a la mujer desde hace semanas. Hay demasiadas que mueren en manos de sus maridos, y ese tema es mío. Más si es un policía el que lo ha hecho.

—No, Candela, usted siga con su investigación, pero esta detención es un tema de Alonso. El juez, Félix Jarabo, ha enviado a prisión provisional al policía, y es un buen momento para que Alonso contacte con él y se dé cuenta de una santa vez de que el incendio no fue provocado. Para que deje de molestar a todo el mundo y podamos vivir en paz.

—¡Bien, entonces! —exclamó Torquemada, volviendo a beber—. Voy para allí, hacia el juzgado.

Se levantó y casi se cayó al suelo.

—Usted hoy no irá a ningún sitio en ese estado. ¡Mañana! Y quiero que de una santa vez acabe con esa maldita investigación. El incendio fue fortuito y quiero que así lo escriba. Hable con sus fuentes y pregunte sobre ese policía que ha matado a su mujer. Pero dentro de un mes quiero un artículo explicando que el incendio no fue más que un accidente.

Torquemada sonrió, conocedor de que últimamente no se llevaba bien con la policía. Pensó que nadie le querría hablar cuando recordó a Ricardo Villar, el policía jubilado que había conocido camino del Gobierno Civil y que tan mal le había hablado del rey y su incursión militar en Marruecos. Pensó que era un buen momento para contactarlo y continuar con la conversación que no habían podido acabar.

—Pues a trabajar. Y usted, Torquemada, no vea a nadie hasta que su nariz sea normal. Váyase a casa y duerma la borrachera; no lo quiero ver hasta que su estado sea presentable. ¡Ah!, y a la duquesa de Pinohermoso ni verla, ¿estamos?

Torquemada sonrió cuando ganaba la calle. Su director no sabía que ya había visitado la vivienda de la excelsa dama y esperaba su respuesta, que todavía no había llegado.

Tardó dos días en recuperarse, los mismos en que su nariz dejó de parecer un botijo de cerámica. Aprovechó el tiempo para leer y para entrevistarse con algunos rateros para que lo ayudasen a encontrar a Jenaro Rojas, el delincuente que se había quemado la mañana del incendio, pero todo el mundo le decía que Rojas ya no estaba en la ciudad. Algunos lo situaban en Valencia y otros en Barcelona, pero nade lo sabía con seguridad.

En esos días no bebió hasta que, al tercero, decidió que ya era hora de volver a la investigación del incendio. Lo primero que hizo fue localizar a Juanito, el delincuente que hacía su propio censo de viviendas para luego robarlas.

28

UNA NOCHE SIN PISTOLAS

Esa noche, dejó la habitación que había alquilado en la calle Ceres con ganas de morir, igual que cada vez que Catalina, su primer amor, venía a su memoria. Era como si viera la misma fotografía una y otra vez, un carrusel interminable de dolor que intentaba olvidar, una vez más, en manos de José Dani, el camarero del café cantante clandestino de la calle Alcalá. Este lo esperaba en la Puerta del Sol «porque un policía había preguntado por él a otros camareros y les había prometido una propina si le informaban sobre el reportero», escribió días después.

—Aquí tienes el «coco», Torquemada, pero ten cuidado, un policía de los malos anda tras tus pasos. No sé qué habrás hecho, pero si ese te busca, tu pescuezo peligra. Así que, a partir de hoy, ya no hay más «coco» para ti en este local.

La descripción que José Dani le proporcionó no le sonó a nadie conocido. Discutieron y, tras varias quejas de Torquemada y muchos insultos de José Dani, Alonso dejó atrás la Puerta del Sol por la calle Alcalá. Al pasar frente al Gran Hotel de París, encontró el Salón de Actualidades. Entró justo cuando Raquel Meller, una antigua modistilla barcelonesa, se movía con gracia en el escenario, cantando *La violetera*.

En el camino se había cruzado con varios periodistas que recorrían la noche madrileña, visitando teatros, cafés, tabernas y prostíbulos donde la sífilis y la tuberculosis formaban parte del ambiente.

Esperaba no volver a encontrarlos; odiaba a los de su profesión, a quienes consideraba vendidos al poder.

La sala estaba repleta a pesar del costo de dos reales por butaca, entrada que Torquemada no pagó gracias a la buena relación del dueño con la prensa. Quería localizar a Juanito, el delincuente que Ramón Fernández Luna había detenido por mantener un censo de inquilinos a los que robar. Esta vez, tenía una petición más atrevida para él.

Mientras estaba absorto en la actuación de la cupletista, chocó con un señor de ancho bigote que, sin mediar palabra, lo atacó con su bastón. Torquemada reaccionó sacando una navaja de grandes dimensiones.

—¡Ricachón de mierda, atrévete a tocarme otra vez! —gritó el reportero.

Detrás de él, varios hombres comenzaron a avanzar, pero Torquemada los mantuvo a raya, agitando su estilete.

La situación no escaló gracias a Candela, que vestía un atuendo llamativo. Lo tomó del brazo y lo llevó hacia la salida, advirtiéndole que un par de señoritos querían que un chófer le diera una paliza por haber derramado una copa.

—Alonso, no sé qué te habrás tomado, pero dentro un par de señorones quieren que un chófer te dé una paliza. Parece que le has tirado una copa encima y no te lo va a perdonar. Así que, amigo mío, yo que tú hoy me iría a casa y escondería ese cuchillo.

—¡Pero qué casa ni qué nada, con lo que me pagan! —exclamó Torquemada.

—Entonces ve donde Madame Celestina, que te reclama cada noche —dijo Candela, con los ojos llenos de un amor no correspondido.

—Haré lo que considere —respondió él, sin saber quién le había hablado de su fuente de información.

—Eso espero, porque parece que estás decidido a un suicidio en vida, y creo que necesitas una noche sin pistolas.

—Olvídame —respondió él antes de marcharse.

Torquemada no se arredraba ante la amenaza del chófer de un señorito porque el «coco» lo hacía creerse invencible, pero esa noche olvidó sus impulsos suicidas y dejó atrás a Candela y la calle Alcalá.

Deambuló por la plazuela de la Puerta Cerrada y los bares de la calle Maldonadas hasta que localizó a Juanito en una taberna de la calle Toledo, en torno a una mesa de pino con otros delincuentes que bebían aguardiente y daban cuenta de varios platillos de pájaros fritos con «sangre encebollá».

—¡Torquemada! —le gritó ebrio Juanito, nada más cruzar la puerta y clavar sus ojos en él—. Siéntese con nosotros. Bienvenido al casino del obrero. —El periodista tomó una silla de madera y se acomodó junto al delincuente—. ¡Tabernero!, otro platillo para el amigo, y traiga otra botella de aguardiente —gritó y, cuando se supo atendido, se giró hacia Torquemada—: Por supuesto, paga usted.

Dos horas más tarde, el alcohol luchaba por derribar a la cocaína en las venas del periodista y mortificaba las palabras de Juanito, cada vez más afectado por la bebida.

—¡Amiigoo Torquemada!, ¿por qué no lo habrééé conocido antes? Somos hermanos. Compañeros del alma.

Y así una vez tras otra, sin que el periodista pudiese sacarle palabra sobre Jenaro Rojas o el nombre del violador al que se juzgaba el día del incendio del Palacio de Justicia. Días más tarde apuntó el apellido de Juanito, Fernández, y el nombre del abogado que seguramente conocería al violador, «Celso Joaniquet», junto a las siglas «VC». Fernández era el mismo apellido que aparecía como uno de los primeros apuntes en sus libretas. Sin embargo, la jornada continuó entre gases alcohólicos y los que dejaban ir los parroquianos hartos de legumbres y casquería.

La noche finalizó en una casa de tolerancia de la calle de Ceres, contigua al piso donde Torquemada alquilaba habitación, en el que había doce mancebías a lo largo de cuarenta números, con más de treinta chicas dispuestas a todo. El portal, largo y oscuro, era en realidad un callejón que desembocaba en una escalera tenebrosa desde donde escucharon la música de un organillo que les anunciaba lo que se hacía en el piso de la planta superior. Les abrió una escuálida mujer, casi desnuda, colilla en la boca, que los invitó a entrar. Entre jadeos y gritos contuvo, al poco de estar allí, una bronca entre Juanito y otro delincuente con el que al parecer mantenían cuitas constantes. Miró a su alrededor buscando a la chica con la que pasar la noche. Una taza manchada de carmín le indicó que la mujer, entrada en kilos y en años, quería mostrarse al mundo más guapa que las cupletistas que iniciaban la noche de Madrid. Se sentó a su lado e inició su cortejo:

—Buenas noches, encantado de saludarte. Vengo del Salón de Actualidades, donde la Meller canta cuplé, y me acabo de fijar en ti. No tienes nada que envidiarle.

—Venga, *reporter*, que en esta ciudad te conocemos todas y sabemos que, como fornicas gratis con Madame Celestina, te crees que todas pecamos de su soledad. Aquí o se paga o no se folla, ¿estamos?

Torquemada se levantó de la rigurosa silla de madera con la cara tan dura como el culo. Cuando iba a pedir cuatro frescas, escuchó el nombre que nunca habría querido escuchar:

—...o Catalina, que es como acabas llamando a todas las chicas que osan acostarse contigo y con tus fantasmas. No sé qué te pasa, pero algo araña tu alma, y si sigues así acabarás muerto en una cuneta o con un puñal atravesando tu corazón.

Torquemada se giró, golpeó la taza, que se rompió en pedazos y provocó un estruendo que nadie escuchó salvo la meretriz, que se agachó a recoger el estropicio mientras volvía a la carga:

—Y que sepas que si fuera tú miraría al salir; hay un policía que anda preguntando por ti con pocas intenciones de hablar y muchas de arrancarte el alma. Este es un sitio de ratas y chivatos, así que, si te quieres bien, sal pitando y mira hacia atrás.

Esa noche acabó sin dormir, ahumado de picadillo de tabaco, sobre el colchón de clavos retorcidos de la calle Ceres y con monstruos que recorrían las paredes gritando el nombre «Catalina».

29

EROTÓMANOS

No se sabe si fue en el burdel o en algún otro sitio, pero en aquellos días Torquemada escribió uno de los pasajes más inquietantes de esta historia. Un relato, que por su interés histórico y por la importancia de los personajes a los que retrata, merece ser transcrito sin poner o quitar una sola coma:

«Justo en el momento en que abandonaba el Salón de Actualidades, tres siluetas esperaban, fundiéndose entre las sombras que rodeaban el Palacio Real, a una señal. La ciudad, ajena a los secretos de la aristocracia, dormía tranquila.

»Bajo su capa, uno de los hombres ajustó el paquete que llevaba consigo. Junto a él estaban otros dos, hombres de confianza del conde de Romanones, que los había instruido sobre el delicado encargo que debían llevar a cabo.

»Mientras se acercaban a la puerta trasera, uno de ellos murmuró:

»—Nunca imaginé que haríamos algo así.

»El otro contestó:

»—Cuando se trata de placeres prohibidos, Alfonso es como un niño.

»Y llegó la señal.

»Una vez dentro del palacio, los tres hombres fueron recibidos por un mayordomo que pidió que lo siguiesen en silencio para que la reina no se despertase. El opulento interior contrastaba con la sencillez de las calles de la ciudad. Subieron por una monumental escalera de mármol y granito y pasaron por una incesante sucesión de salas y salones. Dejaron a la izquierda el salón del trono y el comedor de gala, iluminado con catorce lámparas y casi mil bombillas. También cuadros de Caravaggio, Velázquez o Francisco de Goya.

»Y cuando parecía que se habían perdido, se toparon con la antigua antecámara de la reina, donde se reveló ante ellos una sala de cine privada. Y allí, esperando impaciente, se encontraba Alfonso XIII, el rey de España.

»—Ah, finalmente llegaron —dijo el monarca con una sonrisa—. Romanones me prometió una velada interesante. Ricardo... —añadió girándose hacia un hombre con acento catalán—, ¿lo pones en marcha?

»Ricardo Baños, el director, colocó la película en el proyector, y pronto una mujer desnuda apareció en la pantalla. Acudía a pedir al ministro de turno que no despidiese a su marido, y para convencerlo se acostaba con él.

»La sala quedó sumida en un silencio expectante durante treinta minutos. Solo el zumbido del proyector y las imágenes bosquejadas llenaban el espacio. Al terminar la película, el rey se levantó y se estiró.

»—Buen trabajo, si sigue así siempre tendrá mi protección.

»Al poco, mientras los hombres abandonaban el palacio, se miraron entre sí, sabiendo que habían sido parte de algo más grande que ellos mismos. Un secreto que nunca podrían revelar, pero que los uniría para siempre: la afición del rey por la pornografía».

Fin de la transcripción.

Aquel Madrid nocturno seguía ajeno a los misterios de su monarquía, que no tardaría en conocerse cuando una fuente de información, cuyas libretas la identifican como "ella", corroboraría esa información a Torquemada. A partir de entonces, sus notas están plagadas de citas sobre Baños y de cómo se las ingeniaba para reclutar a chicas de los barrios más humildes de Madrid y Barcelona, prometiéndoles fama y fortuna, para luego filmarlas en películas eróticas para Alfonso XIII. Sobre aquel salón, Torquemada escribirá: «Menuda locura usar una antigua habitación de la reina para ver películas pornográficas. Así es el rey. Un cúmulo de contradicciones».

30

RAMÓN FERNÁNDEZ LUNA

La vigilancia de Torquemada no pasó desapercibida al comisario Ramón Fernández Luna, que a pesar del calor del mes de agosto se plantó con una enorme capa de raso y terciopelo en la esquina desde donde el periodista controlaba la calle Amor de Dios. Corría la leyenda de que el policía siempre había tenido un gen investigador y que, de niño, salía de madrugada a investigar en la fábrica de harinas de Almadén, donde había nacido, en la que se decía que había fantasmas. A los quince años se había trasladado a Madrid y, después de varios trabajos, había ingresado en el Cuerpo de Vigilancia, donde había destacado por su forma singular de realizar las pesquisas. José Millán Astray, comisario general de la Policía de Madrid, lo había nombrado jefe de comisaría del distrito del Hospital, donde había comenzado a aplicar las técnicas dactiloscópicas y desarrollado un fichero de delincuentes. Ahora dirigía la Brigada de Investigación Criminal, donde se encargaba de detener a grandes delincuentes y de investigar el incendio que había asolado el Tribunal Supremo. Se acercó sigilosamente a Torquemada y le espetó:

—Buenos días, *reporter*.

—Comisarioooo —dijo el periodista, tratando de disimular.

—¿Mucha resaca?

Torquemada miró con los ojos entornados al policía.

—Lo habitual.

—Algo más que lo habitual. Me han hablado de una pelea con un señor al que le lanzó encima un vaso de absenta en el Salón de Actualidades, una bronca etílica en la calle Toledo y una reprimenda de unas chicas de vida alegre en la calle Ceres.... ¡Y qué no decir de lo que ocurrió hace ya más de una semana, casi dos, en el callejón del Perro! ¿Cómo va su nariz?

—Lo dicho, una noche más y la nariz ya casi curada. Pero dígame, ¿qué quiere, comisario?

—¿Me puede explicar qué hace usted aquí? Asusta a los letrados.

—Esos ya andan asustados con las cuatro paredes que les han puesto para vociferar en sus pleitos. Esto no es un edificio para albergar una Audiencia; esto es un puñetero cuchitril desvencijado.

—No me jorobe, Torquemada. Me ha llamado José María Ortega, el presidente de la Audiencia, para advertirme que usted andaba molestando... Lleva días preguntando a Dios y a su madre... Y la gente llama al ministro que, a su vez, llama al secretario, y este al presidente de la Audiencia, que me llama a mí... Entiende que esté cabreado, ¿verdad? Y, además, como sabe, el magistrado Jarabo me ha puesto a investigar el incendio del Palacio de Justicia. Por ahora, todos los indicios apuntan a la accidentalidad, así que, ¿por qué no lo abandona? ¿Por qué no me deja vivir tranquilo sin escuchar su nombre por todo Madrid?

Torquemada sonrió y se tomó un par de respiros para contestar.

—El problema, comisario, es que aquí hay mucho que contar. La duquesa andaba tiesa y ahora tiene un contrato con el Estado. Y parece que la señora gasta, ¡y cómo gasta! Además, se habla de que algún político se lo ha concedido a cambio de favores... digamooos... sentimentales —afirmó sonriente, mientras sacaba de su pantalón una hoja arrugada con el listado de gastos de la duquesa de Pinohermoso.

—¿Y eso qué es, el papel de envolver del bocadillo? —se burló el policía.

—Ni para eso me llega, que el embutido anda caro para los periodistas, señor comisario. Este es un estadillo de gastos que su hombre de confianza, Carlos Martín, redacta a diario. La duquesa, como le he dicho, gastar, gasta.

—Se equivoca, señor mío. La duquesa ha salido perdiendo con el alquiler —contestó el policía—. En cuanto supe que la había visitado en su propia vivienda, la investigué. Está limpia.

—Veremos, comisario. Veremos quién tiene razón.

—¿Me puedo sentar? —preguntó el policía, señalando el banco. Torquemada se hizo a un lado.

—Mire, Alonso, un mes antes de que se destruyesen las Salesas, se quemó el Teatro de la Comedia. Decorados, escenario, patio de butacas, todo. Se quemó todo el anfiteatro.

—Lo sé, pero ¿sabe cuál es la diferencia, comisario? —preguntó, y Fernández Luna alzó el mentón—. Que el dueño, Tirso Escudero, ni se separaba de los humeantes escombros. Envuelto en una vieja capa azul, única prenda que le había quedado de su vestuario; con el sombrero caído hacia atrás, contemplaba los trabajos de extinción mientras los periodistas lo interrogábamos. En cambio, el rey estaba jugando al pichón.

—Lo que usted diga, pero también se abrió una investigación y descubrimos que fue un cortocircuito de una bambalina decorada con un farolillo. Igual que el de las Salesas, fue involuntario.

—Comisario, hasta que no tenga las pruebas de lo contrario, seguiré con mi investigación para probar que fue provocado. Por cierto… —añadió el periodista—, ¿investigó a un tal Jenaro Rojas?

—Sí, Torquemada. Fue uno de los detenidos al día siguiente del incendio. Un ladrón de tres al cuarto que entró en el palacio cuando el fuego ya devoraba las paredes y se hizo con cuatro cosas que vendió en la Ribera de los Curtidores. Un pelagatos que prefirió el fuego por cuatro pesetas.

Aquello apenó a Torquemada, que creía haber encontrado una pista importante, que ahora se desvanecía frente a él.

—Por cierto, comisario, me han dicho que en el antiguo Palacio de las Salesas se escucha un aullido que alguien dice que es un fantasma —añadió el periodista.

—Mire usted, Torquemada, que yo de eso sé mucho, y los fantasmas no existen. Con diez años me levantaba por las noches para investigar unos robos que ocurrían en la fábrica de harinas de mi pueblo y descubrí que no eran fantasmas, sino ladrones. Ande, háganos un favor a todos, vuelva la redacción de su diario y deje las calles en calma.

—Haré lo que me salga de los cojones, comisario —contestó Torquemada.

El policía sonrió.

—¡Cojones tiene! —Se rio el policía.

—Más de lo que cree.

—Por cierto, no me dirá de dónde ha sacado ese listado de gastos de la duquesa, ¿verdad? —preguntó Fernández mientras se levantaba del banco.

—Pues no, comisario, no se lo diré. Y ahora es cuando me imagino que me amenaza, ¿verdad? O simplemente me hostia directamente.

—No, *reporter*, esa forma de trabajar no es la propia, aunque no diré que otros compañeros no la apliquen. Además, el director general de Seguridad nos ha pedido que tratemos bien a la prensa en general y a usted en particular, aunque nos advirtió de sus tendencias anarquistas y nos pidió que le explicásemos que investigar a nuestro monarca no está muy bien visto. Pero oiga, usted ya es mayor para saber en qué charcos se mete.

—No se preocupe por mis botas, que ya andan manchadas y los charcos los sé sortear. En cuanto a la tendencia policial a la violencia, le diré que ya me han advertido en varios sitios que ande con cuidado con la policía, que anda buscándome con intenciones insanas. Por no recordar el interrogatorio del otro día... Dos policías llevándose a un periodista para amedrentarlo... ¡Y encima uno cojo! ¿Los contratan así o acaban tullidos por supurar maldad?

Torquemada alzó el mentón y Fernández Luna sonrió, sin querer entrar al trapo de las impertinencias del periodista. Tras unos segundos de duelo visual, el policía arrancó a hablar:

—Pues yo no he sido, señor Torquemada. Lo tengo controlado aquí a diario como un mojón, y no necesito preguntar por ahí, pero si uno de mis compañeros, digamos de la antigua escuela, lo busca, algo malo habrá hecho. Así que yo me andaría con cuidado, *reporter*. Vaya con Dios —dijo antes de marcharse.

Torquemada meditó un buen rato y decidió volver a la redacción de *El Imparcial*.

31

LA REPRIMENDA

—¡Torquemada! —le gritó su director, sin dejar siquiera que se sentase frente a su escritorio—. A mi despacho.

El reportero caminó hacia allí y se situó frente a Luis López Ballesteros, cuya cara arrugada lo hizo sospechar que nada bueno estaba por salir de su boca.

—Usted dirá, don Luis.

—¡Usted dirá, usted dirá! ¿Qué narices le tengo dicho, Torquemada? Una cosa es investigar un incendio y otra es lanzar infundios contra una amiga del rey.

—Acabáramos, le ha telefoneado la duquesa de Pinohermoso y le ha contado de mi visita a su palacio de la calle San Pedro, ¿verdad?

Luis López negó con la cabeza y adelantó su cuerpo sobre la mesa, para que Torquemada entendiese lo que le iba a decir:

—Déjese de condesas, duquesas y demás. Focalice su atención en la política. Esos son los malos y los capaces de quemar un palacio para sus propios intereses. Sobre todo los extremistas y los regionalistas. Y que no me tenga que llamar nuevamente alguien de palacio para advertirme que usted incomoda en su vivienda a la aristocracia de este país. ¿Me ha entendido, Alonso?

El periodista asintió con rabia contenida, mientras el director continuaba con su soliloquio:

—José Puig Esteve y los diputados socialistas Pablo Iglesias y Emilio Santa Cruz. Quiero que los investigue. El otro día, cuando le partieron la nariz, ya le dije que quería que hablase con el magistrado Jarabo, pues ahora se lo ordeno. Vaya y pregúntele si esos hombres están implicados. Parece que sus causas acabaron devoradas por el fuego.

—No me lo dirá en serio, ¿verdad?

—Mucho más de lo que cree, Alonso.

—¿Pero no me había pedido un artículo explicando que el incendio fue fortuito?

—¡Vaya a ver al magistrado Jarabo y no me saque más de mis casillas!

—Estamos en agosto.

—¡Pues el mes que viene! Pero mientras tanto olvide a la duquesa y a la familia real.

—¿Qué pasa, don Luis? Dígame la verdad.

—Me han pedido su cabeza, Torquemada. Hay alguien poderoso que quiere que deje el periodismo, y la familia Gasset me ha advertido que no van a soportar más problemas con usted. Hágame un favor, y hágaselo a usted, vaya a ver al magistrado Jarabo y acabemos con esto de una vez.

—Un juez es un juez, don Luis, todos están vendidos al poder. Si no ayudaron a las familias que perdieron todo en el incendio, ¿cómo pretende que atienda a un periodista?

—No sea malvado, Alonso. He sabido que en estos días el letrado Juan de la Cierva ha hecho entrega de quinientas pesetas para socorrer a las familias de los porteros y los guardias civiles que se habían quedado sin albergue en las dependencias superiores del Palacio de Justicia. También que los presidentes de sala, magistrados y secretarios han dado cada uno una cantidad.

—Y ahora me dirá que el rey también ha ayudado —afirmó con retintín Torquemada.

—Así es, incluso al niño que dio la voz de alarma...

—Sí, Guillermo del Valle, aunque el pago se ha hecho a su padre, Santiago.

—Pues el rey ha dado a su familia cuatro mil pesetas para mobiliario nuevo —afirmó el director—.Vaya a ver a Jarabo, que por lo que sé, es alguien justo.

Acto seguido, Luis López le relató una historia del juez, que esa noche pasaría a la libreta del periodista. Pero en esos momentos solo pudo contestar con su silencio, la mirada achinada y un golpe marcial de cabeza mientras caminaba hacia atrás, hasta que visualizó la jamba de la puerta del despacho y la placa que ponía «Director». Su vergüenza vagaba como una mosca en un callejón sucio.

Recogió sus bártulos y salió de la redacción camino de la calle General Castaños, donde estaba el juzgado de Buenavista, para tratar de localizar a Félix Jarabo, el magistrado que estaba instruyendo el sumario sobre el incendio y al que conoció, días atrás, en el velatorio de José Armada. Creía que el viaje sería en balde, y se equivocó.

Esa noche escribió: «En este país, la generosidad se olvida cuando alguien huele a un amigo del rey como para esperar gallardía del director de un medio de comunicación. Es curioso este país; se pregunta por una duquesa y, de repente, aparecen las dudas sobre los políticos».

32

JUECES

«El juzgado de guardia de Buenavista, compuesto por don Félix Jarabo, juez; don Antonio Aguilar, secretario, y Manuel Leira, oficial, se constituyó en el lugar del incendio, y realizó las diligencias correspondientes. Antes, procedieron al levantamiento del cadáver del relator del Supremo, señor Armada, quien había fallecido a causa de un acceso cardíaco en el Palacio de Justicia», había escrito Torquemada, añadiendo: «Desde que Félix Jarabo asumió la dirección del juzgado de Buenavista, lo transformó completamente. "Con un par de cojones" era lo que siempre se decía antes de referirse a él como "Su Señoría"».

La primera vez que Torquemada oyó hablar de él había sido en un caso para resolver una pelea; otros hablan de un duelo entre caballeros que terminó de una manera que nadie podría haber imaginado. Según lo que Torquemada había escuchado, un periodista estaba disfrutando de unos vinos cuando llegó el hijo de la marquesa de Villamagna, blandiendo su bastón y desafiándolo. Lejos de intimidarse, el periodista aceptó el enfrentamiento. «La disputa pasó de bastones a sables, y Félix Jarabo ordenó la detención de ambos contendientes. En el territorio de Jarabo, él es quien manda, seas marqués o mendigo», escribió Torquemada.

Por esta razón, no estaba completamente seguro cuando se presentó en el juzgado y preguntó al secretario por el magistrado.

—Pregúntele con delicadeza si puede recibirme. Soy Alonso Torquemada, reportero de *El Imparcial*.

—Siéntese en el banco mientras le consulto a don Félix si desea verlo. Hoy no está teniendo un buen día.

Torquemada escuchó el crujir del suelo al caminar hacia el banco de madera, donde se sentó a reflexionar sobre lo que sabía del magistrado. No era la primera vez que Jarabo se encargaba de un caso importante, ni tampoco la primera vez que solicitaba la ayuda de Ramón Fernández Luna, el policía conocido como el «Sherlock Holmes español», quien lo ayudaría a determinar si el incendio de las Salesas había sido intencionado. El director del periódico le había recordado el caso a Torquemada, y él lo anotó en su libreta: «Ocurrió en 1913, en la calle Recoletos, donde un petardo estalló con un estruendo que inicialmente se confundió con una bomba. Durante la investigación, se encontraron unas hojas con amenazas dirigidas al presidente del Consejo. Fue el propio Jarabo, con la precisión legal que lo caracteriza, quien descartó que fuera un ataque anarquista, a pesar de que al acusado se lo conociese como el "abogado anarquista"».

Al poco, el secretario salió del despacho del juez, y sacó al periodista de sus cavilaciones.

—El magistrado está tomando declaración a un detenido, a la sazón, policía, y en cuanto pueda lo recibirá.

Posteriormente, Torquemada se enteró de que el juez había acudido esa mañana a la Policlínica de la calle Tamayo, donde comprobó *in situ* las heridas de bala de la mujer del policía, aunque debido a su estado crítico no pudo tomarle declaración. Después, Jarabo interrogó a testigos del incidente y a vecinos, quienes mencionaron que siempre se había cuestionado la fidelidad de la mujer. «El policía había observado a un oficial del ejército conversando con ella y, en un arrebato de celos, sacó su revólver y disparó al militar, quien logró huir ileso. No obstante, en un segundo impulso, el agente disparó a su esposa y esperó a que sus compañeros vinieran a detenerlo. Pensaba que saldría impune del delito, pero Jarabo lo encarceló», narraría después Torquemada, admirado por la valentía del magistrado.

—Pase usted —ordenó al poco Jarabo, en mangas de camisa, al periodista—. Escriba en su diario que en mi territorio no valen

159

excusas de celos para amedrentar a las mujeres. ¡Aquí no! —dijo y añadió—: ¡No sé qué cojones se piensan los hombres de este país! ¿Que las mujeres son de su propiedad? Escriba un artículo y dígales a todos los residentes del distrito de Buenavista que si pegan a sus esposas acabarán en prisión, sean o no policías.

—Y por lo que sé es el segundo policía que detiene en poco tiempo por matar a su esposa.

—Así es —contestó el juez—. Sentémonos aquí —afirmó señalando dos sillones.

Torquemada asintió y obedeció. El proceloso magistrado tenía fama de no plegarse ni al poder, aunque hubiese enviado a galeras al abogado al que se acusaba de anarquista, y Torquemada creyó que aquella historia sería un buen comienzo para hablar con el juez.

—Lo primero es agradecerle que me hiciese llegar el historial personal de José María Armada...

—No tiene nada que agradecer —dijo el magistrado con su reloj de bolsillo entre los dedos—. Si le parece bien, vayamos al grano, que tengo mucho que hacer.

El periodista sonrió, abrió su libreta y aparentó leer lo que quería saber.

—Le quería preguntar por la historia de Florentino Conde Bernal, el abogado anarquista.

Jarabo asintió mientras se encendía un cigarro.

—Ni anarquista ni leches. Florentino Conde es un pobre incapacitado al que he enviado a prisión porque este país no ayuda a los locos. Republicano y lerrouxista, sí, pero inofensivo. Creía que enloquecía a las mujeres con la mirada y vivía con su testamento en el bolsillo por si moría. Ejerció como abogado en Salamanca y se fue a América, hasta que volvió y dio ese discurso en el que amenazó al jefe de los liberales, el conde de Romanones. Una fantasía a la que dieron pábulo sus compañeros de la prensa y por la que he tenido que enviarlo a prisión para evaluar sus capacidades mentales e intentar ingresarlo en un psiquiátrico.

—¿Y por qué no lo ingresa directamente en vez de enviarle a prisión?

—En este país hay veinte mil enfermos psiquiátricos ingresados, y me temo que el letrado Conde Bernal acabará en uno, pero quiero que me lo diga un médico forense. Pero dígame usted, *reporter*. ¿Qué necesita de mí? Ya imagino que quiere hablar del incendio y no de pobres hombres que intentan matar a sus mujeres o amenazan a políticos, aunque su fama de anarquista lo persiga...

—Conocer mejor a José María Armada —contestó Torquemada, que sabía que la única forma de que el juez le contestase a lo que realmente quería saber era con un poco de jabón a su ego y sin reaccionar a las provocaciones.

El magistrado asintió y le explicó que fue él quien telegrafió a la familia del secretario, al que definió como un héroe. Le comunicó que, además, se había instruido un expediente para honrar su memoria. Quince minutos después Alonso comenzó con el verdadero cuestionario.

—Y el fuego fue...

—Fortuito. Esa es mi sentencia —afirmó el juez.

—¿Tan rotundo?

—Me entrevisté con Álvaro Terroba, que tenía sus habitaciones próximas al archivo del Palacio de Justicia, y me informó que todos los días, con un guardia civil y con el portero de la Audiencia, Blas Santamaría, verificaban el archivo. El día del siniestro no vieron nada extraño.

»Blas Santamaría corroboró la versión de Terroba, aunque me comentó que la persona que hacía la ronda ya no era él sino su hijo, ya que lo aquejaba el reuma. Me pidió que no se lo contase a nadie, por miedo a que lo echasen del trabajo.

Torquemada asintió mientras lanzaba diatribas eternas sobre la precariedad laboral y sobre la falta de protección del proletariado. El magistrado, educado, esperó a que el *reporter* acabase su alegato.

—Además, parece ser que en el incendio del palacio en 1907 se descubrió que estaba hecho de madera de pino con mucha resina, y eso si prende se lleva todo por delante. Así que sí, señor Torquemada. Por mucho que usted busque a un niño que muerda a un perro, este caso no es así, y no tiene ningún titular. Lo siento, pero el incendio fue fortuito.

—¿Y qué ha dicho Fernández Luna? —preguntó, insistente, Alonso Torquemada.

—Lo mismo, que fue fortuito. Es más, él ya me trajo la declaración escrita de los testigos. ¡Qué ordenado es este policía! —El juez continuó con sus explicaciones, al tiempo que Torquemada apuntaba todo en su cuaderno—. También un tal Manuel Montoya, uno de los relatores de la secretaría del señor Caro, manifestó, tajante, que el fuego debió ser casual, requemando los papeles durante dos días, los mismos que llevaba la chimenea encendida. Fernández Luna visitó el edificio al día siguiente y me hizo un resumen: la sala de plenos fue una de las primeras en arder, porque está en la esquina derecha del edificio, que fue por donde empezó el fuego. La techumbre de la Sala Segunda se hundió y desaparecieron hasta los muebles, igual que sucedió en la Sala Primera. De la Tercera solo quedaron las paredes. Sin embargo, la biblioteca quedó intacta. El archivo y las viviendas de los veinte empleados, todo quemado.

—¿Se salvó algún papel del archivo? —preguntó el periodista.

—No, Torquemada, ninguno. Pero lo importante es que solo va al archivo lo ya juzgado y sentenciado, por lo que carece de importancia. Pero no lo dude, se inició en una chimenea que pasa por las paredes del archivo. Un golpe de viento y la resina hicieron el resto.

—¿Y alguno de los expedientes en marcha se ha perdido?

—El recuento inicial indica que se han perdido veintiún expedientes en marcha: uno de la secretaría del señor Velasco, diez del señor Monzón y diez del malogrado señor Armada. Pero todos ellos ya se han rehecho y están en curso. A nadie interesaba quemar el palacio.

—¿Y por qué nos trataron tan mal a los de la prensa?

—Por lo que yo sé, aquello era el paradigma de la desorganización. Desde palacio, la reina madre preguntó por el jefe de policía, el señor Méndez Alanís, que no estaba, y entonces mandó a desalojar a todo el mundo de la plaza y aledaños. Y ya sabe usted que algunos guardias son más papistas que el papa y dijeron que Alfonso XIII había anulado los carnés de prensa.

—Me han dicho que se quemó un recurso a un auto de procesamiento de un catalán radical... —comenzó a decir el periodista.

—Así es, José Puig Esteve, un sindicalista de los dependientes de comercio en Cataluña.

—¿Qué delito había cometido?

—Ataque a la integridad de España. —La cara de sorpresa de Torquemada hizo que el magistrado le ofreciese asiento y se explayase—: El 11 de septiembre de 1914, Puig Esteve dio un discurso incendiario y fue procesado. Es un político regionalista que dijo algo así como que había que liberar a Cataluña de la *gent dolenta*[3] de España y enalteció, con un discurso propio de los tenderos, a una muchedumbre que arrió banderas catalanas con cánticos de Els Segadors. Se lo procesó por ofensas a la nación, y ahora parece que van a pedir una amnistía. Su causa se envió al juzgado, así que no se ha visto afectado.

—¿Pablo Iglesias y Emilio Santa Cruz?

—Emilio Santa Cruz... Creo recordar que lo procesaron por una querella[4] por la publicación del artículo «La acción de Marruecos» en el periódico *El Radical*, por existir indicios de responsabilidad. Y a Pablo Iglesias, también por injurias. Ninguno es un delincuente, señor Torquemada. Dígaselo a su director, que ya imagino que es quien pregunta...

Torquemada torció el rostro.

—Pero mi director dice que tanto la querella contra Santa Cruz como la causa contra Pablo Iglesias se quemaron en el incendio.

—Así es, pero ambas se han podido reconstruir. No hay una conspiración... —dijo Jarabo.

—¿Está seguro, señoría?

—Señor Torquemada, todos saben que usted es anarquista y que va tras el rey. Vaya con cuidado y, por favor, dígale a su director

---

3. N. del A. Gente mala.
4. Rollo n° 148/1915 del sumario 771/1914 instruido por Juzgado de Instrucción del Distrito del Congreso de Madrid.

que no escuche tanto a los ministros, que cuando la política ilumina un proceso judicial, la verdad salta por la ventana o, como en este caso, arde en el infierno. Y si no, mire lo que ocurrió con la familia Garvey…

Torquemada escudriñó su memoria mientras se despedía del magistrado, sin comprender muy bien la última frase. Luego, sus libretas se silencian durante unas semanas. ¿Qué hizo durante ese tiempo? No se sabe con certeza, salvo que bebió hasta casi desfallecer.

33

INJURIAS

El telegrama de Blasco Ibáñez llegó el 13 de septiembre a la redacción de *El Imparcial*, justo en el momento en que el director llamaba a Torquemada a su despacho. Dejó una libreta con el nombre «causa Garvey» sobre la mesa y se levantó.

La redacción, ese día, parecía un cementerio. Las luces parpadeaban ligeramente, lanzando sombras danzantes sobre los escritorios abarrotados de papeles y máquinas de escribir. Las ventanas, manchadas por la lluvia reciente, dejaban entrar una luz grisácea que se mezclaba con el humo del tabaco, creando un velo etéreo que flotaba sobre los sombreros ligeramente inclinados de los periodistas que parecían estatuas. El golpeteo de las máquinas de escribir no se escuchaba y todos miraban con pena a Torquemada cuando comenzó a caminar.

El piso de madera crujía bajo los pasos de Alonso, que andaba hacia el fondo de la sala. El aire estaba impregnado del aroma del café viejo y de la tinta fresca, un perfume que definía el alma del lugar.

—Pase, Torquemada —dijo Luis López Ballesteros.

Alonso miró las grandes estanterías de madera oscura llenas de libros y documentos que bordeaban las paredes, y una gran mesa de roble dominaba el centro de la habitación. Sobre ella, un candelabro de latón proporcionaba una luz cálida y constante. Detrás del escritorio, las amplias ventanas ofrecían una vista panorámica de la ciudad, con sus tejados húmedos y sus calles que comenzaban a llenarse con el bullicio de la mañana. Y sobre este, observó una foto enmarcada y dedicada por Alfonso XIII.

—¿Y bien? —preguntó Alonso.

—Y bien... Siéntese, Torquemada. Tenemos que hablar.

Alonso acercó una silla al escritorio y miró fijamente al director.

—Puig Esteve, Emilio Santa Cruz, Pablo Iglesias... ¿le suenan esos nombres? —dijo el director con tono sarcástico.

Torquemada echó hacia atrás su cuerpo, sacó su libreta del interior de la desvencijada americana y leyó.

—Desde 1913, Pablo Iglesias ha estado implicado en numerosos casos ante el Tribunal Supremo, la mayoría por el llamado delito de imprenta; pero también por injurias a ministros o al presidente del Consejo, al emperador de Alemania, al ejército, incluso al rey; algunos por desacato a la autoridad... Así que no creo que tenga la intención de eliminar todas esas acusaciones incendiando el tribunal.

El director bajó la mirada a la mesa, tomando notas cuidadosamente.

—Y los otros dos, igual. Esto no se trata de política, sino de actos desalmados —añadió Torquemada.

—Entonces, ¿se acabó la investigación del incendio? —inquirió el director.

—El Tribunal Supremo fue incendiado y mi deber es descubrir al responsable, don Luis.

—Y yo quisiera ser presidente del Consejo... Pero el editor me ha llamado y exige su despido.

—Pero, don Luis, yo...

—Deje que termine, Torquemada.

El joven asintió con resignación.

—Le he dicho al editor que usted es un excelente periodista y que estoy seguro de que ha dejado atrás lo del incendio y que ya está tras la pista de un tema importante. Es así, ¿verdad?

Torquemada sonrió levemente.

—Por supuesto, don Luis.

—Entonces salga a la calle y tráigame algo sustancioso. Y rápido, porque el editor pide su cabeza, y su falta de tacto ha causado indignación en la redacción... Incluso Félix Lorenzo, su jefe de redacción, anda por ahí exigiendo su despido... ¿Me entiende, Alonso?

—Entendido, don Luis. Traeré algo pronto.

—Así me gusta, Alonso. Ahora salga y demuestre su valía.

Al dirigirse hacia su mesa, Alonso se encontró con Candela, quien lo miró con ojos compasivos y lo interceptó antes de que pudiera sentarse.

—¿Te ha despedido? —preguntó ella.

Él negó con la cabeza y ella se giró negando, a su vez, con una inmensa sonrisa en la cara. Y, de repente, las máquinas de escribir volvieron a sonar febrilmente.

—Pero... ¿qué pasa? —preguntó Torquemada.

—Hay rumores desde hace días. Quieren que te vayas de *El Imparcial*, y creíamos que hoy era el día —dijo ella con los ojos fijos en la libreta que llevaba escrito «Garvey» en la portada.

—Lo sé, el maldito jefe de redacción me odia.

—Yo te ayudaré, Alonso.

—No hace falta.

—¿Qué te parece si yo te echo una mano buscando información sobre la causa Garvey... —dijo señalando la libreta con el título a la vista de cualquiera— y tú te dedicas a sacar información sobre algún crimen para acallar a Félix Lorenzo? Creo que don Luis te valora, pero le tienes que dar algún tipo de motivación...

—Hagámoslo así.... Gracias, de verdad. Muchas gracias.

Ella sonrió.

—Por cierto... tienes un telegrama en tu mesa.

Alonso caminó tres pasos hasta su escritorio y observó el papel azul doblado en dos sobre el montón de documentos. Tomó el telegrama de Blasco Ibáñez y lo abrió.

«París, 21 Rue de Surène. Torquemada, entrevístese con Pablo Iglesias. Vaya con cuidado».

34

POLÍTICA

En la majestuosa sala del paraninfo de la universidad, Torquemada irrumpió justo cuando el ministro de Gracia y Justicia, «el distinguido señor Burgos, ataviado con su imponente uniforme y el gran collar de la Justicia, se disponía a hablar». Era el 15 de septiembre, una fecha marcada por la solemne apertura del año judicial, y en la que Torquemada pensaba cumplir con la recomendación que le había hecho Blasco Ibáñez días atrás.

El ministro, de cabellera rizada y nariz de contornos helénicos, proyectaba la imagen de un actor en plena actuación, con una sonrisa que no desentonaría en un cuadro de estrategias militares. Torquemada, pluma en mano, capturaba cada detalle mientras el señor Burgos iniciaba su discurso.

Desde las doce y media, la jornada había cobrado vida. En primera fila, presencias distinguidas: el presidente del Tribunal Supremo, José Aldecoa; el presidente de la Sala Primera, señor Aurioles; y al frente de la Sala Segunda, el señor Muñoz. Una reflexión cruzó la mente de Torquemada: *La Justicia de nuestro país parece desgastarse como un antiguo pergamino.*

Tomó nota meticulosamente de las palabras del ministro, quien aprovechaba este escenario, «no como un parlamentario más en la cámara, sino como un visionario dispuesto a compartir sus reformas y anhelos jurídicos. Habló de latifundios, de la prescripción, del jurado...». A pesar del peso de los temas, Torquemada luchaba contra el sopor.

Finalmente, el fiscal don Senén Canido tomó la palabra, e inició su alocución con un homenaje al secretario de sala, don José Armada, y proponiendo la creación de una comisión para salvaguardar los documentos perdidos.

Con el auditorio aún murmurando, aliviado por el fin de los discursos, Torquemada se acercó cautelosamente al diputado socialista Pablo Iglesias, quien parecía inmerso en sus pensamientos.

—Señor Iglesias, ¿podría concederme unos minutos para unas preguntas? —inquirió Torquemada, con una mezcla de respeto y curiosidad.

—Por supuesto, joven. ¿Qué inquietudes tiene? —respondió Iglesias, cuya mirada reflejaba tanto sabiduría como la carga de su lucha.

—Me preocupa la situación de los trabajadores en nuestro país. ¿Qué planes tiene su partido para mejorar sus condiciones? —Torquemada buscaba profundidad en las respuestas, más allá de los eslóganes políticos.

Iglesias asintió.

—Nos enfrentamos a una época de grandes desafíos y desigualdades. Nuestra prioridad es asegurar que cada trabajador tenga no solo un salario justo, sino también acceso a educación, salud y vivienda digna. Estamos promoviendo reformas laborales que protejan a los trabajadores, no a los intereses empresariales.

—Entiendo la importancia de esos derechos, pero ¿cómo planean implementar estas reformas en un entorno político que parece cada vez más dividido? —Torquemada sabía que las buenas intenciones a menudo chocaban con la dura realidad de la política.

Iglesias se tomó un momento antes de responder, sopesando sus palabras.

—La política es el arte de lo posible, joven. Nuestro camino no es fácil, y sabemos que el cambio significativo requiere tiempo y perseverancia. Pero también creemos en el poder de la solidaridad y la movilización popular. La presión pública y el diálogo constante con todas las partes interesadas son cruciales para avanzar en nuestra agenda.

—Hablando de desafíos, me gustaría saber su opinión sobre el incendio del Palacio de Justicia. ¿Cree que hay una historia más profunda detrás de la tragedia? —preguntó Torquemada, cambiando de tema, pero buscando hilos comunes en las luchas de poder.

Iglesias miró a Torquemada, midiendo la seriedad de su pregunta.

—El incendio es una metáfora trágica de nuestro sistema judicial y político, consumido por las llamas de la negligencia y, quizás, la corrupción. Sin embargo, como le dije antes, los parlamentarios debatimos en el Parlamento. Este no es el momento ni el lugar para esas discusiones, pero su interés es válido.

—Entonces, ¿dónde puedo buscar respuestas? ¿Cómo puedo entender lo que realmente está sucediendo detrás de los titulares? Mi buen amigo Blasco Ibáñez me recomendó entrevistarme con usted.

Iglesias esbozó una sonrisa entendida y se inclinó hacia adelante, bajando la voz.

—Si yo fuera usted, pasaría por el Café de París. Es un lugar de encuentro para mentes inquietas y voces disidentes. Dígales que va de mi parte; es posible que encuentre las respuestas que busca en las conversaciones entre sus paredes.

35

EL PERDÓN

Durante el mes de octubre, Torquemada aparentó dejar de lado la investigación del incendio, destacando únicamente su visita con José Nakens, el inverecundo editor de *El Motín*. El Tribunal Supremo había confirmado la sentencia de Nakens: cuatro años de destierro por calumniar a un párroco que, al final le otorgó el perdón. Sin embargo, Torquemada no obtuvo información relevante salvo de Candela, que le facilitó datos sobre la causa Garvey que, posteriormente, resultaría clave para resolver esa parte de la historia.

También visitó a su madre, que lo reprendió por verlo tan poco, y comenzó a cultivar su amistad con el joven abogado Pablo Bergía, de quien, gracias a Madame Celestina, sabía que tenía información sobre Alfonso XIII y, sobre todo, sobre los movimientos anarquistas de Madrid. Bergía, conocido por haberse presentado a las elecciones del distrito Centro por el partido radical y haber perdido por tres votos, fue homenajeado en el restaurante La Huerta, evento al que asistieron unas trescientas personas.

En sus libretas, sin embargo, lo que más destacaba fueron dos encuentros casuales. El primero fue con Isidoro Pedraza. El segundo, con una mujer.

A Pedraza lo encontró el 29 de octubre saliendo del Palacio Real. Torquemada había seguido ese día a la reina Victoria, a quien había localizado en la Casa de Campo y perseguido hasta la Puerta del Sol. A las seis de la tarde, vio a Pedraza entrar y salir del Palacio. Uno de los guardias le informó que Pedraza había sido recibido en audiencia por el soberano.

—¡Don Isidoro! ¿Me recuerda? —preguntó Torquemada al abordarlo.

El financiero, con una gran sonrisa, respondió de forma cortés.

—Como para no recordarle, Torquemada. No hay día que no escuche hablar de usted. Investigando al rey, el incendio de las Salesas... ¿cómo lo lleva?

—Pues meramente va. Sorteando problemas para poder seguir haciendo mi trabajo. ¿No tendrá usted por ahí algún tema que pueda investigar para conseguir que mi director no me eche del diario?

Torquemada sonrió.

—Veremos si hay algo por ahí —dijo el financiero.

—Por cierto, ¿quiénes eran esos policías que me envió en las fiestas de San Isidro? —preguntó el periodista.

Pedraza rio.

—No fui yo. Esos hombres los traía usted. Como ahora —dijo, señalando hacia una arboleda.

Torquemada, al girarse, solo vio dos figuras desvanecerse entre la maleza. Se encogió de hombros y dijo con ironía:

—Sí que soy importante.

Luego se despidieron con un apretón de manos.

Esa noche, Torquemada cubrió la inauguración del libreto de Benito Pérez Galdós, *Sor Simona*, en el Teatro Infanta Isabel. Al salir, se encontró con Clara de Osuna, su examante. Tras una charla trivial, entraron a un bar.

—¿Qué te ha parecido la obra? —preguntó Clara, con una copa de vino en la mano.

—Tras los *Episodios nacionales*, no hay nada más que escribir —contestó Torquemada.

—Siempre me ha asombrado esa capacidad de los que os creéis superiores al resto de sentenciar —afirmó ella mientras le guiñaba un ojo.

—Ya me has entendido, *Clarita* —le contestó con sorna el periodista. Dio un largo trago al vino, se limpió los labios con la manga de la capa y volvió a la carga—. Simplemente, que el libreto me ha parecido flojo si lo comparamos con los *Episodios nacionales*.

—Te he entendido, querido, parece que todavía no me conocieras. No soy como el resto y no necesitaba que me aclarases nada. Mi intención fue encender tu libido y, al final, se ha encendido tu ego.

Torquemada sonrió y aprovechó el momento para cambiar de tema.

—Por cierto, ya que viviste en París, ¿qué se decía de Elena Sanz y Alfonso XII?

—Pues algo parecido a mí y a ti, que eran amantes. Como lo fuimos nosotros —dijo ella, poniendo su mano sobre la de Torquemada.

La miró a los ojos marrón claro. La luz cenital hacía que sus cabellos rubios brillasen y que su nariz, algo griega, se iluminase en la punta, lo que le daba un aspecto más sensual. «Sin ser una belleza clásica, salvo por su nariz, tiene algo que desprende deseo. Su forma de maquillarse, su busto que desborda por encima de la ropa, su cuerpo que se contonea como un títere o su forma de hablar que parece que gritara poséeme».

—Pero tú no tuviste hijos con aquel señor con el que te marchaste de Madrid.

—En eso tienes razón. Alfonso XII y la lírica Elena Sanz... tuvieron dos hijos, ¿no? —preguntó ella.

—Eso se dice.

Torquemada aprovechó para pedir dos copas más de vino.

—Alonso, ¿estás bien? Te intuyo distraído.

—Esta mañana me he encontrado a una persona que me ha dicho que hay policías que me siguen a todos lados —afirmó él.

En esos momentos llegó el camarero y les sirvió. Ambos esperaron a estar solos para volver a hablar.

—No te preocupes, a mí también me siguen —contestó Clara.

Torquemada se acercó a ella y bajó la voz.

—A ti por tus querencias políticas y a mí porque me consideran un enemigo de la monarquía.

—¿Nunca te cansas de trabajar? —le preguntó ella con una sonrisa inmensa en el rostro—. ¿Por qué no vamos a mi casa a pasarlo bien? —agregó.

—¿Nosotros? La última vez que nos vimos me echaste de tu casa.

—Lo sé, Alonso —comenzó a decir ella con una gran sonrisa en el rostro—, pero yo no te quiero cada día en mi cama. Te quiero solo de vez en cuando... Para quererte ya están otras, yo solo soy tu amante.

—Volvamos al nosotros, Clara, ¿a quién te refieres?

—A tres, tú, yo y mi mucama.

La noche acabó con Torquemada borracho, desnudo y enloquecido en la vivienda de la joven. «Clara es mi perdición», escribió en esos días, con un relato sobre su experiencia a tres bandas. «No sabía qué hacer, estaba fuera de juego. Ellas dos, tan compenetradas y yo, mirando, intentando participar y quedándome en una punta de la cama con un vaso de absenta, con el «coco» navegando en mi cuerpo a punto de reventar».

Fue Clara de Osuna y otra mujer quienes se convirtieron en la fuente de información que iluminaría sus libretas con las veleidades erotómanas del rey y con la vida sexual de aquel Madrid de finales de 1915. Una información que, finalmente, le permitió volver al periodismo cuando ya había perdido todo, incluso, casi la vida.

36

RESTAURANTES

El 7 de noviembre de 1915, el abogado Pablo Bergía invitó a comer a Torquemada en el restaurante Las Huertas, ubicado junto al puente de los Franceses. Ese lugar se caracterizaba por tener manteles hasta el suelo y ofrecer comida de cuchara. Bergía estaba esperando en el interior cuando llegó el periodista.

—Alonso, tranquilo. Cálmese, llega a tiempo.

«No sé si lo detectó, pero llevaba tanto «coco» en las venas que mi cuerpo se movía espasmódicamente, sin que yo pudiese hacer nada por controlarlo», escribiría después del encuentro.

—¿Qué quiere de mí? —preguntó el abogado.

—Información.

—Comamos primero —contestó Bergía—. Antes, quiero conocer al joven de cuya pluma habla hasta Pérez Galdós.

Torquemada se sonrojó. Luego comieron unas pochas regadas con vino mientras hablaban de la política y de la prensa de la capital. Ya hacia el café, Torquemada retomó el tema.

—Así que Pérez Galdós habló bien de mí... —dijo.

—Tengo el honor de contar con don Benito entre mis amigos, y un día salió su nombre a relucir y dijo que tenía una ironía impropia de su edad.

—Pues dele las gracias de mi parte la próxima vez que lo vea.

—Así lo haré, por supuesto que sí —contestó el letrado.

—No sé si es cierto o no, pero me comentaron hace poco que don Benito incluso parlamentó sobre usted cuando perdió las elecciones... y eso me sorprendió y me dijo mucho sobre su persona. Normalmente cuando se pierde en algo, ya no digamos en unas elecciones políticas, la gente se aparta, y a usted le hacen una fiesta en la que una de las mayores plumas de nuestros tiempos se presta para hablar —dijo Torquemada llevándose una copa de vino a los labios.

—Así es, querido amigo, se hizo una colecta y asistieron cientos de personas para homenajearme. Todo un honor, y más tras haber perdido. Normalmente se celebran las victorias, pero mis amigos consideraron que la mía era ceder por tan pocos votos representando a un partido como el radical. Pero ya sabe usted que los ciudadanos están hartos de liberales y conservadores y, por eso, las otras opciones políticas se abren camino. Y don Benito fue quien presentó el acto.

—¿Y le puedo preguntar qué dijo? —quiso saber Torquemada.

—Se dirigió, por grupos, a letrados, a periodistas y obreros para tener unas palabras amables hacia mí. Las que recuerdo con más cariño fueron las que dirigió a los obreros. El parlamento fue algo así: «Dos palabras no más para hacer pública declaración de cariño entrañable al luchador aguerrido, al obrero laborioso, al periodista brillante que, con su solo esfuerzo personal, ha logrado en poco tiempo escalar las cumbres de una reputación envidiable, en la que se compenetran los méritos verdaderos y la honradez inmaculada. A vosotros, trabajadores, que venís a pagar a Bergía inextinguible deuda de gratitud, os digo que nuestro amigo es uno de vosotros y que os consagra pródigo su talento y actividad, porque él aprendió a respetaros y quereros en la fiera lucha del vivir, cuando desde la modesta condición de amanuense de la curia laboraba con perseverante esfuerzo para conquistar la posición que hoy ocupa» —dijo, declamando.

—¡Qué honor! —exclamó Torquemada—. A lo mejor algún día Alfonso XIII hablará así sobre mí.

Rieron.

—Así es, las palabras del maestro fueron un honor, pero no habrá querido verme para hablar de mí, ¿no?

—Precisamente de Pérez Galdós quiero hablar. He releído los *Episodios nacionales* y hete aquí que he tomado notas sobre la historia de Elena Sanz, de la que dice que en París el pueblo la apodaba, con sobrada razón, la Madre de los Pobres... y que es la madre de dos hijos adulterinos de Alfonso XII, hermanos de nuestro rey.

Bergía sonrió mientras Torquemada, de memoria, parafraseaba a Galdós:

—Era una moza espléndida, admirablemente dotada por la naturaleza en todo lo que atañe al recreo de los ojos, completando así lo que Dios le había dado para goce y encanto de los oídos...

—¡Qué bien escribe el maestro! —lo interrumpió Bergía.

—Así es, pero por ahí se dice que usted conoce bien el pleito que se sustanció en 1908 en el Tribunal Supremo sobre los hijos de Elena Sanz y...

—¿El rey Alfonso XII? Así es, querido Alonso, conozco bien el tema, pero no puedo decir nada de él. Mire usted, tengo una reputación envidiable, y por eso no puedo hablarle de la causa.

—Lo entiendo, pero es posible ser probo y a la vez darme alguna pista.

—Lo único que puedo decirle es que para entender lo que sucedió en España con este pleito de los hijos de Alfonso XII debería ir a París. Allí es donde viven los jóvenes y donde contrataron al abogado que puso en un aprieto a la Corona. Y no le puedo decir más.

—¿Nada más? —preguntó Torquemada.

—Nada más. Como dice mi madre, para tener confianza hay que tomar juntos muchas bolsas de sal. Y ya sabe usted que la sal se consume de a poquito y en las comidas. Así que... veámonos, hablemos, confiemos el uno en el otro y, cuando la sal sea la suficiente, me explayaré con usted. Creo que pronto Pablo Iglesias pondrá en un aprieto al ministro de Gracia y Justicia en el Congreso de los Diputados. Si usted asiste, allí nos veremos. Le interesará, porque se va a hablar sobre una causa que también se quemó ese fatídico día de mayo.

—Así lo haré.

—Por cierto, ¿ha ido al café que le recomendó Pablo Iglesias?

—No, todavía no he ido. Pero si es importante, mañana me paso por ahí.

—Hágalo —remarcó Bergía.

37

EL CRIMEN DE LA CALLE ALCALÁ

Cerca de la Puerta del Sol se escondía una pequeña calle peatonal que a menudo pasaba desapercibida. Era el pasaje de Matheu, un lugar que Torquemada frecuentaba cuando buscaba evadir la atención pública y donde cualquiera que necesitase saber sobre Francia, o sobre algún francés, se debía dirigir.

En este pasaje se encontraban dos cafés famosos y rivales: el Café de París y el Café Francia, separados apenas por unos metros. El Café de París era el punto de encuentro predilecto de los franceses de ideología conservadora y monárquica. En contraste, el Café Francia acogía a los galos republicanos y progresistas. La rivalidad entre ambos era palpable y se había intensificado especialmente el pasado 14 de julio, durante la Fiesta Nacional de Francia. Ese día, un grupo de franceses afincados en Madrid comenzaron a cantar *La Marsellesa* en el Café Francia, lo que provocó la intervención abrupta de la policía, que los desalojó con malos modos.

El 8 de noviembre, Torquemada, sentado en la barra del Café de París con su libreta, esperó a que el camarero estuviese desocupado antes de abordarlo.

—¿Me recuerda? Estuve aquí hace un año, preguntándole sobre un viaje del rey Alfonso XIII a París.

—Un momento, y ahora estoy con usted. —Se giró, limpió el mostrador y, un minuto después, volvió hacia Torquemada, que se impacientaba golpeando con un lapicero sobre la libreta—. ¿Cómo no voy a recordarle? Usted y ese tal Blasco Ibáñez son los únicos que se han interesado en las actividades de su rey en mi país. A diferencia de los del bar vecino, que se han quedado sin contactos al otro lado de la frontera. ¿En qué lo puedo ayudar hoy? —preguntó el camarero.

—El diputado Pablo Iglesias me ha dicho que me pase por aquí.

El camarero asintió en cámara lenta.

—Me han hablado de unos hijos que Alfonso XII tuvo en Francia con una cantante de ópera y me gustaría saber más de ellos. Creo que la prensa francesa se hizo eco de un pleito, y que tuvieron un abogado francés con el que me gustaría entrevistarme —dijo Torquemada con sordina.

—¡Oh! El problema es la guerra. Cualquier pregunta que hagamos desde aquí se podría ver comprometida como un acto de espionaje. Pero sí que le puedo explicar el último de los viajes de su regente, Alfonso XIII, a París…

—Entiendo… Si se pudiese enterar sobre si en aquel viaje vio a sus hermanos adulterinos, sería de agradecer.

—Pues déjeme ver qué puedo hacer para obtener más información.

—En mi profesión, el tiempo es muy difícil de conseguir —dijo el periodista.

—Y en la mía no existe el ahora, sino el «un momento por favor».

Torquemada sonrió. Bebió un café, lo pagó y al momento salió a la calle, algo distraído. Se paró sin saber muy bien qué hacer cuando observó a dos maleantes que rondaban la zona. Los hombres, de aspecto sombrío, que más tarde identificaría como Michel Servett y Luis Casanova, estaban mirando alrededor y hablaban entre ellos en italiano. Se apartó un poco para mirar de forma anónima cuando vio llegar a una mujer de belleza cansada y mirada inquieta que entró en el Café de París. Parecía no haber dormido en días. Y la siguió con la mirada a través de la cristalera.

La mujer entró en el bar y se dirigió, automáticamente y sin consumir nada, al baño. Salió con discreción, colocando fajos de billetes dentro de su falda. Fuera, vociferó en francés y luego entregó el dinero a uno de los hombres, que le recriminaba algo en italiano, con quien partió en automóvil, mientras el otro se quedaba en su lugar.

Días más tarde, Torquemada leyó en la prensa sobre un tiroteo en la calle Alcalá y decidió informar a Fernández Luna. Se dirigió a su despacho, preguntó por él y esperó hasta que salió a recibirle.

—¡Hombre, Torquemada! ¿Ya se ha decidido a dejar de lado el incendio?

—No vengo por eso, sino por el crimen de la calle Alcalá.

—Pase, entonces.

Se sentaron uno frente al otro en sendos sillones, y Torquemada encendió un cigarrillo.

—¡Usted dirá! —exclamó el policía.

—Hace dos días vi a unos hombres y a una mujer hacer un intercambio de dinero en el Café de París, y creo que son los mismos que se tirotearon ayer en la calle Alcalá. Tomé el número de la matrícula de un coche.

—¿Y por qué cree que son ellos?

—Por lo que he leído, eran delincuentes italianos y ella era una prostituta francesa.

—Así es.

—Pues son ellos.

Fernández Luna tomó notas, llamó a un agente al que dio el número de la matrícula y le dio diversas órdenes. Dos cigarrillos más tarde, se sentó de nuevo frente a Torquemada.

—Muchas gracias, reportero. ¿Puedo hacer algo por usted?

—¿Hablarme del incendio y de los hijos adulterinos del rey?

Fernández Luna sonrió con sorna y negó con la cabeza.

—Entonces cuénteme de este crimen —pidió Torquemada.

—Un procurador sevillano, recién llegado a Madrid, conoció a una prostituta llamada Marie Antoniette Laurent, a quien acusó de robarle cinco mil duros. La detuvimos, pero el juez la liberó al no encontrar pruebas. Por lo que usted describe, ella debió de esconder el dinero en el Café de París. Laurent desapareció de Madrid, pero su novio, Michel Servett, se quedó con el dinero.

—¿Puedo tomar notas? —preguntó Torquemada.

—Claro —respondió Fernández Luna—. Luego, Servett se reunió con un cómplice cerca de la Puerta de Alcalá, quien le exigió el dinero. Al no llegar a un acuerdo, Servett le disparó.

—¿Y lo capturaron?

—Sí, en la calle Cuatro Caminos. Pero ella sigue desaparecida. Gracias a usted, a lo mejor la encontramos y nuestros compañeros franceses la pueden detener.

Esa tarde publicó una crónica de dos páginas titulada «El crimen de la calle Alcalá», algo que otorgó al director de *El Imparcial* el tiempo necesario para acallar los rumores sobre la falta de valía de Torquemada. Aquella fue su primera gran exclusiva y la primera vez en bastante tiempo que superaba a Candela en la portada. Ella no se enfadó y se sintió feliz por Torquemada, que recibió elogios de mucha gente, incluso de Blasco Ibáñez, que le hizo llegar un *saluda* con una única palabra escrita: «Felicidades». Pablo Iglesias le felicitó pocos días después en persona.

38

PABLO IGLESIAS

Durante la Gran Guerra, el Congreso de los Diputados en Madrid era un polvorín alojado en un edificio majestuoso, dotado de una fachada neoclásica y grandes columnas que se elevaban hacia el cielo. El hemiciclo, un espacio amplio coronado por una cúpula impresionante, disponía de asientos en filas curvas, y la tribuna de oradores, en un lugar destacado y elevado, permitía que todos vieran y oyeran a Pablo Iglesias. Corría el 4 de diciembre de 1915 y escribió: «Sin noticias del Café de París, a escuchar al socialista».

En el exterior, un anticiclón se había apoderado de España, trayendo temperaturas cálidas en comparación con navidades anteriores. La prensa, alineándose con alemanes o franceses, destacaba en sus páginas los timos, intentos de suicidio y ataques de canes a personas, pero omitía cualquier mención al incendio de las Salesas. Parecía que el fuego hubiera borrado de la vista el edificio, aún derruido en medio de Madrid, invisible para todos excepto para el dirigente socialista Pablo Iglesias.

En el interior, bajo la atenta mirada de Alonso Torquemada, Iglesias se dirigía a la tribuna de oradores, dispuesto a desafiar al ministro de Gracia y Justicia. Los diputados, murmurando entre sí, anticipaban el enfrentamiento; algunos lo hacían con escepticismo, otros con genuino interés. La prensa, presente en la sala, capturaba cada momento, y los periodistas tomaban notas ágilmente. Pablo Bergía, que había llegado antes que

Torquemada, lo había saludado con un gesto de cabeza y una sonrisa en los ojos.

Iglesias inició su discurso con una voz clara y resonante; su retórica apasionada envolvía la sala. Sus palabras, una mezcla de crítica y desafío, no dudaban en señalar las fallas y contradicciones del gobierno. La sala se llenaba de murmullos y exclamaciones, algunos diputados aplaudían sus palabras, mientras otros mostraban su descontento.

El ministro de Gracia y Justicia, sentado en su lugar, escuchaba con una expresión tensa, preparándose para responder a Iglesias, que ya comenzaba su parlamento.

—Vuelvo a dirigirme a la Mesa, para insistir en una petición que he hecho ya dos veces. Yo solicité hace bastantes días, a poco de abrirse este período legislativo, que se comunicara al señor ministro de Gracia y Justicia mi deseo de que viniesen a la Cámara el expediente y la causa relativos a los herederos del señor Garvey.

»Hubo en esto, por parte del señor ministro de Gracia y Justicia, la notificación de que esos documentos estaban en Hacienda. Se pidieron a Hacienda, y Hacienda ha transmitido unos documentos; pero habiendo pedido yo aquí el lunes pasado una certificación de lo que consta en el libro de votos reservados de la Sala Tercera del Tribunal Supremo, en lo referente a tal causa, esa certificación no ha venido todavía. Además, yo solicité al principio el expediente y todavía no se me han mandado más que unos documentos, que me parecen insuficientes para el estudio o las observaciones que deseo hacer. Entre otras cosas, falta algo que yo no conozco bien, porque no soy hombre de letras, pero que creo que se llama el rollo, la defensa y otros documentos. Y como eso aún no ha llegado, ruego a la Mesa que comunique al señor ministro de Gracia y Justicia mi petición de que vengan esos documentos a la Cámara, en el plazo más breve posible, a fin de que pueda estudiarlos y plantear lo que yo crea que debo plantear dentro del cumplimiento de mi deber —continuó el diputado socialista.

—Tiene la palabra el ministro de Gobernación —indicó el presidente del Congreso de los Diputados.

—En efecto, cierto que esos documentos, por razón de su tramitación, habían ido al Ministerio de Hacienda, siendo luego remitidos a la Cámara. Y alguna noticia ha llegado a mí de que el señor ministro de Hacienda, cumpliendo sus deberes como acostumbra a hacerlo, remitió cuanto en su ministerio había. Si Su Señoría advierte alguna deficiencia, es de notar que creo que en el expediente mismo obra una comunicación en la que se dice que se remiten los documentos que existen, porque los otros se quemaron en el incendio que, desgraciadamente, ocurrió en el Palacio de Justicia —explicó el ministro.

Nuevamente, pidió la palabra Pablo Iglesias.

—Me parece que los documentos quemados no son los que yo pido; los quemados son del tribunal gubernativo, si no he leído mal. Lo que yo he solicitado hace días, y sobre esto no se ha hecho más que indicarme que se transmitiría el ruego, es una certificación de lo que consta en ese libro al que antes me he referido, y de este no se ha dicho que se haya quemado, como tampoco se ha dicho que se haya quemado el rollo, cosa que, de haber ocurrido, habría que notificar. Si esto se ha quemado, no tengo que decir nada; pero como no tengo conocimiento de ello, por eso insisto en pedirlo.

Torquemada transcribió de manera íntegra la sesión parlamentaria, a la que cerró con un interrogante: «¿Los espías del rey quemaron las Salesas por cinco millones de pesetas?». Luego, procedió a describir su entrevista con Pablo Iglesias.

—Don Pablo, ¿me recuerda? Me llamo Alonso Torquemada y trabajo para *El Imparcial* —le dijo cuando la sesión parlamentaria finalizó.

—Un diario que me quiere poco, *reporter* —contestó Iglesias.

—Lo sé, pero no estoy aquí para investigarlo a usted. Si le han hablado de mí, ya sabrá que mis pensamientos son más proclives a los suyos que a los de mi director.

Iglesias sonrió a Alonso y lo obligó a caminar junto a él mientras se fumaba un pitillo.

—Lo recuerdo, señor Torquemada. ¿Qué tal le fue en el Café de París?

—Bien, gracias. Estoy a la espera de información.

—Me alegro —contestó Iglesias—. ¿Qué necesita hoy de mí?

—Respuestas. Y un favor.

—Dispare.

—¿Qué sabe de una demanda que interpusieron los hijos de una tal Elena Sanz contra la familia real?

—Una demanda de paternidad de dos hijos que tuvo Alfonso XII con una cantante llamada Elena Sanz. Creo recordar que fue en 1907, y que un año después el presidente del Tribunal Supremo, José Aldecoa, archivó sin más, aduciendo que el rey no puede ser investigado.

—Eso es lo que sabe todo el mundo...

—¿Qué puedo saber yo que no sepa la mayoría?

Torquemada sonrió y alzó los hombros.

—Yo si fuese usted me preguntaría si aquella demanda se torpedeó desde el gobierno... —afirmó Iglesias.

Ambos pararon un segundo y el político lo miró fijamente. Torquemada asintió con la cabeza, sabedor de que se trataba de un tema espinoso para Iglesias. Luego continuaron caminando y charlando.

—Gracias, y ahora el favor. Estoy investigando el incendio del Palacio de Justicia y me gustaría que me diesen acceso a las causas que se quemaron en la relatoría de José Armada, el secretario que murió en el incendio.

—¿Y se fía de un político?

—De usted sí, ya que mi director le acaba de poner una diana en la cara en cuanto he comenzado a investigar a una aristócrata —contestó Torquemada.

—De nombre...

—La duquesa de Pinohermoso, que no sé bien si tiene algún amorío con alguien del gobierno o, simplemente, porque es amiga de Alfonso XIII, pero el otro día fui a su casa y, al poco, mi director me dijo que había que investigarle a usted, ya que una de sus causas se quemó en el incendio.

—Así es, una querellita por injurias, por un artículo de los míos en *El Socialista*, pero nada más. Si tuviese que quemar todos los juzgados donde ha querellado contra mí, ardería España. Dígaselo así a su director, señor Torquemada, y espere mis noticias. Y hágame un favor, no ceje en el empeño de descubrir si el incendio fue o no provocado. ¿Me lo promete usted?

Alonso asintió. Poco después se despidieron, y Torquemada observó a Pablo Bergía que se le acercaba. Justo en esos momentos, Iglesias se giró y le dijo:

—Por cierto, ¿recuerda usted el collar de la Justicia que llevaba el señor Burgos el día de la apertura del año judicial? Pregunte por ahí, me dicen que hay noticias de que el collar se quemó o robó durante el incendio de las Salesas. ¡Ah, y felicidades por su artículo sobre el crimen de la calle Alcalá!

Y cuando Iglesias se despidió, Bergía se le acercó. Hablaron durante unos segundos en voz muy baja y, cuando se despidieron, Bergía llamó la atención de Torquemada, que caminó hacia él.

—Usted dirá —dijo el periodista.

—Pronto nos veremos.

—No me deje así, por Dios. ¿Qué le ha dicho Iglesias sobre mí?

—No es el momento, hay muchos ojos que escudriñan cada uno de sus movimientos.

Días más tarde Torquemada escribió: «En aquella ocasión no entendí qué me quería decir. Y mucho menos que la próxima vez que lo vería sería en un entierro».

39

FUNERAL

6 de diciembre de 1915, Cementerio de la Almudena.

El director general de Seguridad, Méndez Alanís, llevaba enfermo desde abril, pero nadie suponía que fuese a morir. A la una del día anterior, tras despachar, se había retirado a su domicilio, a las cuatro había tomado un vaso de leche y a las seis y media había fallecido. A las nueve se habían puesto las listas en la portería de la casa mortuoria, anunciando la noticia, que no tardó en divulgarse, sobre todo en los centros policíacos, cuyo personal se apresuró a acudir a la calle de Velázquez para rendir un homenaje. A la una de esa mañana, el cadáver había sido depositado en la capilla ardiente y se habían dicho misas de *incorpore insepulto* hasta el momento del entierro.

Torquemada llegó el último al cementerio, tras haberse bebido un par de vasitos de absenta y un chupito de «coco», que ahora le compraba Madame Celestina, quien, a pesar de no hablarle, le dejaba la droga en una bolsa de papel sobre la mesa de su vivienda en la calle Ceres. «No sé cómo abre la puerta, pero cada dos días tengo mi dosis preparada para beber», escribió.

A su llegada, el cadáver, amortajado y encerrado en un féretro de ébano con herrajes de plata, era conducido en una carroza tirada por ocho caballos. De ella pendían coronas, dedicadas a su ilustre jefe por los cuerpos de policía de Madrid y Barcelona. Abría la marcha de la comitiva una sección de la Guardia Municipal, detrás de la cual caminaba el clero parroquial de la Concepción, con la cruz alzada.

Seguía el coche fúnebre, a cuyos lados formaban porteros del Ministerio de la Gobernación y de la Dirección General de Seguridad, con hachas encendidas. La presidencia del duelo la formaban el marqués de la Ribera, que ostentaba la representación de Su Majestad, el rey; el capitán Moreno Abella, por el infante don Alfonso; el presidente del consejo y los ministros de la Gobernación y de la Guerra, el inspector general de Policía, señor Blanco, y un hijo político del finado.

Torquemada miraba a su alrededor, por si conocía a alguien, cuando se le acercó el comisario Fernández Luna y lo miró con extrañeza.

—Usted por aquí... ¿Como periodista o como civil? —le preguntó.

—Como observador, ya hay otros periodistas cubriendo la noticia —dijo con el dedo levantado hacia la zona donde se habían situado los reporteros—. La castaña guapa y racial es de mi periódico, como usted bien sabe.

El policía sonrió.

—¿Y usted? ¿No ha seguido a la comitiva marcial? —preguntó Torquemada.

—He seguido al coche fúnebre por las calles de Goya y de Alcalá, hasta la plaza de Manuel Becerra, donde se despidió el duelo hasta el cementerio. He venido con el juez Félix Jarabo y con los letrados Pablo Bergía y Ossorio y Gallardo.

—Así me gusta, todos juntos, como una gran hermandad.

—¿Se sabe algo de Marie Antoniette Laurent, la mujer del crimen de la calle Alcalá?

—Nada, desaparecida. Aunque hemos resuelto el caso, y en parte gracias a usted. Pero tenemos que hablar, Torquemada... Ha sido el colmo de su absurdo meter a Pablo Iglesias en sus conspiraciones.... Al final esto acabará mal, y yo no podré protegerle.

—¡Hasta aquí hemos llegado, comisario! Ya no acepto más amenazas.

—Déjelo, *reporter*, no hay nada que rascar. Y yo no le amenazo. El incendio fue fortuito.

En esos momentos llegó el juez Jarabo, que saludó y, simplemente, añadió:

—Ya se lo dije hace unos días, ¡fortuito!

Y se marchó. Poco después lo hizo Fernández Luna, y Torquemada aprovechó para acercarse a Candela, que se extrañó por su presencia, cuando ella había sido la elegida para cubrir la noticia.

—Vete, Alonso, estás borracho otra vez. El otro día en la redacción te apoyé frente a don Luis, pero no soportaré más tu pérdida de valores cuando te emborrachas. ¡Como hoy!

—Pero...

—No hay peros que valgan, querido. Dejas de ser tú cuando bebes.

Y le dio la espalda. Torquemada caminó de aquí para allá, observando a otros insignes prohombres de Madrid. Que si ministro de Gracia y Justicia, del que se ocultó; que si el capitán general Weyler, el capitán general de la región, los subsecretarios de Gobernación y de Gracia y Justicia, el gobernador civil, el presidente de la Diputación provincial, el director general de Correos y Telégrafos, los exministros señores Cierva, Bergamín, Alba y Barroso; generales Pando, Madariaga, Fernández Llano y Martínez. Y así hasta una recua de más de cincuenta nombres, cuando vio al presidente del Tribunal Supremo, señor Aldecoa, al que se acercó.

—Buenos días, soy Alonso Torquemada, reportero de *El Imparcial*.

—Sé quién es —contestó Aldecoa.

—Me gustaría entrevistarme con usted, señoría.

El magistrado lo miró a los ojos como si valorase qué respuesta darle y Torquemada le ofreció su mejor sonrisa.

—Mi secretario le citará para despachar conmigo en pocas jornadas.

Y otra vez se quedó a solas cuando observó que el letrado Ossorio y Gallardo, al que había conocido tras el siniestro y que le había ayudado a reconstruir las horas previas al fuego, se le acercaba.

—¡*Reporter*! ¡Usted por aquí!

—Así es, letrado.

—Me han dicho que ha hecho buenas migas con Pablo Iglesias...

—Lo he visto solo un par de veces, pero qué barbaridad, ¡cómo corren las noticias en esta ciudad!

—Como usted sabrá, yo soy maurista, y ese hombre me repele en lo político, pero no en lo personal. Aunque no se fíe usted, que esos quieren reventar al gobierno sea como sea. Así que, si le dice que el incendio fue provocado, no se lo crea. He hablado hace un rato con el juez Jarabo y me ha dicho que se inició, por desgracia, al encender las calderas. Nada más. Todo casual.

—Todo el mundo dice lo mismo, y por eso creo lo contrario… —remarcó el periodista—, ¿conoce usted al marqués de Cerralbo?

Ossorio asintió.

—¿Está aquí?

—Sí, es aquel de allí. —Señaló hacia un grupo de hombres revestidos—. El de en medio, entre el duque de Bivona, los marqueses de Portago y la duquesa de Pinohermoso.

Sonrió, y empezó a temer lo peor en cuanto vio que también estaba la duquesa.

—¿El calvo con mostacho frondoso?

—Sí, el que tiene ojeras negras y porte aristocrático —dijo Ossorio.

—Y cara de pez globo —añadió Torquemada.

Rieron.

—Sí, el cara pez, sin pelos en la cabeza y grandes mostachos que está al lado de su amiga, la duquesa —redondeó el letrado entre risas.

—¿Por qué lo preguntas?

Torquemada sacó su mejor sonrisa de navaja.

—Muchas gracias —añadió el periodista cuando se les unió el letrado Pablo Bergía.

Se saludaron los dos abogados y Bergía susurró a Torquemada cuando estuvieron solos:

—Lo buscan fuera.

—¿Quién?

—Yo mismo, quién va a ser. Tengo unos papeles para usted de parte de Pablo Iglesias. Los tengo en mi automóvil, pero óigame bien, yo nunca se los he dado. Y le digan lo que le digan, en este incendio hay algo que no cuadra, y el rey tiene mucho que ver en todo esto. Necesitaban tapar el antiguo sumario sobre sus hermanos bastardos. Pero hoy no es el día para hablar. Sígame.

Torquemada salió tras él.

—Hábleme del sumario de los hermanastros del rey —pidió el periodista en cuanto se aportaron lo suficiente para no ser vistos.

—No me pida más de lo que le puedo dar. No puedo hablarle de ese sumario, ya que me detuvieron a causa de este.

—¿Cómo que le detuvieron?

—Es una historia larga, Torquemada, y nada hará que cambie de parecer. No hablaré más, investigue. Por ahora aquí tiene los papeles que me han dado para usted, y si quiere en un par de días nos vemos en algún lugar más discreto y charlamos.

Minutos después, Torquemada volvió solo al funeral.

40

LA DUQUESA

Fue en esos momentos cuando la situación se tensó. Torquemada la vio venir directa hacia él, con cara de pocos amigos. La seguía, de cerca, José María Ortega, el expresidente de la Audiencia, que iba diciendo:

—Duquesa, calma, que es solo un periodista.

Y cada sílaba iba acompañada de un paso hacia delante de la duquesa de Pinohermoso y de un segundo menos de tranquilidad en la vida de Torquemada.

—¡Que no hay nada ilegal, Torquemada, olvídese! Que no hay nada irregular, y se lo puede decir el magistrado Ortega, que es quien firmó el contrato sobre mi vivienda. Me está usted dejando mal por todo Madrid, el otro día incluso me siguió al Eslava, y señor mío, usted no, eso ya lo sabemos todo, pero yo vivo de mi honor.

—De su honor y de otras cosas, señora duquesa. ¿Con quién tiene la relación? ¿Con Maura? ¿Con Dato? ¿O con Menéndez Pelayo, señorita Ródopis? —dijo, recordando la confidencia que le había hecho Madame Celestina.

—Mi relación con Menéndez Pelayo es pública, señor Torquemada. Soy viuda y hago lo que me venga en gana. Lo otro son meras fabulaciones, las mismas que me señalan como autora de un incendio. ¿Usted sabe quién soy yo?

—¿Por qué no dejamos de dar la nota en un funeral? —interrumpió el presidente de la Audiencia.

En esos momentos, Torquemada la miró y no entendió cómo aquella mujer podía tener tanto éxito entre los hombres. «Nariz grande, pelo encrespado como si fuese una inmensa diadema, entrada en kilos, blanquecina, con cara de besugo... La antítesis de la lujuria», apuntó.

—Se ha hecho de la mejor forma posible, de verdad, señor Torquemada —añadió el magistrado.

—¿El qué? —preguntó el periodista.

—El contrato para trasladar la Audiencia. Mire, en este país el contrato para construir el nuevo Palacio de Justicia[5] tardará demasiado, ya sabe usted que los políticos nunca se ponen de acuerdo. Así que lo urgente era poder seguir celebrando vistas judiciales.

—¿Me puede dar una copia del contrato?

El magistrado negó con la cabeza y la duquesa respiró bajo el corpiño que aprisionaba sus pechos, que parecían dos cabezas infantiles con papada.

—Es privado, como usted bien sabe, Torquemada. Pero le aseguro que es un contrato normal, con un coste normal...

—Lo que no es normal es la cochambre que han elegido de edificio para impartir justicia. Si los fiscales y jueces tienen que entrar por las antiguas cocheras y el suelo cruje de tanto papel...

—¡Oiga! No me falte más. El edificio de la calle Amor de Dios es una maravilla —saltó la duquesa.

—Hombreeee, una maravilla... yo no diría tanto —apuntó el magistrado.

Torquemada sonrió.

—Miren ustedes —interrumpió la duquesa—, yo he dejado de ganar dinero alquilando individualmente los pisos de mi edificio. Ahora cobro veinticinco mil pesetas al año con un solo

---

5. N. del A. El proyecto de reconstrucción tardó tres años en ponerse en marcha, y el arquitecto que lo diseñó fue Joaquín Rojí y López Calvo. Las obras demoraron otros tres años más en ser adjudicadas a la Sociedad Anónima de Construcciones Hidráulicas y Civiles por casi seis millones y medio de pesetas, y más tarde, las complementarias, a la misma empresa, por otros tres millones trescientas mil pesetas, sin comprender en ellas las estatuas que adornan las fachadas ni las instalaciones de teléfonos, relojes, agua, etc., etc... Tampoco incluía el mobiliario, que costó un millón setecientas mil pesetas más.

inquilino que es el Ministerio de Justicia. ¿Por ser amiga del rey tengo que dejar de ganar dinero? Simplemente, Su Majestad me pidió que desalojase mi edificio para dar cabida a los juzgados. Y eso hice.

El magistrado miraba todo el tiempo el sobre que Torquemada llevaba en las manos, queriendo saber qué había en su interior, pero él lo asió con fuerza y mantuvo una sonrisa críptica.

—No mienta, duquesa. Carlos Martín, su hombre de confianza, estaba en el ayuntamiento pocos días después del incendio, interesándose por si algún otro edificio estaba libre en Madrid. Había muchos en mejores condiciones —afirmó Torquemada.

—¡Hasta aquí hemos llegado, llamarme mentirosa a mí!

—¿Eso es así? —preguntó el magistrado.

—Así es, don José María. Es una operación inmobiliaria que don Carlos me aconsejó, pero he tenido que invertir mucho, cambiar todo para adecuarlo a estos señores que parece que necesiten... —dijo ella.

—Duquesaaaa —siseó el magistrado.

—Perdón, presidente, pero es que a mí nadie me llama mentirosa a la cara —dijo la duquesa—. Yo si fuese usted, reportero, investigaría al jefe de los carlistas, el marqués de Cerralbo, que está ahí conmigo, departiendo. Dicen que tiene uno de los cuadros desaparecidos en las Salesas. Y eso sí que es un motivo para quemar un palacio. Tapar el robo de una obra de arte de incontable valor con fuego...

Y se marchó.

El presidente de la Audiencia, aturdido por lo que acababa de escuchar, se despidió de Torquemada con un apretón de manos y volvió hacia el grupo que velaba al cuerpo del finado. El periodista, al verse solo nuevamente, salió del cementerio.

Esa tarde, a solas en la redacción de *El Imparcial*, abrió el sobre que Bergía le había dado. Provenía de la revista *El Socialista*, que había fundado el propio Iglesias y en cuya redacción se decía que dormía y cantaba zarzuela. Era el listado de las causas que se quemaron en el siniestro.

Juzgado	Recurrente	Delito
Zaragoza	Antonio de Córdoba	Falsificación de marca
Madrid	Senabre	Estafa
Las Palmas	Juan Antonio	Dueñas Adulterio
León	Gabino González	Disparo
Barcelona	Jon Montagud	Injurias a Su Majestad
Zaragoza	Raimon Angulo	Daños
Burgos	Fiscal Bravo	Atentado
Badajoz	Juan Vera	Amenazas

Le extrañó que en aquel listado no estuviese la demanda de los hijos adulterinos de Alfonso XII contra Alfonso XIII, pero no sería lo único que le iba a confundir en los próximos días.

41

«ESTO NO SE PUBLICA»

A l día siguiente, al levantarse, el «coco» estaba sobre la mesa. No recordaba cómo había llegado hasta su casa ni qué había hecho por la noche. Pero, como cada mañana, Madame Celestina le había dejado su medicina en el mismo sitio. Tomó el vial y bebió un trago largo que lo revivió.

Se lavó los dientes e hizo gárgaras con un vaso de absenta. Intentó recordar si la noche anterior había cenado, pero los recuerdos no llegaban a su cabeza. Fue hasta los pantalones y miró en los bolsillos: no había ni una mísera peseta. Luego fue hasta la cama y buscó un bote donde solía guardar algunas reservas económicas, pero lo encontró vacío.

Estaba harto de escuchar que, en Madrid, gracias a Alfonso XIII, se vivía mucho mejor, y decidió que lo más conveniente era comparar los precios de los alimentos básicos de un año atrás con los de la actualidad. Quería escribir un artículo para desenmascarar al poder establecido que ocultaba la inflación con el intercambio de sillones entre liberales y conservadores. El año anterior había hecho el mismo ejercicio y se dio cuenta de cómo se encarecían los precios, aunque la prensa no escribiese ni una línea sobre aquello. Entonces, había visitado el mercado de la Cebada y apuntado los precios de los productos más vendidos. En calzoncillos, buscó entre sus libretas, amontonadas una sobre otra, con el año apuntado en la primera página, hasta que localizó la que buscaba.

Se puso un pantalón, tomó un periódico viejo y se envolvió el pecho; encima, se puso la camisa. Luego salió al empedrado de la ciudad. El frío se pegó en la cara y se arrulló con el abrigo camino del mercado. Al llegar, lo encontró convertido en un hervidero de actividad. El olor a fruta podrida que cubría el suelo golpeó su rostro. Las voces de los vendedores y de los compradores resonaban bajo las bóvedas del gran edificio de hierro y cristal. Torquemada sacó su libreta y comenzó a anotar los precios que veía: patatas, cebollas, tomates...

Se detuvo ante un puesto de frutas, donde una mujer de aspecto cansado pero sonriente le ofreció un tomate.

—Para que tenga energía mientras trabaja —dijo ella.

Alonso aceptó agradecido y, mientras mordisqueaba el tomate, anotó el precio: 0,28 pesetas el kilo, un precio que había subido desde las 0,14 pesetas de su última visita. Mientras recorría el mercado, no solo se centró en los precios. Escuchaba las historias de los vendedores, como la del anciano que vendía cebollas y ajos y lamentaba cómo la vida se había encarecido en los últimos años. O la joven vendedora de naranjas, cuyo esposo estaba en el frente y cada venta era un respiro en su incertidumbre diaria. Una castañera que hablaba sobre la crisis de gobierno que se avecinaba y dejaría a Dato fuera de la presidencia del país.

Cuando llegó al centro del mercado, vio chorizos colgando de ganchos. Observó los precios de las carnes en un puesto de madera y notó su aroma mezclándose con el de pescados frescos y quesos curados. Escuchó a los compradores, algunos regateando con fervor, otros con la mirada perdida, calculando cuánto podrían llevarse a casa con los pocos billetes que apretaban en sus manos.

Una hora después, salió por la calle Toledo, donde una doble fila de vendedoras de verduras no dejaba circular. Miró la libreta y sintió que los precios se habían disparado: patatas: 0,16 el kilo, y ahora 0,22; carnero: 1,60, y ahora 2,40 el kilo; jamón: 3,50, y ahora 4,50. Y así con todo. El gobierno lo circunscribía a la guerra, pero él apostaba a que se facilitaba la exportación.

Cuando llegó a la redacción, se encontró con Candela, que se acercó a él para decirle que el jefe de redacción andaba buscándolo y que, aprovechando cualquier excusa, quería echarlo del diario.

—Alonso, vete, que si hoy te ve Félix es capaz de echarte —dijo, refiriéndose al redactor jefe.

—¿Pero ahora qué he hecho? Y... ¿hoy sí me hablas?

Ella lo tomó de un brazo y lo llevó a una esquina de la redacción, donde bajó la voz.

—Déjate de victimismos, hoy es mejor que Félix no te vea. Aunque hay una liada muy importante con la guerra dialéctica de Dato y Romanones por la crisis de gobierno. Andan todos despachando con el rey, y parece que Romanones será el próximo en dirigir la nación, pero ni con esas Félix se olvidará de ti.

—Lo he escuchado esta mañana en el mercado de la Cebada —dijo orgulloso Torquemada.

—¿El qué? ¿Que te quieren echar del diario?

Él rio mientras negaba con la cabeza.

—No, que Dato va a ser sustituido por Romanones —afirmó el periodista.

—¿Y qué hacías en el mercado? —preguntó Candela.

—Comparar precios, que pronto ni podremos ir a la compra. Estoy harto de que me digan que con Alfonso XIII se vive mejor. Harto de levantarme sin un real, harto de no poder pagarme una cama digna, harto de todo...

—Si dejases de beber...

Torquemada iba a contestarle cuando decidió tener la jornada tranquila. La periodista se sorprendió, pero Alonso la interrumpió, sin dejarle casi pensar en una respuesta digna.

—¿Habrá nuevo gobierno? —preguntó el joven.

—Como te he dicho, están todos conferenciando con Alfonso XIII. Dato ha dimitido y parece que será el conde de Romanones quien dirigirá el país, pero no está todo tan claro.

Torquemada alzó los hombros y se dirigió a su mesa. Ella lo siguió.

—¿Has dejado la investigación del incendio?

Él negó con la cabeza.

—Dentro de poco tendré información sobre la causa Garvey —dijo ella bajando la voz.

—Esperemos que sea pronto, porque ya se me acaban las ideas —contestó Torquemada.

Candela asintió mientras se marchaba a su propia mesa.

Torquemada se sentó frente a su escritorio, abrió un cajón del centro, tomó papel y un lápiz y comenzó a escribir un artículo sobre el incremento de precios. Una hora después, se marchó hacia la biblioteca del diario, que estaba en el piso superior. Empezó a investigar a Elena Sanz, la mujer que había tenido dos hijos adulterinos con Alfonso XII.

Un rato más tarde volvió a su mesa y escribió en una de sus libretas: «Elena Sanz tuvo un primer hijo, Jorge, de padre desconocido, en el año 1871. Posteriormente, tuvo dos hijos varones más, con el rey Alfonso XII de España, Alfonso en 1880 y Fernando un año después. Los tres hijos llevaron sus apellidos de soltera, ya que el rey Alfonso XII murió a los veintisiete años, sin reconocer a Alfonso y a Fernando".

A las siete, cuando se iba a marchar, notó una presencia en su mesa y alzó la mirada. Era Félix Lorenzo, el redactor jefe del diario.

—Esto no se publica —dijo, lanzándole la crónica sobre los precios que había hecho Torquemada.

—¿Y eso por qué? —contestó el reportero.

—Porque hoy lo importante es la crisis del gobierno, que gracias a Alfonso XIII se va a solventar. Pretender culparlo a él de la subida de precios es ridículo.

—Yo no lo he culpado.

—¿Ah, no? ¡¿Y entonces el párrafo donde pone que todo se ha incrementado menos el precio del pichón, que se debe mantener bajo para que el rey pueda seguir matándolos?!

Torquemada calló.

—Te queda poco en este diario, Torquemada. En cuanto don Luis se retire de la dirección te echo a patadas —ultimó, dejándole solo en la mesa.

Tras unos minutos aturdido, Alonso, finalmente, recogió sus bártulos, los puso dentro de una bolsa de mano y, cuando iba a cruzar la puerta, el ujier le dio dos sobres. El primero era una nota del abogado Pablo Bergía, que le citaba para dos días después. El segundo, del director de *El Imparcial*, le ordenaba presentarse al día siguiente en la redacción, a primera hora de la mañana, y ponía especial énfasis en que se presentara «sereno».

42

ÓRDENES SON ÓRDENES

Al día siguiente, Alonso llegó temprano a la redacción, sin rastro del usual desasosiego nublando su mente. Ascendió con desgana, aferrándose al pasamanos mientras sus pasos resonaban en la alfombra que cubría la inmensa escalera del edificio.

Al llegar a la primera planta, se encontró con don Luis, quien lo esperaba impaciente, dando pequeños golpecitos con el pie derecho y con los brazos cruzados sobre el pecho.

—¡A mi despacho, Torquemada! —ordenó.

Alonso entró tras el director de *El Imparcial*, que le indicó con un gesto que tomara asiento.

—Don Félix, su jefe en esta redacción, por si no se ha enterado, me ha hablado de su artículo de ayer —dijo el director con tono severo.

Alonso asintió, la tensión del momento se palpaba en el aire.

—Mañana quiero ver un artículo explicando que el incendio de las Salesas fue fortuito.

—¡Mi querido y admirado director!...

—No empecemos, Torquemada, no tense siempre la cuerda...

Alonso se encendió un cigarrillo.

—Don Luis, tiene usted razón, ¿pero no le parece cómico que siempre le demos vueltas a lo mismo? Primero me exigió que dejase de investigar, luego lo llama el editor para interceder en nombre de una duquesa y me pone a trabajar sobre unos políticos y, ahora, porque el redactor jefe pide por enésima vez mi cabeza, volvemos a la idea de un artículo de rectificación. No es que yo sea impertinente, don Luis, pero es todo muy ridículo.

El director adelantó su cuerpo por encima del escritorio y miró fijamente a Torquemada.

—El problema, Alonso, no es que yo hable, es que usted no escucha. Han sido tantas las veces que he dado la cara por usted que ya me la han partido, y esta vez no tiene más remedio que obedecer si no quiere perder su empleo. Necesito que haga un artículo explicando que el incendio fue fortuito.

—¡Eso jamás! Nunca escribiré una falsedad como esa —replicó Alonso con firmeza.

—No tiene más remedio, Torquemada. O lo escribe o se queda sin trabajo. Usted decide. Y ahora, vuelva a su mesa y póngase a escribir.

Obedeció a regañadientes, odiando cada paso que daba hacia su propia capitulación. Se sentó frente al escritorio y colocó una hoja de papel en el rodillo de su Hispano Olivetti. No solía escribir a máquina, pero en esa ocasión consideró necesario eliminar cualquier posibilidad de error del linotipista. A pesar de la sencillez del texto, tardó dos horas en redactarlo y, por último lo llevó a la mesa del director, quien simplemente le dijo:

—Gracias, Alonso. Es por el bien de todos nosotros. No solo su puesto de trabajo estaba en juego.

«Me sorprendió la insinuación de que si no se hacía ese artículo el puesto del director también estaba en peligro. ¿Quién con tanto poder podía poner en un brete al director de un medio de comunicación? Solo existe una respuesta: el rey», escribió.

Poco después, Alonso salió a la calle y vagó por medio Madrid, de taberna en taberna, bebiendo. En la calle Toledo se encontró con un grupo de anarquistas entre los que estaba Clara de Osuna. Los acompañó hasta un lugar clandestino donde se solían reunir.

El escondite estaba oculto detrás de una librería vieja y desatendida, con estanterías que ocultaban una puerta secreta. Al entrar, el ambiente era tenso y cargado de urgencia. Una lámpara de aceite arrojaba sombras danzantes sobre las paredes descascaradas, mientras un mapa de Madrid cubría una mesa central, salpicado de marcas y notas. La reunión comenzó con un rápido intercambio de información. Clara tomó la palabra primero, y delineó los planes recientes de las autoridades para reprimir sus actividades. Su voz, firme y apasionada, resonaba en el reducido espacio mientras discutían estrategias de resistencia y distribución de folletos subversivos.

A medida que la discusión se intensificaba, los temas se desplazaban desde tácticas específicas hasta debates filosóficos sobre la libertad y el Estado. El aire se llenaba con el humo del tabaco y la intensidad de sus convicciones. Torquemada, un veterano del movimiento, argumentaba con vehemencia sobre la necesidad de acciones más audaces, sus palabras encendían chispas de acuerdo y desacuerdo a partes iguales; pero sobre todo de recuerdos sobre Catalina y su juventud. Sintió que revivía.

Después de varias horas, la reunión concluyó con un sentido de camaradería endurecido por el peligro compartido. Cada miembro sabía que la noche aún era joven y que las calles de Madrid parecían vibrar con una energía incontenible.

Compartiendo ese conocimiento, Torquemada y Clara decidieron no poner fin a su velada tan pronto. Se despidieron del resto del grupo y, con pasos tambaleantes, se dirigieron hacia la vivienda de ella, en el corazón de la ciudad. A medida que caminaban bajo las luces tenues de las farolas, la conversación fluyó libremente entre ambos, saltando de sus ideales anarquistas a historias personales, revelando poco a poco las capas de sus propias vulnerabilidades. Clara, con una sonrisa que desafiaba la gravedad de sus ideales, sacó una botella de vino escondida en su abrigo y se la mostró a Torquemada con un guiño.

Ya en la casa, los sonidos de la ciudad se atenuaron, y solo quedaron el zumbido de una vieja lámpara y el crujir ocasional de la madera antigua. El vino, tinto y generoso, se servía sin reserva alguna. Cada trago parecía derribar muros entre ellos, y la atmósfera se cargaba con una mezcla palpable de adrenalina y alcohol.

La conversación cesó gradualmente y dio paso a miradas que hablaban más que las palabras. Clara, en un movimiento audaz, dejó su copa sobre la mesa y se acercó a la entrepierna de Torquemada, como tantas veces había hecho antes, mostrándole su disponibilidad. Él, entendiendo el silencioso llamado, la encontró a mitad de camino. En un intercambio de ropas que sellaba su mutua comprensión y deseo, se fundieron en un beso que rompía todas las barreras de lo permitido.

La pasión los llevó a entrelazarse en un baile de susurros, explorando cada rincón de la habitación que, por esa noche, se convirtió en su refugio privado y revolucionario. Los ideales que compartían, su lucha y sus esperanzas, se tejieron en cada caricia, fortaleciendo un vínculo que iba más allá de la mera atracción física.

Cuando el alba comenzó a asomar por las rendijas de las cortinas, encontraron paz en el silencio, acurrucados entre sábanas desordenadas, sintiendo más que nunca que su unión podría derribar la vida de Torquemada. Ella era todo lo que nunca debería haber vuelto a tocar. Era su perdición.

Transcripción de las libretas de Alonso Torquemada

El incendio de las Salesas no fue criminal

Por Alonso Torquemada

Durante semanas he investigado el incendio que arrasó el Tribunal Supremo el pasado 4 de mayo. Mis pesquisas me llevan a considerar que el suceso fue fortuito. Comenzó en el guardillón y se extendió como una lengua de fuego a través de todo el edificio. Se ha especulado sobre la posibilidad de un acto criminal, incluso se ha sugerido que tres personas estuvieron involucradas en el incendio del Palacio de las Salesas, pero una exhaustiva investigación policial y una instrucción judicial seria y serena han demostrado que todo fue resultado de un cúmulo de desgracias.

El comisario Fernández Luna y el juez de primera instancia, señor Jarabo, han llegado a esta conclusión en un sumario judicial al que este medio ha tenido acceso. Alfonso XIII ha señalado como responsables del desastre al alcalde y al director general de Seguridad, y a ellos debemos dirigir nuestras culpas.

A la mañana siguiente, el artículo fue portada de *El Imparcial*. El mismo día que Alonso había quedado con Pablo Bergía para profundizar en la vida de Elena Sanz y sus hijos, se presentaría en el restaurante como «un traidor a mis propios ideales», según escribió en su libreta.

43

LOS HERMANOS SANZ

Pablo Bergía hizo una seña al camarero, que llenó las copas mientras Torquemada devoraba carnero asado, y el abogado, cochinillo. Esa tarde, achispado, escribirá: «10 de diciembre de 1915. Todo es viejo en Casa Botín. El elevado techo que sostienen columnas de madera. ¡Esas paredes cubiertas de azulejos! ¡Esas perchas clavadas tan altas, en las que los bajos como yo apenas alcanzamos a colgar el sombrero!... Todo es antiguo y español. Todo nos evoca al pasado, los lances con espada, los secretos. Comimos en un rincón discreto, donde antes lo hizo Goya. ¡Pero qué carnero asado! ¡Y qué vino! Bergía sí sabe vivir».

—Centrémonos, amigo Torquemada. Alfonso XII, el padre de nuestro rey, tuvo dos hijos con una tal Elena Sanz y los mantuvo hasta que fallecieron. Bueno, mantuvo a Elena y ella a sus hijos, y todo fue bien mientras el rey vivió —recapituló el abogado.

—Hasta aquí no me dice nada que no se sepa, amigo Bergía —contestó Torquemada, llevándose la copa de vino a los labios—. ¿Y por qué hoy quiere hablar conmigo? No hemos tomado las suficientes bolsas de sal juntos... —Torquemada esbozó una sonrisa pícara en su rostro.

—Hoy cumplo con lo que me ha pedido Pablo Iglesias y recomendado hacer Benito Pérez Galdós. ¿Le vale la respuesta? Ambos saben que lo han obligado a escribir ese artículo sobre el Palacio de Justicia y quieren ayudarle. ¡Por cierto, menudo bodrio escribió! Ha quedado usted como el hazmerreír de toda la prensa, pero los intelectuales del país se han posicionado claramente a su favor. Y por eso aquí estoy yo.

Torquemada asintió.

—Pues bien, hasta aquí lo conocido, Alonso. Lo que no se sabe, o muchos no saben, es que solo dos meses después de fallecer Alfonso XII, Elena chantajeó a la Corona —afirmó el letrado.

—¿Con qué los chantajeó?

—Con cartas, documentos, fotografías, de todo, Alonso. Todo lo que probaba que Alfonso XIII tenía hermanos mayores, los legítimos reyes de nuestro país.

—¿Y qué pasó? Siga, por favor —pidió el periodista.

—Solo dos meses después de fallecer el monarca, el acuerdo era un hecho, aunque todavía faltaba pactar el dinero.

—Dinero para tapar las cartas...

—No creo que solo fuesen cartas. También había fotografías, documentos y otras pruebas que demostraban que aquellos dos niños eran hijos de un rey y sus sucesores en la Corona. Y la madre, Elena Sanz, vendió a sus hijos, porque si se les reconocía el apellido Borbón, entonces Alfonso XIII tendría un hermano mayor que podría reclamar la Corona —afirmó el letrado.

Torquemada alzó las cejas.

—Esto, entonces, va de ser o no ser un rey legítimo.

—Por eso digo que Elena Sanz vendió a sus hijos.

—No me sulfure, don Pablo. Nadie vende a sus hijos.

—Sí, Alonso. Vendió el futuro de sus hijos. El pacto se firmó en abril de 1886 y los niños cobraban quinientas mil pesetas a los veintitrés años más los intereses que la fortuna generase.

Pensó en el precio de la fruta y se dio cuenta de que con quinientas mil pesetas vivían cien familias por cien años.

—Entonces es que les dio un futuro —afirmó el periodista.

—¿Me deja acabar de hablar? —preguntó el letrado.

Torquemada asintió. Bebió otro largo sorbo de vino y el camarero llenó las dos copas.

—Como le decía. Elena Sanz pactó que sus hijos no pudiesen volver a España ni llevar el apellido que por sangre les tocaba, a cambio de dinero.

—¡Doscientas cincuenta mil pesetas para cada niño! ¡Eso no es vender, eso es asegurar un futuro de cinco generaciones de Sanz!

—Lo que usted vea, Alonso. Pero el dinero no era contante y sonante. La Casa Real invirtió el dinero de los niños en acciones hipotecarias sobre la isla de Cuba. Por seguridad, no eran nominativas y quedaron depositadas en el banco francés de mayor solvencia. Nadie se fiaba de nadie.

—¿Qué banco? —preguntó Torquemada, que no dejaba de apuntar.

—No lo sé, pero tampoco es importante. Los abogados de la Corona no se fiaban de que cobrasen el dinero y luego reclamasen la filiación. Así que los valores sobre Cuba solo tenían numeración y se depositaron en el banco.

—¿Y quién conocía la numeración? —inquirió Alonso.

—Un banquero llamado Prudencio Ibáñez. Pero el pacto no era de quinientas mil pesetas.

—¿Más? —preguntó Torquemada.

—Setecientas cincuenta mil pesetas. El resto era para Elena.

—Entonces Elena cobró doscientas cincuenta mil pesetas, ¡una fortuna! —exclamó Alonso.

—Baje la voz, *reporter*.

—Perdón, don Pablo. Pero es que tiene razón, Elena Sanz vendió a sus hijos...

—Así es, como le he dicho, los niños debían permanecer en el extranjero, Elena debía negar públicamente la paternidad y ellos renunciar al apellido Borbón. Así, Alfonso XIII no tendría un problema sucesorio.

—¿Y qué pasó con el dinero? ¿Por qué llegaron a tener un pleito? Ese del que todo el mundo habla que se quemó en el Tribunal Supremo...

—A finales de 1886, las acciones sobre Cuba se amortizaron.

—En cristiano, don Pablo.

—Prudencio Ibáñez pidió que se devolviese el capital invertido en Cuba. Y se lo devolvieron con un beneficio de cuarenta mil pesetas que Elena usó para comprarse una vivienda.

—¡Joder!, ¿solo con los intereses compró una casa?

—Luis Moreno de Borja, el intendente de la Casa Real que había negociado todo, se opuso y quiso que esas cuarenta mil pesetas fuesen para los niños, pero Elena se negó y usó el dinero para comprarse una vivienda en Boulogne, en Francia.

—¿Y? Más rápido, don Pablo, que me muero de ganas de saber el final.

—Luego quebró el banco y Elena quiso rescatar el dinero de sus hijos. Luis Moreno lo impidió. Posteriormente hubo otra reconversión, pero Elena falleció.

—¿Muerte natural?

Pablo Bergía rio.

—Sí, hombre, sí, lo que no quiere decir que no se sintiese perseguida, como usted y yo.

—¿Perseguida?

—Así es, por toda Francia.

—¿Por policías? —preguntó Torquemada.

—No, por Eusebio Blasco, un periodista como usted, el corresponsal de *Le Figaro*.[6]

—¿Y por encargo de quién?

—No lo sé. Pero si Luis Moreno enviaba dinero puntualmente a Prudencio Ibáñez que, a su vez, pagaba a Blasco, el nombre de quien había dado la orden es fácil de adivinar —afirmó el letrado al momento que llegaban los postres.

Habían pedido tocinillo de cielo, que devoraron. Ya cuando se iban a marchar, Bergía soltó la bomba.

—Espiaban a la cantante… —dijo Torquemada, y pensó en las sombras que veía a diario tras él.

—Eso y los incendios… —remarcó el letrado.

—¿Qué incendios?

—Algunos a lo largo de la vida de Elena Sanz. Más que en el resto del mundo, Torquemada. Muchos más, pero eso deberá descubrirlo usted. Parece que todo lo que rodea a la Corona y molesta, se incendia.

---

6. En un artículo publicado en *Les droits de l'homme*, el 6 de enero de 1899, el escritor Laurent Tailhade así lo indica.

Poco después, abandonaron la calle Cuchilleros hacia la plaza Mayor y entraron en el Café de la Plaza para bajar el vino con leche de almendras. Torquemada, ansioso, encendió un cigarrillo, mientras Bergía continuó:

—Quiero que entienda que parte de esta información la conozco de un pleito en el que participé, y por eso tampoco le puedo dar todos los detalles. Secreto profesional. —La expresión de Bergía se puso sombría, y Torquemada asintió—. Pero déjeme intentar profundizar un poco en el tema. A pesar del pacto, es la misma Elena quien alienta a sus hijos a solicitar la filiación paterna. Y lo hace en su propio testamento. Pero la espita que pone en marcha la demanda de 1907 es una reunión que tuvo lugar en diciembre de 1902.

—¿Entre quiénes?

—Luis Moreno y Gil de Borja es uno de los interlocutores.

—¿Y el otro? ¿Alfonso o Fernando? —preguntó el periodista, refiriéndose a los dos hijos adulterinos de Alfonso XII.

—Jorge, el mayor. El único que no tenía sangre real pero que era el tutor de los menores. Un hijo previo que tuvo Elena Sanz, antes de sus amoríos con el rey.

—¿Y cómo fue la reunión? —inquirió Torquemada.

—Ambos la cuentan de manera distinta.

—¿De qué manera la cuentan, don Pablo? Vaya al grano por favor.

—Eso se lo tendrá que preguntar a Luis Moreno y Gil de Borja.

—¡No me fastidie! Bueno, así lo haré, pero sigo sin entender por qué pusieron la demanda si sabían que el rey se iba a enterar *ipso facto*.

—El verdadero problema se dio cuando Alfonso cumplió los veintitrés años y quiso sus doscientas cincuenta mil pesetas más los intereses. Fue entonces cuando Prudencio Ibáñez, el banquero, se personó en Madrid… Era febrero de 1903, y le hizo saber a Luis Moreno que los jóvenes querían el dinero.

—¿Y? —quiso saber Torquemada.

—Luis Moreno le dijo a Ibáñez que le diese el dinero siempre y cuando renunciase a la filiación. Ibáñez regresó a París y le dijo que Alfonso no firmaría el acuerdo, y según Ibáñez los chicos volvieron a chantajearlo. Le dijo que tenía más correspondencia de su madre.

—¡La leche!

—Sí, y Moreno le dijo al banquero que dejase de pasarle la renta y que se le pidiese que devolviese el dinero recibido.

—¿Ibáñez cumplió? —preguntó el periodista.

—Sí, dejó de pagar la renta, pero no devolvió el depósito. Y Fernando cumplió veintitrés al año siguiente. Y volvieron los problemas. Contrataron a un abogado en París, un tal Maitre Labori, que se presentó en el Tribunal de Sena el 3 de febrero de 1905 e interpuso una querella contra Prudencio Ibáñez y contra Luis Moreno de Borja.

—¿De ese proceso qué sabe, amigo Bergía?

—Del proceso francés no sé nada de nada, y como no vaya usted a París a ver al abogado Labori, no podré ayudarlo. Pero sí que conozco algo del que se sustanció aquí, en España, en 1907, frente al Tribunal Supremo, y cuyo sumario se quemó en las Salesas. Pero dejemos la historia para otro momento, porque por culpa de ese proceso, como he dicho, me detuvieron, amigo Torquemada. Así que eso es todo lo que le puedo decir. Y ahora sí, es su momento. Investigue. Yo hasta que muera Luis Moreno no le diré más. Me juego la vida.

44

TRAICIONES

La noche que supo que Elena Sanz había chantajeado a la Casa Real y que el expediente de reclamación de sus hijos contra la Corona podía haber sido el motivo por el que se incendió el Tribunal Supremo, Alonso Torquemada salió a celebrarlo, aunque primero pasó por el Café de París.

Llegó echando el bocio por la boca y, nada más entrar, se acercó al camarero que le había prometido información de Francia.

—¡Ya sé el nombre del abogado de los hermanos Sanz!… Fernando Labori —explotó.

—Hola, señor Torquemada, ¿cómo está? —le contestó con retranca el francés.

—Bien, ¿y usted? ¿Podrá hacer algo sabiendo el nombre? Necesito entrevistarme con él.

—¿Sabe que estamos en guerra?

—Lo sé. Usted envíe el mensaje y ya veré cómo hago para ir a París.

Luego salió a la calle. La ciudad respiraba de noche a pesar de la lluvia helada de aquel diciembre. El agua limpiaba las calles de Madrid cuando Alonso entró en el primer bar de la calle Toledo. Dentro, el bullicio y el murmullo de las conversaciones llenaban el aire cargado. El humo del tabaco se mezclaba con el aroma a brandy, vino y absenta. Los camareros, vestidos con chalecos y pajaritas, servían ágilmente las comandas que se vociferaban. Los clientes, con sus sombreros y abrigos empapados, se agrupaban alrededor de las mesas de madera desgastada. La noche de Madrid era la perdición de los madrileños.

Alonso paró la oreja y escuchó a unos parroquianos hablar de literatura y política, pero solo pudo percibir una crítica lejana a la monarquía. Se sentó frente a una mesa, sacó su libreta y comenzó a tomar notas sobre los siguientes pasos a seguir: sabía que existían rumores sobre la venta de material que supuestamente había perecido en el incendio en la Ribera de los Curtidores, donde los madrileños con menos recursos compraban su ropa. Apuntó: «Visitar El Rastro y localizar al perista». También quería encontrar algún documento sobre la causa Garvey que lo ayudase a tachar ese nombre de su lista de sospechosos. Cada vez tenía más claro que aquello solo lo podía haber provocado la duquesa de Pinohermoso o alguien vinculado a Alfonso XIII, para tapar que tenía dos hermanos que le podían disputar la Corona.

Entonces se acordó de Candela, que había prometido ayudarlo. Pensó en ella y comenzó a cavilar sobre quién lo estaba traicionando e informando de todos sus pasos a la policía. Poco después, se levantó y caminó, entre mesas, hacia el fondo del local, donde, a la derecha, abrió una puerta. A solas, en la oscuridad del excusado, bebió un sorbo de «coco» y miccionó intentando apuntar al agujero que había en medio de la habitación. Sus pies empezaron a moverse y su mandíbula se agarrotó. Cuando volvía a su lugar, barruntaba cómo podía haber entrado Madame Celestina en su casa para dejarle la droga sobre la mesa. Tenía la impresión de que quien lo estaba traicionando solo podía ser Candela o la madame.

—¡Eh, camarero! —gritó—. Otra ronda.

Cuando le dejaron la copa con absenta sobre la mesa, las dudas ya eran certezas contra la meretriz. Y comenzó a planear mentalmente su venganza. Se sentía el conde de Montecristo. En una mesa cercana, dos policías controlaban los pasos del periodista.

A medida que caían las horas, Torquemada cambiaba de local. Tras el quinto bar, un camarero le dijo que no le iban a servir más absenta en toda la calle Toledo y decidió salir del establecimiento. La lluvia ya se había convertido en una cortina que no lo dejaba ver a medio metro más allá de sus ojos y le impedía escuchar algo que no fuese el río de agua que inundaba sus pies. No había ni un alma. Se arrulló con la capa y comenzó a caminar, bamboleante, de un lado al otro de la acera. Tardó poco en sentir que la ropa interior se enganchaba a los músculos que cubrían unos huesos cada vez más helados. La naturaleza le había dado un cuerpo sin grasa que, a pesar del alcohol, se mantenía firme y robusto. Comenzó a tiritar.

Como pudo, llegó a la calle Arganzuela, donde tomó la plaza del Nuevo Mundo. Cuando cruzaba la Ronda de Toledo, arrastraba los pies y la ropa le parecía hecha de hierro. Al fin llegó a la calle Rodrigo Caro, donde vivía Madame Celestina. Eran las tres de la madrugada.

Golpeó el portalón de madera de la vivienda con violencia. Era un edificio de tres plantas. En la última vivía una anciana que había heredado la propiedad y que, poco a poco, había ido vendiendo el resto. La madame vivía tras la puerta de la primera, que Torquemada sacudió por enésima vez. Nadie contestó hasta que, cinco minutos después, se encendió un candil de gas cuya luz respiró a través de la puerta, dejando entrever un resplandor en el exterior.

—¡Calla, Golfo, calla! —gritó la voz femenina de alguien que, un instante después, preguntaba tras la mirilla de la puerta—: ¿Quién?

—¿Está Madame Celestina?

—¿Qué desea *usté*?

—Verla.

—¿Y *usté* quién es? ¡Que no son hora…! Calla, Golfo, ¡condenao! ¡Que no me deja oír al *gachó* de la puerta! ¿Quién es?

—Alonso, un amigo suyo.

Se cerró la mirilla y, tras un par de patadas que se escucharon desde el exterior, Golfo, el perro, calló de improviso; sonaron carreras y cuchicheos y, poco después, se descorrió un cerrojo, luego dos cadenas y, finamente, la puerta se abrió.

—Tras de mí, *gachó*, y calladito que el barrio duerme y mi señora ya tiene una fama un poco *anulá* como pa que encima vengan percherones de *madrugá*.

El pasillo tendría tres metros por los que Alonso siguió a la empleada. Miró de reojo al pasar junto al salón. Grandes cortinajes granates, sofás chéster de piel, cuadros de época, plata por todos lados y mármol en el suelo. Finalmente, entró en una habitación donde lo esperaba Madame Celestina, en un camisón de seda que dejaba poco a la imaginación. Ella, a pesar de sus cuarenta años, también mantenía el cuerpo firme, comiendo poco y ejercitándose en cama ajena.

—Alonso, ¿qué haces aquí?

—Necesitaba verte y hablar contigo…

—¿Hablar? Mejor mañana, querido, ven a los brazos de Madame Celestina… Pero querido… si estás empapado… Ven, ven aquí….

En silencio, ella le fue quitando las prendas, que caían al suelo como una pesa romana. Con una toalla de rizo le secó la cabeza y la barba, para luego recorrer suavemente su cuerpo y, tras ponerse de rodillas sobre un almohadón forrado en hilo, clavó sus uñas en el cuerpo de Alonso mientras se llevaba su miembro a la boca, donde desapareció. No pasó mucho tiempo hasta que se escuchó un sonido y un suspiro que sonó a aire saliendo de una rueda pinchada.

Esa noche Torquemada durmió como hacía tiempo. Y cuando por la mañana despertó al lado de la madame, sereno y sin «coco» en la sangre, y ella le pidió su parte, no pudo negarse. No tenía ganas más que de continuar en silencio, pero no sabía qué excusa poner, así que descendió a los pies de la cama y llevó su boca al sexo de la mujer, que poco después comenzó a engrandecerse y humedecerse hasta el grito.

Y otra vez silencio.

Veinte minutos más tarde, comenzaron a hablar de Elena Sanz, y ella le confió un secreto sobre la cantante que había escuchado en el antiguo café Fornos.

—¿Y algo tan importante por qué no me lo habías dicho? —preguntó él.

—Porque tengo miedo. Por ti y por mí.

De repente, sonó la puerta, esta vez la de la habitación de Madame Celestina.

—¡*Señoa*! ¡*Señoa*! ¡Calla, Golfo, *joer*!

—Dime —atinó a contestar la meretriz, llevando la sábana hacia sus pechos.

—¡La *pulisía*! ¡Que está aquí la *pulisía*!

—¿La policía? —exclamó Madame Celestina, provocando que Alonso se incorporase de golpe—. El servicio no les podrá impedir entrar, tienes que irte —dijo mirando a Alonso, y luego se giró a la gobernanta—. Eufrasia, dame cinco minutos y les abres. —La madame giró la cara hacia el periodista que yacía a su lado, desnudo, sobre la cama—. El piso de arriba es también mío, sal por la puerta de servicio y sube hasta allí. Aquí tienes la llave. Si la policía está aquí es porque vienen a por ti, por mí seguro que no, que les tengo puesto un salario mensual.

45

GARRAS POLICIALES

Había oído hablar de dos hombres misteriosos que, en la penumbra del Palacio Real, parecían tejer intrigas que podrían cambiar el destino de la nación. Uno de ellos era Luis Moreno y Gil de Borja, el intendente de la Casa Real, astuto y cuyos ojos ocultaban muchos secretos. Era conocido en la corte como uno de los hombres más influyentes y misteriosos.

Torquemada se dirigía a verle. Había tardado casi una semana en que aceptase su petición de entrevista y, al fin, lo había conseguido: un sirviente había dejado una nota, con el anagrama de la Intendencia de la Casa de Su Majestad, el rey de España, en la redacción de *El Imparcial*: «Sírvase indicar que la entrevista tendrá lugar el 18 de diciembre de 1915 a las cuatro de la tarde».

En esos días, sus libretas llevaban poca información, salvo que se había escapado de las garras policiales que lo acorralaron en la vivienda de Madame Celestina, a quien ahora suponía inocente de todos los cargos mentales con los que la había juzgado y condenado bajo la influencia del «coco» y de la absenta. Imaginaba que la madame habría dado algún dinero a la policía, porque desde entonces nadie lo molestaba, aunque creía que espiaban todos sus movimientos.

Cuando llegó frente al Palacio Real, el sol de la tarde se reflejaba en las ventanas del majestuoso edificio. Con su libreta y lápiz en mano, se aventuró en el laberinto de pasillos, escoltado por un mayordomo, hasta llegar a la sala de audiencias, donde se encontraba el intendente. Moreno, fumando un puro con gesto imperturbable, miró al periodista y dijo con voz grave:

—Bienvenido, joven.

—Gracias por recibirme, don Luis.

—Marqués, llámeme marqués.

—Pero si usted no es marqués...

—El rey prometió que lo sería y por eso todo el mundo me llama así.

—De acuerdo, gracias por recibirme, marqués —dijo Alonso, con una sonrisa astuta en el rostro.

El marqués de Borja negó con la cabeza ostensiblemente y continuó:

—Tiene usted quince minutos, ni uno más. Y luego hablaremos de lo que yo quiero de usted.

—Me parece justo, marqués —dijo Torquemada—. Quiero que me cuente de su reunión con Jorge Sanz, el hermano mayor de los dos hijos adulterinos del padre de su patrón, a la sazón nuestro rey, en 1902.

—¿Por qué no dejamos el sarcasmo para los bares, Torquemada? Intuía que vendría preguntando por los supuestos hijos de Alfonso XII. Jorge, como sabrá, es el mayor, el que no atribuyen al rey. Los otros dos se llaman Alfonso y Fernando.

—Vamos, lo que yo he dicho... —murmuró.

—¿¡Qué!? —exclamó el intendente.

—Nada, marqués, que no he dicho nada.

—A la próxima impertinencia esta entrevista se ha acabado, ¿estamos?

Torquemada calló y apuntó todo lo que el marqués de Borja comenzó a decir.

—Recibí a Jorge Sanz porque un sacerdote lo dirigió a mí. Y no tuve más remedio que hacerlo.

—¿Qué sacerdote, señor? Perdón, marqués... —dijo con media sonrisa.

—Sigamos, reportero. Jorge me dijo que había que aumentar el capital de los menores. Y me explicó que, sin carrera ni oficio, y con la renta que les quedaba, era imposible que viviesen como lo que son. ¡Como lo que son! ¡Ja!

—Al menos como lo que ellos creían ser, ¿no le parece, marqués?

Luis Moreno negó con la cabeza y continuó como si nada hubiera pasado.

—Le dije que lamentaba que no tuviesen carrera y que, con respecto al capital, el banquero Prudencio Ibáñez se lo entregaría al salir a la mayoría edad. Obviamente, siempre que cumpliesen las obligaciones del contrato de 1886, puesto que con puntualidad, desde entonces, les entregó la renta. Porque durante tantos años no me habían dado la menor queja... hasta aquel año 1902.

—La menor queja... —murmuró Torquemada.

—¿Qué? —preguntó el marqués.

—Nada, perdone, marqués, es que me ha salido en voz alta lo que pensaba mientras escribo.

Luis Moreno apagó el puro sobre un gran cenicero de cristal y continuó con las explicaciones:

—Sanz me dijo que el capital estaba mermado, y repliqué que eso era culpa de ellos y de Ibáñez Vega, no de la Corona, y que si la conversión de la moneda les había perjudicado no podía hacer nada. Lo remití a Ibáñez, porque la Corona no puede estar pendiente de si la conversión le afecta a alguien de forma negativa.

—Como sí que les favoreció la conversión de las inversiones de Cuba, ¿verdad? —preguntó Torquemada.

—¿Y usted cómo sabe eso?

—Sé que usted no quería que Elena gastase el dinero en una casa y que ella, sin embargo, la compró con la plusvalía de las inversiones cubanas... Hasta que se incendió, ¿es cierto?

Esa información era la que le había confiado Madame Celestina la noche que pasó en su casa, y quería comprobar si era verdadera o si lo había engañado.

El marqués de Borja miró fijamente a Torquemada, quien apuntó: «Sentí miedo, aunque seguí como si nada, mientras él hablaba».

—No sé nada de incendios, pero sí me negué a que la comprase. Pero ellos, erre que erre. Sanz me dijo que no estaba allí para discutir y que si no, iría a ver al rey o a la reina. Obviamente, le indiqué que hiciese lo que gustase, que la concesión de audiencias no era función mía. Y fue entonces cuando me amenazó.

Torquemada esperó a que continuase, sin decir nada.

—Me dijo que saldrían a relucir las fotografías, cartas y documentos que obraban en su poder y que acreditaban que sus hermanos eran hijos del rey Alfonso XII. A lo que le contesté que me extrañaba mucho que se expresase en esos términos, por dos razones: primera, porque esas cartas y esas fotografías no acreditaban tal cosa, ni de cerca ni de lejos, y si no, vengan las fotografías; y segunda, que o su madre entregó todas las cartas que poseía, como repetidas veces hubo de afirmar cuando se las compraron, o no las entregó. Si no las entregó, cometió sencillamente un engaño que tiene su sanción adecuada en el Código Penal.

—¿Y cómo se lo tomó?

—Me dijo lo que ya se sabe. Que acudiría a los tribunales, y yo le expliqué que retiraría las rentas. Que la compra de esos documentos tuvo por objeto evitar el escándalo y asegurar que los menores, antes de cobrar, cumpliesen con las obligaciones que se les impuso. Si van ustedes al pleito, le dije, aténganse a las consecuencias; yo cumpliré mi deber. Y hasta aquí su tiempo, señor Torquemada.

Alonso dejó el lápiz, se echó hacia atrás y esperó paciente a que el marqués encendiese un nuevo cigarro y volviese a hablar, esta vez para pedirle algo.

—Quiero que deje de preguntar por ahí, quiero que ceje ya de una vez de entrometerse. Todo el mundo, hasta donde yo sé, le ha dicho que el incendio fue fortuito, porque lo fue. Así que si usted quiere seguir trabajando en algún periódico de esta nación, olvide este tema y le prometo que nunca le faltarán noticias. Me gustó su breve artículo sobre la accidentalidad del siniestro, aunque sé que lo obligaron a escribirlo. ¡Pero quiero que pare de investigar!

Torquemada sonrió.

—¿Una última pregunta? —dijo.

El intendente negó con la cabeza varias veces y, finalmente, añadió:

—Dispare.

—¿Cómo se llamaba el banco donde se dejaron depositadas las acciones?

—Eso no es importante, Torquemada.

Torquemada esa tarde apuntó: «La versión de Jorge Sanz es diferente y señala que el 7 de diciembre de 1902 llegó a Madrid para convenir el cumplimiento de lo estipulado con el marqués de Borja y que le explicó que Alfonso y Fernando iban a firmar el acta, pero que el señor Prudencio Ibáñez pretendía darles menos dinero, la mitad del valor. Si alguien cree que dejaré de investigar, está loco. Aquí hay una historia, y cada vez tengo más claro que está vinculada al rey. Pero antes, tengo que despejar el resto de las incógnitas».

46

EL RUMOR DEL VINO

Esa noche de diciembre, con el rumor etílico del vino, en las penumbras de un bar del Callejón del Perro, Alonso sostenía una copa de absenta con su mano temblorosa. La callejuela, sórdida y oscura, se revelaba como el rincón de Madrid más poblado de tabernas y cafetuchos, un santuario perfecto para quienes buscaban olvidar el pasado.

No hacía tanto que en ese mismo sitio le habían partido la nariz por defender a una prostituta a la que habían violado y volvía a estar allí, roto por dentro. La absenta, con su color esmeralda neblinoso, era la única que entendía su dolor. Cada sorbo descendía endiablado por su garganta con promesas de olvido que comenzaron a hacer efecto tras dos horas y seis vasos. Uno a uno, los sospechosos del incendio del Tribunal Supremo fueron pasando por su mente, una vez descartado Isidoro Pedraza. Alfonso XIII, la duquesa de Pinohermoso, el marqués de Cerralbo, el presidiario que aquella mañana estuvo a punto de ser juzgado y los espías españoles para eliminar la causa Garvey que tanto afectaría al presupuesto nacional. En su mente, eran todos culpables, incluido Alfonso XIII, de la muerte de Catalina.

En el exterior, las señoritas charlaban y reían ajenas al periodista que en otros tiempos hubiese sido objeto de chanza y de admiración. Pero Alonso ya no era ese hombre. Sus deudas se acumulaban y su adicción a la absenta y a la cocaína líquida lo habían sumergido en un abismo del cual no podía escapar solo.

En el diario ya nadie confiaba en él y eran pocos los que le dirigían la palabra. Su carácter se agriaba y su ropa comenzaba a oler a podrido.

El camarero, un hombre de enorme barriga y mediana edad, miraba de reojo a Torquemada y, aunque no lo juzgaba, no podía evitar sentir lástima por un periodista reputado que buscaba alivio en la absenta. Fue entonces cuando llegó Juanito, el delincuente conocido por su censo clandestino de Madrid, acompañado de Manolo Barroso, el mafioso que, según Madame Celestina, le había propinado una paliza poco después del incendio de las Salesas.

—¡Amigo Torquemada!, ¿cómo te va? —saludó Juanito.

Alonso se levantó y miró a Barroso.

—¿Amigos? Pero si este me hizo pegar una paliza.

—¿Yo? ¡Quién ha dicho eso! —se indignó Barroso.

—Madame Celestina —reveló el periodista, cada vez más aturdido por la absenta.

—Yo no tengo nada que ver con aquello, Alonso. Aquello te lo hicieron unos policías, y Madame Celestina lo sabe bien. También Juanito. Todo Madrid sabe que la policía anda tras de ti por el incendio de las Salesas.

—Manolo, no sé si me odias porque me acuesto con Clara…

—¿Crees que te he hice pegar por Clara? —gritó Barroso mientras su voz se rompía con un acceso de risa y tos—. En serio, Torquemada, Clara no fue nada en mi vida y yo no me enfrentaría a ti por ella.

—¡Yo no me fio de ti! —exclamó Torquemada mientras trastabillaba y se iba al suelo.

El estruendo provocó un enorme silencio en el local. Barroso se agachó, levantó al periodista como si fuese un papel de fumar y lo posó sobre una banqueta.

—Torquemada, me encantaría seguir con esta conversación en otro momento, pero ahora, si te parece bien, me voy. Piensa en quién te está traicionando, tiene que ser alguien muy cercano a ti, y no soy yo. Clara no es buena gente, tampoco Madame Celestina… pero ahora ya no puedes ni escuchar. La absenta te está matando.

En cuanto estuvieron a solas, Juanito lo miró con pena.

—Tiene razón Barroso —dijo—. Te estás matando.

—Necesito algo, necesito información que me ayude a continuar con esta investigación que me está violando las entrañas. Todavía tengo demasiados sospechosos...

—¡Y más que tendrás! —exclamó el ladrón.

Torquemada alzó las cejas.

—Por ahí se dice que uno de los cuadros que se incendió en las Salesas, el *Desembarco de Fernando VII en el puerto de Santa María*, está a la venta, y que el marqués de Cerralbo lo quiere comprar. Parece que está obsesionado con todo lo que pertenecía al palacio. Me dicen que la barandilla de la gran escalera de su casa había estado en el palacio hasta que lo reformaron para convertirlo en el Tribunal Supremo.

Torquemada tomaba notas infinitas, como si el alcohol hubiese desaparecido de sus venas.

—¿Alguna otra información? —inquirió.

—Sí, parece que hay otro cuadro, *Abraham y los tres ángeles*, de un pintor llamado Escalante, que también anda por ahí a la venta. Según me dicen, en unos días el comprador irá a El Rastro para adquirirlo.

—¿Sabes qué día? —preguntó Torquemada.

—El martes, que creo que es el veintiuno.

—Gracias —dijo Torquemada cuando, de repente, una voz femenina interrumpió la vida del bar y sus pensamientos.

Era Candela, que traía consigo un paquete y su inmensa sonrisa rodeada de unos labios carnosos y perfectamente dibujados. Aquella joven quería rescatarlo del olvido. Admiraba las crónicas punzantes y agudas de Alonso Torquemada y sabía que, bajo esa barba angosta y sucia, se encontraba un buen hombre dañado por la vida.

—¡Qué haces aquí, Candela! Este no es un sitio para una señorita como tú.

Juanito aprovechó el momento para despedirse. A solas y sin testigos, Candela arrancó a hablar.

—Te traigo unos documentos sobre la causa Garvey que creo que te podrán ayudar a despejar dudas. Los he conseguido hoy y me acordé de dónde te dieron la última paliza. Y aquí estás.

—Me los podrías haber dado mañana en la redacción —dijo, intentando levantarse del taburete.

Casi se cae al suelo, y ella adelantó un pie para ofrecerle su hombro y evitar que se diera contra el suelo. Un golpe de sudor invadió el espacio, pero ella volvió a sonreír.

—Mírame, Alonso, necesito que me mires.

El periodista apartó la mirada, avergonzado.

—Deja la botella y vete a dormir, por favor. Te acompañaré hasta tu casa. Mañana será otro día.

—Pero tú, ¿de dónde sales? —preguntó el periodista.

—Sobre mí ya hablaremos, Alonso. Ahora todo se trata sobre ti y sobre tu futuro. Eres un genio de la escritura, ¿por qué dejarlo? ¿Por qué no te olvidas del incendio?

—¿Y tú por qué no te metes en tus cosas? En esos articulitos que haces que tanto gustan a nuestros jefes que siempre te llevan a portada —contestó Alonso con el rostro contraído de odio.

—Yo también he hecho mis pesquisas y parece que fue fortuito —afirmó ella.

—¿Que has hecho qué?

—Estoy convencida de que el incendio no fue provocado. —La dureza en los ojos de Candela solo consiguió alimentar la furia que crecía dentro de Torquemada.

—¡No! ¡No lo fue, joder! No te empeñes tú también en… —gritó, cada vez más alto, sin poder evitar apretar los puños.

—En el caso de la causa Garvey, sí lo fue. Nadie vinculado a ese tema incendió el Palacio de Justicia, y eso no es un rumor, sino información.

—¿Y cómo lo sabes, Candela?

Ella le tendió el paquete.

—Maldita seas…

—Por favor, deja que te acompañe a casa y duermes. —La periodista tomó una extensa bocanada de aire y trató de tranquilizarse—. Mañana será otro día.

—¡Mañana me recibe el presidente del Tribunal Supremo! Pero hoy me iré a ver a una amiga, alguien que me quiere más que tú.

—¿Madame Celestina? —preguntó ella.

—Y tú, ¿cómo conoces a mis fuentes de información?

—Ella me vino a ver hace unas semanas para amenazarme por si me acercaba a ti como algo más que una compañera de trabajo.

—No entiendo nada —dijo Torquemada, dándose por vencido.

—Alonso, tienes que irte a casa. Mañana te recibe el presidente del Tribunal Supremo y no te puedes presentar así.

—Haré lo que yo… —comenzó a decir.

—Harás lo que creas, pero no volverás a saber de mí hasta que dejes de ver a esa meretriz y abandones el alcohol.

Luego, Torquemada se desmayó.

47

GARVEY

Al día siguiente, Alonso se despertó solo, en calzoncillos, en su piso de la calle Ceres. Se levantó, encendió un cigarrillo de picadura de tabaco y se bebió una taza de chocolate ya frío, que Candela había dejado preparada sobre un taburete al lado de su camastro. Esa mañana no había «coco» sobre la mesa. Miró hacia la puerta y vio un paquete. No recordaba cómo había llegado allí ni cómo se había desnudado. No recordaba nada de la noche anterior. Lo tomó. Estaba envuelto en papel de estraza; lo desenvolvió. Dentro había una nota con la letra de Candela que decía: «Espero que sea de tu interés. Me gustas mucho, pero el problema es que tú no te gustas a ti mismo. Candela». También había un manuscrito titulado «La cuestión Garvey: un caso de derecho».

Entonces recordó que Candela lo había ayudado. Miró sus notas y releyó lo que había escrito sobre el marqués de Cerralbo y dos cuadros que, supuestamente, habían desaparecido en el incendio, pero que ahora alguien estaba intentando vender. Redondeó el nombre del marqués en su libreta y añadió dos signos de admiración.

Luego, tomó el libro que había conseguido Candela. Durante algo más de una hora, leyó y tomó notas en su libreta sobre la vida del conde de Garvey, que, al igual que Alfonso XII, tuvo dos hijos ilegítimos con una sirvienta del palacio. Patricio Garvey, uno de los miembros de la saga familiar, reconoció a esos dos niños y les dio sus apellidos; por eso, rápidamente, Torquemada empatizó con el personaje.

El origen de las dudas sobre la autoría del incendio en ese caso concreto provenía del diario *La Mañana* del 8 de mayo de 1915, pocos días después del incendio: «Documentos destruidos. El pleito de Garvey. En las oficinas de lo Contencioso, el fuego destruyó todos los expedientes cuyas vistas se habían celebrado en el mes de marzo. Entre ellos, parece que se encuentra el famosísimo pleito Garvey, en el que se ventilaba la correspondencia o no a la Hacienda de cinco millones de pesetas. Lo único que no se ha quemado es la sentencia, que provocó tantos comentarios». Las notas de Torquemada señalaban: «¿Agentes de Hacienda quemaron el Supremo? Causa Garvey». Pronto se hizo una composición de lugar sobre el poder del vino de Jerez y sus sagas familiares.

«William Garvey Power llegó a la bahía de Cádiz en 1776. Venía con la idea de adquirir unas ovejas merinas para su padre, pero el buque en el que viajaba naufragó y se casó con la hija del capitán que lo rescató y montó las bodegas de vino de Jerez. Le sucedió su hijo, ya jerezano, Patricio Garvey Gómez, que se casó en 1826 con María de los Ángeles Capdepon y Lacoste, con la que tuvo once hijos, de los cuales sobrevivieron siete, entre ellos José, que murió soltero en 1912. Su patrimonio ascendía a 42.152.777,37 pesetas, que poseía en bancos ingleses y suizos, una fortuna inimaginable, mientras que sus depósitos en los bancos españoles se elevaban a 3.942.480,37 pesetas. Hacienda se opuso a que su herencia se rigiera por las leyes inglesas en lugar de las españolas. El abogado de los herederos de Garvey fue Augusto González Besada, abogado y presidente del Congreso de los Diputados». Candela había dejado notas. Una decía así: «Si el presidente del Congreso de los Diputados defendió los intereses contrarios a España, más aún si se conociese que el conservador González Besada también fue diputado, subsecretario de Hacienda y, posteriormente, el más joven ministro de Hacienda de la restauración borbónica en España, sería un escándalo".

Tomó un descanso y se sirvió un generoso trago de absenta en una taza de barro. El tiempo comenzó a pasar más rápido cuando volvió a la lectura. Dos horas más tarde, cuando el sopor pegaba sus párpados como melaza, llegó a la parte del libro dedicado al fallo del Alto Tribunal: «Fue voluntad de José Garvey sentirse súbdito británico y no español», resume la sentencia. España perdía los impuestos de un jerezano de nacimiento que hizo el servicio militar en nuestro país, pero que mantenía la nacionalidad inglesa. La sentencia es clara: es súbdito inglés, matriculado como tal en el consulado británico en Cádiz. El Estado inglés cobraba anualmente a José Garvey el impuesto interior, *income tax*, y no había motivo para que la Hacienda española cobrase sus derechos de herencia. Quemado el expediente y los votos particulares en el incendio del Tribunal Supremo, el ministro de Hacienda, Urzaiz, se negó a autorizar la devolución del dinero, y aquel aspecto era el que sobresaltó a Torquemada: «¿Aprovecharon el incendio para intentar no pagar o lo quemaron para no hacerlo?».

Continuó leyendo y supo que Iglesias y la prensa habían llevado ese pleito a la palestra pública para atizarse políticamente, pero que era un sinsentido quemar el sumario porque había muchas copias en manos de las partes del proceso, incluso el libro que Candela había conseguido. «La prensa se equivocó», había dejado escrito Candela.

Contento, Torquemada leyó su lista de culpables y tachó lo referido a la familia Garvey. Además, agregó al marqués de Cerralbo, luego de la información obtenida sobre los cuadros en venta.

- El entorno del rey Alfonso XIII, para evitar la reclamación de filiación por un hijo extramatrimonial de su padre, el rey Alfonso XII.
- ~~Isidoro Pedraza de la Pascua, para eliminar el sumario que lo vinculaba a fraudes económicos y que lo hacía parecer un delincuente frente a la compañía de seguros a la que reclamaba un millón de pesetas.~~
- La duquesa de Pinohermoso, para así alquilar su vivienda de la calle Amor de Dios como sede temporal del Tribunal Supremo.
- ~~El servicio secreto español, para no devolver a la familia Garvey cinco millones de pesetas.~~

- Un presidiario que esperaba a ser juzgado en los calabozos del Tribunal Supremo.
- El marqués de Cerralbo, que mostró interés en un cuadro que supuestamente había desaparecido en el incendio y que, además, tenía en su Palacio la barandilla del antiguo Palacio-Convento de las Salesas Reales de Santa Bárbara de Madrid.

Luego estudió sus notas sobre el presidente del Tribunal Supremo, con el que iba a reunir más tarde.

«José Aldecoa nació el 24 de febrero de 1838. Doctor en Derecho y senador vitalicio, estaba en posesión de las grandes cruces de Carlos III y de Isabel la Católica. Presidente de la Comisión General de Codificación. Magistrado de acrisolada reputación, se le reconoce una inmensa inteligencia y honorabilidad.

»Después de presidir varias Audiencias Territoriales llegó al Tribunal Supremo, donde confirmó su fama de docto y de integérrimo. Durante años presidió la Sala Primera hasta que, vacante la presidencia por dimisión del señor Martínez Campo, la ocupó el señor Aldecoa».

Desde que Pablo Iglesias le había hecho ver que el ministro llevaba el collar de la Justicia, que aparentemente había desaparecido durante el incendio, no podía dejar de pensar en ello. Era una idea que rondaba su cabeza sistemáticamente y que Aldecoa le podía solventar. Necesitaba comenzar a tener algunas certezas, y no solo dudas.

48

EL PRESIDENTE DEL TRIBUNAL SUPREMO

Hacia el mediodía, el presidente del Tribunal Supremo, José Aldecoa, recibió a Torquemada en su despacho. Sentado detrás de su escritorio, Aldecoa mostraba una expresión adusta, rodeado de numerosos papeles. «Me dejó claro que me recibía por orden de la superioridad y que no quería volver a escuchar sobre mí. No fue una amenaza como las que he recibido, sino una advertencia de que tras esa reunión conseguiría saber la verdad», escribió el reportero.

«Pequeño, enjuto y con un gran mostacho, el magistrado huía de la prensa como de los lujos, pero había decidido recibirme cuando el ministro de Gracia y Justicia, señor Martínez Campos, se lo había pedido para "evitar más ruido innecesario sobre el incendio"».

Según las libretas de Torquemada, estas fueron sus primeras palabras:

—Aquí tiene la copia de toda la documentación que existe en los archivos del Tribunal Supremo, salvo el sumario 213/1915.

—¿El sumario 213/1915? —preguntó Torquemada, que era la primera vez que escuchaba ese número.

—La causa que instruyó el juez de primera instancia del distrito de Buenavista, Félix Jarabo, con ayuda del comisario Ramón Fernández de Luna. La causa en la que se investigó si el incendio era o no provocado.

—Gracias, presidente. Pero si me permite, ¿por qué no me puede facilitar también el sumario?

—Olvide sus conspiraciones. El incendio tuvo su origen en un guardillón que estaba en el último piso. No hay caso, señor Torquemada. La chimenea pasaba por una de las paredes del archivo y por eso ardió, tal y como usted señaló en el artículo que escribió en su diario.

Torquemada frunció el ceño al darse cuenta de la evasiva.

—La chimenea del palacio se encendió dos días antes del incendio, pero era el mes de mayo, y este año no hizo tanto frio. El incendio fue provocado, y demostraré el porqué y quién lo hizo.

—He pedido a la bibliotecaria que copie todo lo que haya sobre el incendio. Usted podrá examinar documentos sobre el fallecimiento del señor Armada y mucha otra documentación sobre los pleitos que se quemaron, pero el sumario se instruyó en un juzgado de primera instancia y no en el Tribunal Supremo, donde no hay referencia alguna.

—Suena extraño.

—Mire antes la documentación y luego llegue a las conclusiones que usted crea. ¿Algo más, señor Torquemada? —preguntó el magistrado.

—Me han dicho que alguien robó el gran collar de la Justicia, el que usa usted como presidente en las recepciones —dijo, recordando las palabras de Pablo Iglesias—. Uno de oro, con dieciocho eslabones esmaltados, dieciséis unidos y dos sueltos. Según me han informado, en el centro contiene una espada y la inscripción «Justicia y ley». En la parte inferior pende otro eslabón formado por dos culebras esmaltadas de verde, y en el centro un ojo con unas ráfagas, de las cuales pende un escudo de armas de la realeza. Pero si no me equivoco, el otro día, en la apertura del año judicial, lo llevaba el ministro Burgos.

—Buen ojo, *reporter*. No, no el gran collar, se ha perdido el que se conoce como *pequeño* collar de la Justicia. Una medalla de oro con las armas de España esmaltadas en el anverso, y en el reverso la palabra «Justicia», también esmaltada. La medalla se une a un collar de oro y esmalte azul. Nada se sabe de su paradero tras el incendio del Tribunal Supremo. Lo único que se sabe es que se guardaba en un estuche de tafilete con el interior de terciopelo, que también ha desaparecido.

—Junto con algunos cuadros, de los que se dice que no se han perdido y que están a la venta, como el *Desembarco de Fernando VII en el puerto de Santa María.*

—Habladurías. Se salvaron veinticuatro cuadros, treinta y siete se quemaron y veintiséis continúan oficialmente desaparecidos.

—Incluso le ponen nombre al dueño actual del cuadro…

«La cara de Aldecoa cambió de color cuando le dije aquello», escribió en su libreta, «y más cuando le dije el nombre del supuesto actual tenedor…».

—Sorpréndame, señor Torquemada.

—El jefe de los carlistas, el marqués de Cerralbo.

—No me toque…. —comenzó a decir el magistrado, pero calló, para luego añadir—: Está usted hablando de un probo ciudadano, y si continúa por ahí se arriesga a un juicio por calumnias. Vaya usted a verlo a su casona y verá que la barandilla de la escalera principal de su casa fue la original del antiguo Palacio de las Salesas, antes de convertirse en el Palacio de Justicia… La desecharon en las obras y el marqués la compró. Y a eso se debe el rumor. Es el mayor coleccionista de antigüedades y de arte de Madrid, por no decir de España.

—Lo sé —contestó Torquemada—. Pero la barandilla llegó allí porque en 1907 se incendió la iglesia y se hicieron obras de reconstrucción. Cambiaron la barandilla y la antigua se vendió en El Rastro, como se dice que ha ocurrido con muchas de las obras de arte que supuestamente perecieron en el incendio. Y de esta obra, del *Desembarco de Fernando VII en el puerto de Santa María,* se dice que la quería para destruir, porque aparece el pretendiente Carlos María[7] semiflexionado frente al rey.

---

7. N. del A. Carlos María Isidro de Borbón y Borbón-Parma, también conocido como don Carlos (Aranjuez, 29 de marzo de 1788-Trieste, 10 de marzo de 1855), fue infante de España y el primer pretendiente carlista al trono bajo el nombre de Carlos V por ser el segundo hijo del rey Carlos IV y de María Luisa de Parma y, por lo tanto, hermano del rey sucesor Fernando VII, a cuya hija Isabel II le disputó el trono.

—Esos son correvediles, señor Torquemada, creía que usted era un hombre de pruebas y no de chismorreos. Hubo tiempo para desalojar las cosas, de eso no tenga dudas. La mesa que estaba en mi despacho es de bronce y madera. La encargó Isabel II a un marquetero ruso. La reina la cedió al Palacio de Justicia después de que un juez fallara en su favor en el pleito que había planteado contra el artista por un sobreprecio de la obra. Pesa doscientos cincuenta kilos. La última vez que la movieron, necesitaron seis personas. Y durante el incendio la trasladaron al exterior, donde se salvó de la quema.

Torquemada escribió: «Es un buen argumento. Si algo tan pesado se pudo mover, hubo tiempo suficiente para que alguien robase».

—También se habla de otro cuadro: *Abraham y los tres ángeles*, de un tal Escalante.

—Olvídese, Torquemada, se lo ruego.

—¿Y los sumarios que se perdieron y que están apareciendo aquí y allá?

—Señor, puro cotilleo. Se salvaron los pleitos civiles desde 1856. Todo lo anterior está en el Archivo Histórico Nacional. Las causas criminales también se salvaron todas. Se quemaron, eso sí, los asuntos civiles que estaban pendientes de encuadernación en el archivo.

—¿Qué años se perdieron? —preguntó el periodista.

—De septiembre de 1913 a 1914 fueron los años perdidos en materia civil y de lo contencioso los del año 1914. Se creyó que una causa conocida como el caso Garvey pereció en el siniestro, y de ahí las habladurías de la prensa. Creo que usted se ha dejado llevar por la fantasía —dijo, y le tendió un documento que había realizado la Secretaría del Tribunal Supremo en 1915 sobre las causas malogradas.

»Es un resumen de todo lo que se quemó. Aquí tiene el listado completo —añadió, dándole veinticuatro páginas en las que se leía: «Estado general, por orden numérico, de los pleitos que estaban pendientes en la Sala de lo Contencioso Administrativo del Tribunal Supremo el día del incendio del Palacio de Justicia, 4 de mayo de 1915».

—¿Entonces me está diciendo que el incendio no fue provocado?

—Así es, creo que fue un accidente. Yo informé al gobierno en el año 1913 que había que cambiar la techumbre, ya entonces me habían advertido del peligro de que se quemase todo. El incendio se produjo en el guardillón de la última planta, donde vivían los ujieres con sus familias. Se encendió la chimenea principal, que no se había revisado, y todo ardió.

—Incluida la causa contra la familia real, interpuesta por los dos hermanos bastardos del rey... Sentencia que, entre otros, firma usted...

—Váyase, *reporter*, y como siga por esos derroteros lo acabaré procesando por injurias contra la Corona. No se puede ir por ahí pregonando insidias y salir impune. Aquella causa nada tiene que ver con el incendio.

49

ARTE

Una hora después de salir del despacho de Aldecoa, Torquemada meditaba sobre cómo profundizar en la vida del marqués de Cerralbo. La única respuesta que encontró fue visitar, una vez más, a su mejor fuente de información.

Al rato, se encontraba en el lujoso piso de Madame Celestina, lleno del aroma dulce del té recién servido por la sirvienta de la mujer cuya información era la más cotizada de la ciudad. Era invierno, y la ciudad se teñía de colores oscuros. El sol se filtraba a través de las cortinas de encaje, proyectando sombras irregulares sobre el suelo de mármol. Estas sombras, a Torquemada le parecían «monstruos de tres cabezas». Los muebles de estilo victoriano adornaban el recibidor, y pequeños detalles denotaban el buen gusto y refinamiento de su dueña que, a pesar de su oscuro pasado, se había transformado en una dama de alta sociedad.

Veinte minutos después apareció Celestina con una sonrisa acogedora. Llevaba un elegante vestido de seda azul pálido que realzaba su belleza exótica. Sus cabellos morenos estaban recogidos en un elaborado peinado, y bajo un maquillaje algo excesivo, sus ojos brillaban con curiosidad. A Torquemada, el maquillaje le recordó «el revoque de una pared agrietada».

—Madame Celestina no te esperaba —dijo ella—. Disculpa lo del otro día, la policía apareció y lo único que pude hacer fue echarte para protegerte. Pero ¿cómo reaccionaste al verte así de ebrio, con tus desplantes, y luego, tras nuestra intimidad, tus maneras de tratarme? No sé, Alonso, siento que no valoras a esta mujer que te quiere.

—Eso fue hace semanas, ya lo he olvidado —respondió él.

—Semanas cuando me trataste mal, días desde que hicimos el amor, aquí mismo, aquí al lado.

Torquemada calló.

—¿Te ha llegado el «coco» puntualmente a tu casa? —quiso saber ella.

Pensó en preguntarle cómo entraba, pero decidió no hacerlo para evitar un enfrentamiento.

—Sí, gracias.

—Entonces, ¿estamos bien? —preguntó la madame.

—No te preocupes, y lo digo de corazón. Son días malos, y ya sabes que mis monstruos me persiguen...

—Entonces, olvidemos los malos momentos y centrémonos en el futuro.

Torquemada asintió con un gesto de gratitud y entró tras ella en la sala. Sus ojos se pasearon por la habitación. Se sentaron en un juego de sillones de terciopelo cerca de la ventana, desde donde se podía admirar la vista de la ciudad.

—Futuro, decía tu madame.

—Hablemos del presente, mejor. No me apetece hablar del futuro —contestó Torquemada.

—Madame Celestina está aburrida de tu displicencia hacia ella —remarcó la mujer.

—Necesito mi tiempo.

Ella asintió con una sonrisa, tomó la taza con delicadeza y dio un sorbo al té caliente.

—Tiempo...

—¿Para decirme algo de nosotros? —añadió ella.

—Sigo enamorado de un espectro, pero es mi espectro. Es mi pasado, mi vida entera, y no la puedo olvidar.

—Pues bien que la olvidas cuando estás entre los brazos desnudos de tu madame.

—No discutamos, vengo a por información sobre... el marqués de Cerralbo. Tengo sospechas de que podría haber sido él quien hizo quemar el Palacio de Justicia para llevarse una obra de arte en la que el pretendiente al trono estaba postrado frente al rey. Una obra de siete metros de largo que pintó un tal Aparicio Inglada.

Madame Celestina rio durante casi medio minuto.

—¿Enrique? ¿Enrique, un incendiario? No me hagas reír. Enrique de Aguilera y de Gamboa es un historiador, arqueólogo y político carlista que dedicó gran parte de su vida y de su fortuna a la investigación arqueológica y a atesorar obras de arte. Una cosa es que Cerralbo cierre los ojos sobre el origen de la pintura, ya sabes que los coleccionistas son así, pero otra muy diferente es acusarlo de causar un incendio. —Hizo una pausa y miró a Torquemada a los ojos—. No, él no tuvo nada que ver. Un abogado le ha dicho a una de mis chicas que el mismo ropavejero que les compra lo robado a los delincuentes de la ciudad es quien se ha hecho con la colección de cuadros desaparecidos en las Salesas.

—¿Cuadros robados durante el incendio? —preguntó Torquemada.

—Eso ha escuchado Madame Celestina: que hay algunos cuadros que desparecieron durante el desbarajuste de la extinción del fuego.

—¿Estás segura?

—Sí, eso se dice entre sábanas, y ya sabes que en esos momentos los hombres son débiles —añadió la madame—. No como tú.

Adelantó el cuerpo y acarició con el dorso de su mano la mejilla del periodista que, de golpe, se apartó. Ella volvió a la posición inicial y bebió un sorbo de té. Un silencio incómodo se adueñó de la estancia hasta que ella, de nuevo, habló.

—Y sí, claro, puede ser que el marqués se haya hecho con alguno de ellos.

Alonso se inclinó ligeramente hacia adelante, su mirada intensa se encontró con la de ella.

—¿Dónde vive?

—Quién, ¿el ropavejero? —preguntó ella.

—No, el marqués de Cerralbo.

—Aquí al lado. Hace unos años construyó un palacete que es pura modernidad, con tendido eléctrico, teléfono, alcantarillado y agua corriente. Dividido en treinta y una estancias, se diseñó para acomodar las obras de arte a su vivienda; entre otros El Greco, Zurbarán, Alonso Cano y Goya. He visitado la casa en un par de ocasiones y es imponente.

Torquemada quiso preguntar para qué había ido a la casa del marqués, pero se calló y fue directo al grano.

—¿Qué más sabes, amiga mía?

—¿Amiga? —preguntó ofendida la madame.

—Sabes que te aprecio mucho —replicó el periodista.

—Se aprecia al desconocido, al amigo, mas al amante se lo quiere, aunque no se lo ame.

—Y tienes razón. Mi cabeza sabe que te quiere, a pesar de que mi corazón sea de cartón piedra. Soledad y amor se confunden cuando en realidad es mera amistad para no sentirse solos. Ambos sabemos que tú necesitas alguien que te mantenga y yo que aguante mis ausencias. Así que estamos predestinados a estar separados —dijo él.

—Pues busca por ahí la información y el «coco».

El periodista frunció los labios y achinó los ojos.

—Esa carita no, Alonso, que madame Celestina se derrite.

Él sonrió.

—Se habla de un cuadro inmenso de un tal José Aparicio Inglada, en el que aparece Fernando VII, ¿has escuchado algo? —inquirió perspicaz el periodista.

—No, la verdad —contestó ella.

—De acuerdo. Gracias, de verdad.

—Ven a vivir a esta casa conmigo, Alonso. Te necesito aquí. La casa es grande para alguien como yo y quiero compartir contigo lo que tanto me ha costado ganar en el pasado.

Torquemada negó con la cabeza.

—Y por eso te han visto por ahí en brazos de esa periodista, la tal Candela. Creo que, incluso, te salvó una noche de morir ahogado en tus propios vómitos.

Torquemada sintió que una rabia intensa se apoderaba de su ser.

—Deja a Candela en paz, te lo digo en serio. Ya me ha dicho que la visitaste para amenazarla. ¡Déjala en paz! No es como nosotros.

—¡Se acabó! Ya no hay más información ni «coco». Soy puta, pero no pondré la cama.

Se despidieron de forma abrupta. Esa noche, Torquemada consiguió acostarse temprano tras obtener el nombre del ropavejero, a quien al día siguiente controlaría. Era el día en el que, según le había informado Candela, se iba a hacer el intercambio de las pinturas.

50

BARRO

El 21 de diciembre, al alba, entre luces y sombras, Torquemada chapoteaba entre charcos de barro frente a la estatua del Cascorro, que señalaba, como una cicatriz en el corazón del viejo Madrid, la historia de El Rastro. Un incendio ocurrido en 1891 parecía susurrar todavía entre los escombros reconstruidos del antiguo matadero, sobre el que se habían asentado los que no podían tener una tienda en el centro de la capital. La mañana era cálida, a pesar de ser invierno, pero un anticiclón calentaba la ciudad.

Los antiguos curtidores habían desaparecido y, en su lugar, el murmullo de los libreros y ropavejeros llamando la atención de los paseantes resonaba entre callejones maltrechos. Las voces rasgadas de los quincalleros y los almonedistas traspasaban la bruma matinal, interrumpiendo el paso de un señor de imponente capa, cuyo coche aguardaba discretamente a cierta distancia. Y en ese panorama, Torquemada clavó su mirada, desde un rincón oscuro, en el aristócrata conocido por ser el mayor coleccionista de la ciudad, Enrique Aguilera, el marqués de Cerralbo.

Las ofertas de los ropavejeros se extendían como tentáculos intentando atrapar la atención de los transeúntes, pero nadie se acercaba al marqués, que caminaba cada vez más rápido con cara de perro de caza. Solo un charlatán, con su promesa de cabellos rejuvenecidos, se atrevió a interrumpir el andar señorial del marqués. Este, con un gesto altivo y un desdén palpable, continuó su camino hacia un destino que parecía conocer.

—¡Don Enrique! ¡Don Enrique!

Al sonido, el marqués se volteó, y descubrió a un vendedor exaltado acompañado de un joven de semblante firme. Fue este joven quien, al acercarse, pronunció con respeto y doblado en dos:

—Dios, patria y rey.

Esas palabras, emblema de una lucha ancestral por el trono de España, traían consigo la historia de una monarquía disputada y la pasión de los carlistas. Un legado que se remontaba a las tensiones sucesorias de Fernando VII e Isabel II, y que tan bien se había retratado en un cuadro de 7,30 metros de largo y 4,62 de alto, llamado *Desembarco de Fernando VII en el puerto de Santa María*, pintado por José Aparicio Inglada, que colgaba en las paredes del Palacio de Justicia y que el marqués de Cerralbo odiaba, porque mostraba al pretendiente carlista postrado frente al rey.

Desde las sombras, Torquemada observaba el ritual que se desplegaba ante sus ojos, el baile de una compraventa que parecía un teatro preparado con anterioridad. Mientras el marqués y el joven se adentraban en la tienda, él no pudo evitar acercarse, atraído por la curiosidad.

Se quedó junto a la puerta, desde donde escuchaba la conversación que anotó en sus libretas: «Negociaron una obra de José Camarón y no la de Frías Escalante, como me había dicho Madame Celestina».

—La obra era demasiado grande para sacarla de allí.

—Lo sé —contestó el marqués—. Medía siete metros de largo…

El joven que acompañaba al vendedor interrumpió.

—Marqués…

—No interrumpas, Ángel, no nos interrumpas, ya no estás en prisión. Continúe, por favor —dijo el marqués al vendedor.

—Era imposible sacarlo de allí…

Torquemada no escuchó la frase entera, ya que un caballo relinchó tras él.

—Sin embargo, tengo veintiún cuadros de Camarón.

—Veámoslos —dijo el marqués.

—Aquí está el de Fernando VII, otro del duque de Angulema… y así hasta los veintiuno que le ha comentado Ángel Romero.

De repente, un perro comenzó a ladrar y el silencio se adueñó de la tienda. Torquemada aguantó la respiración como pudo y comenzó a correr para no ser visto. Necesitaba que nadie supiese que había estado allí. Quería enfrentarse al marqués de Cerralbo sin que este supiese que todas las pistas indicaban que era el comprador del arte sustraído en las Salesas.

A salvo, lejos de El Rastro, pudo respirar tranquilo. Caminó hacia la redacción, preguntándose si la información de Madame Celestina era errónea o, simplemente, le había engañado. Esa noche anotó el nombre del joven que acompañaba al vendedor: «Ángel Romero». También escribió: «¿José Camarón pintó un cuadro de siete metros de largo o fue Aparicio Inglada? ¿Era el mismo cuadro que colgaba en las paredes del Tribunal Supremo?».

51

CERRALBO

Esa misma tarde, Alonso Torquemada visitó sin aviso previo al marqués en su majestuoso palacio. El imponente edificio destacaba en la calle por su fachada barroca adornada con elaborados relieves de mármol y grandes ventanas arqueadas que permitían la entrada de luz a raudales, iluminando los finos detalles de la piedra. El personal, vestido con uniformes meticulosamente cuidados, lo acompañó a través de un gran vestíbulo que resonaba con el eco de sus pasos sobre los mosaicos intrincadamente dispuestos en el suelo.

El despacho del aristócrata, una sala amplia con techos altos decorados con frescos que representaban escenas de batallas carlistas, estaba situado al fondo de un corredor adornado con tapices que contaban la historia de la nobleza española. El lugar estaba equipado con un busto de don Carlos, placas conmemorativas y hasta una piedra incrustada en bronce, recuerdo de un atentado que sufrió Cerralbo en Valencia. Cada mueble del despacho parecía contar una historia, desde la robusta mesa de caoba cubierta de mapas y documentos hasta las sillas de respaldo alto forradas en terciopelo rojo. En una esquina, un pequeño cuadro con las palabras «Dios, patria y rey» llamaba la atención entre los demás ornamentos.

—Ese es el retrato de Jaime I de Borbón, nuestro líder, hijo de don Carlos y pretendiente al trono de España —comentó el marqués de Cerralbo sin siquiera saludar al periodista—. Fue pintado por Ángel Romero, un delincuente, mientras estaba en prisión.

Alonso se sobresaltó al escuchar el nombre que había oído esa mañana en la Ribera de Curtidores y descubrir que se trataba de un delincuente, pero la voz pulida del marqués lo obligó a centrar su atención.

—Adelante, reportero.

Torquemada observó al marqués, tan imponente como su palacio. El periodista había entrado a la residencia a través de dos enormes puertas de roble que permitían el paso de carruajes y había reconocido la barandilla de hierro forjado procedente del Palacio de Justicia. Sin embargo, consciente de que el aristócrata no le daría mucho tiempo, fue directo al grano, con tacto para parecer inofensivo:

—Perdone mi intromisión, vuecencia, pero no le quitaré mucho tiempo. Estoy investigando el incendio en el Palacio de Justicia y el nombre de Ángel Romero, persona vinculada a usted, ha salido a relucir durante la pesquisa. He venido a comprobar qué relación tiene con usted y si es cierto que se ha rehabilitado de su vida de rufián —mintió, para obtener más información sobre el joven que había visto esa mañana junto al marqués.

—Así es, Torquemada. Romero trabaja para la causa carlista, que nada tiene que ver con robos ni conspiraciones.

—Si usted cree que el presidio reforma a los delincuentes... —añadió Torquemada esperando una reacción del marqués.

—¿Usted tiene idea de con quién habla? —preguntó el marqués con ira.

—Con alguien como el resto de los mortales. ¿O es que su sangre es diferente a la mía?

—No estoy acostumbrado a que vengan a mi casa y me insulten. Así que si no tiene más que añadir le pediré que se marche porque estoy esperando a unos invitados.

—No lo molesto más, entonces, y disculpe la intromisión.

—El servicio lo acompañará.

—Una última pregunta: ¿desde hace cuánto tiempo tiene usted la barandilla?

—Antes del incendio se hicieron unas obras para acondicionar el Palacio de las Salesas, cuando todavía no era Palacio de Justicia.

Se proyectó como residencia para Fernando VI y su esposa. Parte del mobiliario acabó en El Rastro, donde lo adquirí. Aquí está mi mayordomo, que le acompañará a la calle. Gracias por venir.

—¿Puedo hacer, ahora sí, una última pregunta?

—Adelante, Torquemada —dijo el marqués, mientras repiqueteaba con el pie sobre el suelo de mármol.

—Me han informado que esta mañana fue visto en la Ribera de los Curtidores adquiriendo un cuadro. Y si mi informante no se ha equivocado, fue uno pintado por José Aparicio Inglada que supuestamente había desaparecido en el incendio de las Salesas.

—Veo que es usted un buen periodista, pero está mal informado. He adquirido veintiún pequeños cuadros de José Camarón, otro pintor de cámara casi tan bueno como Aparicio. Y si tiene dudas sobre mí, hable con el magistrado Félix Jarabo, amigo de la familia.

Poco después, el mayordomo anunció la llegada del abogado Pablo Bergía y acompañó a Torquemada a la salida del palacio. Pasó la tarde tomando notas sobre Cerralbo y, aprovechando la noche, localizó a Juanito para encargarle la tarea de encontrar al violador que la mañana del incendio del Palacio de Justicia casi muere entre las llamas. Abstemio por primera vez en semanas, apuntó: «Investigar a Ángel Romero y el cuadro de José Camarón. ¿Qué relación tiene Bergía con Cerralbo? ¿Y con Jarabo?».

52

BIBLIOTECA NACIONAL

Al día siguiente, al entrar en la Biblioteca Nacional, Torquemada sintió que se sumergía en un mundo de conocimiento infinito. Las estanterías, altas como catedrales y repletas de libros, le susurraban secretos del pasado. Con paso decidido, se acercó al mostrador, donde solicitó con cortesía ver cualquier documento relacionado con las obras que adornaban el Palacio de Justicia antes del trágico incendio que lo había consumido.

Le entregaron un boletín de la Sociedad Española de Excursiones que llevaba por título «La galería de cuadros del incendiado Palacio de Justicia», hecho en junio de ese año. El joven periodista lo ojeó con ansia, sus ojos bailando sobre las descripciones de obras maestras perdidas en las llamas, obras que ahora solo vivían en el papel y en la memoria colectiva de la magistratura.

Tomó notas: «En la antesala grande de las Salas Primera y Segunda, en el parámetro oeste, el gran cuadro aparatosísimo de José Aparicio que representaba (pues se ha quemado) el desembarco de Fernando VII, al ser libertado de los constitucionales por el duque de Angulema y los cien mil hijos de san Luis. La cortesana composición académica (distracción de los abogados vestidos de toga a la espera de las vistas) estaba llena de retratos».

Luego, con la misma sed de conocimiento, pidió más información sobre tres artistas: José Aparicio Inglada, Frías Escalante y José Camarón. Cada uno, a su manera, había dejado una huella indeleble en el arte español. Mientras recababa datos, Torquemada sentía cómo las piezas de un rompecabezas histórico comenzaban a encajar en su mente, ofreciéndole un relato fascinante que estaba ansioso por compartir en uno de sus artículos.

El día comenzaba a declinar cuando finalmente cerró su libreta. Con la cabeza llena de imágenes, colores y relatos del pasado, salió de la biblioteca. Madrid, con su eterna elegancia, parecía ahora aún más viva a sus ojos, un lienzo histórico esperando ser descrito por su pluma.

Se dirigió a la redacción de *El Imparcial*. Subió las escaleras de dos en dos y, enseguida, encontró a Candela en su mesa.

—Necesito que me localices información de un tal Ángel Romero. Está vinculado al marqués de Cerralbo y pintó un cuadro para él estando en prisión.

—Espera, ¿puedes recapitular? No sé quién es Romero ni por qué te interesa.

—Tienes razón, perdona. A veces doy por sentadas las cosas, aunque solo estén en mi cabeza —se disculpó, y Candela sonrió—. Ayer vi al marqués de Cerralbo en El Rastro. Ha comprado veintiún cuadros de un tal José Camarón. Pero tal y como los ha ido relatando, por los personajes de los cuadros que compró, me parece que, en realidad, se ha troceado un cuadro de 7,30 metros de largo por 4,62 metros de alto que pintó José Aparicio Inglada. Cuadro que…

—Supuestamente desapareció en el incendio de las Salesas… —adivinó ella.

—Así es.

—¿Y cómo llegas a esa conclusión?

—Elías Tormo, un tipo que escribe en la revista de la Sociedad de Excursionistas describe todas las obras de arte que había en las paredes del Palacio de Justicia y habla de ese cuadro. Lo describe como algo academicista repleto de retratos.

—¿Y?

—Pues que si es así, se pudo trocear fácilmente y vender los cuadros de forma individual. Escuché que dos de esos cuadros eran retratos de Fernando VII y del duque de Angulema.

La miró a los ojos y sintió que aquella chica tenía verdadero interés por él. Sonrió como hacía tiempo que no hacía.

—¿Alonso? —dijo ella.

—Perdona, mi cabeza se ha ido a otro lado.

—¿Tengo algo que ver? —preguntó Candela.

Él volvió a sonreír y negó con la cabeza.

—¡Qué pena! —remarcó la periodista, con un destello pícaro en los ojos—. Entonces, explícame, ¿cómo has llegado a esa conclusión? ¿Quién te ha dado la información?

Torquemada rompió a reír y cuando se calmó dijo:

—He estado todo el día en la Biblioteca Nacional, y José Camarón no pintó veintiún cuadros ni nada sobre el desembarco de Fernando VII en el puerto de Santa María. Además, creo que ese tal Ángel Romero tiene algo que ver: un marqués nunca se relacionaría así como así con un presidiario. Esos pequeños cuadros solo pueden haber sido troceados y enmarcados posteriormente por el vendedor de El Rastro. Y, entonces, no despareció quemado en el incendio de las Salesas. Alguien lo robó. Quizás el mismo incendiario.

53

EL VIOLADOR

—Esa mujer era mía —le dijo el VC, a quien llamaremos Vicente Cutillas, el delincuente que permanecía en los calabozos del Palacio de Justicia el día del incendio.

La reunión tuvo lugar en una taberna del barrio de Argüelles, dos días después de que se entrevistara con el marqués de Cerralbo. Era el 22 de diciembre de 1915. Habían pasado siete meses desde el incendio, que para Torquemada parecían cinco años. La localización del vendedor había sido obra de Juanito.

—Un mal bicho. Mala gente. Un violador de mujeres no vale ni para matarlo. No lo visites, no vale la pena.

Sin embargo, frente a la insistencia del periodista, Juanito había acordado la cita. Y allí estaba, frente a un hombre que consideraba a las mujeres un trozo de carne. Catalina vino a su mente y comenzó a apretar los puños y a valorar si matarlo o, simplemente, sacarle información. Y eso hizo.

—Tú dirás, periodista, pero como se te ocurra escribir mi nombre en tu diario de mierda, vendré a por ti. —Según las libretas de Torquemada, estas fueron algunas de las primeras palabras del violador.

Al respecto, escribirá: «Esa mañana no había bebido lo suficiente como para envalentonarme, así que opté por la estrategia de Madame Celestina: voz suave y mucho petróleo Gal».

—Dígame, ¿qué recuerda de aquella mañana? —preguntó Torquemada.

—La Guardia Civil me condujo de la prisión al Palacio de Justicia. Era la tercera vez que se intentaba hacer la vista y mi abogado, Celso Joaniquet, me había dicho que de los doce años no me salvaba ni Dios. Pero tuve suerte, me salvé.

—¿Lo absolvieron?

—Así es. Pero oye, tuve un miedo indescriptible. Me dejaron allí tirado y comencé a oler a humo, luego gritos y más gritos, creí que se habían olvidado de mí y que me iba a quemar vivo. Al final, un guardia vino a buscarme y me sacó a la calle. Una suerte.

Torquemada alzó las cejas. Sus ojos destilaban odio, pero la necesidad de saber la verdad lo consumía más que la necesidad de arrancarle los ojos a aquel desdichado.

—¿Y vio algo mientras estaba en los calabozos? ¿Algo que le pueda haber llamado la atención?

Vicente Cutillas rio de forma ostensible hasta que un golpe de tos lo dobló en dos sobre la mesa. Tomó de golpe el vaso de aguardiente, levantó la mano para que le sirvieran otro y se encendió un cigarro. «No sé si utilizó ese tiempo para meditar la respuesta o simplemente estaba a punto de morir», indica Torquemada en sus escritos. Finalmente, habló:

—Desde el incendio, me ahogo con estos accesos, pero bueno, ¿por dónde íbamos? Ah sí, lo que vi aquella mañana. A muchos rateros que aprovechaban el descuido y se llevaban cosas que la gente amontonaba en la calle.

—Me refiero a si vio a alguien que pudiera haber quemado el edificio. Los calabozos están al lado de una sala donde me han dicho que había un pasadizo.

—Un tipo vestido con toga de abogado se asomó antes de que llegase el guardia, me miró y se marchó. Desapareció sin más. Luego me enteré de que debajo de nosotros había un pasadizo secreto. Pero no lo vi con nada que pudiera haber sido utilizado para prender fuego.

—¿Iba solo?

—Creo que sí.

—Pues entonces nada más, muchas gracias por recibirme. Espero que se mejore de la tos —dijo Torquemada.

—Mi nombre no aparecerá en ningún sitio, ¿verdad?

—No, si le parece, cuando escriba el libro lo llamaré Vicente Cutillas para tapar su nombre. Ese es el trato —aseguró.

—De acuerdo, porque ya no tengo nada que ver con la zorra de mi antigua mujer, ¡que la violé! Una polla, yo no necesito violar a nadie. Si es de mi propiedad no existe violación alguna. Además, a mí las mujeres se me abren de piernas...

Y en cuando lo escuchó repetir «la violé porque era mía», Catalina volvió a su mente y le descerrajó tal puñetazo en la nariz que se la partió en dos. «La sangre comenzó a aflorar como desde una tubería y manchó la barra del bar, pero no soporto a los violadores», escribió esa noche. Y luego abandonó el bar, bastante más tranquilo.

Deambuló por todos los bares que conocía y, una hora después, localizó a Juanito en una taberna de la calle Amparo.

—¿Cómo te ha ido?

—Bien, pero al final no he aguantado más y le he roto la nariz.

Ambos hombres rieron, pidieron un par de vasos de licor y unos platillos.

—Pero ¿fue él quien incendió el palacio de la injusticia? —preguntó el delincuente.

—Ese tipejo no tuvo nada que ver con el incendio, pero me ha dado una buena pista. Esa mañana alguien se escapó por el subsuelo del Tribunal Supremo, y ese alguien podría haber sido la persona que lo incendió. Posiblemente un tipo llamado Jenaro Rojas, que apareció con quemaduras en el hospital.

Encargó a Juanito su localización y le dio cinco pesetas para los gastos.

—Por cierto, el tal Ángel Romero, el tipo que hizo el retrato de Jaime I para el marqués de Cerralbo, te espera mañana en este mismo bar. Lo he citado aquí porque uno de sus últimos robos lo cometió aquí mismo, y he pensado que es una forma de hacerle entender que sabemos de sus correrías.

Juanito sonrió.

—Ya no necesito verle. Le he pedido a Candela que se informe sobre él. No sé si reunirme con Romero sería algo beneficioso. No creo que me diga nada que lo comprometa a él o a Cerralbo; es un delincuente profesional, y el marqués es su jefe.

54

ÁNGEL ROMERO

l día que tachó otro de los nombres de su lista, se encontró con Candela en la redacción de *El Imparcial*. Eran las seis de la tarde y la vio frente a su mesa, escribiendo con fervor en la máquina de escribir. «Sus dedos, ágiles como los de un pianista, volaban sobre las teclas mientras dos hoyuelos se formaban junto a sus labios».

—Buenas tardes, Candela. ¿Has conseguido algo sobre Romero?

La única referencia al origen del retrato-collage de Jaime I que colgaba en la vivienda del marqués de Cerralbo era una inscripción: «Ángel Romero Navarro / Madrid, 25 de julio de 1911 / Hurto 2 años / 4 meses 1 día, 22 de mayo de 1912 / 25 de abril de 1914 / 25 de mayo».

En silencio, Candela sacó la hoja de la máquina de escribir y se la extendió.

«Ángel Romero Navarro, hijo de Miguel y Teresa, conocido en el bajo mundo como el Angelillo y como Grillo, con antecedentes penales de hurto. Detenido en Madrid el 25 de julio de 1911 por sustraer 18 pesetas de un cajón mientras le servían una copa de vino en una taberna de la calle Amparo, número 99. Fue condenado a dos años y cuatro meses de prisión. Con solo nueve años, había estado en busca y captura por orden del juzgado de Magdalena, en Sevilla: "Se solicita la captura de Ángel Romero Navarro y Manuel Serrano González, vecinos de esta ciudad, habitantes en la calle Castilla, corral de los Corchos, y en la calle Crédito, número 1, respectivamente, de nueve y diez años". En 1899, a los catorce años, otro juzgado lo envió a prisión por hurto. Su ficha policial lo describe como colillero, de estatura media, ojos azules, pelo rubio, tez clara y cejas rubias. En 1903 fue condenado por atentado y hurto, tras lo cual decidió dejar Sevilla para empezar una nueva vida en la villa de Madrid. Sin embargo, no hay nada que lo vincule con el incendio».

Las libretas de Torquemada no indican nada sobre lo que ocurrió el resto de la tarde, aunque, por la noche, en su vivienda, se llevó una sorpresa. Estaba escribiendo sobre la cama cuando, de repente, un golpe en la puerta le sacó de su ensoñación: «Romero es un delincuente, o al menos lo fue. No sé si está vinculado al robo del cuadro o si simplemente ha actuado como intermediario entre el marqués y el vendedor de El Rastro».

Dejó el lapicero, se levantó y abrió la puerta entre crujidos que sonaban fantasmales.

—Buenas noches, señor Torquemada. Me envía el marqués de Cerralbo.

—Buenas noches, señor Romero —contestó el periodista.

—¿Me conoce, señor Torquemada?

—Lo vi con el marqués comprando unos cuadros de José Camarón que, en realidad, creo que son trozos de una obra mayor de José Aparicio Inglada.

—Sobre estos temas hable con el señor marqués.

—Y… entonces, ¿qué necesita?

—¿Puedo pasar? —preguntó el delincuente.

—No, pero dígame, ¿qué necesita? —reiteró Torquemada.

—El señor marqués me envía para que le dé este folleto —dijo, y le tendió un pequeño paquete envuelto en papel de estraza.

Abrió el paquete. Era un folleto titulado «Los hijos de Elena Sanz», con una nota que ponía: «Si alguien incendió las Salesas, fue por este pleito».

—¿A qué se debe que me haga llegar este folleto? —preguntó Alonso.

—El marqués me pidió que investigase en los bajos fondos para evitar que usted use su nombre por todo Madrid como ha ocurrido con la duquesa de Pinohermoso…

Torquemada sonrió.

—¿Y qué ha descubierto?

—Como sabe, hay algún material que anda por ahí digamos… distraído, pero hay un rumor insistente —dijo Romero con los ojos entornados— que apunta a que si alguien quemó las Salesas, fue por el contenido de este librito…

Alonso bajó la mirada al folleto y meditó durante unos segundos.

—Y me lo da como muestra de buena voluntad, ¿no?

—Así es, el marqués nunca le reconocerá que existe material a la venta con un origen poco claro, pero necesita que entienda que nada tiene que ver con ningún incendio. El marqués me tiene a mí para negociar la compra de este material, pero jamás expondría su prestigio a un incendio provocado.

Poco después se despidieron. Una vez que Torquemada estuvo a solas se lanzó a una lectura rápida del folleto y comprendió que Alfonso XIII había traicionado a sus propios hermanastros, a los que descartó como incendiarios, aunque no eliminó al marqués de Cerralbo como sospechoso. «No tiene sentido que haya sido el marqués, que, posiblemente, compró los cuadros a los rateros que pululaban aquel día por el palacio de las Salesas, pero aún no estoy listo para descartarlo por completo». Lo último que hizo esa noche fue tachar a Vicente Cutillas, el violador, de su lista de sospechosos.

- El entorno del rey Alfonso XIII, para evitar la reclamación de filiación por un hijo extramatrimonial de su padre, el rey Alfonso XII.
- ~~Isidoro Pedraza de la Pascua, para eliminar el sumario que lo vinculaba a fraudes económicos y que lo hacía parecer un delincuente frente a la compañía de seguros a la que reclamaba un millón de pesetas.~~
- La duquesa de Pinohermoso, para así alquilar su vivienda de la calle Amor de Dios como sede temporal del Tribunal Supremo.
- ~~El servicio secreto español, para no devolver a la familia Garvey cinco millones de pesetas.~~

- ~~Un presidiario que esperaba a ser juzgado en los calabozos del Tribunal Supremo.~~
- El marqués de Cerralbo, que mostró interés en un cuadro que supuestamente había desaparecido en el incendio y que, además, tenía en su Palacio la barandilla del antiguo Palacio-Convento de las Salesas Reales de Santa Bárbara de Madrid.

55

DESPEDIDA ABRUPTA

Madrid, 24 de diciembre de 1915.

E l bullicio madrileño, aquella noche, vestía sus mejores galas bajo la estampa de una Navidad que emergía, ilusionante, en medio del conflicto político que se cernía sobre España. Las nubes lánguidas del anticiclón habían partido, y en su lugar, el frío, afilado como una navaja, se había apoderado de las calles. Las últimas luces del atardecer bailaban entre los adoquines, mientras las farolas bañaban la ciudad con un halo dorado que comenzaba a brillar en la vida de Torquemada cada vez más cerca de conocer quién había provocado el incendio del Tribunal Supremo.

Por la calle Alcalá, el periodista vio a Pablo Bergía que avanzaba, llevando consigo a sus dos hijos. Los vendedores gritaban «¡Escopetas pa' dar cuenta de rifeños, tres perras y es tuya!». Los bazares despedían ríos de luz hacia la calle, donde el pueblo se amontonaba, ansioso, ante escaparates, buscando juguetes. Y los dependientes, de aquí para allí, sorteaban a los niños y a las madres regateando un real.

—Se ha vendido todo, y mis hijos quieren muñecos de movimientos. Les es igual limpiabotas, saltadores, gimnastas, caballos que galopan… Cualquier cosa, y yo, como siempre, en último momento. Pero dígame, Torquemada —dijo, mientras ajustaba el abrigo a uno de sus hijos—, no tengo mucho tiempo. Esta noche tengo una reunión familiar importante. Debe entender que la Nochebuena es una ocasión especial para nosotros.

Torquemada asintió comprensivamente.

—Le entiendo, pero necesito saber qué relación tiene con el marqués de Cerralbo.

—Acompáñeme.

Mientras caminaban hacia un café cercano, hablaron de la festividad y de cómo la alcaldía daba regalos a los niños pobres. Pero Alonso se dio cuenta de que Bergía hablaba con precaución, eligiendo con cuidado sus palabras y evitando revelar detalles.

El aroma del café recién hecho y del cacao llenó el aire cuando entraron al establecimiento. Se sentaron a una mesa cerca de la ventana, desde donde podían ver la actividad de la calle. La camarera les sirvió dos tazas de café caliente y un trozo de turrón, típico de la temporada. A los chicos chocolate y melindros.

—Cerralbo es mi cliente.

—¿Un carlista? —preguntó Torquemada.

—Un abogado no debe tener los mismos pensamientos políticos que sus clientes, Alonso.

—¿Y en qué lo ayuda usted a Cerralbo?

—Como usted sabrá, es un gran coleccionista de arte, y lo ayudo con los papeles de la compra de cuadros y de otros enseres.

—¿Y qué sabe de un cuadro inmenso de Aparicio Inglada?

—No puedo contestarle, lo único que le diré es que hubo algunos cuadros que se robaron durante el incendio y que han aparecido en El Rastro. Nada más le puedo decir.

—¿Cree usted que Cerralbo pudo ordenar quemar las Salesas?

—No, Alonso, cada vez está usted más obsesionado. Pero don Enrique es amigo de Jarabo, y ya sabe cómo se las gasta el magistrado. Nada tiene que rascar. Le pedí al marqués que le enviase el panfleto ese sobre los hijos de Elena Sanz para que usted lo pudiese eliminar de su lista de sospechosos.

—¿Y por qué lo pensó?

—Asumí que si reconocía, aunque fuese con eufemismos, un delito de receptación de material robado y le ponía sobre la pista del rey, siendo el marqués un aristócrata, asumiría que nada tiene que ocultar.

—Bien jugado, Bergía.

—¿Lo ha hecho? ¿Ha eliminado al marqués?

Torquemada no contestó.

—Don Enrique no necesita incendiar nada: es rico y compra, tarde o temprano, las obras que quiere. Es el mayor coleccionista de Madrid, pero no es un incendiario.

Torquemada asintió y se levantó, estrechando la mano del periodista.

—Que tenga una buena Nochebuena, Pablo.

—¿Usted con quién la pasa?

—Solo.

—Venga a nuestra casa, que estaremos encantados de compartir el ternasco con usted. Mi mujer es una gran cocinera. Además, le quiero hablar de una amiga suya.

Torquemada negó con la cabeza.

—En estas fechas recuerdo a un amor que tuve en la juventud. No soy buena compañía, pero se lo agradezco de corazón.

—Como usted considere. Creo que le iría bien el calor de una casa y comprender que en el amor, en la familia, en los hijos, está todo lo que un hombre puede desear. El éxito en el trabajo es importante, pero lo familia lo es todavía más.

—En otra ocasión —aseguró Alonso, asintiendo—. Pero, de nuevo, se lo agradezco. Y dele las gracias a su esposa. Pero, dígame, ¿de quién le gustaría hablarme?

—Madame Celestina es una chivata de la policía —reveló Bergía.

Torquemada sintió que el mundo se hundía bajo sus pies. «¿Cómo saben todos mis pasos?; ¿cómo conocen mis avances y mis fuentes de información?; cuando supe que Celestina era una confidente policial todo cobró sentido».

—¿Está seguro, Pablo?

—Mucho, el otro día me visitó una meretriz con problemas y me confió que la única señora de moral distraída que no tiene conflictos con la policía es Madame Celestina. Valore usted mismo, Alonso.

Con aquella confidencia, los dos hombres se separaron, mientras la ciudad de Madrid continuaba con sus preparativos para la festividad más mágica del año y Torquemada se emborrachaba.

56

O PAGAS, O PALOS

—**E**res una chivata —le dijo Torquemada a Madame Celestina el mediodía de Navidad. Se había presentado en su casa borracho y había interrumpido los preparativos de las fiestas—. ¡Una maldita confidente! —reiteró.

Celestina parpadeó varias veces, tratando de entender el porqué de esa acusación. Ella había invitado a sus chicas a comer ternasco, pero la aparición de Torquemada provocó que saliesen de estampida y los dejase a solas, en el salón.

—¿Qué dices? —respondió Madame Celestina, sus ojos brillando con una mezcla de sorpresa e indignación—. ¿Por qué le dirías a tu madame algo así?

Torquemada miró la mesa cubierta con un mantel fino, iluminada por candelabros con velas encendidas. La vajilla era de porcelana y los cubiertos, de plata. Todo brillaba. Tomó una copa de cristal, se sirvió vino y lo bebió de golpe. Luego giró el rostro hacia ella con desdén.

—Me han dicho que hablas con los guardias. Estoy convencido de que les has estado dando información sobre nosotros.

Ella soltó una risa nerviosa, jugando con el vaso de vino que tenía en las manos.

—¿Y quién te ha dicho eso? ¿Alguna de tus fuentes fiables? Porque debo decirte que están muy equivocadas. Tu madame jamás te traicionaría.

Él apretó los dientes. No estaba seguro de a quién creer, pero si algo odiaba, era la mentira. Sabía que ella tenía razones para traicionarlo, pero, al mismo tiempo, había compartido tantos momentos y secretos con él que se sentía un cerdo solo por plantearse la posibilidad de que esa mujer lo traicionara.

—Si me hubieras traicionado —comenzó, su voz quebrada por el alcohol—, no sé si podría perdonarlo.

Ella se inclinó hacia adelante.

—Amor, jamás de los jamases te traicionaría. Pero tienes que entender que la policía siempre ha protegido la vida de tu querida amiga. En su negocio, o pagas, o palos. Tienes que entenderlo, Alonso...

Él miró hacia el suelo y vació otro vaso de vino de un solo trago, mientras meditaba si la mataba allí mismo o simplemente seguía sacándole información.

—Lo sé... pero traicionarme... —dijo Torquemada, al fin.

—Madame Celestina no te ha traicionado. Si acaso, te he protegido.

—No me jodas... Las advertencias a Clara de Osuna, las amenazas a Candela... Has hecho de todo para que no se acercasen a mí.

—Tienes razón con Clara. Es una mala persona y te hace daño. No te drogabas ni bebías, y con ella volviste a las andadas. Candela es diferente, la amenacé porque su vida corría peligro.

—¿Ah, sí? —preguntó Torquemada con sarcasmo.

—Sí, los policías a sueldo dijeron a tu madame que iban a por vosotros. Así que la protegí al pedirle que se apartase de ti.

—Ya... —dijo con sonrisa de navaja.

—En serio —contestó ella, intentando acercarse a Torquemada—. Por eso y porque sé que con Candela podrías llegar a olvidarme... De quien deberías cuidarte es de Juanito... Ese es el chivato. Se ha vendido a Fernández Luna y le ha ido informando de tus movimientos.

—¿Y las llaves de mi casa? ¿Cómo las tienes? —La sospecha era clara en los ojos del periodista.

—Me las diste tú.

—¿Cuándo?

—Borracho, me diste una copia por si algún día no te despertabas y me pediste que le enviase a tu madre tus cosas. De verdad, Alonso, deja de ver peligros en mí. Te quiero. He parado a los policías pagándoles, y mucho. Los míos ya no te harán más daño, pero vendrán otros. Se habla de un policía infiltrado, casi de un espía que te tiene entre ceja y ceja.

—¿Quién?

—No lo sé, Alonso. Espías, delincuentes, el que hizo incendiar el Supremo. No lo sé, pero esos son los rumores

—¿Entonces a Barroso no lo enviaste tú?

—¡No! ¡Me cago en…! Madame Celestina se va a tener que ir a la habitación a cambiarse de ropa. ¿De dónde has sacado esos rumores contra tu madame?

Él sonrió.

—Eso me dijo él, el propio Barroso.

—Hijo de …… ¿Cuándo te lo dijo?

—El otro día me los encontré… —reveló Torquemada mientras ella se volvía a sentar, vaciando nuevamente su copa de vino—. Me los encontré a los dos…

—¿A quiénes? —interrumpió Madame.

—A Juanito y a Barroso.

—Son ellos, Alonso. Son ellos los informantes, y mi vida corre tanto peligro como la tuya…

—¿Por Fernández Luna?

—No creo, ese es un anacoreta, aunque…

—¿Qué? —preguntó el periodista.

—Me han dicho que quiere dejar la policía y montar una agencia privada de investigación.

—Pues eso es porque quiere ganar dinero. Entonces él no es, si no cobraría su buena pasta por hacer este tipo de cosas.

—Tienes razón. Entonces, ¿quién?

—El que incendió el Supremo. Es el único que se juega mucho si descubres su nombre. A ese es a quien tienes que buscar.

—Mañana tengo una reunión y sabré, al fin, si es o no provocado —afirmó Torquemada.

Ella se volvió a levantar con cara apenada.

—Te quiero, Alonso…

—Yo a ti, no.

Madame Celestina le tiró la copa de vino, y empapó la camisa del periodista y salpicó la mesa de madera oscura. Torquemada parpadeó mientras las gotas de vino escurrían por su rostro. Pero más que el frío líquido, lo que realmente le helaba era la mirada furiosa de la mujer. Se marchó. Estaba solo.

57

LA FIESTA

El frío de la Navidad se disipaba entre las paredes del apartamento de Clara de Osuna, quien organizó una fiesta irrepetible. Había encendido la chimenea, apartado los muebles y encargado la comida que unos camareros medio desnudos llevaban y traían en bandejas relucientes. Allí había de todo: poetas hambrientos, gente del espectáculo, prostitutas de alto postín, políticos viejos con ganas de carne joven, numerosos anarquistas y Alonso Torquemada.

Los camareros llevaban y traían vino, champagne y, ese año, por primera vez, absenta en honor a su amigo el periodista, que miraba la escena sin camisa, sentado en un sillón y bebiendo «coco» frente a todo el mundo. En una esquina, un par de hombres jóvenes se besaban alternando con una pipa de opio. En otra, dos mujeres apretaban entre sus pechos a un joven imberbe que exhibía su cuerpo desnudo sin pudor.

Clara vestía un traje de lentejuelas cuya falda apenas cubría su cuerpo. Se movía de un lado a otro, hablando con todos y bebiendo más de la cuenta. Torquemada contó que había al menos cincuenta personas, más mujeres que hombres, y que todos se besaban con todos, menos con Alonso, quien tomaba nota mental de lo que ocurría.

A medianoche, Clara se acercó a Alonso y le pidió cocaína líquida para «aguantar la fiesta», y lo invitó a besarse con otras mujeres. Él rechazó la oferta y la vio pasar de mano en mano, de boca en boca, mirándolo de reojo y animándolo a seguir bebiendo.

Cuando su vaso de absenta se vaciaba, ella hacía un gesto a un joven camarero, a quien poco antes había estado besando, para que rellenara su copa.

Las escenas se volvían más intensas conforme la noche avanzaba. En una esquina de la sala, un grupo de poetas se había reunido para declamar sus últimas obras. Sus voces, llenas de pasión y desesperación, se mezclaban con el murmullo de las conversaciones y el tintineo de las copas. Uno de los poetas, visiblemente ebrio, se subió a una mesa y comenzó a recitar un poema sobre la guerra; sus palabras resonaban con una mezcla de ira y tristeza que silenció por un momento a la multitud.

Cerca de la chimenea, un famoso actor y una actriz se encontraban en un apasionado beso. Sus risas y susurros creaban una atmósfera de intimidad, ajena al caos que los rodeaba. De vez en cuando, se detenían para tomar un sorbo de champagne, sus ojos brillando con el reflejo del fuego.

En otro rincón, un grupo de músicos improvisaba una melodía en un piano desafinado, acompañados por el suave rasgueo de una guitarra. La música era un refugio para aquellos que buscaban un momento de calma en medio del desenfreno. Algunos se sentaron en el suelo, balanceándose al ritmo de la música, mientras otros se levantaron a bailar, sus cuerpos moviéndose en una danza liberadora y espontánea.

Entre la multitud, un político veterano observaba con ojos avispados; su expresión oscilaba entre el asombro y la indulgencia. A pesar de su edad, no era ajeno a los placeres de la carne y de vez en cuando se le veía susurrando al oído de alguna joven, compartiendo secretos y risas.

Cerca del balcón, un grupo de anarquistas se enzarzaban en una acalorada discusión sobre el futuro del país. Sus voces se elevaban por encima del bullicio, atrayendo la atención de algunos curiosos. La discusión, sin embargo, se interrumpió bruscamente cuando uno de ellos, bajo el efecto del vino, decidió que era más prudente sellar su desacuerdo con un abrazo y un brindis.

Clara, la anfitriona, se movía por la habitación como una mariposa, sus lentejuelas brillando a la luz de las velas. Se detenía a hablar con cada grupo, asegurándose de que todos se divirtieran y que nunca les faltara bebida. A pesar de su aparente ebriedad, mantenía una elegancia y una gracia que la hacían el centro de atención.

Hacia el amanecer, la fiesta alcanzó su punto culminante. Un grupo de invitados decidió aventurarse al balcón para recibir el primer aliento del día. Envueltos en mantas y todavía con copas en las manos, observaron en silencio cómo el cielo comenzaba a aclararse, llevando consigo la promesa de un nuevo día. La fiesta de Clara de Osuna en la Navidad de 1915 no solo fue una noche de excesos, sino también un testimonio de la resistencia del espíritu humano en tiempos de adversidad.

Afuera, un grupo de policías tomaba nota de las caras, de los gritos, de las afrentas al rey y al gobierno de los invitados que salían de la vivienda a primera hora de la mañana. Cuando en el interior solo quedaban Torquemada y Clara, sus cuerpos se calentaron juntos. Ella recordaba a las jóvenes que habían pasado por allí, fantaseando sobre sus cuerpos unidos, sobre una vida de desenfreno, sin obligaciones, de sexo enloquecido, de alcohol a raudales, de drogas. De repente, como si un interruptor se hubiese encendido en el cerebro del periodista, apartó con suavidad a la joven y comenzó a subirse los pantalones. Estaba pensando en Candela.

—¿Qué haces, Alonso? —preguntó ella.

—Me voy.

—¿A dónde? —dijo ella, de rodillas, intentando que no se abrochase el botón del pantalón.

—A mi casa. Esta no es mi vida, Clara. No quiero esto para mí.

58

UN CAFÉ LITERARIO

El Madrid de 1916, señoras y señores, era un paño nuevo limpiando la suciedad que se apelotonaba en las calles. La Gran Vía, aún en pañales, estaba siendo testigo de un crecimiento arquitectónico, pero no era solo la ciudad lo que se transformaba. Madrid era el centro del espionaje internacional. Franceses y alemanes se rifaban las habitaciones de hotel para poder, desde la capital de España, conocer cómo avanzaban las tropas en el frente de la Gran Guerra. Y algunos de aquellos espías tenían acceso directo a Alfonso XIII.

Candela y Alonso se encontraron en el Café de la Montaña, ancho, largo y concurrido, con entrada por la Puerta del Sol, número uno y por la calle de Alcalá, número dos, junto al portal de acceso al Grand Hotel de París, un escenario donde las palabras fluían como el vino en una noche de celebración. Candela, la joven periodista de modales distinguidos y mirada inquieta, se acomodó en una silla, mientras Alonso Torquemada, con cabellos cada vez más alborotados y más barba, tomó asiento frente a ella, la mano le temblaba. Alonso aquellas navidades había caído en su máximo declive personal y ella le había propuesto pasar el primero de enero juntos siempre y cuando no bebiese alcohol.

—¿Has notado cómo esta ciudad ha cambiado en apenas un año? —inquirió ella, su mirada perdida en las nubes de humo del café.

Alonso asintió con solemnidad, sabiendo que había mucho que decir sobre el monarca y su influencia en el Madrid de aquel entonces.

—Es un momento de transformación, como anunció mi admirado Valle-Inclán, quien, por cierto, perdió el brazo izquierdo en este café, en una de sus discusiones con Manuel Bueno —añadió él.

Fue una calurosa tarde de julio en el año 1899, cuando Gregorio Martínez Sierra, el periodista y masón Pedro González Blanco, el dibujante Francisco Sancha Lengo y el editor José Ruiz-Castillo Franco se sentaron en su habitual tertulia. De repente, una acalorada discusión en otra mesa estalló entre el pintor Tomás Leal da Cámara y José López del Castillo, una disputa que pronto se convertiría en un desafío a duelo. Mientras la tensión crecía, Manuel Bueno Bengoechea, escritor y periodista, ingresó al café y se enteró del alboroto. Su comentario, que afirmaba que el duelo era ilegal debido a que ambos contendientes eran menores de edad, provocó la ira de Valle-Inclán. Sin pensarlo dos veces, el escritor de Luces de Bohemia tomó una botella y se dirigió hacia Bueno con la intención de agredirlo. Sin embargo, el destino tenía otros planes, ya que Valle-Inclán tuvo la desafortunada circunstancia de que uno de los gemelos de su camisa se incrustara en su brazo durante el enfrentamiento. El brazo se gangrenó y se lo cortaron.

—Dejemos a Valle, Alonso, ¿cómo va tu investigación? —preguntó Candela.

—No muy bien, la verdad. Hasta ahora he conseguido tachar algunos nombres como el de Isidoro Pedraza, el estafador amigo del rey, que no necesitaba hacer quemar sus sumarios porque el rey ya conocía de sus andanzas y la prensa había publicado sus lances con Lerroux. No ganaba nada.

—¿Te fue bien la información sobre la causa Garvey?

—Sí, gracias a ti, me di cuenta de que tampoco era necesario quemar ese pleito. Como tampoco fue el violador que esperaba a ser juzgado ni creo que sea el marqués de Cerralbo, aunque haya comprado arte que fue saqueado durante el incendio. Al marqués todavía no lo quiero descartar del todo; aunque en mi fuero interno sepa que no es culpable, es un aristócrata, y de esos no te puedes fiar. Quiero ir a ver a alguien antes de hacerlo definitivamente.

—¿A quién? —preguntó Candela.

—Te lo diré cuando lo haya visitado.

Candela asintió.

—¿Quién piensas que fue? —preguntó ella.

—Solo me quedan otros dos posibles incendiarios: la duquesa de Pinohermoso, que ya está cobrando del Estado por alquilar su piso y...

—Ten cuidado con ella —interrumpió su compañera—. Sabes que don Luis te echará si la vuelves a molestar... y Félix te odia.

—Y Alfonso XIII —finalizó Alonso, envalentonado, haciendo señas al camarero para que les trajera dos cafés—. Creo que fue alguien del rey para quemar algún documento que sus hermanastros presentaron en el proceso judicial de 1907. Pero todavía no sé ni qué documento, ni por qué.

—Alonso, con el rey nadie se enfrenta —dijo Candela en un susurro—. Y baja la voz, que nos están mirando.

—Me importa poco que nos miren. Alfonso XIII ha estado jugando al equilibrio en el tablero político, tratando de encajar las piezas en medio de la Primera Guerra Mundial y haciéndose rico —respondió Alonso con su característica imprudencia.

Ella negó con la cabeza, sus ojos brillaban con curiosidad. Alonso soltó un suspiro, como si las palabras fueran una carga que llevaba consigo desde hacía tiempo.

—Candela, este Alfonso XIII no tiene idea de lo que está haciendo con el país —dijo él con disgusto mientras daba un sorbo al café—. Su política exterior es desastrosa, y la economía del país está sufriendo. Hay que hacer algo.

—Pero ¿qué podemos hacer nosotros, simples periodistas?

Alonso levantó una ceja.

—Candela, las palabras son nuestra arma más poderosa. Podemos escribir sobre esto, denunciar sus acciones y llevar la verdad al pueblo. Es un rey cada vez menos querido por la gente, un funambulista político que camina por la cuerda floja. Algunos lo ven como un faro de estabilidad en medio de la tormenta, mientras que otros lo critican por su influencia en la política. Mantiene un equilibrio peligroso, y Luis Moreno de Borja teje sus inversiones en todas las empresas que crecen en el país. Esto acabará mal.

La conversación se desvió hacia los movimientos literarios que emergían con fuerza en aquellos días. Hablaron de autores como Ortega y Gasset, Unamuno y Machado, cuyas palabras parecían esculpir la identidad intelectual de la ciudad. Justo en ese momento, un hombre misterioso de gabardina y sombrero, sentado a una mesa cercana, fingía leer un periódico mientras escuchaba atentamente la conversación de Candela y Alonso. Sus oídos capturaban cada palabra, y su mirada no revelaba ninguna emoción, aunque sí sus informaciones. Dos páginas después, el espía se levantó silenciosamente, dejó un billete sobre la mesa, salió del café y desapareció en la bulliciosa avenida. Había obtenido información valiosa que podría cambiar el rumbo de los acontecimientos.

Hasta estos momentos, esta historia es fiel reflejo de todo lo que sucedió. Pero para conocer sobre quién informó a Alfonso XIII de las actividades de Alonso Torquemada, entramos en el terreno de la elucubración. Desde junio de 1915, los comisarios franceses Collard y Picard habían creado en Madrid un puesto de espionaje para combatir la estructura de información que Alemania llevaba años alimentando en nuestro país.

Uno de los personajes clave de los servicios secretos en España fue el coronel Joseph Denvignes, que fue enviado a Madrid en 1916, donde accedió sin dificultad al entorno aristocrático del palacio. Llevaba una intensa vida social y había creado, en secreto, una red de espías que visitaba los bares para obtener información y luego despacharla, habitualmente para el rey.

Hasta que una noche, Odette Florelle, una bailarina, encontró en un taxi parisino una cartera con documentación que entregó a las autoridades militares. La documentación contenía cartas dirigidas al exministro de Asuntos Exteriores, Jean Louis Barthou, y al ministro de Marina, Georges Leygues, que describían las conversaciones secretas entre el general Denvignes y Alfonso XIII.

Y fue un hombre de Denvignes quien escuchó las críticas de Alonso Torquemada hacia el rey. Si fue él quien informó al rey sobre Torquemada, no lo sabemos, dado que no existe prueba documental alguna. Si fue Luis Moreno, puntualmente informado por el redactor jefe de *El Imparcial*, o si fueron Madame Celestina, Juanito, Barroso o Clara de Osuna, quienes estaban traicionando a Torquemada a cambio de protección civil, tampoco lo podemos afirmar. Lo que sí conocemos es que, a partir de ese día, en cuanto salió del café y comenzó a pasear por las calles de Madrid, la vida de Alonso Torquemada no valía nada.

59

PASEANDO POR MADRID

En la gélida mañana del dos de enero de 1916, el parque del Retiro de Madrid se desplegaba ante ellos como una pintura en tonos pastel con motas blancas. Torquemada, vestido con un traje recién adquirido y un sombrero que le confería un aire de distinción, caminaba junto a Candela. Ella, cuya elegancia natural era realzada por un abrigo largo y un sombrero que enmarcaba a la perfección su rostro, avanzaba con la sonrisa de quien vislumbra un futuro prometedor.

—Ayer quise hablarte de nosotros —comentó Candela con naturalidad, mientras caminaban a paso lento.

—No es un tema para el que esté preparado —respondió Alonso, desviando la mirada hacia su alrededor.

Un silencio incómodo se instaló entre ellos, solo interrumpido por el crujir de las hojas bajo sus pies.

—¿Cuáles son tus siguientes pasos en la investigación del incendio? —preguntó Candela, buscando desviar la conversación hacia otros temas.

—Cuando me entrevisté con el juez de Buenavista, Félix Jarabo, me habló de dos empleados del Palacio de Justicia que fueron los que les hicieron entender, tanto a la policía como al juez, que fue un incendio fortuito. —Torquemada se paró un segundo, sacó una libreta de una bolsa que llevaba colgada en el hombro, pasó unas páginas y se le iluminó la cara—. ¡Aquí está! —exclamó—. Se llaman Álvaro Terroba y Blas Santamaría. De ellos depende que siga con esta investigación o la cierre definitivamente, creyéndome la versión de la casualidad.

Candela lo miró fijamente a los ojos.

—¿Y qué hay del rey? —inquirió con curiosidad.

—Estoy exhausto de esta vida de tensiones y problemas. Quiero abandonarla y dedicarme a escribir sobre Madrid, una pasión que nunca debí haber dejado de lado. Mira allí, eso es sobre lo que deseo escribir —confesó Torquemada, señalando hacia su izquierda.

Ahí, dos jóvenes se tomaban de la mano, sus ojos brillando como paneles de miel y sus sonrisas capturando perfectamente el momento. Candela sonrió y tomó de la mano a Torquemada, quien la sostuvo con firmeza a pesar de sus temblores, sintiendo por primera vez que traicionaba el recuerdo de Catalina.

—¿Hace cuánto que no visitas a tu madre? —le preguntó Candela, cambiando de tema otra vez.

Torquemada se sorprendió con la pregunta, y se dio cuenta de que no la veía desde octubre y que aquella joven podía hacerle volver a sentir la felicidad.

—Yo no tengo padres, Alonso. Desearía tenerlos para que vieran en la gran periodista que me he convertido —confesó ella con un toque de nostalgia.

Él asintió y apretó su mano con más fuerza mientras reanudaban la caminata.

—Iré a visitarla mañana —prometió Torquemada.

—¿Y qué sabes de tu padre? —continuó Candela, indagando más en su vida personal.

—Está en Barcelona, eso es todo lo que sé. Tengo sentimientos encontrados hacia él. Nos abandonó cuando yo era solo un niño, y mi madre tuvo que desempeñar ambos roles. Fueron tiempos difíciles para ella… —confesó con un tono sombrío.

—Y, aun así, ella te lo dio todo —observó Candela, reconociendo el sacrificio de su madre.

Torquemada asintió en silencio, reflexionando sobre las palabras de Candela y el amor incondicional de su madre.

Pasearon un rato en silencio mirando a su alrededor, y al poco se sentaron en un banco.

—Me gustas, Alonso, y mucho. Me encantaría que fuésemos algo más que amigos.

Él separó, de golpe, sus manos. Sus ojos se llenaron de temores y de dolor y, al fin, arrancó a hablar.

—Hubo alguien, en el pasado, que llenó mi corazón. Murió, y mi corazón se necrosó con ella. —Torquemada bajó la mirada y Candela asintió—. Solo necesito tiempo —dijo él.

—Lo tienes, siempre y cuando no vuelvas a beber.

Él asintió mientras achinaba los ojos y miraba hacia el arbolado, donde vio a dos hombres que los miraban fijamente.

—¿Andamos? —preguntó el periodista, sin decirle a Candela que los estaban siguiendo.

Pasaron el resto del día juntos, paseando por el empedrado de Madrid, viendo escaparates. Las libretas del periodista describen aquel día como «mágico y revelador, un día para enmarcar, a pesar de que alguien sigue mis pasos allá donde voy».

60

LA CALLE CERES

Al día siguiente, Alonso Torquemada se despertó sereno y sonriente en su piso de la calle Ceres, en el corazón de la ciudad. Era un lugar olvidado por el tiempo y la decencia. Las casas, apiladas unas sobre otras, parecían a punto de derrumbarse, y los callejones estaban llenos de sombras y podredumbre, pero él se sentía feliz.

Salió a la calle dispuesto a conocer la verdad sobre el incendio y se dirigió hacia la Puerta del Sol. El reloj de la Casa de Correos marcaba las diez en punto, y el bullicio de la ciudad parecía danzar al ritmo de los tranvías y carruajes que cruzaban la plaza. Comenzó a caminar hacia el sur por la calle Mayor. A medida que avanzaba, el ruido de la ciudad se desvanecía lentamente, y el aroma a pan recién horneado y café recién hecho se apoderaba de su cerebro pidiendo un chupito de absenta que se negó.

Se dirigía a Chamberí, donde vivía su madre y también Álvaro Terroba, uno de los testigos del incendio del que le había hablado el magistrado Jarabo. Pronto llegó al majestuoso puente de Toledo, una estructura de hierro forjado que se elevaba sobre el río Manzanares. Desde allí, podía ver las aguas serenas del río que le sonaron a un motor afinado. Al acercarse a la orilla, el murmullo de las aguas se transformó en un coro de voces femeninas. Un grupo de lavanderas, con sus faldas recogidas y los brazos más anchos que su pierna, golpeaban la ropa sobre las piedras.

—¡Eh, forastero! ¿Has venido a ayudarnos o solo a mirar? —dijo una.

Todas se giraron cuando Alonso les gritó:

—¡No sé si puedo estar a la altura de su habilidad en el lavado, pero estoy aquí para disfrutar de este hermoso rincón de Madrid!

—¡Que es el Alonso! —gritó una—. ¡El hijo de la Loli!

Torquemada, sonriente, se acercó a ellas y preguntó por su madre, solo para que le contestaran que llevaba semanas internada en el nuevo Hospital de Jornaleros del distrito de Chamberí, donde ella vivía. Entonces corrió. Temeroso, dolorido por el tiempo que había transcurrido sin visitarla, corrió como si le quemase la capa. En un año la había visto en pocas ocasiones, y sintió que moría a medida que el bocio salía por su boca.

Escribiría sobre la enfermedad de su madre esa misma tarde: «¡Tuberculosis!, ese es el diagnóstico. Lo dio todo por mí y le fallé. Absurdo, bohemio, impenitentemente lenguaraz, y ella tan dócil y frágil. Abandonada. Malherida por un marido maldito; y yo alejado de ella tanto tiempo, por amor primero y para olvidar después. No pude hacer nada por ella. No la pude ver. Le recé, aunque no crea que exista nada más allá. Me despedí. Querida mamá, hoy te vas de mi vida y yo de la tuya. Pero como un cómico hace reír, yo continuaré con mi investigación hasta que descubra todo lo que haya que saber sobre el hecho. Este será mi legado, mi regalo por todo lo que diste por mí».

Al cruzar la pesada puerta de madera del Hospital de Jornaleros, un frío cortante recorrió su cuerpo. Con un nudo asfixiante en la garganta y pasos lentos, sus ojos recorrieron el austero vestíbulo, donde el eco de sus botas resonaba en la piedra pulida como un lamento. La gente a su alrededor se movía en un silencio opresivo, como si el edificio mismo estuviera envuelto en luto. Un joven enfermero se le acercó, pero el hombre no necesitaba palabras; la mirada compasiva y la ausencia de una presencia familiar lo dijeron todo. Su madre había muerto.

Con una mezcla de dolor y resignación, avanzó por los estrechos pasillos del hospital, impregnados del olor acre de medicamentos y humedad. Su mente divagaba entre recuerdos de infancia y el amargo sabor de la pérdida inminente, mientras su cuerpo se movía con una determinación casi mecánica. Sabía hacia dónde se dirigía. Al llegar a la pequeña capilla, un lugar de recogimiento casi olvidado, su respiración se hizo irregular. La luz de las velas proyectaba sombras de muerte, y el silencio era profundo, pesado, como si todo el lugar estuviera ahogándose en su propia pena.

Miró el Cristo que presidía la capilla y, sin saber muy bien por qué, se arrodilló. Había sido criado en un colegio de jesuitas, donde había aprendido todo lo que sabía, incluso la ironía, pero en ese momento no encontraba palabras, ni siquiera para una simple oración. De repente, una mano helada tocó su hombro, y se giró lentamente.

Un hombre joven, de barba corta, una sonrisa tranquilizadora y alzacuellos lo miraba con ternura.

—¿Eres el hijo de Loli?

—Así es, padre. Me llamo Alonso, Alonso Torquemada.

—Soy el padre Carlos, el cura del hospital. Solo venía a ver si necesitabas algún tipo de consuelo o, simplemente, charlar. Conocí a tu madre, aquí todos la queríamos mucho y ella se acordaba todos los días de ti. Al acabar el día nos pedía *El Imparcial* que ya había leído a primera hora y si habías escrito recortaba tus artículos. El último, creo recordar, fue sobre el incendio del Tribunal Supremo.

Torquemada asintió.

—Dijo que no parecía hecho por ti, que parecía falso. Que estaba segura de que alguien te había obligado a escribirlo.

Torquemada rompió a llorar.

—¿Por qué nadie me ha venido a buscar, por qué nadie me avisó que estaba ingresada?

—Lo hicimos, pero nadie sabía dónde vivías. Y dejamos una nota en la redacción de *El Imparcial*. ¿No te la dieron?

Torquemada negó con la cabeza.

—He sido un mal hijo —dijo entre llantos.

—No hay mal hijo. Ella sabía que algo te carcomía por dentro. Nos hablaba de una chica, de Catalina, y decía que su muerte fue la tuya. Pero no te culpaba. Culpaba a otros, a los que la asesinaron. Ella sabía que la amabas pero que tu dolor te impedía vivir en paz.

Torquemada se dobló sobre sí mismo.

—¿Quieres hablar de ella?

—¿De quién, padre Carlos?

—De Catalina.

—No, solo con escuchar su nombre se me rompe el alma. Prefiero no hacerlo.

—¿Y de tu madre, quieres hablar?

—De ella, sí. Me dio todo, todo lo que pudo y todo lo que sé ahora. Gracias a ella no estoy muerto y gracias a ella vivo. Ella fue todo, aunque en estos meses haya estado perdido… Cada vez que miraba al infinito, que pensaba en matarme, ella me salvaba.

—¿Quieres rezar?

—Sí, padre, quiero hacerlo.

Esa noche, en el piso que su madre alquilaba, empacó los libros y dio la ropa a las vecinas. Agotado, a la una de la madrugada, encontró una libreta donde su madre guardaba todos sus artículos. Poco después se llevaba un vaso de absenta a la boca. Pensó en Candela y tomó el segundo sorbo.

61

LA VERDAD

Alonso llegó a las siete de la mañana a la puerta de la vivienda donde residía Álvaro Terroba, el oficial del Tribunal Supremo con el que se habían entrevistado el magistrado del distrito de Buenavista y Fernández Luna.

Lo localizó saliendo, con un hatillo al hombro, camino de la calle Amor de Dios. A Terroba no le importó andar junto a Torquemada y comenzó a explicarle:

—Perdí todo en el fuego. Todas mis pertenencias. Ahora casi no tengo ni ropa.

—¿Le puedo preguntar de cuánto dinero disfruta mensualmente?

—Tan poco que casi se me va en el alquiler. Antes vivía en los altillos del Palacio de Justicia, ahora ni eso. No se puede imaginar la importancia de nuestro trabajo, pero contrasta con la escasez del sueldo que percibimos.

—Sería un sarcasmo decir que disfrutan, ¿verdad?

—Así es —dijo y rio—. Hasta la ropa que nos obligan a llevar tenemos que pagar de nuestro peculio. Aquellas son las únicas dependencias del Estado en que a porteros y ordenanzas no nos facilitan uniforme, pero nos obligan a no ir de paisano. Por eso compramos la ropa en El Rastro y unos van con levitas, otros con *chaquets*, otros con fracs azules, con franjas y galones plateados o dorados. Es todo muy ridículo e impropio de un estamento como el Tribunal Supremo.

—¡Gracias a Dios! —exclamó Torquemada.

—¿Qué? —preguntó Terroba, parado en medio de la calle.

—Sigamos caminando, que usted tiene que llegar a su trabajo y yo al mío. Le decía que me alegro de que alguien no hable en tercera persona. Hoy, señor mío, no podría soportarlo.

Torquemada miró al oficial y le sonrió. No dijo que acababa de perder a su madre. Escribió: «Tenía que continuar con mi vida. El homenaje a mi madre será descubrir quién quemó las Salesas». Continuó preguntando:

—¿Pero no les ha ayudado el Estado?

—Algunos abogados juntaron dinero, pero no me alcanzó para nada. Y ahora, en ese edificio de la calle Amor de Dios, todo es un sinsentido. Este país es una ruina, como ese edificio. Algo se cuece allí para que se haya alquilado. Se prepara una manifestación, pero mis compañeros no se atreven.

—Lo siento, señor Terroba.

—No se preocupe.

—¿Me puede explicar cómo fue la mañana del incendio? Descríbame, por favor, lo que recuerde.

—Por la mañana, hice el mismo recorrido que hacía todas las mañanas con el portero. Comprobamos el archivo y todo estaba en orden. Luego recorrimos planta por planta el edificio. Nada parecía estar fuera de lugar.

—¿Descendieron al subsuelo?

—¿Al pasadizo de los Borbones? —preguntó el oficial de los juzgados.

—¿Se llama así?

—Así lo llamamos nosotros. Pero respondo a su pregunta, no, no bajamos.

—¿Y qué más me puede decir?

—Días antes del incendio, algún vecino se quejó de que olía a resina y madera quemada, pero yo, la verdad, es que poco más le puedo decir. Pero el portero lo podrá ayudar.

—¿Cómo se llama el portero? —preguntó Torquemada.

—Blas Santamaría. Hable con él, aunque esa mañana el recorrido lo hice con su hijo, dado que él estaba enfermo.

Cuando se iban a despedir, Torquemada plantó sus pies sobre el suelo y preguntó:

—¿Recuerda el gran cuadro del desembarco de Fernando VII en Cádiz?

—Sí, uno inmenso que siempre estaba lleno de polvo. ¿Por qué lo pregunta?

—¿Lo vio colgado esa mañana?

—Ahora que lo pregunta, no, no lo vi. Creí que estaba limpiándose o restaurándose, pero esa mañana no estaba colgado —dijo Terroba.

Aquella tarde en la redacción de *El Imparcial* le preguntó al bedel por la carta que había recibido desde el hospital. Este le dijo que se la había dado a Félix Lorenzo, el jefe de redacción. «Entonces no me pude vengar si quería mantener mi trabajo. Pero algún día lo haré», escribió esa misma jornada.

62

PROVOCADO

Las libretas de los meses de enero y febrero las dedica a comentar su relación de amistad con Candela, a la que veía casi a diario en la redacción, pero no es hasta ese 7 de marzo de 1916 cuando la investigación del incendio vuelve a ser el tema central de sus pensamientos. El siguiente en entrevistarse con él fue Blas Santamaría, el portero del Tribunal Supremo.

—Nadie sabe más que yo del incendio de las Salesas —le dijo en cuanto se presentó—. ¿Me invita a unas porras y charlamos?

La reunión se produjo en el café Colonial, el mismo que había visitado con Pedro Peña, el portero del edificio de la calle Amor de Dios.

—La gente no llega a comprender cómo el fuego pudo propagarse con tanta rapidez en un edificio de las dimensiones de las Salesas —dijo Torquemada con la boca llena de una porra que había mojado con un café con leche.

—Como usted sabe, en el edificio se hallaban instaladas todas las dependencias del Tribunal Supremo y de la Audiencia. Ocupaban aquellas la parte alta de edificio, reservándose la planta baja para las de la Audiencia y yo, cada mañana, antes de que nadie llegase, lo comprobaba todo, aunque ese día fue mi hijo ya que yo estaba enfermo.

—Esforzado trabajo —dijo Torquemada.

—Ahí es nada. En el pasillo de la Sala Tercera estaban el registro y los despachos de los relatores Espinosa y Salazar, que corresponden a lo contencioso-administrativo. Este cuerpo del edificio comunicaba con la planta baja por una escalera de caracol que terminaba en el Colegio de Abogados y por otra escalera de piedra que finalizaba en el portal. En el ala derecha, siguiendo un estrecho pasillo, al que daba luz una ventana con cristales de colores, hallábanse instaladas la Fiscalía del Tribunal Supremo y cuatro relatorías, entre ellas la del desventurado señor Armada, que Dios tenga en su gloria.

—¿Y tampoco vio su hijo nada raro?

El portero negó con la cabeza.

—Las dependencias y oficinas de la fiscalía tenían una escalera que terminaba en la puerta que daba frente al edificio reservado a los juzgados de instrucción. En el piso superior estaban las habitaciones de los guardias civiles destinados al servicio de la Audiencia. En la planta baja se hallaban a mano derecha otras relatorías y mi casa. Más al interior, pero en la galería del mismo lado, estaban los despachos de la abogacía del Estado, y, por último, el Colegio de Abogados. En el lado opuesto...

—Y en el subsuelo hay un túnel, ¿verdad? —preguntó Torquemada.

—Así es —confirmó Santamaría.

—¿Lo examinaron?

—No, no valía la pena.

—Entonces, según lo que he entendido... —interrumpió Torquemada— usted comprobó palmo a palmo el espacio salvo el subsuelo. Pero dígame, ¿qué pudo ocurrir?

—Si usted tiene a bien escucharme, entenderá el porqué de la descripción, la misma que le hice al policía que me interrogó...

—¿Fernández Luna?

—Así es.

—Continúe, por favor —dijo Torquemada, que se llevó un trozo de porra a la boca.

—Del edificio se ha salvado toda la parte baja, que era la destinada a la Audiencia. Del piso principal, donde estaban instaladas las habitaciones del Tribunal Supremo, solo ha quedado la parte que hace esquina con la calle del marqués de la Ensenada y la de doña Bárbara de Braganza. Todo lo demás ha sufrido grandes desperfectos por efecto del fuego y el agua. Del piso tercero permanece en pie la parte correspondiente a la esquina de la calle del General Castaños y plaza de París. El resto ha quedado por completo convertido en un informe montón de escombros.

»El salón de actos del Colegio de Abogados quedó destrozado. Se han salvado las salas de gobierno y el mobiliario de la presidencia que, aunque antiguo en gran parte, era de bastante valor. No han sufrido los efectos del incendio, aunque sí los deterioros propios de los trabajos para combatirlo, los archivos de la Audiencia y las relatorías. Tampoco ha padecido nada el patio del Colegio de Procuradores. Entonces… el fuego se produjo de arriba para abajo.

—Entendido.

—El fuego debió comenzar quizás algún día o dos antes de ser descubierto. Algunos vecinos próximos venían notando, según dicen, desde hacía tres días, por lo menos, un fuerte olor a madera quemada. Algunos de ellos, temiendo que en sus casas se produjese algún incendio, ordenaron a la servidumbre que registrara detenidamente las habitaciones de sus casas, aunque no encontraron nada. Indudablemente el fuego debió empezar en el Palacio de Justicia, y muchas horas antes de explotar.

Torquemada tomaba notas.

—Sin duda, alguna cerilla o alguna chispa desprendida de chimeneas próximas debió prender en los legajos y expedientes del archivo sin producir llama, hasta que el fuego, al llegar a la techumbre, abrió un boquete, estableciéndose entonces la corriente de aire que facilitó la propagación al entramado de vigas del tejado, que está cubierto con planchas de plomo. Como el techo era de madera vieja, corrió por toda la techumbre con rapidez —añadió Santamaría.

—¿Y no pudo ser la caldera?

—Es cierto que pocos días antes la encendí, como me ordenaron. Pero yo no me creo ese cuento. Una cerilla fue lo que provocó el incendio. Eso seguro.

Se despidieron. Torquemada sentía que podía dar saltos de alegría, convencido nuevamente de que el incendio podía haber sido provocado.

Fue entonces cuando tomó la peor decisión de su vida.

63

EL FANTASMA DE LAS SALESAS

Una noche indeterminada de aquel mes de marzo, Torquemada salió a hurtadillas de su casa y caminó hasta la plaza de las Salesas. En las profundidades del Palacio de Justicia, un lamento atravesaba las sombras, un ulular fantasmagórico que erizaba la piel. El eco de aquel aullido resonaba en los muros derruidos, despertando el olor a quemado que se había llevado los expedientes judiciales de la historia criminal de nuestro país. Era, pensó Torquemada, estremecido, el espectro de José María Armada, cuyo nombre aún susurraba dolor entre los viejos sillares.

Aquella noche, valiéndose de la oscuridad, Torquemada se deslizó como un fantasma por los jardines de la reina. El esqueleto del antiguo palacio no le ofreció resistencia. Siguió aquel grito, adentrándose en las entrañas del edificio, buscando el túnel secreto que los monarcas Fernando VI y Bárbara de Braganza habían construido para huidas furtivas. Encendió una antorcha y, en ese momento, un segundo grito, cargado de dolor, cortó el aire.

En su camino, se topó con dos cráneos infantiles, macabros guardianes de un féretro solitario. La lápida revelaba un nombre que resonaba con ecos de historia: Anne-Sophie de la Rochebardoul, alma fundadora del convento de las Salesas. El lugar ocultaba huellas en el polvo, testigos de una caída y de una huida apresurada. Entre los escombros, halló un fragmento de madera, que le hizo entender que la noche del incendio alguien había robado un cuadro. Seguramente *El desembarco de Fernando VII en el puerto de Santa María*, pintado por José Aparicio Inglada.

Un poco más adelante, localizó una toga negra y recogió un trozo de carne quemada que se había enganchado en una de las puñetas. Recordó a Jenaro Rojas, el hombre que se hizo curar las heridas en la Policlínica Tamayo, y pensó que se había hecho pasar por abogado para robar aquella mañana, y así había podido sustraer el gran óleo.

Siguió el rastro y ascendió hacia la Iglesia de Santa Bárbara. Allí, tras el sepulcro de los reyes, localizó el marco de un gran cuadro. Cada paso le confirmaba que estaba siguiendo la ruta del incendiario, aquel que había condenado al palacio a su destino de cenizas y olvido. La verdad comenzaba a perfilarse en su mente: no había fantasmas en el Palacio de las Salesas, sino meras corrientes de aire que jugaban a ser espíritus. Pero la noche había revelado algo más: Jenaro Rojas, marcado por las llamas aquella noche fatídica, había sustraído algo importante; al menos un cuadro había desaparecido con él y, por el tamaño, alguien debió ayudarle a sacarlo de allí. Por la mañana, las piezas del rompecabezas empezarían a encajar.

Se despertó temprano y corrió hasta la redacción. Volvía a ser el joven impetuoso que se quería comer el mundo. Desayunó unas porras con café en un bar de al lado y cuando miró el reloj y asumió que Candela ya estaría frente a su mesa, ascendió la gran escalinata de *El Imparcial*.

La vio concentrada, lápiz en mano, escribiendo alguna crónica que al día siguiente sería la portada del diario. Aquella joven era perspicaz y una gran trabajadora. Vestía una falsa plisada y un jersey de pico del que sobresalía una camisa blanca. Se le acercó sigiloso.

—¡Alonso, qué susto! —exclamó Candela.

—No existe ningún fantasma en las Salesas. Ayer noche recorrí el túnel secreto que unía el Palacio de Justicia con la iglesia y encontré restos de una huida. Estoy seguro de que el día del incendio se produjo un robo...

—Calma, calma. Por partes. Lo primero, ¿qué es eso de un fantasma?

—Desde el incendio se oyen voces y gritos, y se había esparcido el rumor de que allí había un fantasma, pero he descubierto que es una corriente de aire en el túnel lo que hace que parezca un ulular, pero no lo es.

—Normal —dijo ella, esbozando una sonrisa.

—Que no es broma, que hay ese rumor.

—Me lo creo, Alonso, me lo creo. ¿Y qué me dices del robo?

—He encontrado una toga con carne quemada, pasos sobre el hollín y restos de un cuadro. Alguien salió de allí de estampida, y estoy seguro de que se llevó una pieza de arte consigo.

—Entonces… ¿Tus sospechosos?

Él meditó mientras ella tomaba una silla y la llevaba a su lado para que Torquemada se sentase.

—¿Y si lo contrataron para quemar las Salesas y la avaricia lo llevó, además, a robar? Lo importante es que alguien huyó de allí con quemaduras la mañana del incendio. Y con un gran cuadro que antes colgaba en las paredes del Tribunal Supremo.

64

EL DESEMBARCO
DE FERNANDO VII

Una semana más tarde, por la mañana, se dirigió a El Rastro para entrevistarse con el hombre que había visto hablar con el marqués de Cerralbo. Lo encontró junto a la tienda, sacando al exterior objetos antiguos entre los que pudo distinguir un par de lámparas del Palacio de Justicia. Se acercó y le preguntó.

—Estas lámparas...

—Son lámparas del siglo pasado que pertenecieron a un palacio privado.

—Pues si no me equivoco, estas lámparas son del Palacio de las Salesas.

El hombre miró fijamente a Torquemada y achinó los ojos.

—Lo escucho.

—El otro día le vino a ver el marqués de Cerralbo y le compró veintiún cuadros.

—¿Y usted es...? —preguntó el vendedor.

—Torquemada, Alonso Torquemada, periodista de *El Imparcial*.

—Señor Torquemada, no suelo hablar de mis ventas, y mucho menos de los compradores. Tampoco hablo con la prensa.

—Y yo no suelo hablar por hablar. Si no llegamos a un acuerdo ahora mismo, iré a ver al comisario Fernández Luna y le explicaré que en esta tienda se venden objetos robados. Estoy seguro de que no solo encontrará material del Palacio de Justicia, sino de otros sitios…

El vendedor calló unos segundos, meditando, y arrancó a hablar:

—De acuerdo. Así es, vendimos un cuadro al marqués, mejor dicho, se troceó en varios cuadros de un cuadro de mayor tamaño de José Camarón.

—¿Troceado?

—Sí, el cuadro se debió caer, venía sin marco y troceado. Quien nos lo vendió debió creer que era mejor crear veintiún pequeños cuadros y que tendrían más valor.

—¿Y a usted quién se lo vendió?

—Un joven que tenía el cuadro y un pequeño collar de oro.

—¿Traía algo más?

—Un viejo sumario, a medio quemar, que no me interesó.

—¿Recuerda el nombre de ese joven?

—Jenaro no sé qué más, un pobre ratero que roba al descuido.

—¿Y está seguro de que era de José Camarón?

—Eso me dijo el marqués. Yo tenía entendido que era de Aparicio Inglada y que estaba más cotizado, pero el marqués lo negó.

—¿Y cómo se enteró el marqués de que usted los tenía?

—Es un buen cliente de la tienda. Le envié una de las piezas y vino enseguida. Me preguntó el origen y no se lo dije, ya que el marqués es algo estirado si conoce que el origen es ilegal. Le dije que provenía de una familia aristocrática venida a menos y se lo quiso creer. O le convenía hacerlo.

—Entonces el marqués no sabía nada de esos cuadros hasta que usted se lo hizo saber, ¿no? —preguntó Torquemada.

—Así es —contestó el vendedor.

—Gracias —dijo el periodista, que arrancó a andar.

—Por cierto, no es el único que ha preguntado por el cuadro.

Torquemada se paró, giró el torso y volvió hacia el vendedor.

—¿Quién más lo ha hecho?

—El Juanito, un ratero de pisos que siempre roba en el barrio de Salamanca.

Se despidieron. Torquemada tenía que localizar a Rojas, pero ahora que ya sabía que el incendio había sido provocado quería saber quién había dado la orden de hacerlo. Esa noche tachó otro nombre de su lista:

- El entorno del rey Alfonso XIII, para evitar la reclamación de filiación por un hijo extramatrimonial de su padre, el rey Alfonso XII.
- Isidoro Pedraza de la Pascua, para eliminar el sumario que lo vinculaba a fraudes económicos y que lo hacía parecer un delincuente frente a la compañía de seguros a la que reclamaba un millón de pesetas.
- La duquesa de Pinohermoso, para así alquilar su vivienda de la calle Amor de Dios como sede temporal del Tribunal Supremo.
- El servicio secreto español, para no devolver a la familia Garvey cinco millones de pesetas.
- Un presidiario que esperaba a ser juzgado en los calabozos del Tribunal Supremo.
- El marqués de Cerralbo, que mostró interés en un cuadro que supuestamente había desaparecido en el incendio y que, además, tenía en su Palacio la barandilla del antiguo Palacio-Convento de las Salesas Reales de Santa Bárbara de Madrid.

Luego escribió: «El traidor es Juanito. No es Celestina».

65

EL ABOGADO DEL REY

Pocos días después, Torquemada caminaba hacia el Palacio de Oriente para entrevistarse, de nuevo, con Luis Moreno de Borja, el intendente de la Casa Real, ahora que sabía que el incendio había sido provocado y que alguien había robado el interior poco antes de declararse el fuego. Este es el diálogo que aparece en una libreta que tituló: «El abogado del rey».

—Alguien lanzó una cerilla y el tribunal ardió por los cuatro costados.

La reunión tuvo lugar en el despacho del intendente de la Casa Real, enfrentados a través de su mesa de trabajo, ambos fumando y casi como si fueran púgiles en un ring de boxeo.

—¡No diga sandeces, Torquemada! ¿Quién le ha dicho eso?

—Son pequeñas pistas. La primera me la dio el ministro de Justicia cuando le pregunté si había sido provocado y no me lo negó; se limitó a decirme que fuese a hablar con los bomberos. Fue entonces cuando tres desconocidos me golpearon violentamente. —Respiró y volvió a la carga mientras el marqués, tranquilo, se encendía un puro—. La siguiente me la dio un amigo del rey, Isidoro Pedraza de la Pascua, que me dijo que si quería saber quién había quemado el palacio debía hablar con el rey. No tardaron poco tiempo en detenerme cuando me entrevisté con él. Y el propio Méndez Alanís en amenazarme con recomendaciones para dejar mi investigación.

—No hable de los muertos, ¡por Dios, Torquemada! —exclamó el marqués mientras aplastaba el puro en un gran cenicero de cristal.

Alonso, sin hacerle caso, siguió con su disquisición.

—Posteriormente comenzaron las redadas y Ramón Fernández Luna me lanzó en brazos de uno de los detenidos, Juanito García, que comenzó a rondarme y a sonsacarme información. Dudé de una amiga mía —dijo, y pensó en Madame Celestina—, aunque luego supe que el traidor era Juanito. El propio Fernández Luna me hizo entender que seguían todos mis pasos y sabían todo lo que hacía. Supe que así era cuando una noche salvé a una prostituta y los guardias ya estaban allí, tras de mí. No tuvieron tiempo de ser avisados. Luego Julián Martínez, un bombero de las Salesas, me explicó que el palacio se había incendiado con anterioridad, por una negligencia, y que por eso detuvieron a los operarios. A nadie han detenido por las Salesas. Y ahí entra usted, o al menos alguien de su entorno.

—Ilústreme, reportero, con esa imaginación que tiene —dijo el marqués de Borja cada vez más incómodo.

—Las llamadas a don Luis, mi director, poniéndome tras una pista falsa. Lanzándome contra la oposición, como si Pablo Iglesias fuese un incendiario. Al único que usted no controlaba era al juez de Buenavista, que desveló la última pieza de mis dudas. A él, Fernández Luna le había dado información sesgada de lo que Blas Santamaría, el portero del Supremo, le había dicho. Lo interrogó sin ganas porque se creyó a Fernández Luna. Hace pocos días me entrevisté con el portero y me lo dijo tal cual: hay un incendiario.

—¿Y por qué cree usted que alguien habría orquestado el incendio?

—No lo sé. Eso es lo que me falta dilucidar con certeza, pero dígamelo usted. ¿Los hermanos Sanz? Otra de las pistas con las que trabajé fue que la causa 326/1908 se quemó en el incendio, a pesar de que las de ese año, según me comentó el ministro de Justicia, no lo hicieron. Cuando se lo pregunté a Aldecoa, el presidente del Tribunal Supremo, me echó de su despacho. Sé que hay algo ahí, porque usted no me quiso decir en qué banco estaban depositadas la acciones con las que se pagó a los hermanos Sanz por su silencio… Ahí está la clave.

—¡Un absurdo! —exclamó el marqués de Borja, que ya parecía su propia caricatura.

—¿Sí? ¿Y por eso me siguen por todo Madrid sus hombres?

—Piense lo que quiera, pero si le siguen es por la influencia de la duquesa de Pinohermoso, no por el rey. La vida nos enseña con harta frecuencia que cierto género de vejaciones se intenta con mejor éxito cuanto mayor es la consideración social de la cual goza la persona elegida como víctima —dijo el intendente de la Casa Real.

—Pero, marqués, los hijos de Elena Sanz son hijos del padre de Alfonso XIII —contestó el periodista.

El marqués de Borja negó con la cabeza. A Torquemada, según escribiría, le pareció que era sincero. Con todo siguió escuchando sin casi replicar:

—Tal y como ya le dije, ideó doña Elena sacar partido de esas cartas y solicitó el concurso del insigne letrado don Nicolás Salmerón, figura prominente en el partido republicano y comenzó por dirigir a mi suegro, don Fermín Abella, la carta de 23 de diciembre de 1885 que le leeré —dijo el marqués de Borja para, acto seguido, abrir el cajón central de la gran mesa de caoba que presidía su despacho mientras mesaba su barba cana, sacó una carta que con voz engolada leyó—: «Necesitando, en virtud de un deber profesional, conferenciar con usted». Torquemada, fue ella quien se acercó a la Casa Real —dijo, posando la carta sobre el sobre de la mesa forrado con piel verde—. Elena Sanz estaba decidida a vender las cartas que, según ella, le había dirigido Su Majestad. Eso o esgrimirlas como arma entregándolas a la publicidad, para que sirvieran de piedra de escándalo en composiciones periodísticas que seguramente solicitarían los diarios más desafectados de las instituciones.

—Pero cuando el suegro de usted pagó por dichas cartas, asumió la filiación.

—No, mi suegro pagó por el silencio. Y las compraron asegurando en el buen nombre de Salmerón que no se guardaban más cartas. Salmerón, a su vez, escogió a Rubén Lada, un abogado bien visto por la Corona, a pesar de ser republicano, y Elena Sanz recibió setecientas cincuenta mil pesetas, y por eso escribió Salmerón —añadió tomando de nuevo la carta—: «cumpliendo el deseo que usted me indicó ayer, voy a precisarle en esta carta los términos del acuerdo».

En esos momentos Torquemada supo que mentía, porque Bergía le había dicho que Elena Sanz había cobrado sus doscientas cincuenta mil pesetas y otras cuarenta mil cuando se desinvirtió el dinero de Cuba. Con todo, continuó como si nada y preguntó:

—¿Y cómo sabe usted todo esto si no estuvo en las negociaciones?

—A su muerte, mi suegro me confió el secreto y me dio esta carta que un amigo le escribió el 15 de marzo de 1886.

Se la tendió, y Torquemada leyó:

He tenido el gusto de recibir esta tarde la visita de Rubén Landa. Quería, y así me lo dijo, que volviésemos a hablar de la cuestión de cantidad o precio. Por eso le he aconsejado y, a la postre obtenido, que se den tres millones de reales. Pero todo lo que se diera me parecería siempre, dado el hecho, inmoral e indigno. Y hasta aquí todo lo relativo al precio o cantidad. En lo demás, cada paso es un gazapo, cada vez aparecen en la historia de este triste asunto nuevos personajes ganosos, por lo visto, de competir unos con otros y aventajar a los demás en lo corrompidos, frívolos e indiscretos.

El marqués se levantó y dio la espalda a Torquemada para dejar la carta fuera de su alcance. El periodista, que aprovechó el descuido, tomó otra, escrita por el senador Alfredo Escobar, el marqués de Valdeiglesias, que vio abierta sobre la mesa. Creyó leer de refilón algo sobre la granja de San Ildefonso, y la ocultó en su abrigo. Poco tiempo después, un incendio destruiría esa residencia veraniega de los reyes.

Cuando Luis Moreno de Borja retornó a la mesa, Torquemada le preguntó rápidamente, para disimular:

—¿Me quiere decir que durante las negociaciones no se reconoció explícitamente que eran hermanos y que solo se discutió el precio de las cartas?

—Así es. Es más, Elena Sanz se consideraba amiga del banquero Prudencio Ibáñez.

—Eso sí que no me lo creo.

—Pues en el testamento de Elena Sanz se señala: «Habiendo recibido tanto yo como mis hijos del señor don Prudencio Ibáñez Vega continuadas pruebas de amistad y de afectuoso interés, suplico, tanto a mis hijos como a los testamentarios, que llegado el momento de la mayor edad se le consulte y se cuente con él para cualquier decisión o arreglo a que dé lugar la situación de mis hijos» —dijo de memoria el marqués, lo que sorprendió al periodista.

—¿Y qué ocurrió?

—El banco, cuyo nombre cree que es un secreto de Estado, se llamaba Comtoir d'Escomptes. Quebró, y análogo fracaso sufrió el banquero Ibáñez. Entonces, los hermanos Sanz instaron contra dicho señor diversos procedimientos civiles y criminales ante los tribunales franceses. Por eso Ibáñez cedió y convino con ellos que el capital depositado de los hermanos Sanz ascendía 707.187 francos, así como también aceptó ocultar los anticipos hechos a cuenta. Contrataron a un abogado llamado Labori, un primer espada francés, y nos plegamos.

Torquemada recordó las palabras de Pablo Bergía sobre el letrado francés, pero el marqués de Borja le sacó de sus pensamientos.

—Pero no se olvide, señor Torquemada, que la venta de las cartas se estipuló en 1886 en setecientas cincuenta mil pesetas, de las que recibió Elena doscientas cincuenta mil y después muchas cantidades, incluido trescientos mil francos que, al cambio, son doscientas setenta mil pesetas en 1905. Y aquí tiene un documento que me envió Ibáñez en el que se demuestra que los anticipos fueron tales que había un saldo contra ellos de noventa y cuatro mil trescientos setenta y cuatro francos. A pesar de ello, Ibáñez se presta a la comedia mal estudiada y peor fingida.

—¿Y todo eso aparecía en la causa que se siguió en el Tribunal Supremo? —preguntó Torquemada.

—Sí, a pesar de que ardió en el incendio. Y no queda ninguna copia de esa liquidación. Porque el documento original estaba en el sumario y allí se perdió para siempre.

Poco después, el periodista dejó atrás el Palacio de Oriente conocedor de que los hermanos Sanz eran los hijos de Alfonso XII, pero que ya habían cobrado lo suyo e intentaban sacar más. Sorteando la suciedad de las calles, se dio cuenta de lo insignificante que era y del magnífico patrimonio que gestionaba la Corona.

Cuando se supo a solas, tomó la carta que había escondido en su abrigo para leerla. De ella se desprendía que el marqués de Valdeiglesias informaba al marqués de Borja que los obreros de la granja de San Ildefonso estaban muy descontentos porque se había prescindido de ellos en favor de otros más modernos, y que eso había provocado disturbios.

Excelentísimo Sr. marqués de Borja:

Me querido amigo. Me escriben desde la granja, donde usted sabe que paso los veranos, diciéndome que ha dado orden esa intendencia para despedir personal tanto de albañiles como de jardinería por razón de economía (...)

«¿Y si fueron los empleados del Tribunal Supremo los que lo incendiaron por su descontento salarial?», se pregunta en sus libretas. «Los funcionarios son pobres de solemnidad y comienzan a envalentonarse con el poder; nunca hay que subestimar a alguien que no puede llevar alimentos a su familia». Entonces entendió a Pablo Iglesias y la necesidad de proteger a los obreros, pero, como siempre, en la vida del reportero todo se transformará en poco tiempo.

Luis Moreno de Borja no tardó en darse cuenta de que le faltaba esa misiva e intuyó que había sido Torquemada quien la había sustraído. Todo estaba a punto de arder.

66

FUEGO Y MUERTE

Al día siguiente, Alonso Torquemada se sumergió en la redacción, husmeando entre las páginas de otros periódicos en busca de alguna noticia sobre el origen del incendio, No halló más que el eco de sus propias dudas y las reprimendas de su director. Candela, enfrascada en su propia caza de una banda de ladrones de pieles, apenas cruzó su camino.

La tarde se esfumó en un tedio infructuoso, y sin una palabra escrita decidió abandonar la redacción. Con cada sospechoso descartado, su desánimo crecía, y la investigación parecía condenada al fracaso. Sus pertenencias quedaron dispersas sobre la mesa, presagiando una noche aciaga. Buscó consuelo en la absenta, ese licor verde que prometía olvido pero solo sumaba penas, recorriendo tabernas hasta perder la cuenta de los vasos consumidos, cuando un camarero le dijo:

—No salga, hay policías buscándolo.

No hizo caso, hasta que se los topó bien entrada la noche.

Dos policías condujeron a Torquemada a una comisaría que apestaba a humo y a miedo. Nada más entrar, se hizo tal silencio que la mosca que revoloteaba alrededor de sus pantalones se escuchaba como un trueno. Uno de los policías acercó una silla y se sentó frente al periodista, cuyas manos habían atado detrás de su espalda.

—¿Me recuerda, señor Torquemada? Le conté una historia lacrimógena sobre la guerra con Marruecos y usted se apiadó de mí.

Luego intenté atropellarlo durante uno de sus largos recorridos para comprar cocaína. Soy Ricardo Villar —dijo el policía jubilado que le había hablado mal de la Corona por haberse dejado robar por los marroquíes.

El otro agente aprovechó la sorpresa en la cara de Torquemada y lo golpeó sin más en las costillas, dejándolo doblado sin poder siquiera inhalar el fétido aire de orín.

La advertencia fue clara, y así quedó escrita en su libreta: «Olvide los incendios y céntrese en Candela. Les dije que se olvidasen del rey y de Luis Moreno de Borja. Su vida no vale nada, y pronto se dará cuenta. Su muerte estará cerca si no abandona esta investigación».

Torquemada había asumido los golpes, absolutamente embriagado de «coco», y no sintió dolor. «Me dijeron que eligiese entre el silencio o el fuego. No entendí la advertencia hasta que, al día siguiente, como la vivienda de Elena Sanz o las Salesas, todo ardió».

Anduvo de lado a lado, hasta bien entrada la madrugada y, cuando la luna comenzaba a desaparecer y el sol iluminaba las calles con los primeros rayos de luz, llegó a la calle Ceres tambaleándose, con la mirada perdida y el corazón lleno de dolor.

Se dejó caer sobre el camastro, con una colilla de picadura de tabaco en la boca y las lágrimas mezcladas con el licor en su rostro. Las imágenes de su madre, Catalina y Candela lo atormentaban, y su mente estaba llena de recuerdos y fantasmas. En su estado de embriaguez, Torquemada no se percató de que una chispa encontró su camino hacia las cortinas y, pronto, el fuego comenzó a devorar la habitación. Sumido en un sueño profundo y atormentado, no despertó hasta que las llamas estuvieron a punto de consumirlo. El calor, el humo y el estruendo del fuego lo sacaron de su pesadilla, y se encontró atrapado en una habitación sin salida.

Alertados por los vecinos, el camión de bomberos, una máquina imponente y robusta, se abrió paso por las calles estrechas, con su campana resonando con urgencia. Estaba pintado de un rojo brillante y su motor rugía. A bordo, los bomberos vestían uniformes oscuros y cascos de cuero, sus rostros tensos pero decididos a apagar el incendio.

Al llegar a la calle Ceres, el camión se detuvo con un chirrido, y los bomberos, entre los que se encontraba Julián Martínez, se apresuraron a desenrollar las mangueras de lona. La bomba envió agua a través de ellas. Dirigieron el chorro hacia el corazón del fuego, con sus rostros iluminados por el resplandor anaranjado, sus cuerpos empapados y humeantes.

Rompieron la puerta y hallaron al periodista, inconsciente y a punto de ser devorado por el fuego. Lo sacaron de la casa en llamas y lo llevaron a la calle, donde una ambulancia esperaba para trasladarlo al hospital. Antes de perder el conocimiento, entre toses y gemidos, pidió que rescataran sus libretas. La fortuna pareció sonreírle, y así se hizo.

Torquemada despertó tosiendo y confundido, rodeado de hombres en uniformes y el resplandor en sus ojos.

El incendio en la calle Ceres fue un punto de inflexión en su vida. Perdió todo lo que tenía. Sus libretas callaron, salvo por un sueño que se repetía constantemente: «Alguien entraba mientras él dormía y prendía fuego a todo, al grito de "olvídate del incendio del Palacio de Justicia o morirás calcinado"».

67

SILENCIO MORTUORIO

El Hospital de San Francisco de Asís estaba envuelto en un silencio mortuorio. En una de las habitaciones, Torquemada yacía en su cama, mirando fijamente el techo. Su brazo izquierdo estaba envuelto en vendajes, que tapaban las terribles quemaduras que había sufrido en el incendio.

El aroma a desinfectante llenaba la habitación cuando la puerta se abrió lentamente. Candela entró con cautela. Su cabello castaño y sus ojos casi negros, llenos de preocupación, revelaban el amor que sentía por Alonso. Se acercó a la cama y él la miró con tristeza.

—Alonso, tienes que dejarlo —murmuró, su voz temblando.

Alonso giró la cabeza hacia ella, su rostro estaba arrugado por el dolor y la frustración. La barba había desaparecido en el incendio.

—Candela, no deberías estar aquí —dijo con un tono lleno de amargura.

La periodista ignoró la advertencia y tomó la silla junto a la cama.

—Vives sufriendo, Alonso. Tu brazo... Fue horrible. Esto debe parar. Parece que quisieras morir, la bebida, la cocaína... Todo. Te está destruyendo.

Alonso apartó la mirada y apretó los puños.

—No puedes entenderlo. No puedes entender por lo que he pasado, por lo que estoy luchando. Mi madre muerta, mi padre desaparecido en Barcelona. Y ella... Catalina...

—Debes olvidarla. O te arrastrará.

Él negó con la cabeza.

—Félix Lorenzo ha jurado que pronto te echará del diario. Hay rumores de que don Luis deja la dirección y se marcha a la política. No podrá protegerte más —dijo ella con los ojos llenos de lágrimas.

Tras unos instantes de eterno silencio, Candela tomó su mano derecha con delicadeza.

—Sé que es difícil, pero te quiero, Alonso. No puedo verte destruirte de esta manera. Te ruego que dejes todo esto atrás. Incluyéndola. —Sus ojos miraban hacia el suelo. No podía pronunciar el nombre de Catalina.

Alonso sintió su corazón retorcerse en su pecho. Las lágrimas amenazaron con escapar de sus ojos mientras apartaba la cara de la visión de Candela.

—Ellos vendrán por ti, por nosotros. No quiero que vuelvas, no quiero volver a verte —dijo entre sollozos Torquemada.

—¿Ellos? ¿Quiénes?

—Los policías, los espías de la duquesa, no lo sé.

Candela acercó su rostro al de Alonso y le besó la frente.

—Te cuidaré. Pero primero debes protegerte a ti mismo. Prométeme que dejarás todo esto, que lucharás por tu vida, por nosotros.

Alonso cerró los ojos y negó con la cabeza. Sus labios temblaron mientras susurraba:

—Olvídame, aléjate de mí. Nunca más vuelvas. No quiero saber nada más de ti.

En ese preciso instante, la puerta se abrió y entró Madame Celestina, irradiando una autoridad ineludible. Sus pechos, voluptuosos y desafiantes, parecían querer escapar del corsé que los contenía, y con su mera presencia llenó la estancia de un aire sofocante y casi cortante. Candela, incrédula, clavó sus ojos en la figura imponente, mientras que Torquemada dejó escapar un suspiro, profundo y cargado de resignación, como si el peso de todo lo vivido lo arrastrara hacia un abismo sin fin.

—¡Candela, vete! Hazle caso a Alonso... ¡Es mío! —exclamó Madame Celestina con una teatralidad que llenó cada rincón de la habitación.

La periodista, lejos de amedrentarse, esbozó una sonrisa afilada, tan cortante como una navaja.

—No te enfrentes a mí… No te enfrentes a Madame Celestina —Su voz, impregnada de una oscura seguridad, resonó en el aire—. Soy mucho más que una simple y antigua prostituta. Domino los bajos fondos, poseo las almas corruptas de esta ciudad.

Alonso intentó hablar, pero ella, imponente, alzó la mano con una calma que silenciaba cualquier intento de protesta.

—No digas nada, querido —le ordenó, con una dulzura calculada que resultaba escalofriante—. Ahora es momento de cuidar tu vida, y esa niña no puede hacer nada por ti. La policía te acecha, te relacionan con los grupos anarquistas y les he prometido que te alejarás de ese camino, que abandonarás la investigación sobre el incendio. Madame Celestina arriesga su honor por ti, y es hora de que te dejes proteger… y que olvides el pasado.

Candela, desconcertada y buscando en Torquemada algún signo de esperanza, se topó con un silencio que la dejó helada. Aceptando la derrota, tomó su bolso y salió de la habitación, dejando atrás la tensión. Alonso, atrapado por el poder de las palabras de Madame Celestina, se resignó a olvidar la investigación sobre el incendio de las Salesas.

68

VIDA DE PERRO

Mientras la ciudad se sumía en discusiones y debates sobre el futuro del rey, el apartamento de Madame Celestina era un espejismo a punto de estallar en siete años de ruina. Allí vivió Alonso Torquemada desde marzo de 1916 hasta septiembre de 1917. Se había mudado pocas semanas después del incendio. Cada mañana despertaba con el aroma del café recién hecho y el crujir de las hojas de periódico que Julia, la mucama, le dejaba sobre una bandeja junto a su cama. El desayuno solía acompañarse de una taza humeante, una porción de tortilla, una copa de absenta y una botellita de «coco», para que estuviese despierto todo el día.

En ese tiempo, su vida había cambiado radicalmente. La cocaína dominaba su existencia y rara vez escribía. Se había vuelto pendenciero y ya ni siquiera tenía sexo con Madame Celestina. Tampoco les había hecho caso a sus promesas de honor y había centrado su interés en la vida nocturna madrileña, el crecimiento del movimiento obrero, el anarquismo, la Revolución Rusa, la caída de monarquías europeas y la radicalización de Alfonso XIII hacia la derecha conservadora. Ocultar sus creencias políticas ya no era una prioridad, pero sí los crímenes que cometió en su nombre.

Madame Celestina, sin embargo, se había convertido en una excelente ama de casa, cuidando cada detalle para que Torquemada se sintiera protegido. Sabía de los problemas que él había tenido en el pasado, y no quería que se preocupara por nada más que su trabajo en el diario. Ella salía a ganar el pan mientras su hombre vagaba por las calles de Madrid.

Sus libretas estaban apiladas de forma ordenada en el escritorio que Madame Celestina le había asignado, relataban sus investigaciones y las pocas crónicas que hizo durante esos meses para *El Imparcial*. Nadie entendía por qué lo mantenían en el puesto de trabajo, más después de que la redacción supiese que Candela había renunciado a su puesto para no coincidir con Torquemada.

La guerra mundial había traído consigo la censura al país.[8] Luego de la partida de don Luis al mundo de la política, Félix Lorenzo, el nuevo director de *El Imparcial*, le había prohibido escribir cualquier línea que mencionara a Alfonso XIII, algo que había intensificado su aversión hacia la monarquía.

El desenlace de esta tensa situación llegó el 6 de junio de 1916, cuando Lorenzo convocó a Torquemada a su oficina con un tono que presagiaba el final de su relación laboral:

—Yo no soy como don Luis. He dedicado años a liderar la redacción de este periódico y, francamente, te has convertido en una mancha negra para el equipo —le espetó con una mezcla de decepción y firmeza.

—¿Qué me quieres decir?

—Que estás fuera, que no te quiero aquí, que quiero que te marches. Y te aseguro que si fuera por mí, nunca más trabajarías en un diario de Madrid.

—Pero...

—No hay peros, Torquemada. Don Luis te protegía, y esto es algo que debería haber hecho hace mucho tiempo. Ese incendio fue el colmo de tus desmanes, desmanes que llevaban consumiendo tu trabajo mucho tiempo. Y por eso una joven inexperta como Candela te pasaba la mano con exclusivas que ni veías, borracho de absenta.

Torquemada lo miró fijamente y le dijo:

---

8. El relevo de Dato por el conde de Romanones al frente del gobierno el 9 de diciembre de 1915 derivó en grandes conflictos sociales a raíz de la carestía de vida y el inicio de huelgas de ferroviarios. Esto llevó a la suspensión de garantías, que con el tiempo se habían suavizado.

—Vete a algún sitio donde te hagan daño.

Lorenzo lo miró con displicencia y Torquemada se lanzó hacia él golpeándole en la cara, algo que llevaba años queriendo hacer.

Poco después, desalojó su mesa y se marchó.

Sin trabajo ni dinero, esa noche llegó a la vivienda de Madame Celestina, que le dijo que no tenía que preocuparse de nada, salvo de complacerla a ella. Días después le regaló un automóvil.

—El dinero no es un problema, Alonso. Aquí me tendrás siempre que me necesites. La única condición es que jamás vuelvas a investigar al rey.

—¿Por qué? —le preguntó el periodista.

—Porque la policía me protege siempre y cuando les haga caso. Y no te quieren metiendo las narices en el incendio del Tribunal Supremo. Ni tampoco en la vida de Alfonso XIII.

69

LUCHA CLANDESTINA

El verano de 1916 se convirtió en una página en blanco en la vida del periodista, dominado por el alcohol y las drogas; dominación de la que no podría salir hasta bien entrado el 1917, cuando se uniría a las revoluciones sindicales para luchar contra Romanones, que se encontraba dirigiendo el gobierno.

A escondidas se veía con Clara de Osuna, que lo llevaba por el camino de la perdición. Ella le prometía un futuro juntos y, cuando Torquemada sucumbía al placer de la carne y de la diversión, ella lo engañaba o le hacía saber que había cambiado de opinión. Algunos la habían visto por Madrid con algún sindicalista viejo y otros con el dueño de una taberna de mal vivir. Los rumores acompañaban a la joven, que cada vez que Torquemada la enfrentaba se desvivía en llantos que se acababan en cuanto él se compadecía. Era un juego en el que ella marcaba el paso y el periodista caía una y otra vez.

En este contexto, creó un panfleto titulado «La lucha clandestina», el cual difundía fervientemente por Madrid. La impresión se realizaba en un diminuto taller oculto en las penumbras de la Asociación de la Prensa. A pesar de su vetustez, la maquinaria revivía noche tras noche, iluminada por el tenue resplandor de lámparas de aceite, resonando al compás de la esperanza y el llamado a la revolución. En aquel papel, alimentado meticulosamente en la prensa, Torquemada y sus colegas inmortalizaban sus apasionados llamamientos a la movilización, su crítica hacia la gestión de Romanones y su visión de un futuro sindicalista capaz de empoderar a los trabajadores del sector.

Estas reuniones tenían lugar en la calle San Marcos, número cuarenta y cuatro, donde confrontaban a periodistas conservadores afines al gobierno. Torquemada, con su notable influencia, incitó a sus compañeros a desafiar al gobierno con una huelga general en junio de 1917, provocando la imposición de la censura previa en los medios. Algunas publicaciones se resistieron a enviar sus galeradas al gobierno para evitar la censura, destacando entre ellas *El Socialista, El Día* y *España Nueva*, las cuales fueron sancionadas. Sin embargo, la situación no escaló mayormente, ya que Romanones renunció el 20 de junio. Su sucesor, García Prieto, revocó la suspensión de garantías dos días después. En junio, el gobierno de García Prieto colapsó, y cedió el poder a Dato.

El conservador Dato restableció la suspensión de garantías el 25 de junio, ante la creciente agitación republicana y sus persistentes ataques al gobierno. No obstante, el 30 de junio, ante una protesta unificada de todo el sector periodístico, se eliminó la censura previa. En realidad, la censura no se suprimió por completo, sino que la responsabilidad recaía ahora en los propios directores de los medios.

A principios de julio de 1917, Torquemada era consciente de estar en el punto de mira de las autoridades, y su vida se había transformado en un constante interrogatorio por parte de ciertos agentes sobre un grupo de periodistas madrileños con aspiraciones reformistas que buscaban transformar la Asociación de la Prensa en una entidad sindical.

El 7 de julio se debatió sobre cómo desafiar al monarca. Torquemada lo narró de la siguiente manera: «Las mesas de madera, desgastadas por el uso y las discusiones intensas, se organizaban en un semicírculo improvisado, creando un ambiente de camaradería en medio del humo del tabaco y los debates apasionados. En la cabecera, una pizarra rudimentaria exhibía la agenda del día, cada punto marcando un paso hacia su meta compartida: convertir la Asociación de la Prensa en un bastión sindical auténtico».

Torquemada emergió como el líder de un reducido grupo de periodistas determinados a desafiar al rey, investigando sus finanzas y posibles irregularidades. Con el avance de la discusión, las voces se intensificaban y entremezclaban, con cada periodista aportando su perspectiva, sus inquietudes y sus esperanzas. Algunos participaban con la pasión ardiente de los recién convertidos, mientras que otros, marcados por el escepticismo de haber presenciado demasiadas promesas incumplidas, mantenían una postura más cautelosa. A pesar de las divergencias, prevalecía un sentido de solidaridad y un entendimiento implícito de que se encontraban al borde de un cambio significativo.

Las propuestas eran variadas, desde la creación de un fondo de ayuda mutua hasta estrategias para captar el apoyo de la opinión pública y contrarrestar la narrativa de los medios progubernamentales. Cada idea se debatía con fervor, y era refinada colectivamente como si fuera una piedra erosionada por el flujo constante de un río transformador.

Sin embargo, la noche del 8 de julio de 1917, la policía irrumpió en la imprenta y destruyó la maquinaria entre gritos y amenazas. Los interrogatorios se profundizaron, intentando coaccionar a Torquemada para que revelara los nombres de sus compañeros en la Asociación de Prensa que simpatizaban con las causas sindicalistas y socialistas. Con cada pregunta se sucedía un golpe, cada asalto buscaba ocultar la verdad, amedrentarlo para que cesara sus investigaciones.

La operación de «La lucha clandestina» se vio obligada a cesar aquella noche, cuando Torquemada acudió a la residencia de Madame Celestina, quien lo amenazó con expulsarlo y dejarlo sin recursos. En ese momento, se prometió a sí mismo que buscaría justicia por Catalina con o sin la ayuda de la meretriz. En el fondo sabía que la investigación del incendio era una mera excusa para vengar la muerte de su amor de juventud.

70

CATALINA

En sus cuadernos, Alonso Torquemada relató su recaída al infierno de la droga.

«Catalina llegó a mi vida para salvar mis ideales. Quería tenerla a todas horas, despertar junto a ella y dormir con su calor. Voluptuosa y lacerantemente sensual, su lengua era un látigo que fustigaba mi cerebro para que olvidase lo que el gobierno quería que sintiésemos, pero su pérdida me llevó al sexo de estraperlo, a las horas sin fin y a las noches sin mañanas. Ya no puedo pensar sin medir la vida en el precio de las drogas, sin sentir que no voy a despertar si no bebo el elixir del fin de las noches, si no escribo sin mi corazón cabalgando por un amor que ya no existe y que ya no quiere latir más. Viva la república y el proletariado».

Con su recuerdo martilleando el cerebro, se adentró en la calle Mayor, mirando hacia atrás, controlando todo lo que ocurría a su alrededor. Al llegar al número ochenta y ocho, se detuvo para observar el edificio desde donde el anarquista Mateo Morral había lanzado una bomba, envuelta en un ramo de flores, contra Alfonso XIII. Había ocurrido el 31 de mayo de 1906, el día en que el rey se había casado con Victoria Eugenia de Battemberg. En aquella infausta jornada murieron treinta personas, entre las que se encontraba Catalina. Una lágrima recorrió su rostro hasta perderse en su barba, cada día más frondosa y desaliñada.

La había conocido siendo un niño, callejeando por aquel Madrid de principios de siglo. Con ella, había descubierto el amor y el sexo que, tras su muerte, condicionaron su existencia y su forma de vivir. Las canicas y las cartas dieron paso al descubrimiento de sus cuerpos y de los libros. Juntos habían leído a Marx y Engels, y juntos habían escuchado a Largo Caballero, de quien adoptaron sus ideas. Pero la bomba se la había llevado, dejando al reportero como un muerto en vida. El incendio del Tribunal Supremo fue el único revulsivo que encontró para detener su torrente de pensamientos suicidas, hasta que también olvidó la investigación tras el incendio de la calle Ceres.

Pensaba en ella cuando, a su izquierda, vio un rostro conocido, lo que lo obligó a aparcar sus preocupaciones. Desde hacía un tiempo, un par de hombres vigilaban todos sus movimientos y empezó a sentir que la muerte lo acechaba. Creía que lo iban a detener, pero bordeó la Plaza de Armas y la Plaza de Oriente, pasó por la calle Bailén y se dirigió a la Plaza de Isabel II, siempre mirando por encima del hombro. Aunque había logrado evitar las detenciones masivas tras la huelga general, creía que su detención era inminente. El comité de huelga había sido arrestado el 14 de agosto y el rey, presionado por el alza de precios y el declive en la calidad de vida de los más desfavorecidos, había destituido, nuevamente, a Eduardo Dato. Lo último que registraron sus libretas, en un estado de lucidez sin influencia de drogas, fue el consejo de guerra a los líderes sindicalistas: «Setenta y un fallecimientos, doscientos heridos y dos mil detenidos fue el balance oficial de la huelga, aunque mis fuentes señalan que, probablemente, duplicó o triplicó esas cifras. El día 16 de agosto de 1917 la revuelta había sido prácticamente aniquilada, y todos sus dirigentes fueron detenidos y encarcelados. Mis amigos de la CNT recibieron a tiros a las fuerzas del orden y al Ejército en los barrios de Madrid. La UGT se plegó al miedo».

Pero la detención no se produjo, algo que lo extrañó y a la vez lo tranquilizó, convenciéndose de que lo habían dejado en paz. «Los pagos de Celestina a la policía parece que dan sus frutos», escribió. Se equivocaba.

71

EL CRIMEN DEL SEÑOR FERRERO

El 27 de agosto, el sol de la mañana pintaba de oro el reflejo del ventanal del Café de las Salesas, mientras Torquemada hojeaba, sin realmente leer, la última edición de *El Imparcial*. Catalina estaba cada vez más viva en su cerebro carcomido, y él intentaba matarla de copa en copa, lo que había provocado que en los tres últimos meses no trabajase en ningún diario.

Bebió otro sorbo del licor y pensó en Candela. No la veía desde hacía semanas, cuando le había dicho que se alejase de él. Volvió a beber y plegó el periódico dejando el titular frente a sus ojos que bailaban: «Aparición del cuerpo del señor Ferrero». Aquel crimen trajo de cabeza a la Brigada de Investigación Criminal; Manuel Ferrero había recibido un hachazo por la espalda. Y Torquemada, a pesar de todo, ayudó a determinar las circunstancias de su muerte.

Dejó su copita de absenta a medias sobre la mesa, se levantó e interrogó a Mariano, el camarero que le había permitido resguardarse en el local durante el incendio del Palacio de Justicia.

—Mariano, ¿has oído la noticia sobre el señor Ferrero? —preguntó Torquemada acercándose a él.

—Sí. Ha sido un espanto lo que pasó.

Mariano le contó sobre la desaparición de Manuel Ferrero, un hombre con grandes sueños y cien mil pesetas en el bolsillo que había llegado a Madrid para comprar un molino en su pueblo natal, Pozuelo de Tábara. El vendedor vivía en la capital y Ferrero, que nunca había viajado, no había dudado en visitarlo para hacerse con la ansiada propiedad.

—¿Y sabes algo más? —preguntó Torquemada con interés.

Mariano bajó la voz aún más y confió:

—Se dice que la intermediación para la venta la hacía Nilo Sáinz. ¿Te acuerdas de él? Te lo presenté al día siguiente del incendio del Palacio de Justicia.

Torquemada negó con la cabeza, sin poder recordar al personaje.

—Sí, hombre, un tipo de barba poblada y más cojo que una mesa renqueante. —Los ojos del camarero dejaban entrever una ligera desaprobación—. Qué daño te está haciendo el alcohol, Alonso… Sáinz es un hombre que a mí me había ayudado a solventar un problema personal. Me dijo que era abogado, pero no es así, y comenzó a venir a diario a exigirme veinticinco pesetas por asistirme con el problema. Casi llegamos a las manos. Desde entonces no volví a cruzármelo, hasta que una mañana apareció con el señor Ferrero, el que ha sido asesinado.

—¿Y qué tiene que ver Sáinz con Ferrero, más allá de venderle un molino?

—Me han comentado que Ferrero tiene unos familiares en la calle Mira el Sol, número trece, con los que había contactado cuando llegó a la capital. Al no tener noticias de él, se pusieron en contacto con la familia en Tábara, y un cuñado de este se personó en la pensión en la que se había alojado. Allí le informaron que lo habían visto en compañía de un caballero de poblada barba y que padecía de una incipiente cojera. Y pensé en él.

Torquemada tomó nota de esta nueva pista. Sabía que tenía que investigar a Nilo Sáinz y descubrir más sobre sus oscuros motivos para demostrar a sus compañeros de la prensa que seguía siendo un periodista importante. Se despidió de Mariano y se apresuró a correr hacia la Brigada de Investigación Criminal, donde preguntó por el comisario Fernández Luna.

Lo hicieron esperar en la planta baja hasta que el mismísimo comisario descendió y le pidió que le acompañase hasta su despacho, donde se sentaron uno junto al otro. Tras unos breves saludos, Torquemada arrancó a hablar.

—Tengo información para usted. Parece que Ferrero estaba en tratos con un tal Nilo Sáinz, que tiene fama de estafador.

—¿Qué más sabe, Torquemada?

—Que una de las últimas personas en verse con Ferrero fue el tal Sáinz y, por lo que me han explicado, si eso fue así me temo que haya muerto.

El día 6 de junio, Ferrero había desaparecido sin dejar rastro, y solo unos meses después se descubrió su macabra sepultura en un chalecito de la zona de Fuente del Berro. La policía encontró su cuerpo enterrado boca abajo. «La meticulosidad con la que Nilo Sáinz y su hijo Federico habían planeado el crimen sorprendió a todos. Cambiaron el suelo del lugar del asesinato, tapiaron la fosa, limpiaron la casa y hasta pidieron a albañiles que sellaran bien las juntas, para evitar que el olor de la descomposición se filtrara».

72

LLUEVE

Dos días después, la lluvia golpeaba las ventanas de un pequeño café de Madrid, creando un murmullo constante que acompañaba la conversación en la mesa del rincón, donde se sentaron Torquemada y el comisario Fernández Luna. El policía miró fijamente al periodista, con una mezcla de preocupación y advertencia en sus ojos cansados.

—Quiero agradecerle toda la ayuda que nos ha prestado con lo de Ferrero. Ha confesado todo —dijo el comisario en un tono grave.

Torquemada asintió, con expresión sombría. Tras el testimonio de Torquemada, el astuto policía Francisco García Gómez siguió a Nilo Sáinz y a su hijo por orden de Fernández Luna. El policía escuchó una conversación entre padre e hijo Sáinz, lo que le permitió localizar la propiedad donde se había cometido el crimen y conectó los puntos con la declaración de desaparición de Nilo Aurelio Sáinz en la prensa.

—Me alegro de haber servido para algo —respondió.

El comisario suspiró y apoyó su taza de café.

—Es usted un buen periodista, Torquemada, pero debe dejar sus miedos atrás o acabará mal. Hay mucha gente que quiere verlo muerto.

Torquemada frunció el ceño.

—Pero ya no investigo el incendio del Tribunal Supremo —afirmó, sabedor de que su vida dependía de que todo el mundo pensara que había dejado de lado por completo esa investigación.

El comisario Fernández Luna negó con la cabeza. Miró a su alrededor y vio que alguien le hacía gestos con la mano. Alzó la mirada y un hombre, de pecho alto, corbata engominada y porte de matón se les acercó.

—Les presento, Alonso Torquemada, mi compañero Francisco García, el hombre que detuvo a Nilo Sáinz.

Torquemada le miró y sintió un escalofrío. Era el policía que se había convertido en su sombra por Madrid. Habló en voz baja con Fernández Luna y se despidió. El comisario volvió a la conversación.

—Alonso, no le vamos a detener por sus vínculos con el comité de huelga, pero esté quieto durante un tiempo.

—Entonces..., ¿no me seguían por el incendio?

—No... Formamos parte de la Brigada Antianarquista. Lo seguíamos por sus vínculos con Clara de Osuna y con el anarquismo.

Torquemada sintió que aquella joven había sido su perdición. Se removió inquieto en su silla, sus ojos revelaban una lucha interna.

—Es algo muy privado y tiene que ver con un amor de juventud. Clara me dio un tiempo prudencial de tranquilidad. Fue adormidera para mi cerebro, pero yo no tuve nada que ver con los movimientos anarquistas.

—¡Catalina! —exclamó Fernández Luna, con mirada intensa—. Todas las prostitutas hablan de ella. Parece que grita su nombre cuando su sangre está llena de absenta.

Torquemada cerró los ojos brevemente, recordando un pasado doloroso.

—No quiero hablar de eso, comisario.

El comisario Luna suspiró de nuevo y le puso una mano en el hombro.

—Cuídese, Torquemada. Necesita volver a la vida.

El periodista asintió, sintiendo el peso de las palabras del comisario. Mientras la lluvia seguía cayendo afuera, él sabía que el pasado y sus secretos seguían persiguiéndolo, amenazando con destruirlo en cualquier momento.

Salió del café y caminó sin rumbo. En la plaza Isabel II ascendió hacia el norte para examinar la evolución de las obras de una gran avenida que se estaba construyendo y que había provocado la demolición de muchas viviendas. Torquemada había criticado hasta la saciedad que se hubiese planificado esa arteria central, que algunos llamaban Gran Vía y que discurría entre Alcalá y plaza de San Marcial, sin importar que los moradores del barrio se quedasen sin vivienda. La construcción se había diseñado bajo el mandato del conde de Romanones, pero no había sido hasta 1910 cuando se puso en marcha, y se derribaron trescientas doce casas para formar treinta y dos manzanas nuevas. Con aquella visión, y habiendo descubierto un crimen, se sintió revivir. Hasta ese día había creído que lo seguían a todos lados para evitar que profundizase en la investigación del incendio de las Salesas. Saber que en realidad era por sus vínculos con Clara de Osuna le permitió perder el miedo y volver de lleno a la investigación sobre Alfonso XIII.

73

LAS FINANZAS DEL REY

En septiembre de 1917, la vida parecía transcurrir con normalidad en el apartamento de Madame Celestina, aunque Alonso había vuelto a sus investigaciones sobre el rey. Aprovechaba las ausencias de ella para salir a hurtadillas de la casa. Sus libretas también relatan algunas reuniones clandestinas con anarquistas lideradas por Clara de Osuna, que cada vez se alejaba más de él sentimentalmente. Una noche le había dicho: «Ya no quiero que seamos amantes, Alonso. Me conformo con ser tu amiga». Aquello había hecho mella en Torquemada, que había escrito: «Me usa, meramente me utiliza para que la ayude a desarrollar sus ideas políticas». Esta idea le había hecho pensar en alejarse de la política y retomar su investigación sobre el rey.

Desde hacía días que nadie lo seguía, y comenzó a sentirse libre e impune. A escondidas, y con la ayuda de contactos en la abogacía, había empezado a indagar las finanzas reales. Era un tema espinoso, que le podría causar grandes problemas, pero su instinto periodístico le empujaba a la verdad, costase lo que costase. Poco a poco, había descubierto que Alfonso XIII estaba presente en los accionariados de Hispano-Suiza, en el metro de Madrid o Trasmediterránea. Y, sin embargo, lo que más tiempo le costó conocer fueron sus intereses en la Compañía Española de Minas del Rif en Marruecos. Apuntó: «Localizar a Ricardo Villar, policía que conocí en junio de 1915 y que, posteriormente, me pegó la paliza en comisaría». Alonso creía que la guerra con Marruecos se había iniciado para proteger los intereses económicos de una empresa vinculada a Alfonso XIII.

Nada le paraba. Usaba la luz de las velas para escribir y cualquier visita que tuviese que hacer se convertía en una investigación sobre las finanzas del rey. «Alfonso XIII intentó ser un monarca regeneracionista y modernizar el país. Para ello utilizó la Corona para fomentar iniciativas empresariales en las que también participaba. Buscaba una nación cohesionada, orgullosa de su españolidad y capitaneada por su rey. Y, así, pasó de una fortuna de nueve millones de pesetas a treinta millones».

Había dejado de lado, temporalmente, la investigación sobre el incendio del Tribunal Supremo. Sin embargo, la figura de la duquesa de Pinohermoso seguía siendo una constante en su mente. Estaba convencido de que ella estaba detrás de sus problemas en *El Imparcial* y que era la instigadora de las trampas que le habían tendido. Con cada dato que descubría, se daba cuenta de la tela de araña de influencias y poderes ocultos en la que se encontraba atrapado.

Hasta que alguien le habló de un tal duque de Toledo, y el 15 de diciembre de 1917 escribió, a la luz de una vela, mientras afuera la ciudad dormía, ignorante de los secretos que iba a descubrir al día siguiente: «Me han comentado que para conocer las finanzas reales debía profundizar en este personaje. Lo que entonces no imaginaba era que el duque de Toledo es como se identifica el rey para ocultar su identidad. Mañana lo sabré con seguridad».

Se despertó al alba y anduvo a hurtadillas por la habitación para no despertar a Madame Celestina, que dormía plácidamente. Al poco salió a la calle y condujo, a bordo del Hispano Suiza 15-20 que ella le había regalado hacía pocas semanas, hasta el número treinta de la avenida del Valle, en la colonia del Metropolitano. El chalé se alzaba majestuoso ante él, con la imponente silueta de la sierra de Guadarrama de fondo.

La vivienda en cuestión, según los rumores, había sido un regalo generoso de los constructores Otamendi a Alfonso XIII, como muestra de gratitud por sus inversiones y su contribución en la construcción del metro. El chalé era una auténtica joya, con sus dos mil metros cuadrados de terreno, un frondoso jardín que se perdía en la distancia y una imponente estructura de dieciocho habitaciones distribuidas en el sótano, dos plantas y un singular torreón. Desde este último, se podían admirar vistas panorámicas tanto de la Casa de Campo como del monte de El Pardo. La donación se había valorado en sesenta y ocho mil duros, una cantidad que habría hecho que cualquier amante se sintiera extremadamente satisfecha.

Estaba decidido a descubrir más sobre los misterios que envolvían el chalé y comenzó a interrogar a los vecinos. Fue entonces cuando uno de ellos, con un gesto cómplice, le confesó que al marido de la actriz Carmen Ruiz de Moragas, residente del chalé, no lo habían visto nunca en el vecindario. Sin embargo, le revelaron que el misterioso marido se hacía llamar «duque de Toledo». Esa misma noche, Alonso supo que este nombre no era otro que el pseudónimo que utilizaba el mismísimo Alfonso XIII para mantener en secreto su relación con la actriz.

74

ALONSO, ADIÓS

Llegó a la vivienda de Madame Celestina bien entrada la noche. Ella le esperaba despierta. Había despedido al servicio para poder hablar tranquilos.

—¡Alonso, estoy en el salón! —le gritó en cuanto escuchó el gozne de la puerta crujir.

El periodista caminó hacia ella, amansado por la falta de «coco» en sus venas, y la vio sentada sobre el sofá, vestida como si fuese a ir a misa, con una copa de vino en la mano. Sobre la mesa, al lado de una vela, estaba una de sus libretas. Miró el título: «Alfonso XIII. Finanzas».

—¿Qué haces despierta? ¿Y qué haces con mis libretas?

—Tenemos que hablar. Siéntate.

Torquemada obedeció, ansioso por ir al despacho que tenía habilitado y escribir sus últimos hallazgos. Sabía que, si hacía pública la información que tenía sobre la guerra de Marruecos en 1909 y las finanzas reales, provocaría una rebelión en España que, posiblemente, traería la República.

—¿Dónde estabas? —le preguntó ella.

—Siguiendo unas pistas para esa crónica social que quiero hacer sobre Madrid. Ya sabes que quiero escribir un libro…

—¡Una mierda! —Lo interrumpió ella—. Has vuelto a investigar al rey. Eso nos pone en grave peligro.

Lanzó una libreta de Torquemada al suelo. Él se levantó y la recogió con los ojos impregnados en odio.

—¡Quiero que te vayas de esta casa! —le dijo Celestina—. Esto se parece cada día más a un aburrido matrimonio de ancianos como para encima tener que soportar que vuelvas a tus investigaciones. Y qué no decir de tus largos párrafos sobre tu Catalina y sobre Candela. A mí no me dedicas más que palabras de estima cuando te doy alguna información.

—Deja que te explique... —dijo él mientras se acercaba para abrazarla.

—Déjame, ¡no me toques!

Torquemada se sentó.

—He descubierto que la guerra con Marruecos de 1909 la provocó el rey por intereses económicos. Tiene inversiones en la Compañía Española de Minas del Rif S.A., que explotaba unas minas de hierro en Nador, con mano de obra prácticamente esclava. Estoy intentando localizar a un policía llamado Villar que conocí hace años para que me dé más información. Alfonso XIII tenía acciones de la empresa, y cuando los caudillos rifeños pusieron el negocio en peligro con sus acciones bélicas no dudó en enviar tropas. Por eso lo hizo...

—Y una mierda, ya está bien de tonterías. La droga está matando tu cerebro.

—Se hace llamar duque de Toledo y tiene una amante...

—Eso lo sabe todo Madrid, Alonso. Se ha enamorado perdidamente de la actriz Carmen Ruiz, a la que conoció el año pasado mientras ella representaba *La Dama de las Camelias*. Ha hecho que se retire de los escenarios y viven juntos.

—Como hizo su padre con Elena Sanz... Obligarla a dejar la ópera.

—Me da igual, Alonso. Quiero que te marches. Quiero olvidarte.

—Quemaron la casa de Elena Sanz, igual que se quemó la mía y el Tribunal Supremo. He conseguido los documentos de la compraventa de la vivienda de Elena Sanz en Billancourt y coincide todo; las fechas, que ella se hizo un seguro antiincendios y que todo ardió...

—Alonso, tu casa no la quemó nadie... la quemaste tú con un cigarro mal apagado...

—Eso me hicieron creer —afirmó el periodista cada vez más indignado.

—De verdad, Alonso, te has desquiciado.

—Olvídame —contestó mientras una vena surcaba su sien y sus nudillos blanqueaban de la presión que hacía al cerrar los puños.

—Alonso, estás enfermo, te has vuelto loco persiguiendo un fantasma de amor de juventud. ¡Catalina! ¿Quién sabe si ella seguiría a tu lado? Murió, pues eso, murió. Déjala ir de una vez.

Torquemada se levantó, alzó la mano para abofetearla, y Madame Celestina hizo lo mismo con el cuello.

—Hazlo, atrévete. Ni para eso eres un hombre.

Él se retiró para hacerse una maleta, mientras ella gritaba:

—Vete con Catalina. O con Clara de Osuna. ¿Te crees que no sé que la ves a escondidas? Solo hay que verte cuando llegas a casa borracho y oliendo a hembra. Y ya no vales ni para escribir.

«Aquella noche, casi traiciono a mi ser. Casi me convierto en mi padre, golpeando a mi madre. Esos malos bichos que violan y matan a mujeres. Esa mala gente que no sabe controlar su carácter. Aquella noche, casi dejo de ser yo», escribió.

75

CELESTINA, DESCANSA EN PAZ

D esde que había dejado la vivienda de Madame Celestina, Torquemada se alquiló un chamizo en la calle Tirso de Molina, que pagaba escribiendo folletines semanales para un periódico. Una noche le dijeron sin más que ella había fallecido, sin que las causas estuviesen claras. Lo narró así:

La noche caía sobre Madrid y el olor de la lluvia se mezclaba con el de las lámparas de gas que comenzaban a encenderse en los callejones. Me tambaleaba noche tras noche en callejos oscuros de la Ronda de Toledo y en tugurios de mal vivir. Había perdido la noción del tiempo. No recuerdo dónde fue, ni la hora exacta, pero sé que la vi. Llevaba tiempo sin yacer con una mujer y no sé cómo ni por qué, pero aquella noche sentí la llamada del deseo.

Era una mujer madura, morena, y algo agitanada que me hizo señas desde la entrada de una casa. Crucé el portal tras ella y sentí que la melancolía me invadía cuando accedimos a su habitación. Las sábanas, desgastadas por el uso, estaban limpias pero la estancia olía a tabaco y güisqui. Los sonidos de la ciudad me parecieron distantes, apagados, lejanos, casi mortecinos. Y me senté sobre el camastro.

Sin preámbulos ni palabras, comenzó a desnudarme suavemente con un cigarrillo en la mano que humeaba frente a su rostro, que me pareció más bello. Cuando la ropa cayó al suelo me besó, primero con reserva y luego con pasión. Sus manos empezaron a tocarme y mi cuerpo tardó en reaccionar. Pero lo hizo.

No fue un acto de lujuria, sino de rendición. Hacía semanas, quizás meses, que no estaba en los brazos de una mujer. Y me volqué en satisfacerla con mi boca vagando en un cuerpo que antes habían tocado mil manos. Pero no me importó; ella, como yo, necesitaba sentirse deseada. Yo necesitaba saberme querido durante unos fugaces segundos, en un acto de teatro, sí, lo sé, pero con pasión me revivió. Gracias a ella, supe que no todo estaba perdido. Tras el acto, cuando mi cuerpo comenzaba a enfriarse, sollocé.

—¿Por qué lloras, joven? —me preguntó con una voz áspera.

—Por este mundo que no comprendo y que a veces siento que me está tragando. Yo estaba destinado a ser un gran periodista, y aquí me ves, hundido y casi sin escribir. Y todo porque perseguía una pista sobre el origen de un incendio que me quemó. Y no lo digo por decir.

Le enseñé mi brazo izquierdo, quemado en el interior. No supo qué contestarme. Luego hablamos de la vida y comencé a pensar en Catalina y mi alma sucumbió a la oscuridad del momento. Ella me habló de sus inicios, de las casas en las que había malvivido, de las palizas, de los hombres que vivieron de ella y de unas películas eróticas que había filmado para complacer a Alfonso XIII.

Me explicó que un director de cine de Barcelona reclutaba a chicas en prostíbulos y que las filmaba en todas las poses posibles, en todas las formas humanas inimaginables y que luego las devolvían a la prostitución, sin más, sin sentir nada por ellas. Del cine al teatro del sexo de pago.

Avanzada la noche, ya sobrio, me disculpé por haberme desahogado con ella y fue cuando Toñi, así se llamaba la horizontal, aunque todos la conocían como La Blanca, con voz temblorosa me lo dijo:

—¿No me recuerdas, verdad? Me salvaste la vida en junio de 1915. Me querían violar y tú me defendiste. Quizás fue el destino que nos uniera aquella noche. Antes, me has hablado de una amiga tuya, Madame Celestina. Ella fue mi protutora y falleció hace unas semanas. Unos bestias desalmados la asesinaron cuando iba a entrar en un edificio de la calle Tirso de Molina.

*Aquello me descolocó sobremanera. En mi interior siempre
habría creído que Madame Celestina continuaría en este mundo
al momento de mi partida.*

Torquemada también escribió: «Me venía a visitar cuando la
asesinaron». Y aquello aumentó el pesar en el periodista, que sintió que todas las mujeres que se le acercaban acababan muertas.
En esos días también le dedicó unas palabras a Madame Celestina
en sus libretas: «No sé si me quisiste, amiga mía, pero yo a ti sí. A
mi manera, pero te quise. Tenías otra vida, otra forma de pensar,
pero, a tu manera, me cuidaste. Descansa en paz, por todo lo que
nunca descansaste en vida».

76

EL DINERO LLEGA, SIEMPRE LLEGA

P ocos días después, Ossorio y Gallardo le citó en su oficina. Fue el 23 de septiembre de 1917 cuando Torquemada cruzó el umbral del despacho. La noticia de que Madame Celestina había dejado un testamento a su nombre le había llegado como un relámpago y su mente estaba inundada de preguntas y conjeturas.

—Buenos días, Alonso. Por favor, tome asiento —dijo Ossorio con voz grave, señalando una silla frente al escritorio.

Alonso, con una mezcla de nerviosismo y expectación, obedeció, observando los detalles de la habitación. La mesa de caoba, los libros de piel perfectamente ordenados y decenas de cartas a medio escribir a un lado de la mesa.

—Verá, Alonso —comenzó el abogado, abriendo un pesado legajo—, he sido encargado de ejecutar el testamento de Laureana Celestina Clavel, una mujer que, según tengo entendido, era conocida suya.

Torquemada asintió.

—La señora Celestina ha dejado instrucciones muy claras —continuó el abogado—. Y usted, sorprendentemente, es el principal beneficiario. No solo le ha dejado una suma considerable de dinero, sino también algunos objetos personales. Todo salvo sus propiedades, que se las ha legado a su ama de llaves.

Alonso escuchaba, incrédulo, mientras el abogado detallaba los aspectos legales y las responsabilidades que conllevaba la herencia.

—La aceptaré, Ossorio, pero no quiero que nadie sepa que ahora soy rico. Este dinero no lo usaré; no creo que lo merezca. Espero algún día tener hijos y que sea para ellos. Así que le solicito que sea discreto.

—Así se hará, Alonso, pero ¿por qué no aprovecha para escribir novelas? Ahora puede. Y así deja ya de ser el tema de conversación preferido en el Café de las Salesas. Hay una porra sobre su muerte desde que su piso de la calle Ceres se incendió. ¿Sabe que lo boicoteaban desde dentro de su diario?

Torquemada alzó los hombros y no dijo nada.

—Félix Lorenzo, el entonces jefe de redacción y ahora director de *El Imparcial*, quedaba en el café con la gente de Luis Moreno y Gil de Borja... —dijo el abogado.

—¿El marqués de Borja? ¿El abogado del rey?

—Así es, Torquemada. Ándese con cuidado.

—No me fastidie, Ossorio. Llevo así más de dos años. En este tiempo me han amenazado, intentado asesinar y pegado. Ya no puedo más.

—¿Desiste? —preguntó el abogado.

—No es que desista, Ossorio, es que mi cuerpo no da más de sí. En este tiempo, además, me he sentido solo. Celestina muerta, Clara de Osuna desaparecida, Catalina... Ella murió, y yo con ella.

—¿Y esa tal Candela?

—Ella ya no quiere saber más de mí. Intentó ayudarme, joder que lo hizo, y la defraudé.

—No sea tan duro con usted mismo, Torquemada. No se dé tanta importancia. Hagamos un trato...

—Usted dirá —se interesó Torquemada.

Ossorio le explicó sus planes y le dio unos documentos. Y, de repente, cuando salió a la calle, escuchó a un niño que voceaba el titular del diario *La Acción*. Un titular sobre el incendio de las Salesas.

77

ESCÁNDALO

—¡E scándalo! ¡Escándalo! La sede de la Audiencia se resquebraja. ¿Qué chanchullo es ese? —gritaba un niño con un manojo de periódicos en la mano.

Compró el diario y, en medio de la calle, se encendió un cigarro y leyó la noticia:

A raíz del incendio de las Salesas, periodistas, abogados, procuradores, etcétera, pusimos el grito en el cielo al ver que los idóneos instalaban la Audiencia de Madrid en una pocilga. Era aquello atentatorio al prestigio de nuestra Administración de Justicia y ofensivo para el decoro de la capital de España; pero callamos a poco porque se nos dijo que el Palacio de Justicia iba a estar reconstruido en poco tiempo. No ha sido así, y, además, el ministro de Gracia y Justicia acaba de descubrirnos ayer en el Congreso —el público apenas si se ha enterado— que, aun estando terminadas las obras, no se podría trasladar la Audiencia, porque el arriendo del local donde hoy se encuentra ¡está hecho por cinco años!

La enormidad no puede ser de mayor calibre, y revela cómo vienen administrando estos gobiernos, que desangran y avergüenzan al país. Por aquellos días se habló mucho del asunto, y en los círculos políticos se murmuraba acerca de los motivos que habían determinado el arriendo de la casa de la calle de Amor de Dios, a pesar de su falta de condiciones.

Se dijeron cosas que no eran para reproducidas en los perió-
dicos; pero ahora, ante el abuso que ese arriendo por cinco años
significa, habrá que esclarecerlo todo. No se concibe que en los
instantes mismos en que se anunciaba un concurso para re-
construir rápidamente el Palacio de Justicia se contrajera un
compromiso por cinco años de un corral en el que decorosamen-
te no podía funcionar la Audiencia. ¿Obedecerá a este compro-
miso absurdo el retraso que ha sufrido la reconstrucción de las
Salesas? ¿Qué procedimientos se siguieron para el arriendo de
ese local? ¿Se abrió concurso? ¿Se buscaron otros edificios?
¿Dónde se convocó a los propietarios para que hicieran una
oferta? ¿Por qué cantidad está arrendada la casa de la calle del
Amor de Dios? Es necesario que todo esto, revelador de un des-
barajuste intolerable, se esclarezca por los hombres que formaban
el gobierno de Dato. Si ellos no lo esclarecen, lo esclareceremos
nosotros.

Lanzó la colilla al suelo. Se palpó el abrigo con ansiedad y corrió hacia la redacción de *El Imparcial*. Subió las escaleras a trom-
picones y se lanzó, de golpe, sobre un cajón del escritorio que
antaño solía utilizar para trabajar.

Respiró al comprobar que allí estaba una copia de una carta
del magistrado José Vasco, el hombre de confianza de la duquesa
de Pinohermoso, que había conseguido tiempo atrás y que se había salvado del incendio de la calle Ceres.

Sr. Don Carlos Martín, mi distinguido amigo:

Me dice el Sr. Ferrero que esta mañana empiezan los albañiles en
la casa aquilatada: que él estará en su casa hasta las once y que a
la tarde, a las cinco, se alegrará mucho de verlo en Amor de
Dios, número dos.

A su corrección y amabilidad recomiendo que la cochera se
sirva de cuidar y dar las órdenes convenientes para que quede
desalojada con la urgencia que el interés del servicio y la obra
requieren.

De Vd. con la más distinguida consideración, affmo. amigo.

El presidente de la Audiencia de Madrid.

Con el periódico y la carta en mano entró en el despacho de Félix Lorenzo, flamante director de *El Imparcial*.

—Yo tenía razón —dijo, lanzando el ejemplar de *La Acción* sobre la mesa del director.

Félix Lorenzo leyó la noticia y lo reprendió.

—Torquemada, usted ya no trabaja en este diario, y ya tuvo su momento investigando el puñetero incendio. ¿Ahora otro diario le pasa la mano por la cara? Menudo juntaletras está hecho.

—Llevo dos años luchando para evitar que me silencien.

—No me fastidie, Torquemada. Aquí hay libertad de prensa —dijo el director con el dedo índice levantado.

—Aquí no hay libertad ni prensa. Esto es una gaceta plegada al poder y al rey, y usted el peor periodista de la historia.

—No siga por ahí, Torquemada. No lo quiero en este edificio.

Torquemada se lanzó hacia la mesa del director, que se apartó y casi cae al suelo.

—Torquemada, ¡cálmese! —Félix endureció sus facciones al tiempo que su respiración se agitaba. La furia comenzaba a salpicar sus ojos, pero el periodista no se amilanó y le dijo a dos dedos de la cara:

—En Madrid hay más diarios que el poder que usted tiene. Lleva años informando a Luis Moreno de Borja de mis avances, pero a partir de ahora ya no podrá hacerlo. Descubriré quién incendió el Tribunal Supremo y ocuparé su puesto como director de *El Imparcial*.

Al salir del despacho, miró hacia la mesa de Candela, pero la vio vacía.

Esa noche escribió en sus libretas: «Casi mato a Félix Lorenzo, quien me traicionaba e informaba a la Casa Real. A pesar de todo, volví a la investigación. Me presenté en la Audiencia y conseguí una cita con el magistrado Ortega Morejón».

78

«LA MAÑANA EN LA QUE ME QUISIERON ASESINAR POR SEGUNDA VEZ»

Intentaron matar a Torquemada por segunda vez en octubre de 1917, dos años después del incendio del Palacio de Justicia y un año después del de la calle Ceres, cuando volvió a poner los ojos sobre el incendio y las actividades del rey.

Se dirigía hacia el hotel Ritz, donde lo esperaba el antiguo presidente de la Audiencia Territorial de Madrid, José María Ortega Morejón, para tomar el té. La mera proposición le pareció un esnobismo impropio de un madrileño acostumbrado a tomar chocolate con melindros o, en su caso, absenta. Sus sentimientos antiburgueses le habían acercado muchas veces a dejar la investigación del incendio, pero la aparición de la noticia en *La Acción*, el día previo, había provocado que sintiese que esa noticia le pertenecía. Tenía que hacer algo para demostrar que seguía siendo el mejor reportero de Madrid.

Aceleró el paso en la Puerta del Sol y tomó la calle Alcalá. Al mirar su reloj, se dio cuenta de su retraso, pero una sombra inquietante a su izquierda, lo detuvo y lo llenó de incertidumbre. Dejó pasar el tranvía, consciente de que algo no iba bien.

Y en ese instante, un vehículo, un elegante Hispano Suiza, se abalanzó sobre él desde la izquierda. Un grito desgarrador de una mujer resonó en el aire: «¡Cuidado!». En un acto reflejo, Torquemada se lanzó al suelo, y se salvó por escasos segundos. Cuando levantó la vista, el coche ya giraba velozmente hacia la calle de la Cruz, dejándolo en un estado de confusión, mientras el eco del grito aún vibraba en el aire de la mañana madrileña. Creyó reconocer al conductor como al antiguo policía al que, tres años antes, había conocido por casualidad y que le había hablado sobre la guerra en Marruecos. También era el que meses atrás lo había golpeado hasta la saciedad. «No sé si ya veo visiones, pero creo que quien conducía el automóvil era Ricardo Villar».

Se levantó acordándose de todos sus muertos, se sacudió el polvo del abrigo y continuó hacia Cibeles, cavilando sobre la falta de reglamento de circulación. Los coches en Barcelona conducían por la derecha y en Madrid por la izquierda, algo que ya había denunciado su diario meses atrás. O eso o alguien le había querido asesinar, se dijo mientras se llevó la mano al abrigo y sacó un vial de cocaína que bebió directamente. Notó que las pulsaciones se elevaban y que la vena que recorría su frente se convertía en un gusano que se arrastraba bajo su piel. Vuelto a la vida, arrancó a andar dejando atrás los gritos que le reclamaban para saber si estaba bien. Años más tarde anotaría: «La mañana en la que me quisieron asesinar por segunda vez».

En la plaza tomó la derecha, sorteando a un par de floristas, y se adentró en el Paseo del Prado. Estaba en la zona que más odiaba de Madrid por su cercanía con la Bolsa, el Banco de España y el Congreso de los Diputados. Solo el Museo del Prado se salvaba de la quema mental del periodista. Entonces, vio el Ritz.

La visión del edificio de piedra, ladrillo y acero le hizo empequeñecer. Tenía diez plantas, dos subterráneas y tres fachadas. Entró por la puerta de la plaza Lealtad. El Ritz había sido inaugurado por el rey Alfonso XIII el domingo 2 de octubre de 1910, en compañía de los ministros y representantes de la alcaldía de Madrid, y se había adueñado de la vida social y cultural de la ciudad. Alguien le había dicho que parte del capital para su construcción lo había aportado el rey, junto a otros personajes de la sociedad madrileña, pero por mucho que lo había investigado, nunca lo pudo probar.

Caminó hacia el vestíbulo y comprobó que los cinco millones de pesetas que había costado la construcción se notaban en el severo decorado y alumbrado. Dejó a la izquierda la escalera principal y se acercó al puesto de periódicos. De pie, entre dorados y columnas de mármol, buscó alguna nueva referencia al incendio y suspiró al comprobar que no había ninguna noticia nueva.

Algo más tranquilo, dejó a su derecha el comedor. En el centro de la planta baja, entre el vestíbulo y la entrada de la calle de Felipe IV, localizó el jardín de invierno, local de descanso y tertulia. Era un gran patio central, dividido en dos alturas, unidos por una escalinata y barandilla de piedra. Miró alrededor y no encontró al magistrado, por lo que continuó caminando hasta el cuarto de fumar, donde, al fin, un hombre con barba y sombrero le hizo un gesto con la mano.

—Buenos días, señor Torquemada —le dijo el magistrado Ortega, que tras darle la mano le invitó a sentarse en los sillones de piel que ocupaban la estancia—. ¿Había estado antes en el Ritz?

—No —contestó con incomodidad, como si simplemente por estar allí defraudase sus sentimientos políticos, cada vez más antimonárquicos.

—Pues como verá, Madrid ha entrado en la europeidad con este establecimiento que es *de tout premier ordre*, como dicen los franceses. Las camas ofrecen la particularidad de que los colchones están divididos en dos partes, para que sea más fácil su manejo. Además, no están hechos en la forma almohadillada corriente, sino con capas horizontales de lana: el colchón está así completamente liso y no se hunde. —El hombre se sentía evidentemente orgulloso de sus conocimientos sobre el hotel—. ¿Pedimos?

El magistrado, cuyo nombre sonaba para ocupar una plaza en el Tribunal Supremo, hizo un gesto con la mano, y al momento apareció un camarero que, con deje alemán, tomó nota de la petición. Pidió un té para él y una copa de absenta para Torquemada. Había intentado que el periodista probase la infusión, pero este se negó, aduciendo que era mala para su salud. Hablaron sobre el accidente que había sufrido Torquemada, sobre la censura y sobre los movimientos de concentración de los diarios madrileños que buscaban abaratar costes uniendo sus imprentas, cuando volvió el camarero con el servicio en una vajilla de porcelana procedente de Limoges y la absenta en una cristalería de Baccarat.

—Usted dirá, señor Torquemada —rompió el hielo el magistrado.

—Hace más de dos años, hablamos en el cementerio de la Almudena sobre el contrato de la calle Amor de Dios. Ahora lo necesito.

—Bien, veo que es usted directo. Lo seré yo también.

Abrió la solapa de su maletín y le tendió una carta que el propio magistrado había escrito a la duquesa. Torquemada la giró y observó la fecha: 7 de junio de 1915. Leyó:

Mi muy distinguida amiga:

Ya le indiqué en la Zarzuela que no le convenia alquilar su casa para Audiencia, ya que, además de no ser lo bastante grande para contener seis salas de Audiencia, seis secretarías, otras de archivo, otras para Fiscalía, abogados, fiscales, calabozos para presos, despachos para los presidentes y para el secretario de gobierno, otros abogados, la gente que entra y sale en los juicios orales y públicos... Se estropea hasta lo inestropeable.

En cambio, y en vista de que se anuncia que hemos de desalojar la Biblioteca Nacional, a los Amigos del Arte, he hecho alguna indicación encaminada a saber si se elige la de Vd. en la calle del Amor de Dios para casa de aquella ilustre entidad.

Sentí no verla a Vd. ayer en la capilla del palacio, porque le hubiese dicho de palabra todo esto; pero como no tuve aquella complacencia, no me puedo ni debo retrasar así una hora más todas estas explicaciones. El antiguo y sincero afecto de un admirador y amigo.

Dejó la carta sobre la mesa y el magistrado le dijo:

—¿Y bien?

—Si entiendo bien lo que se dice es que la vivienda de la calle Amor de Dios no fue una imposición sino una necesidad... —dijo Torquemada.

—Así es. En principio la Audiencia se iba a trasladar a la Biblioteca Nacional, pero los Amigos del Arte, una asociación muy cercana a la Corona y muy vinculada a la reina, se había trasladado allí. Fue entonces cuando se propuso la vivienda de la calle Amor de Dios.

Torquemada pareció meditar sin creerse mucho lo que le decía su interlocutor.

—Entonces, ¿quién lo firmó?

—Mi sucesor, el magistrado José Vasco. Pero también con reticencias. Aquí tiene una carta que me ha autorizado a darle. Lea:

El presidente de la Audiencia Provincial de Madrid, saluda
 A su distinguido amigo don Carlos Martín y en su concepto
de apoderado de la Sra. Duquesa de Pinohermoso tiene el honor
de saludarlo como a dicha Sra. c.p.b. rogándole fije su atención
en la urgente necesidad de que se desocupe la cochera enseguida
para la obra de instalación de la Audiencia conforme al contrato
de arrendamiento ya demorado por aquel retraso.

—Entonces... ¿por qué la prensa habla de chanchullos? —preguntó el periodista.

—Yo le recomendaría que hable con el rey, que es quien ha movido todo esto.

—¿Se hizo un concurso para alquilar el edificio? Según tengo entendido, había muchas más casas para alquilar.

El magistrado negó con la cabeza.

—¿Libre designación? —Torquemada volvió a la carga.

—Así es.

—¿Y de cuánto es el contrato? —preguntó el periodista.

—Veinticinco mil pesetas al año durante cuatro años. Pero se lo vamos a quitar. Ahora estamos discutiendo los términos de la ruptura del contrato. Nosotros nos negamos a pagar indemnización alguna, pero alguien ha interferido...

—¿Alguien?

—El rey, quién si no. Y ya sabe que soy cercano a la infanta Isabel e incluso estoy escribiendo su biografía, pero así es este país. Más después de que haya autorizado las Juntas de Defensa. El rey no ha visto con buenos ojos el acceso de los liberales al gobierno. Se habla de conspiraciones reales para derrocar a García Prieto y, como imaginará, si obstruye en un asunto menor como esa casa de la calle Amor de Dios, nadie interferirá.

—¿Me puede ampliar la información? —preguntó Torquemada.

—La duquesa de Pinohermoso ha contactado con el ayudante secretario de Su Majestad, el conde de Aybar, que a su vez ha intercedido con el ministro de Justicia. Se la va a indemnizar. Pero si yo fuese usted, me reuniría con Pablo Bergía, un abogado que se ha enfrentado a la Casa Real. Es quien conoce bien los entresijos de palacio.

Torquemada sonrió al escuchar el nombre del letrado y recordó que hacía más de un año que no le veía.

—Estoy preocupado por usted, Torquemada —le dijo el magistrado—. Era uno de los elegidos para convertirse en un grande del periodismo. Buenas fuentes de información, una pluma certera y una ironía impropia de su edad. Y ahora todos hablan de noches en blanco, drogas, alcohol, peleas y un anarquismo que lo llevará a la cárcel, si no es a algún sitio más definitivo.

—¿Y qué puedo hacer? ¿Olvidar mis ideales? ¿Plegarme a lo establecido? ¿Convertirme en un pelele del poder? No sé, señor, creo que he venido a este mundo para estar todo el día luchando. Me siento un Quijote enarbolando mi pluma en vez de una lanza pero…, al fin y al cabo, un Quijote.

El magistrado negó con la cabeza.

—Puede dejar la absenta, las drogas y volver a donde usted sabe manejarse bien, al lápiz y al papel. Olvide la política, que este país está a la deriva y solo le traerá problemas. Deje para los dirigentes políticos las huelgas y la lucha para la Asociación de Prensa. Usted está hecho para ser un *reporter*, para conocer la verdad, para llamar la atención del poder, pero sin jugarse la vida. Hagamos un trato: yo hablo con la Dirección de Seguridad, le consigo un nuevo puesto de trabajo en otro medio de comunicación y usted vuelve a la vida. ¿Qué le parece?

—La ventura va guiando nuestras cosas mejor de lo que acertáramos a desear, querido, le diría si fuese Sancho. A usted, magistrado, solo le puedo decir que ya veremos. No me fío de nadie con poder —remarcó Torquemada.

El periodista buscó durante años alguna prueba de esa componenda real con la duquesa de Pinohermoso, pero nunca llegó a localizarla. Aunque, por esas fechas, todavía no tachó su nombre de la lista de sospechosos.

79

PENDENCIERO

La fama de pendenciero de Torquemada le había dejado sin trabajo, pero, para diciembre de 1917, recaló, gracias a la intercesión del magistrado, en el vespertino *La Correspondencia de España*, un periódico conservador que cada día contaba menos en el panorama nacional, desbancado por *El Imparcial*. Mucho tuvo que ver su denodada lucha contra el rey y en favor del socialismo en su inmediata expulsión de su antiguo diario, a lo que también había ayudado la duquesa de Pinohermoso, que, usando su influencia, había escrito al ministro de Gracia y Justicia solicitando protección frente a los medios de comunicación: «No rehúyo del cumplimiento de mis obligaciones, pero tampoco quiero abandonar mis derechos».

Alguien le había dicho que lo habían contratado en *La Correspondencia* para «controlarlo», pero él quiso creer, y así lo escribió, que había sido porque «todavía se cavila en la escritura a pesar del pensamiento político». Su primer encargo fue la investigación de un grupo de ladrones que robaban en viviendas y cuya indagación policial corrió a cargo de Fernández Luna, que pudo dar con los delincuentes en un piso mugriento, de una atmósfera que Torquemada describió en sus libretas como «densa, sin luz ni ventilación». Fernández Luna obligó al ladrón a levantarse de la cama sobre la que «fornicaba con una mujer, entrada en kilos, sobre una sábana negra, raída y llena de manchas». Era una época donde colilleros, billeteras y otros desperdicios de la sociedad convivían con insectos y mujeres llagadas.

Cubrió la noticia, y cuando Fernández Luna lo vio tomando notas en su libreta, se le acercó.

—Van a por usted, Torquemada. Le recomiendo que centre su vida.

—Su compañero, Francisco García, me sigue a todos lados.

—Lo sé, pero es por sus tendencias anarquistas. El magistrado José María Ortega ha informado de su rehabilitación…

Torquemada rio.

—¿Rehabilitación? Pero ¿ustedes creen que por ser izquierdista y republicano estoy enfermo?

—Ya me ha entendido, Alonso. Me refiero a que ha dado la cara por usted y ha asegurado que dejará su escandalosa vida.

—Seguiré pensando en lo que crea y creyendo en lo que pienso, pero le agradecería que me sacase de encima a García.

Fernández Luna asintió.

—¿Y el tal Villar? Un tipo que luchó en Marruecos y que me golpeó hasta la saciedad… ¿Qué sabe de él?

—No forma parte de los grupos antianarquistas ni de mi brigada de investigación. Ese forma parte de los hombres que se utilizan para acallar bocas…

—¿Matando? Creo que ayer estuvo a punto de atropellarme.

Le explicó el intento de asesinato en la calle Alcalá.

—Si le hubiese querido matar, estaría muerto. Es sanguinario, mala persona… —dijo Fernández Luna.

—¿Y para quién trabaja? —preguntó Torquemada.

—Eso se lo tendrá que preguntar a él. No quiero enfrentarme con ese tipo de gente.

—Por cierto, no se haga el bueno, que sé que usted metió a Juanito en mi vida para espiarme.

—Fue para protegerlo… Se lo aseguro, Torquemada. Lo hice por su bien, estoy seguro de que el incendio fue accidental y que las drogas y el alcohol le han fulminado el cerebro.

—Ya ni bebo ni me drogo.

Un policía uniformado se acercó a Fernández Luna y le dijo algo al oído. El comisario asintió y se giró hacia Torquemada.

—Si viene conmigo, tendrá una nueva noticia. Han matado a una prostituta que usted conocía bien.

80

LA BLANCA

«Las botas desgastadas de la deteriorada dama, a la que todos conocían como La Blanca, por su tez acerada, ascendieron los escalones que llevaban a la casa de la tolerancia situada en el tercer piso de la calle Olivar, número cincuenta, donde la mujer tenía alquilado un jergón, cubierto por sábanas amarillas y mantas pardas. Era un cuartucho, negro y desalmado, que compartía con Estefanía, cuyos falsos jadeos se colaban por la mísera cortina que las separaba», así empieza una de las crónicas que Torquemada escribió para *La Correspondencia*.

«Eran las dos menos cuarto de la mañana cuando llegó La Amalia; el sereno le abrió la puerta y le dio una cerilla para iluminar el corredor. Entró en la habitación poco después, y su alarido se escuchó en toda la calle al encontrar a La Blanca degollada sobre el camastro, junto a un reguero de sangre en la cama y en la palangana donde el asesino se había lavado los restos de su crimen. Estefanía nada escuchó ni vio, para extrañeza de la policía.

»Los primeros sospechosos fueron El Adolfo, un carterista que ejercía de chulo, y al que La Blanca llamaba "Mon homme", y El Gallego, un cocinero del Hotel Palace al que le encontraron un cuchillo de mondar patatas con el que la policía creía que la había desollado. No se pudo probar la implicación de los dos hombres, y la sociedad madrileña reclamaba a un culpable.

»La policía, desquiciada, acusó a Estefanía al considerar que era imposible que no escuchase nada si compartía una habitación que solo separaba sus jadeos una cortina», narró en aquellos días.

No había pruebas contra Estefanía, pero eso era lo de menos. Los dirigentes policiales se tranquilizaron por el silencio de la prensa, salvo en el caso de Torquemada, que comenzó a exigir la verdad. «El asesino robó el dinero de Toñi, conocida como La Blanca, que tiempo atrás me consoló cuando más lo necesitaba», fue un apunte sobre el asesinato de la meretriz. Y, según las libretas de aquellos días, se puso a investigar.

Salía todas las noches para buscar pistas sobre el asesinato de La Blanca mientras la policía, ante las preguntas de Torquemada, reactivaba la investigación y detenía a otra persona: Manuel Pez, el cliente que yació por última vez en el piso de la calle Olivar.

También interrogaron a Víctor Rubio, un hampón de Vallecas, y a otros clientes y examantes a los que atribuían celos o venganzas. Alonso creía que el móvil era económico, y por eso paseó la noche del 10 de diciembre por la calle de Sevilla, la Puerta del Sol y la plaza Mayor, a la búsqueda de las «horizontales» que le pudiesen dar información. Solo encontró a un par de viejas que habían sido despedidas de los burdeles, una billetera y un pobre llagado que pedía una limosna. Pero no localizó a ninguna colipoterra con información.

«Transité contra el viento que hinchaba mi capa por el hormiguero de callejuelas agolpadas entre el Mesón de Paredes y Embajadores, donde los miserables se hacinaban por monedas y las chicas, con las narices frías y con estalactitas, cuidaban a sus clientes por menos que una tapa de callos. La Blanca merecía ser vengada, pero Estefanía no era su asesina», escribió en su libreta.

A mediados de diciembre, localizó, en una de las viviendas baratas de la Ronda de Toledo, a La Tacones, que paraba su cuerpo entre las basuras, apiñadas como dientes, para ver si algún caballero despistado quería darle de cenar a cambio de alguna pose amatoria.

—Tú eres el que salvó a la Toñi de que la violasen, ¿verdad?

Torquemada asintió.

—Nos habló de ti y de Madame Celestina. Nos dijo que eras buena gente y contigo comentaré, a diferencia de con los policías a los que no he dicho ni una sola palabra. ¿Qué necesitas?

—Saber quién mató a La Blanca.

—Julio, un camarero del café de la Magdalena, o El Morato, que trabaja en el matadero. Ambos visitaban a La Blanca. Esos fueron sus asesinos.

—¿Alguien más, querida? —preguntó Torquemada mientras apuntaba en su libreta todos aquellos nombres que necesitaba para negociar la información con el letrado Pablo Bergía, implicado en la defensa de Estefanía.

«Alguien dijo que si un abogado tiene corazón, jamás permitirá que una inocente duerma sobre piedra de cárcel. Un abogado de corazón venderá su alma por la libertad de su cliente», escribió. «Y ese es Bergía».

—Nadie más, *reporter*. No se me ocurre nadie más que la pudiese asesinar... salvo Antonio Morón.

—¿Quién es? —preguntó Torquemada.

Ella le dio muchas explicaciones de las que el periodista tomó notas.

—Muchas gracias por tu ayuda, toma —dijo Torquemada dándole cinco pesetas.

—No, no quiero tu dinero. Tú nos ayudaste a nosotras y ahora te lo devuelvo con información.

—De verdad, cómprate algo para cenar y me harás feliz —dijo Torquemada, y arrancó a andar hacia su casa.

Tardó más de cuarenta minutos, pero cuando abrió la puerta ya sabía lo que tenía que hacer con aquella información.

81

FAVOR CON FAVOR SE PAGA

Con aquella información visitó el despacho que Pablo Bergía tenía en General Pardiñas, número cuarenta y seis. Cuando ascendía los escalones, salían de allí su inseparable amigo Pablo Nougués, los poetas Antonio Casero y Luis de Tapia y otros prohombres del republicanismo español. Torquemada apuntó que entre aquellas paredes se habían «coreado *La Internacional* y *La Marsellesa* en más ocasiones que en todo Madrid».

Bergía, que además de famoso abogado criminalista había sido reportero de *La Nueva España*, desprendía fuerza y astucia, lo que le había llevado a ser diputado provincial republicano en 1915, a pesar de que, cuando sus correligionarios se enteraron de su catolicismo, plantearon una cuestión de incompatibilidad entre la comunión y el acta de diputado y, por eso, había renunciado a su banca.

—Dígame usted, Torquemada. ¡Dichosos los ojos! ¿Qué es de su vida?

Torquemada le hizo un resumen sobre los últimos meses y, finalmente, fue al grano.

—Traigo noticias sobre la muerte de La Blanca.

—Mi clienta, Estefanía, no la mató. Eso se lo aseguro, Torquemada. Y eso me apena. Me apena que esas mujeres, por un puñado de calderilla, permitan que transeúntes del amor se acolchen con ellas. Muchos de ellos llevan al diablo dentro. Estoy seguro de que fue un hombre y no una mujer quien asesinó a La Blanca.

—Por eso mismo le traigo el nombre del culpable —afirmó Torquemada—. Yo conocí a La Blanca. En una ocasión salvé su vida y ella salvó la mía una noche de invierno, dándome cobijo y escuchándome.

Bergía sonrió con el alma.

—He pedido la libertad de mi clienta en varias ocasiones, pero al final me la concedieron bajo fianza de cinco mil pesetas que no tiene. Sarcasmo cruel, señor Torquemada, pedir mil duros cuando ella vendía su cuerpo por reales. La acusan con circunstancias agravantes de astucia, crueldad, fraude o disfraz, abuso de superioridad y no sé cuántas paparruchadas más. ¡Que Dios castigue al villano de mujeres y se apiade de ella!

—Por eso... —volvió a intentar hablar Torquemada.

—¿Qué quiere a cambio, *reporter*?

—Nada, como le he dicho, conocí a La Blanca hace ya un tiempo. No merecía la muerte. Como tampoco la mereció Madame Celestina, una mujer con la que tiempo atrás tuve una relación muy estrecha. Ser puta en esta ciudad es jugarse la vida.

Bergía le miró y comprendió que el periodista tenía buenos sentimientos.

—Hagamos una cosa, usted me da la información y yo le hablo de la causa en la que el intendente de la Casa Real acusó al director del diario *El País* de injurias. Una causa que tiene mucho que ver con dos hijos adulterinos que tuvo Alfonso XII con Elena Sanz. Hace ahora dos años, en el entierro de Méndez Alanís, le hablé de este tema y usted me pidió la información. Entonces no se la podía dar, pero ahora estoy en disposición de hacerlo.

Torquemada apuntó: «Lo vi meditar, como si valorase los pros y los contras de darme información contra el rey, pero el resplandor de probar en un juzgado que su clienta era inocente pesó más que los cinco segundos que tardó en responderme. Se levantó, salió de la oficina y, al poco, volvió con un montón de papeles que examinó hasta que dio con unos en los que dejaba copia de sus propios escritos hechos con máquina de escribir».

—Aquí la tiene, Torquemada. Aquí tiene la verdad de su rey. Como he cumplido con mi parte del trato, espero impaciente que cumpla con la suya. Además, le regalo un librito que se publicó hace unos años y que le será de gran interés —dijo mientras le tendía el panfleto «Los hijos de Elena Sanz», que se había quemado en el incendio de la calle Ceres.

Torquemada sonrió. Desde el incendio de la calle Ceres lo buscaba y ahí estaba, frente a sus ojos.

—Gracias, señor —contestó.

—Ahora le toca cumplir a usted, Torquemada.

—Antonio Morón, que ahora está en prisión, fue el último amante de La Blanca y coincide con la descripción que hicieron los testigos. Fue él quien la asesinó antes de acabar en prisión.

Estefanía, la clienta de Bergía, fue considerada no culpable tres años después, y el abogado, por causas de la vida, se convirtió en monárquico. Los caminos de La Tacones, la prostituta que le había dado la información, y del periodista se volverían a cruzar, aunque esa noche escribió un texto críptico: «No hay lugar a dudas. La documentación que me ha dado el abogado deja claro que los incendios son pocas veces fortuitos. Un fantasma vaga por el subsuelo de las Salesas», junto con una nota que se había repetido en varias ocasiones: «Localizar al culpable real».

—Torquemada, vaya con cuidado. En cuanto se sepa que usted vuelve a las investigaciones sobre el rey, su vida corre peligro. En este país es peor ser periodista que anarquista. Y en su caso, lleva los dos males a gala. Cuídese.

—Lo haré.

—Por cierto, el otro día me encontré con Candela, y ya no trabaja en su antiguo diario. ¿Por qué no la va a visitar?

—Eso haré.

82

CALOR

C andela vivía en la calle Santa Isabel, a la sombra del convento amurallado de las Damas Inglesas. El portal de su casa, casi siempre en sombras, se ocultaba tras el bullicio del mercado callejero, donde los colores y olores se entremezclaban con el griterío de las mujeres regateando por llevarse al mejor precio los alimentos que se amontonaban en los cajones de madera.

Era una mañana típica de invierno, con un cielo claro y un aire que cortaba como el hielo. El olor del ajo y el azafrán se mezclaba con el aroma dulce de las flores recién cortadas, creando una fragancia que definía el barrio. Los vendedores voceaban sus mercancías, mientras las gallinas cacareaban en sus jaulas, presagiando un destino en las cocinas de las caseras.

Torquemada, con inhabitual puntualidad, llegó cinco minutos antes de la hora acordada. Se detuvo un momento, observando el vaivén de la gente. Un campesino, con su burro cargado de ajos, se abría paso entre el griterío y el ajetreo, que provocó una mueca de felicidad en Torquemada, que se sentía feliz por volver a ver a Candela, sereno y tras haber conseguido los documentos sobre los hijos de Alfonso XII que creía que le podrían conducir a descubrir al incendiario del Palacio de Justicia.

Cuando ella apareció, saliendo del portal con una gracia que desafiaba el caos del mercado, Torquemada no pudo evitar una nueva sonrisa, cada vez más plácida. Con una destreza nacida de la necesidad del barrio, se abrió paso entre los vendedores, saludando a algunos conocidos. Vestía un abrigo de felpa que se estrechaba en su cintura y realzaba su poderoso talle. «Parecía una modelo paseando por París», escribió.

—¿A dónde me vas a llevar, Alonso? —le preguntó ella, dejando que un par de hoyuelos se formasen al lado de sus labios.

—Ummm, donde quieras. ¿Vamos a un café? Me apetece charlar un rato.

Ella alzó los hombros y comenzaron a caminar sin prisa, hablando sobre los cambios en el gobierno y sobre el tiempo, cada vez más variable. Ella escuchó atenta e hizo un par de observaciones que a Torquemada le parecieron «brillantes». Al llegar a un café cercano, tomaron asiento y pidieron té. La conversación derivó hacia temas profesionales.

—Has dejado *El Imparcial* —comentó él.

—Así es. No veía futuro para mí allí como periodista, y menos aún con la forma en que te trataban —respondió ella, con un tono que mezclaba resignación y determinación.

Hablaron un tiempo sobre la reciente decisión de Candela de dejar su trabajo y de sus planes para el futuro. Había en su voz una mezcla de inquietud y esperanza, un reflejo de los tiempos inciertos que vivían. Candela, también, preguntó por su trabajo en *La Correspondencia*, por Catalina, y Alonso, con una mirada lejana, admitió que, aunque no podía olvidarla del todo, había llegado el momento de dejar ir ese recuerdo doloroso.

—¿Has olvidado a Catalina?

—No puedo olvidarla del todo, pero creo que ya me ha dolido tanto que es hora de dejarla marchar. Es un fantasma que ha estado en mi corazón demasiado tiempo.

Ella derritió sus ojos sobre los de él y le sonrió.

—¿Y Madame Celestina?

—Está muerta —dijo él, y le explicó que parecía que la habían asaltado cerca de su vivienda.

—¿Y crees que la mataron por ti?

—No es algo que quiera pensar, Candela. Prefiero pasar página, sobrio y centrado en lo importante. El otro día ayudé a descubrir quién había asesinado a una prostituta que conocí en el pasado. Y la información me la dio otra meretriz, que recordaba que las había ayudado. Creo que ahí está la clave de todo, ayudar. Luego, la generosidad vuelve.

—¿Sigues viendo a esa joven que se fugó con un pintor? —dijo ella con voz temblorosa.

Torquemada rio.

—¿Clara? No, hace tiempo que no sé de ella.

—Entonces... solo quedamos nosotros dos —dijo Candela, adelantando su mano hasta cubrir la de él.

El calor del cariño de la joven contrajo su estómago como hacía años que no sentía. Sonrió.

—¿Quieres ver dónde nos lleva esto? —preguntó ella.

Alonso se ruborizó y asintió con la mirada.

—Pero tienes que saber algo... —añadió Candela.

Torquemada esperó la respuesta.

—Hay algo en mi pasado que no ayuda...

—¿El qué?

Ella no contestó y cambió de tercio hablando de Alfonso XIII, así como también de una oferta de trabajo que le habían hecho y que meditaba si aceptar.

Mientras conversaban, el sol comenzó a declinar, tiñendo el cielo de tonos anaranjados y rojizos. Hablaron de política, de sus sueños y aspiraciones, en un diálogo que parecía tejer un puente entre sus almas.

De vuelta en la calle Santa Isabel, las paradas del mercado habían desaparecido, dejando un vacío que contrastaba con el bullicio de la mañana. Ante el portal de su casa, Candela detuvo a Alonso justo cuando intentaba acercarse para un beso.

—Dame tiempo —susurró con una mezcla de ternura y aprensión.

Y así, bajo el cielo estrellado de Madrid, se despidieron, cada uno llevándose un pedazo del otro en sus pensamientos. Esa noche Alonso escribió: «Hay algo que me oculta, y eso es lo que le impide besarme».

83

LA VENGANZA DEL CORNUDO

No sabía Torquemada que La Tacones, a pesar de su noctámbulo trabajo, estaba casada, ni que su marido controlaba el pan de la casa, pero, sobre todo, la bebida. Se hacía llamar *Herr* Alexander, un alemán empedernido soplador de cerveza, al que temían en las comisarías cuando paseaba sus turcas por Madrid. Alexander, de normal, era incapaz de levantar la voz ni a La Tacones, pero cuando bebía se tornaba malencarado e intransigente y sus escándalos se conocían por todo Madrid.

Se habían separado hacía años, ya que Alexander «lejos de domesticar a La Tacones, sufrió de cornudo y, deshonrado, decidió abandonar el piso y darse a la bebida», relata el auto judicial que dará pie a la detención de Torquemada. Las libretas del periodista, sin embargo, narran la verdad: «Hay dos normas del poder: ejercerlo y no perderlo, y la policía lo tiene y lo ejerció conmigo. Fueron ellos los que convencieron al alemán de que La Tacones había yacido conmigo por amor y, borracho como estaba, lo convencieron de que me denunciase en una comisaría de policía».

Y fue la tarde del 17 de diciembre de 1917 cuando el policía Ricardo Villar se presentó en el pequeño cuarto que llevaba alquilando unos meses y se lo llevó esposado a comisaría para interrogarlo sobre su supuesta relación:

—Muy bien, plumilla, ya estamos hasta los cojones de ti y vas y nos lo pones fácil. Tenemos una querella presentada contra ti y contra María Eufemia Roldán, alias «La Tacones», por adulterio. ¡¿Qué nos tiene que decir?!

Torquemada estaba sentado en una silla con los brazos esposados tras la espalda. Le dolían las muñecas y los brazos, pero intentaba disimular el dolor con una pose chulesca que desquiciaba al policía, que andaba de un lado a otro de la pequeña sala de interrogatorios, mientras continuaba preguntando.

—¡Que contestes, anormal!

—¿Adulterio? Pero si es prostituta... y además no hice nada con ella salvo charlar —respondió, al fin.

—¿Estuvo usted hace unos días en las viviendas baratas de la Ronda de Toledo? —le preguntó el policía.

—Sí, ¿y qué? —contestó chulesco Torquemada.

—No te me pongas bravo, reporterillo de tres al cuarto, que te inflo a hostias ahora mismo —amenazó el policía.

Torquemada entendió el mensaje y bajó la voz.

—¿Yació usted con María Eufemia Roldán, alias «La Tacones»?

—No —contestó Torquemada.

—¿Le pagó usted en la calle, a la vista de todo el mundo, como se nos ha testificado?

—Le pagué por información. Pero por Dios, si es manceba —repitió el *reporter*.

—¿Ha dicho usted en bares y otros lugares de mal vivir que defiende el divorcio radical y completo, que es enemigo de la indisolubilidad del matrimonio cristiano, mandado por Dios? —preguntó el policía, que estaba desgastando la suela de los zapatos a medida que su paciencia se acababa.

—¿También me va a interrogar sobre mis ideales, señor policía?

Villar paró y se acercó a pocos centímetros de Torquemada.

—O me dices lo que quiero oír o te reviento aquí mismo —dijo Villar antes de soltar un guantazo que sonó como un disparo.

Se separó de él y lo miró fijamente mientras la nariz de Torquemada chorreaba sangre.

—El matrimonio es eterno y no va a osar separar el hombre lo que el Padre Eterno unió, señor Torquemada.

—Si usted lo dice... —afirmó el periodista.

—Yo no, *reporter*, lo dice la ley —aseguró el agente.

—Si yo soy adúltero, ¿qué ha sido el rey Alfonso XII y su hijo, el que nos gobierna, que han tenido hijos con otras mujeres? —preguntó Torquemada.

Silencio. Guantazo y vuelta a comenzar:

—Y sobre eso debemos hablar —dijo el policía, que se acercó y liberó las manos de Torquemada—. Tome —añadió dándole un pañuelo—, límpiese la cara.

Torquemada se masajeó las muñecas y con el pañuelo intentó parar la sangre que salía de su nariz.

—¿Me decía? —preguntó chulesco.

—No me toque los cojones, Torquemada, me ha entendido perfectamente.

—¿Del rey? —preguntó, al fin, mientras masajeaba la mejilla enrojecida por el golpe—. Si fuese rey... Si fuese hombre, no hubiese renunciado a lo que una mujer llevaba de él en las entrañas. Los reyes no desdeñan el juicio de su pueblo como tampoco el juicio de los tribunales. El nuestro se avergüenza de sus hermanos, sean adulterinos o no, y utiliza a nuestro Tribunal Supremo para justificar su vileza moral.

El policía negó con condescendencia y llevó sus manos cerca de la cara de Torquemada, que cerró los ojos a la espera de un nuevo golpe que no llegó.

—Pues renunciará si no quiere acabar en prisión. Tenemos ahí fuera al marido de La Tacones, que a pesar de la curda de cerveza que lleva está dispuesto a otorgaros el perdón. Si lo hace, según la ley, os iréis los dos a casita tranquilamente. Pero para eso debes firmar este documento —dijo el policía.

—¿Qué pone? —preguntó Torquemada.

—Que dejarás de investigar al rey y todo lo que ocurrió con la cantante Elena Sanz, la madre de esos dos adulterinos que se hacen pasar por hijos de Alfonso XII.

Esa noche firmó el documento y fue puesto en libertad. Pero sus libretas dejan claras sus intenciones: «Hay que investigar qué ocurrió en París cuando Alfonso XII conoció a Elena Sanz». Torquemada, cada día más Quijote, puso una soga sobre su cuello con solo pensarlo. En cuanto lo escribió, la cuerda se transformó en garrote vil.

—Y de esta conversación que hemos tenido ni una palabra a Fernández Luna, ¿estamos?

Esa noche, en cuanto llegó a la habitación que había alquilado en la calle Tirso de Molina, número diez, tocaron a la puerta. Era el comisario Fernández Luna.

—¿Puedo pasar?

Torquemada abrió la puerta y lo dejó entrar.

—Lo que ha ocurrido nada tiene que ver con la comisaría de investigación. Esos, a los que usted ha conocido, son de la brigada de información y no he podido hacer nada, Torquemada. Lo siento.

El periodista siguió en silencio.

—Le he traído algunos documentos para que comprenda que no se pierde nada si no investiga y que el incendio no fue premeditado.

Más silencio.

—Se los dejo aquí, sobre la mesa —añadió el policía, que poco después abandonó la estancia.

Esa noche Torquemada transcribió una carta del conde de Agbar:

Excelentísima señora duquesa de Pinohermoso,

Muy distinguida señora mía, por deber tener el menor atropello en el contrato de la Audiencia, pero no deber extrañar que tanto el Sr. presidente de la Audiencia, llamado en primer término a intervenir en el asunto, como yo, adoptamos las medidas a que el deber nos obliga.

También otra, del ministro de Gracia y Justicia, donde la ética quedaba tan devaluada como la casa del rey, pero le absolvía del incendio:

Excelentísima Señora Duquesa de Pinohermoso,

Muy Sra. Mía y distinguida amiga, conforme ofrecía usted en la visita que tuvo el gusto de hacer, transmití ayer a S.M. el rey las justas lamentaciones de usted en el asunto de la sección del contrato de arriendo de la casa que ocupa la Audiencia. S.M., muy deseoso de complacerla a usted en cuanto de él dependa, ha ordenado a su secretario particular, Emilio Torres, que escriba al ministro, recomendándole que procure llegar a una solución armónica en el asunto.

Aparte esto, ayer mismo tuve yo ocasión de ver al ministro en Palacio y le hablé del caso. Me dijo que pensaba ofrecer a usted que se le diese la indemnización estipulada para cuando se hubiese llegado al término del contrato, que creía eran 6.000 pesetas, más el pago de un trimestre del alquiler.

Mucho celebraré que esas noticias puedan ser a usted de alguna utilidad.

Con recuerdos míos para sus hijos y de Joaquina para usted, se despide suyo muy atentamente.

Finalmente, tachó de la lista a la duquesa de Pinohermoso. «No pudo haber sido si rompieron el contrato con ella en la forma en que esas dos cartas determinan. Si hubiese sido un chanchullo, todavía hoy continuaría allí la Audiencia», escribió.

- El entorno del rey Alfonso XIII, para evitar la reclamación de filiación por un hijo extramatrimonial de su padre, el rey Alfonso XII.
- ~~Isidoro Pedraza de la Pascua, para eliminar el sumario que lo vinculaba a fraudes económicos y que lo hacía parecer un delincuente frente a la compañía de seguros a la que reclamaba un millón de pesetas.~~
- ~~La duquesa de Pinohermoso, para así alquilar su vivienda de la calle Amor de Dios como sede temporal del Tribunal Supremo.~~
- ~~El servicio secreto español, para no devolver a la familia Garvey cinco millones de pesetas.~~
- ~~Un presidiario que esperaba a ser juzgado en los calabozos del Tribunal Supremo.~~
- ~~El marqués de Cerralbo, que mostró interés en un cuadro que supuestamente había desaparecido en el incendio y~~

~~que, además, tenía en su Palacio la barandilla del antiguo Palacio-Convento de las Salesas Reales de Santa Bárbara de Madrid.~~

Solo le quedaba el rey.

TERCERA PARTE

84

EL OLVIDO

Madrid, 18 de diciembre de 1917.

En el bullicioso corazón de la redacción de *La Correspondencia de España*, el martillear de las máquinas de escribir resonaba contra las paredes de madera oscura, entremezclándose con el murmullo de periodistas discutiendo noticias de última hora. Torquemada, recién incorporado al equipo, se movía con una mezcla de nerviosismo y expectación entre las estrechas filas de escritorios repletos de papeles y cigarrillos humeantes.

Sus primeros días en el periódico conservador habían sido un choque contra la realidad de sus ideales progresistas, y su frustración era palpable. «Este lugar es un laberinto de viejas voces y nuevos temores», escribió en su libreta, mientras se refugiaba en la tranquilidad del horario vespertino, lejos del caos matutino que tanto lo agobiaba.

La asignación de Torquemada a «la octava», la sección menos prestigiosa del diario, dedicada a anuncios y esquelas, solo profundizó su sensación de desplazamiento. Sus colegas, vestidos con trajes impecables, dominaban las conversaciones matinales, mientras él redactaba discretamente anuncios sobre pinturas lavables y compañías de seguros.

Aquella tarde, al salir temprano, se sumergió en la lectura del panfleto sobre los descendientes de Elena Sanz. La información revelada le hizo descubrir un hecho casi olvidado: un intento de incendio premeditado en casa de Elena Sanz antes del gran fuego en el Tribunal Supremo. Intrigado y motivado por este descubrimiento, decidió reflexionar sobre sus próximos pasos en un bar cercano, acompañado solo de un vaso de agua fría.

Las calles de Madrid bullían de actividad y, mientras entraba en el bar, una voz familiar detuvo su avance. Era Candela, su excompañera de redacción, cuya presencia inesperada iluminó su rostro cansado.

«Sus cabellos castaños destellaban bajo el sol de invierno, tal como los recordaba», anotó Torquemada, mientras se aproximaba a ella con cautela.

—¿Qué ha sido de ti? Llevo días esperándote y, finalmente, he venido yo —dijo Candela con una mezcla de reproche y alivio.

Torquemada le contó de su reciente enfrentamiento con la policía y su forzada promesa de no indagar más sobre el incendio de las Salesas.

—Creí que era por mí, porque te negué el beso aquel día —confesó ella con un tono suave.

Sin esperarlo, ella se inclinó y depositó un beso en la comisura de sus labios. Torquemada sintió cómo una mezcla de viejos sentimientos y nuevas ilusiones surgían dentro de él.

—Ven, comamos algo en la tasca de la esquina —sugirió Candela, tomando su brazo con familiaridad.

Entre bocados de comida casera y sorbos de agua, Torquemada se lamentó por aquel documento que había firmado y comentó a Candela sus verdaderas intenciones: dedicarse plenamente a la investigación del incendio.

—Tengo que hacerlo en silencio, sin llamar la atención, pero quiero seguir investigando —comentó.

—Tengo miedo, Alonso, con todo lo que me has explicado creo que no vale la pena —afirmó ella con su mano sobre la de él.

—Solo resta un sospechoso —reveló Torquemada, bajando la voz. —Y ahora es el momento de saber la verdad.

—Pero no es cualquier sospechoso... —insistió ella, inclinándose más sobre la mesa para que su voz sonase con sordina.

—Lo sé. Planeo ir a París para consultar archivos de un abogado francés, clave en el caso Dreyfus, que podría tener las respuestas —compartió, esperanzado por la idea de encontrar la verdad con los medios que Madame Celestina le había proporcionado.

85

EL REY ES RICO

Durante las semanas siguientes, se encontraron todos los días. Candela, que había dejado el periodismo tras la salida de Torquemada de su vida, ahora colaboraba en la Oficina Pro Cautivos. Esta organización, iniciada por Alfonso XIII con un millón de pesetas de su patrimonio personal, se ubicaba en un desván del Palacio de Oriente. Su misión era localizar a prisioneros de guerra que sus familias buscaban a lo largo y ancho de Europa, para determinar si seguían vivos o habían fallecido.

Fue Candela quien le relató que, en el otoño de 1914, Alfonso XIII había recibido una carta de una lavandera francesa, cuyo esposo había desaparecido en una batalla en Bélgica. Profundamente conmovido por el dolor de la mujer, el monarca ordenó a sus representantes diplomáticos buscar al ciudadano francés y personalmente informó a la lavandera que su esposo había sido hallado en un campo de prisioneros. La noticia se difundió rápidamente por toda Europa, y el rey, aclamado tanto dentro como fuera de sus fronteras, estableció una oficina dedicada con exclusividad a gestionar las búsquedas de cautivos de la Gran Guerra.

Además, Candela ofreció a Torquemada una perspectiva distinta sobre el monarca, muy alejada de la imagen que él había construido a lo largo de los años. En una conversación en el Café de las Salesas, sentados en los mismos sillones que habían sobrevivido al fuego, ella expresó:

—Alonso, el rey se preocupa genuinamente por los cautivos de la guerra y sus familias. Nada sugiere que haya incendiado el Tribunal Supremo para ocultar los procesos que sus hermanastros iniciaron contra él.

—El rey es rico —replicó el periodista.

—Aunque así fuera, y no puedo afirmarlo con certeza, está utilizando su fortuna para hacer el bien, como con la Oficina Pro Cautivos. No todos en Madrid son corruptos, y creo que el rey está desempeñando un buen papel. Nos mantiene al margen de la Gran Guerra e intenta modernizar el país. Incluso nos visitó una vez en la oficina para asegurarse de que tuviéramos los recursos necesarios para nuestra misión.

Torquemada sacudió la cabeza en desacuerdo.

—Nuestro rey es un empresario. Ha invertido en decenas de empresas y solo le interesan los coches y los barcos.

—No lo sé, Alonso, pero él es mi jefe. Y mi rey.

A pesar de sus diferencias políticas, aquellos días de finales de 1917 los acercaron, y Candela logró convencer a Torquemada para olvidar, definitivamente, el alcohol y la cocaína. Él evitaba hablar de su conflicto personal con Alfonso XIII, pero notaba cómo la imagen de Catalina se desvanecía en su corazón cuando estaba con Candela. Y a medida que Catalina se desdibujaba, su interés en Alfonso XIII decrecía. Ahora, sus pensamientos estaban únicamente con la joven. Las libretas del reportero la describían como una mujer de «treinta años, perspicaz, inteligente, divertida y decidida».

En el mes siguiente, sus anotaciones se centraron en la abstinencia y sus crecientes sentimientos hacia Candela. Escribió: «Aún no nos hemos besado del todo, porque no quiero precipitar las cosas y asustarla. Perdió a sus padres a los quince años y se ha forjado como una mujer fuerte, culta y de grata conversación. Sin embargo, percibo una herida profunda en su corazón, cuya naturaleza aún desconozco».

Torquemada comenzó a desligarse de las noches en burdeles y a considerar la posibilidad de casarse y formar una familia. Reveló en sus notas: «Un editor de Madrid me ha propuesto escribir un libro sobre la vida nocturna de la ciudad, y con ese dinero podría mudarme a un lugar mejor que este pequeño cuarto. Prefiero mantener en secreto mi riqueza. Tal vez Candela desee compartir esta nueva etapa de mi vida conmigo. Seguiré el consejo del nuevo director del diario, aunque en mi posición actual no tiene sentido enfrentarme a él».

La página de su libreta acaba con un críptico: «El nombre de todas las mujeres importantes de mi vida empieza por la letra 'C'. No hay duda, si escribo el libro sobre Madrid se lo dedicaré a C. En unas pocas semanas de felicidad me he dado cuenta de que no vale la pena profundizar en un incendio que, a lo mejor, fue fortuito», dejó escrito. Su mente divagaba, iba de un lado a otro, debatiéndose entre la determinación por investigar y la creencia de que nada tendría sentido. El incendio de las Salesas cayó en el olvido.

86

LA SENTENCIA

E ra el 30 de diciembre de 1917 cuando el trampantojo de la vida comenzó a sonreírle y, definitivamente, su personalidad taciturna empezó a cambiar. Se había afeitado la barba y su piel se veía limpia, mate, sin brillos. Sus ojos parecían más claros y una sonrisa invadía su rostro. Esa mañana, con una prisa inusitada en su cuerpo libre de tóxicos, escuchó cómo el reloj del campanario de una iglesia cercana anunciaba las doce del mediodía. En ese momento, Torquemada recogía la mesa que le habían asignado en la redacción de *La Correspondencia*. Dejó el lapicero sobre ella, plegó los papeles que había estado utilizando y guardó en su bolsa de trabajo un sobre que el abogado Pablo Bergía le había enviado.

Hacía unos días que se veían con regularidad. Desde que logró la absolución de la meretriz a la que defendía, su relación se había intensificado. Conversaban de la república, del dinero de Alfonso XIII, de los casos que Bergía había defendido y, sobre todo, de sus vínculos con la causa que los hijos de Elena Sanz habían interpuesto contra el rey. Unas semanas en las que sus libretas hablaban más de su amor por Candela que de cualquier otra cosa porque, según escribió, «no volveré a retomar la investigación que tantos sinsabores me ha dado y que casi me ha llevado a la muerte en dos ocasiones».

Diez minutos después de abandonar la redacción, corría por todo Madrid. Dejó atrás la Bodega del Segoviano, en la plazuela de Puerta Cerrada, donde compró aceitunas y «vino para Candela»; bebió agua de una fuente donde unos niños jugaban a mojarse. «La inocencia de los pantalones cortos, a pesar del frío, me hace pensar en un futuro para esta España donde la mujer todavía se somete al yugo del hombre. Esperemos que, cuando se alarguen los pantalones, esos chicos quieran mantener la inocencia de los juegos de agua invernales y no buscar el calor del guantazo a sus esposas».

Luego caminó sobre adoquines hacia la plaza de la Cruz Verde, donde, calle abajo, había una abacería, una cacharrería y una casquería. Compró unas mollejas mientras un gato saltaba de tejado en tejado, convirtiéndose en la algarabía de las madres que cuchicheaban sentadas en un banco, mientras en el cielo se extinguía el último incendio de Madrid. «La memoria de Madrid recordará palacios, teatros e iglesias consumidos por incendios que arrasan la capital». De ahí, ascendió a la plaza de Cascorro y a la calle de Toledo, dejando atrás una de las fachadas de la iglesia de San Millán, hasta llegar a una calle atestada frente a una tahona en las Maldonadas. Compró pan.

Poco después, Candela y él comían juntos alrededor de una mesa con mantel, decorada con gusto, en la vivienda que ella alquilaba en la calle Santa Isabel.

—¿Cómo ves tu futuro, Alonso? —preguntó Candela.

—He tenido algunos altibajos profesionales, pero me he hecho un nombre como reportero —dijo con algo de sorna—. El editor de *El País* me ha ofrecido escribir un libro costumbrista sobre la vida en Madrid y, con la paga del diario y el adelanto, me gustaría iniciar una vida serena contigo. El dinero de Madame Celestina lo quiero guardar por lo que pueda venir.

Candela sonrió.

—No te precipites, Alonso, que nos acabamos de conocer y yo, a pesar de tener treinta años y ser casadera, nunca he tenido ningún novio, hasta ahora…

—Me encanta lo de hasta ahora…

—Es que te siento muy cerca, pero no quiero empezar algo y que luego se rompa —contestó ella.

Alonso miró al infinito marrón oscuro de sus ojos y sonrió. Era feliz. Estaba contento. La vida comenzaba a sonreírle.

—¿Y tú cómo ves tu futuro? —preguntó Torquemada.

—En la oficina hay mucho trabajo, y estoy bien tratada y considerada por Alfonso XIII y la Intendencia de la Casa Real, así que creo que, entre mi salario y el tuyo, podríamos formar una familia, más si escribes un libro.

—¿Y dónde ha quedado eso de que no quieres que nos precipitemos? —dijo él con sorna.

Ambos rieron.

—Salvo que tú quieras otra cosa —dijo Candela.

El silencio se hizo en la mesa hasta que Torquemada lo rompió:

—Ya no bebo y, si no lo hago, es por ti. Has conseguido apagar mis fantasmas del pasado, Candela.

—¿Y por qué no dejas el cuartucho que tienes alquilado y vives aquí conmigo? La casa es grande y la podemos compartir.

La comida se extendió por más de dos horas, de acuerdo con los apuntes de Torquemada, quien llegó a las cinco de la tarde al pequeño cuarto que había alquilado en la calle Tirso de Molina. Colocó la bolsa sobre la mesa y procedió a abrir el sobre que el abogado Pablo Bergía le había enviado esa mañana a la redacción de *La Correspondencia*. Dentro encontró la sentencia que el Tribunal Supremo emitió en 1908 acerca de la paternidad fuera del matrimonio de Alfonso XII, acompañada de una nota que decía: «Si el Palacio de las Salesas se incendió, fue para esconder esta sentencia». La leyó sintiendo un desacuerdo emocional: «Quiero olvidar, pero parece que hay quienes no me lo permiten».

La narrativa de los hechos contenida en la sentencia le provocó un profundo pesar al reprocharse por no haber logrado identificar al responsable del incendio que devastó el Tribunal Supremo hacía dos años y medio. Comenzó a pensar que necesitaba reanudar la investigación, justo antes de revisar de nuevo el folleto acerca de los hijos de Elena Sanz. Le tomó poco más de una hora repasar sus notas, y al terminar estaba convencido de que si el incendio había sido provocado, era para impedir que se demostrara lo afirmado en el folleto. Escribió: «Las palabras de Candela me hicieron pensar que nuestro rey nunca se habría involucrado en un incendio, pero la lectura del librito escrito por sus hijos ilegítimos me hace cambiar de opinión, una vez más».

Esa noche, transcribió la sentencia en sus libretas, añadiendo la nota: «Alguien ha engañado a los magistrados; los hijos de Elena Sanz también son descendientes de Alfonso XII».

Tribunal Supremo. N.° trescientos veinte y seis.

Señores: don José de Aldecoa, don Vicente de Piniés, don Víctor Covián, don Antonio Alonso Carana, don Pascual Doménech, don Ramón Barroeta, don Camilo María Gullón.

En la villa y corte de Madrid, a primero Julio de mil novecientos ocho, en el pleito seguido ante Nos en primera y única instancia por don Alfonso Sanz y Martínez de Arizala, natural de París y residente en dicha capital e investido como español en el Consulado General con el número seiscientos veinte, cuya profesión no consta (...) para que reconozcan al demandante como hijo natural del difunto don Alfonso XII y de doña Elena Sanz con derecho a usar los apellidos paternos, a percibir alimentos desde la muerte de aquel monarca y a la legítima que la herencia del mismo le concede la ley, fundando dichas pretensiones en la afirmación de que de las relaciones amorosas de aquellos había nacido el actor en las condiciones legales necesarias para obtener tal reconocimiento, según se asienta en los hechos desde el primero al décimo, y que así se comprobaba por el contenido de las cartas atribuidas al expresado monarca que analiza y comenta en los hechos siguientes hasta el vigésimo de los de su demanda; por la de la carta y dedicatoria atribuidas a doña Isabel II, de que se hace mérito en el vigésimo primero, por las de terceras personas a que se refieren los hechos vigésimo segundo, vigésimo tercero y vigésimo cuarto; por las palabras que se suponen pronunciadas por don Alfonso XII momentos antes de morir según el hecho vigésimo quinto; por la historia de las reclamaciones a que se refieren los hechos vigésimo sexto y vigésimo séptimo que terminaron con la entrega por la representación de doña Elena Sanz; de varias cartas mediante el precio convenido y la escritura de veinte y cuatro de marzo de mil ochocientos ochenta y seis; por la relación del origen y desarrollo de las nuevas reclamaciones formuladas por el demandante después de la muerte de su madre acaecida en 1898 a que aluden los hechos vigésimo octavo, vigésimo noveno y trigésimo, terminando el escrito de demanda con los fundamentos legales que la defensa del actor estimó pertinentes para la justificación de su acción, y acompañando con aquella los documentos que obran a los folios ciento setenta al doscientos diez y ocho y doscientos noventa a trescientos diez, todos inclusives, entre ellos los que fueron objeto de los comentarios y razonamientos del escrito.

Resultando que comparecidos en los autos los demandados bajo la representación del marqués de Borja, Intendente general de la Real Casa (...) solicitó la absolución de los demandados con imposición de perpetuo silencio y costas al actor oponiendo a las pretensiones de la demanda la excepción de falta de acción, prescripción y falta de personalidad de S.M. la reina doña María Candela, apoyando aquella fundamentalmente en los hechos que relaciona para explicar la razón y carácter de la venta de las cartas ofrecidas por la representación de doña Elena Sanz (...) y en la absoluta falta de antecedentes y prueba de la filiación del demandante con relación a S.M. el rey Alfonso XII (...)

Resultando que recibido el pleito a prueba aparece de su práctica lo siguiente: (...) habiéndose manifestado por dos de dichos tres peritos como resumen de un informe escrito obrante al folio seiscientos noventa y ocho, que abrigaban la fundada sospecha, por lo menos, de que dichos documentos no han sido causados por don Alfonso XII, y manifestando el tercer perito su opinión favorable a la legitimidad de dichos documentos (...); en cuanto a la testifical, que con excepción de los cuatro que se determinaran, todos los testigos designados por la parte actora fueron examinados a tenor de las preguntas acotadas del interrogatorio presentado en tiempo, siendo su resultado el que se apreciará más adelante;

no habiéndolo sido el testigo Julio Quesada Cañaveral, Duque de San Pedro, citado personalmente, por no haber comparecido, y los testigos Don Prudencio Ibáñez Vega, banquero español, domiciliado en París, y don Manuel González Hontoria, secretario de la embajada española en dicha capital, incluidos en el exhorto librado al efecto al cónsul de España en aquella ciudad, por no encontrarse en ella al ser citados; y no habiendo sido devuelta carta rogatoria que para el examen del abogado francés don Fernando Laborí se dirigió en la forma debida al presidente del Tribunal de Casación de París; habiéndose practicado también prueba pericial por la representación de los demandados para la adveración de las cartas que presentó de don Nicolás Salmerón, don José Fernando González, don Prudencio Ibáñez Vega y de don Fernando y Don Alfonso Sanz, que declaró y reconoció como legítimas el único perito designado al efecto en su informe obrante al folio ochocientos dos como resultado del cotejo que practicó con otras indubitadas de los mismos.

Siendo ponente el Magistrado don Camilo María Gullón.

Considerando que si bien la parte actora pretende en su demanda y ha sostenido durante toda la tramitación del pleito, la declaración de que Don Alfonso Sanz es hijo natural del difunto rey don Alfonso XII con derecho a usar el apellido Borbón, a la cuota legitimaria que le corresponda con arreglo a la ley en testamentaría de aquel Monarca, y a los alimentos debidos desde el fallecimiento de este; es evidente que las referidas pretensiones y derechos descansan en el primordial y fundamental supuesto de la filiación alegada por don Alfonso Sanz y del obligado reconocimiento de la cualidad de hijo natural del expresado monarca por concurrir en las condiciones requeridas según el derecho positivo, siendo por tanto este extremo el que resulta y se impone a la resolución del Tribunal antes de examinar, si fuera necesario, la pertinencia de las demás pretensiones.

Considerando que lo mismo con arreglo a la legislación antigua condensada y refundida en la ley once de Toro, que a las prescripciones del vigente Código, se halla absolutamente prohibida la pesquisa de la paternidad, por lo que según tiene declarado la

jurisprudencia sentada por este Tribunal, el convencimiento más
o menos racional en determinados casos pueda formarse de la fi-
liación de una persona no produce efecto alguno en derecho, sien-
do preciso aparte dicho convencimiento que el presunto padre
haya manifestado su voluntad expresa o tácita según aquella ley,
o en la forma prescrita y requerida por el Código de reconocer al
que estima hijo suyo para que así sea tenido en el concepto públi-
co, derivando solo de este reconocimiento los derechos otorgados
por la ley a tales hijos, pues de otra suerte se infringiría el princi-
pio fundamental que informa la legislación positiva sobre esta
materia, convirtiendo en pesquisa lo que el legislador ha querido
que sea acto deliberado del padre.

Considerando que si con este vigoroso criterio han sido y de-
ben ser examinadas cuestiones como la que más fundamental-
mente se plantea en el actual pleito, aun refiriéndose a ciudadanos
sometidos en absoluto a las condiciones ordinarias de nuestro de-
recho, se impone más cuando se trata de un monarca español
exento en gran parte de sus prescripciones, dado el especial carác-
ter de la familia.

Faltarían aún cinco años para que se descubriera que la sentencia de 1908 se fundaba en un fraude. Cinco años durante los
cuales la madera se transformaría lentamente en carbón, aguardando el momento propicio para consumir los documentos que
escondían la verdad. Y serían casi ciento ocho años antes de que la
verdad saliera a la luz. Lo único conocido por entonces fue una
nota de Torquemada en sus cuadernos: «La ignición; necesito hablar con Fernand Labori, el abogado francés de Dreyfus, e investigar el verdadero origen de la relación amorosa entre Elena Sanz y
Alfonso XII».

Pocos días después, fue Candela quien, al notar la expresión
de tristeza en el rostro de Torquemada, decidió escribirle una carta. Esta carta la guardaría él, meticulosamente doblada en cuatro,
dentro de una de sus libretas.

«Querido Alonso, me has demostrado que tu amor por mí
supera la más firme abstinencia. Te suplico que continúes con tu

investigación, deseo que despejes todas tus dudas antes de iniciar una vida juntos. Creo que si no lo haces nunca podremos estar tranquilos. Necesitas saber la verdad y acabar con tu pasado para tener futuro. Con mi apoyo, sé que podrás hacerlo. Siempre tuya, Candela».

87

LA IGNICIÓN

«¡**F**uego!». Así comenzó esta historia, con un niño de ocho años llamado Guillermo del Valle, quien gritó «¡fuego!» el 4 de mayo de 1915. Pero este incendio no fue el primero que intentó poner fin a la historia de amor entre la cantante Elena Sanz y Alfonso XII. Hubo al menos otros dos incendios antes de este, que, de haber sido mejor planificados, nunca habrían provocado que el Tribunal Supremo ardiera. Porque la verdadera ignición de nuestra historia comenzó en 1885, en París, tras la muerte del rey Alfonso XII, cuando la famosa cantante de ópera Elena Sanz ordenó preparar su carruaje para visitar al conocido «abogado de los pobres», el republicano Rubén Landa.

—Así es, amigo Torquemada. La historia de los hijos ilegítimos de Alfonso XII comienza en 1885 —le explicó el abogado Pablo Bergía la fría tarde del 1 de enero de 1918, en la casa que compartía con Torquemada y Candela.

Los días anteriores transcurrieron entre conversaciones y risas, pero sin mayor intimidad física. Candela siempre evitaba el contacto físico, posiblemente debido a algún trauma pasado que Torquemada intuía como «profundo, algo tan doloroso que la hacía frágil como un pájaro, pero a la vez firme como un roble». Sin embargo, ella era feliz.

—Por favor, cuénteme todo, querido amigo —dijo Torquemada, levantándose para buscar una manta para Candela.

El invierno se colaba por las ventanas, pero la casa, decorada con muebles clásicos y tonos suaves, reflejaba la felicidad de la pareja. En la sala, bajo la luz tenue de lámparas de aceite, conversaban alrededor de una robusta mesa de madera, cubierta con un mantel de encaje blanco que llegaba al suelo. La chimenea crepitaba suavemente, compitiendo con sus voces.

Bergía, vestido con un traje oscuro y una corbata de seda roja, destacaba por su cabello peinado y sus ojos vivaces. Gesticulaba con una copa de vino tinto en la mano, casi rociando a Candela, quien lucía radiante con un vestido de encaje negro que contrastaba con sus labios rojos. Todos disfrutaban del vino, excepto Torquemada, quien, recién afeitado y con corbata por primera vez en años, prefería el agua.

El cordero preparado por Candela fue elogiado por los hombres como «el mejor que habían probado», y tras el postre, comenzaron a hablar sobre Elena Sanz.

Cuando Alonso regresó con la manta, sintió que Bergía y Candela habían estado conversando a sus espaldas, pero solo dijo:

—Continúe, Pablo, por favor.

—Pero antes de contarle todo, debe saber que yo también fui detenido, acusado de defender a un editor que escribió sobre los hijos de Elena Sanz. Así que sírvame otra copa de ese vino.

Torquemada obedeció con una gran sonrisa en los labios y, cuando el sonido del líquido se silenció, el abogado volvió a hablar:

—Durante el fracasado pronunciamiento republicano del 5 de agosto de 1883, Rubén Landa había sido elegido gobernador civil y, como consecuencia, tuvo que exiliarse a París. En esta misma ciudad residía la cantante Elena Sanz, cuya belleza era renombrada mundialmente. De piel y cabello morenos, con una nariz respingona y un cuello largo, Elena parecía una divinidad egipcia de ojos negros profundos. Vestía un largo vestido que parecía flotar sobre los adoquines de las calles parisinas. La conexión con Landa le fue facilitada por su íntimo amigo Nicolás Salmerón, abogado y expresidente del Poder Ejecutivo durante la Primera República.

Torquemada tomaba notas con meticulosidad. Él y Candela habían llegado a un acuerdo: el periodista investigaría y escribiría un libro sobre el incendio, independientemente de si podía demostrar que había sido provocado o no.

—¿Y qué pruebas tiene? —preguntó el periodista al abogado.

—Como sabía que me lo preguntaría, le he traído muchos documentos —respondió el letrado, levantándose para buscar un maletín de piel negra lleno de papeles en el recibidor.

Al regresar a la sala, colocó el maletín sobre la mesa, lo abrió, se sentó de nuevo y extendió un documento a Torquemada. Este escribió en su libreta: «El 23 de diciembre de 1885, Salmerón había escrito a Elena Sanz ofreciéndole su defensa y advirtiéndole sobre lo que se avecinaba: "A juzgar por lo que ya han hecho con Vd., no les inspirarán nobles sentimientos, tendrá Vd. que hacer comprender que no está dispuesta a aceptar una merced mezquina, cuando no pide gracia, sino justicia"».

El capítulo que Torquemada dedicó a la pareja en su libro comienza así: «La historia de Elena Sanz y Martínez de Arizala es una narrativa de terror entre bastidores de la ópera y romances prohibidos. Conoció a Alfonso XII cuando ya era madre de un hijo, Jorge, y tuvo otros dos con el entonces príncipe: Alfonso y Fernando Sanz, nacidos en 1880 y 1881, respectivamente. La segunda esposa del rey dio a luz a Alfonso XIII en 1886, después de dos hijas, María de las Mercedes y María Teresa. Al no ser el primogénito, su hermanastro, el hijo de Elena Sanz, podría haber intentado disputar la Corona. Desde entonces, su vida fue un calvario, aunque mitigado por la compensación financiera real».

—Pero ni Landa ni Salmerón conocían las verdaderas intenciones de la artista cuando ella solicitó su ayuda, y ellos aceptaron con una carta. Nadie sabía que Elena Sanz planeaba chantajear a la Casa Real —afirmó Bergía, quien aprovechó el momento teatral para ir al baño.

88

ELENA SANZ

—Tenía unas cartas de amor con el rey Alfonso XII y quería usarlas para presionar a su hijo para que les pagase el peculio. Tras la muerte del rey, Elena se había quedado en la ruina y quería que sus abogados contactasen con Alfonso XIII para que abonase lo que su padre había prometido —dijo Bergía mientras se sentaba con las manos todavía húmedas.

—¡Increíble lo de la cantante! —exclamó Candela.

Torquemada y Bergía estallaron en risas. Recompuestos, el abogado continuó:

—Elena entregó a sus abogados las cartas como prueba del romance y de la paternidad de sus dos hijos. Les explicó que quería utilizarlas para conseguir una parte de la herencia para los descendientes de Alfonso XII, quien había sido su amante durante años. Luego les contó que el rey se había enamorado de ella a los quince años, pero que no volvieron a verse hasta después de que él enviudara de su primera esposa, María Mercedes. El rey había asistido al estreno de una ópera, la había convertido en su amante y la había obligado a retirarse de los escenarios.

»Elena Sanz se había instalado cerca del Palacio Real de Madrid, con el beneplácito de Isabel II, que llegó a considerarla «su nuera ante Dios». Pero la Casa Real necesitaba estabilidad: la elegida como segunda esposa de Alfonso XII fue la austriaca María Candela de Habsburgo, conocida como doña Virtudes. Alfonso se casó con ella por razones políticas en noviembre de 1879. Dos meses después, Elena daba a luz en París, el 28 de enero de 1880, a su primer hijo con el monarca: Alfonso Sanz. María Candela juró venganza contra la cantante, especialmente después de que Elena pariese a su segundo hijo real, Fernando, en 1881. Alfonso XII falleció en 1885 de tuberculosis, y la reina consorte se vengó enviándola, junto a sus hijos, a vivir en París. Alfonso XIII, el hijo póstumo del rey, se convirtió en el heredero al trono de España. Parece que el duque de Sesto fue el intermediario sentimental entre la pareja.

—Pero creo recordar que el duque de Sesto acabó arruinado... —interrumpió Torquemada—. Y eso me hace pensar también que el día del incendio vi a doña Virtudes merodeando en un coche, como si quisiera asegurarse de que se habían cumplido sus órdenes.

—No nos dejemos llevar por la imaginación. Doña Virtudes nunca le perdonó a Elena haberse encamado con su marido. Y Elena también tuvo problemas...

—¿A qué se refiere? —preguntó Candela.

—Poco después de iniciar la relación con el rey, un carruaje la atropelló y la hirió gravemente en el pecho y el brazo, todo esto frente a sus hijos. La prensa la dio por muerta, pero sobrevivió. Más tarde, en 1883, las cortinas de su dormitorio se incendiaron y, por fortuna, los mayordomos pudieron extinguir el fuego.

—¿Y las cartas de amor se salvaron? —preguntó Torquemada.

—Así es. Pero volvamos al momento en que Landa contactó con la Casa Real y puso sobre la mesa esas cartas de amor...

—Sí, porque hasta ahora su historia podría ser una novela, pero no es lo que estoy buscando para mi libro —afirmó el periodista.

—Aquí tiene —dijo el abogado, sacando nuevamente su mano de la cartera—. Esta es una carta del abogado Salmerón a Fermín Abella, entonces intendente de la Casa Real, cargo que luego ocuparía su yerno, Luis Moreno y Gil de Borja, la persona que se querelló contra el editor de *El País* y consiguió mi detención. Falleció el año pasado, así que ya no tengo miedo.

Torquemada leyó:

En primer lugar, considero que se debe elaborar un documento privado de carácter provisional, en el cual se consigne la obligación recíproca de entregar, por una parte, todas las cartas que pudieran demostrar la filiación natural paterna, y por la otra, la cantidad convenida. Para evitar cualquier reclamación futura, incluso por parte de los menores, se declarará que no existen más cartas que pudieran servir como prueba; y, además, se estipulará que al menos dos tercios de la cantidad convenida se invertirán en inscripciones de deuda pública a nombre de los menores, asegurando así una renta que les proporcionará una pensión alimentaria modesta pero digna. Al efectuar la entrega recíproca de las cartas y el pago convenido, se formalizará un contrato para legalizar la asignación de la pensión alimentaria y las declaraciones y renuncias mencionadas.

—¿Y Elena Sanz logró que la Casa Real le comprara las cartas? —preguntó después de leer la misiva.

—Así es, el 24 de marzo de 1886, ante el cónsul de España en París, se firmó el documento número 40 de ese protocolo, que establecía lo siguiente.

Continuó leyendo en voz alta:

El Sr. Abella se ha comprometido, confiando plenamente en su integridad, a invertir un capital efectivo no inferior a quinientos mil francos en valores públicos, para asegurar por partes iguales una renta a los menores impúberes don Alfonso y don Fernando Sanz Martínez de Arizala, hijos naturales de la señora doña Elena Sanz y Martínez de Arizala. Por lo tanto, debe quedar constancia de que el capital invertido no le pertenece, sino que ha sido recibido específicamente para el propósito indicado en este documento. La señora doña Elena Sanz se compromete a no volver a reclamar la paternidad de sus dos hijos mencionados y a no publicar ninguna carta o documento que revele dicha paternidad. En caso de incumplimiento, el Sr. Abella estará autorizado a recuperar los valores depositados, obligando a los Sres. Rubén Landa Coronado y don Nicolás Salmerón y Alonso a tomar las medidas necesarias al respecto.

—¡Así que compraron el silencio de la cantante con dinero...! —exclamó Candela.

—Exactamente —respondió Pablo Bergía—, y todo iba bien hasta que alguien sugirió que Elena Sanz no había destruido todas las cartas y que había guardado algunas como medida de precaución.

—¿Otro incendio? —preguntó Torquemada.

—Sí, amigo mío. El 9 de noviembre de 1888, la espléndida residencia de Elena Sanz en la localidad francesa de Billancourt se incendió por completo. La misma que había adquirido con las cuarenta mil pesetas obtenidas de los intereses de la desinversión en acciones cubanas. Fue poco después de que Fermín Abella falleciera el 9 de abril, sin haber realizado el depósito de dinero acordado en el consulado español de París.

—Estos borbones sí que saben cómo hacer las cosas —dijo el periodista.

—Parece ser que, tras la muerte de Abella, Elena Sanz se puso en contacto con el nuevo intendente, Luis Moreno, y le advirtió que debían pagar si no querían que las cartas salieran a la luz. De esas cartas, por cierto, tengo una copia.

—¿Y qué pasó con el incendio? ¿Hubo víctimas?

—El incendio fue tan devastador que se creyó que los hijos de Elena Sanz y Alfonso XII habían muerto asfixiados. Nadie gritó «fuego». Nadie lo advirtió, pero su dormitorio quedó reducido a cenizas, excepto algunas de las cartas de Alfonso XII que sobrevivieron y que posteriormente entregó a su abogado, quien las utilizó en la demanda que interpuso en 1907. Aquí tiene una de ellas:

Idolatrada Elena:

Cada minuto te quiero más y deseo verte, aviso que esto no es posible en estos días.

No tienes idea del recuerdo que dejaste en mí.

Cuenta con migo (sic) para todo. No te escribo por falta material de tiempo. Dime si necesitas guita y cuánta.

A los nenes, un beso de tu A.

Elena de mi vida:

Mil y mil gracias por tanto bonito recuerdo que francamente no merezco; pero si no he escrito no ha sido ni por falta de cariño, ni por olvido. Ha sido porque primero nduve (sic) en andurriales imposibles donde no había correo, y después ya no sabía dónde tú estabas. Sabes que mi cariño no se apaga, eso es imposible; pero también sabes cómo vivo de ocupado. Adjunto para la vida,

Mil besos, también a los nenes.

A.

—¿Con «los nenes» Su Majestad se refería a los demandantes, los hermanos Sanz? —preguntó Candela.

—Usted dirá —dijo Bergía—. Aquí tiene otra.

Elena de mi vida:

Adjunto hasta octubre. Mi corazón quedará contigo. Cuídate y ponte buena.

Me vigilan, no puedo seguir.

Un beso a a ti y a los nenes, de A.

—¡¿Me vigilan?! —exclamó Torquemada.

—Sí, porque doña Virtudes usaba espías para seguir los pasos de Alfonso XII. Además, como le mencioné hace un tiempo, empleaba a periodistas para investigar a Elena Sanz.

—Y ahora usan policías para espiarme a mí —afirmó Torquemada.

—Y a mí también —respondió Bergía.

Torquemada observó de reojo a Candela por si veía temor en su mirada, pero ella, simplemente, dijo:

—Queridos, necesito hacer un receso, necesito dormir la siesta —dijo ella, abrumada por la situación.

Torquemada la acompañó al cuarto mientras Bergía se sentaba unos minutos en un sillón. En segundos, ambos roncaban, y Torquemada aprovechó para releer sus notas:

La prensa extranjera discutía abiertamente los escándalos de alcoba de nuestro país, mientras que aquí predominaba el silencio. Le Journal, el 12 de febrero de 1908, nos ridiculizaba con un titular provocador: «¿Qué pasó con los hijos de Alfonso XII y Elena Sanz?». Desprovistos de la pensión real, se vieron obligados a buscar medios para subsistir. Alfonso y Fernando Sanz se integraron en los círculos deportivos de París, dado que los círculos sociales los rechazaban. Alfonso Sanz, destacado motociclista, participó en numerosas competiciones y fue uno de los primeros en completar la carrera de París a Madrid. Por su parte, Fernando Sanz, además de estudiar canto lírico, se consagró campeón de Francia en competiciones de ciclismo amateur y también destacó en el boxeo.

Mientras en España se rechazaba el divorcio, en Francia se debatían la unión libre, las separaciones y, como en el caso de los hijos de Elena Sanz, la protección testamentaria. Por ello, los hermanos Sanz demandaron a su medio hermano, el rey, exigiendo el apellido Borbón. De haber ganado, habrían despojado de su trono a nuestro monarca, relegándolo a vivir bajo la sombra de una mujer dispuesta a protegerlo de cualquier adversidad. Sin embargo, nuestros tribunales ni siquiera permitieron que el caso fuera juzgado.

El abogado de la familia real, el señor Cobian, presentó un argumento ante la corte que sacudió al ámbito jurídico: «La figura del rey es sagrada, inviolable e inimputable, pilares del principio monárquico. Independientemente de sus acciones, el rey no puede ser juzgado ni procesado; está exento de comparecer ante los tribunales en cualquier capacidad, incluso como testigo. Por tanto, negamos la jurisdicción de los tribunales ordinarios, aceptando únicamente la del Tribunal Supremo, que decidirá el caso bajo una ley única y sin opción a apelación».

Fue entonces cuando se alzó un magistrado íntegro y determinado, cuyas palabras resonaron en el tribunal. Se trataba del fiscal, quien argumentó: «El rey, en su ejercicio de autoridad suprema, es inviolable e inimputable. Pero esto no se extiende a asuntos privados. Aceptar la inviolabilidad del monarca en tales circunstancias equivaldría a negarle la capacidad de firmar contratos, heredar, administrar sus bienes o, en esencia, poseer personalidad jurídica».

A pesar de la trascendencia del caso, la mayor parte de la prensa española omitió el suceso, aunque el presidente del Tribunal Supremo llegó a interrogar a miembros de la familia real.

89

EL INTERROGATORIO

Torquemada preparó café y, cuando bien entrada la tarde Bergía despertó, continuaron con la conversación:

—¿Y qué me dice de la demanda que interpusieron? —inquirió Torquemada—. Le pregunté a Aldecoa y me echó de su despacho. Creo que el incendio del Palacio de Justicia tiene mucho que ver con aquella demanda.

Alfonso Sanz había presentado, en abril de 1907, una demanda contra el rey Alfonso XIII y otros[9] para que se le reconociera como hijo natural de Alfonso XII. Los hijos de Elena Sanz no habían recibido el dinero que Luis Moreno y Gil de Borja debía pagar, y habían decidido demandarlos a través del letrado Julián Nougués.

—Aldecoa interrogó a la familia real; creo que quería mantener las formas sabiendo que iba a archivar la causa, indicando que el rey, en España, es inviolable.

—Pero eso, ¿lo sabe o es su interpretación? —inquirió Bergía.

—Dígamelo usted.

—Aldecoa se desplazó junto al relator Martín Ruiz al palacio que la infanta Isabel tenía en la calle Quintana de Madrid. La hija de la reina Isabel II, más conocida como La Chata, era la clave del

---

9. La reina doña María Candela de Austria, el infante don Carlos de Borbón y Borbón, don Alfonso María, doña Isabel Alfonsa y la infanta doña María Teresa de Borbón y de Austria.

proceso. Su carácter llano y sencillo hacía que fuera un personaje confiable en aquel Madrid ya más republicano que monárquico. Cuando nació su hermano, el futuro rey Alfonso XII, en 1857, perdió el título de princesa de Asturias, que recuperaría diecisiete años más tarde ante la ausencia de un hijo heredero del monarca, hasta el nacimiento de su sobrina María de las Mercedes. A partir de entonces adquirió la categoría de infanta y los hermanos Sanz confiaban en que no mintiese en un proceso judicial y, por eso, la habían citado como testigo. Mire, aquí tengo una carta de Elena Sanz en la que reconoce haber recibido dinero en tiempos de Fermín Abella —afirmó de memoria Bergía.

Torquemada leyó la carta que Bergía le tendió en ese momento:

Con su última atenta carta, fecha 12 de agosto pasado, ha llegado a mis manos el recibo del depósito de treinta y un mil francos de renta exterior de España, constituido por mí en poder de usted, así como la numeración de los títulos que forman dicho depósito. Y para que en ningún tiempo pueda surgir duda alguna acerca de la naturaleza del mismo y de las condiciones en que lo constituyo, debo declarar que el depósito responde a los fines expresados en la escritura de 13 de abril de 1886, otorgada por el Sr. D. Fermín Abella (que en paz descanse) con la concurrencia del señor D. Rubén Landa.

—Continúe, por favor —dijo Torquemada.

—El pago por las cartas, como ya le conté, se hizo mediante títulos de la deuda que se depositaron en algo llamado Comptoir d'Escompte, en París. Algo similar a un banco que controlaba Prudencio Ibáñez Vega, el banquero de la reina. Y no se olvide de este nombre, porque es muy importante.

—Pero, según me dijo usted hace ya años, el dinero nunca llegó a manos de los hermanos Sanz —dijo Torquemada.

—Abella aceptó comprar las cartas conviniéndolo con el señor Salmerón y entregando como precio tres millones de reales, juntamente con doscientas cincuenta mil pesetas que dicho señor Salmerón había solicitado para Elena Sanz. Luego, el dinero no llegó a la mayoría de edad, tal y como ya le dije. Por eso los hijos de Elena Sanz interpusieron la demanda y por eso Aldecoa tuvo que tomar declaración a toda la familia real. Otra que tuvo que declarar fue María Candela de Borbón-Dos Sicilias, reina consorte por su matrimonio con Alfonso XII y regente en nombre de su hijo Alfonso XIII hasta 1902. Y a ella el letrado no se lo puso fácil durante el interrogatorio, porque el proceso fue ruin.

—¿Ruin? ¿Por qué lo dice? —inquirió Torquemada, intrigado.

—Hablé hace tiempo con el propio Julián Nougués, el letrado que defendió en España los intereses de los hijos de Elena Sanz y al que usted vio un día salir de mi despacho y tomé nota de lo que me dijo. Déjeme que se lo lea textual: «Dentro de las páginas del proceso se ha vertido toda serie de bajezas y ruindades. La sarta de injurias que lleva la dúplica con lenguaje de lavandero pudo en el primer momento inducirnos a presentar una querella contra quienes la estamparan, pero francamente, después de una meditación fría, caímos en la cuenta de que con ello íbamos a fomentar notoriedades y a dar ciertas patentes que repugnan con nuestro modo de proceder, por lo cual desechamos el primer impulso».

—Y eso que ustedes los abogados hablan de decoro y honor… —lo interrumpió Torquemada.

—El Tribunal Supremo dictó sentencia, la misma que le hice llegar a la redacción. Nadie puede juzgar a un rey y, por lo tanto, los hermanos Sanz no son hijos de Alfonso XII. Si lo fuesen, nuestro rey no sería Alfonso XIII, sino su hermanastro Alfonso Sanz.

Durante unos segundos ambos quedaron en silencio.

—Y a usted, Pablo, ¿cuándo le detuvieron? —preguntó, al fin, Torquemada.

—Esa historia es más larga y tengo que volver a casa con mi familia. Despídame de Candela cuando despierte y agradézcale este día magnífico.

90

EL CONSUELO

Esa noche, en la intimidad de su habitación, Torquemada intentó acercarse a Candela con intenciones amorosas.

—Pablo se ha ido, estamos solos —susurró el periodista a la joven, que aún estaba en la cama.

Vestía un camisón de algodón blanco y Torquemada, todavía con la americana puesta, se acurrucó tras ella. La rodeó con sus brazos y esperó a que la respiración de Candela se acompasase para volver a hablar.

—¿Estás bien?

—Perdona, amor, pero necesitaba dormir algo, estoy muy cansada estos días. No sé qué me pasa —contestó Candela.

—No te preocupes, hemos estado hablado de Elena Sanz y sus hijos…

—¿Algún avance significativo? —preguntó ella.

Él le explicó la conversación con Bergía mientras se quitaba la ropa y se ponía un pijama. Cuando acabó, se acercó a ella para besarla. Estaba tan emocionado por lo que había descubierto que únicamente pensaba en hacerle el amor sin descanso, sin que la noche se acabase.

Sin embargo, ella, con un gesto de profundo dolor, lo rechazó.

—Perdona, Alonso. Sé que es mucho pedir, pero no puedo. Hay algo de mi pasado que desconoces, algo que me impide entregarme completamente.

Con delicadeza, Torquemada se apartó y le dijo:

—Lo siento, debería haber recordado tus palabras. Pero la emoción de la historia que tengo entre manos, una que asegurará el éxito de mi libro y nos permitirá vivir sin preocupaciones, me ha desbordado. Sueño con la familia que anhelo construir contigo. Sabes que he cambiado.

—Te creo cuando dices que has cambiado. Ya no eres esclavo de tus vicios, te veo centrado, y juntos hemos logrado estabilidad. Pero aun así, no estoy lista. Lo lamento —respondió Candela, antes de girarse y empezar a llorar en silencio.

Torquemada se acercó a ella y la abrazó suavemente, hasta que el llanto cesó y se quedaron dormidos, unidos en un tranquilo abrazo.

Al amanecer, Torquemada buscó a Candela en la cama, pero no la encontró hasta que se dirigió a la cocina. Allí estaba ella, buscando consuelo en un vaso de café caliente. Tras un tierno beso en la frente, se sentó frente a ella con una taza de leche con chocolate.

—¿Cómo te sientes? ¿Pudiste descansar? —preguntó con preocupación.

—Sé que antes te he dicho que te iba a apoyar, pero... En realidad, no quiero que escribas ese libro. Traerá problemas. Si incluso han detenido a personas influyentes, ¿qué no harían contigo? Y temo que vuelvas a tus viejos hábitos.

—Te aseguro que eso no ocurrirá, Candela.

—A Elena Sanz casi la atropellan y su casa fue incendiada dos veces... —dijo ella entre lágrimas.

—No se atreverían contra un periodista.

—Pero ya lo intentaron, igual que hacerte daño. Ese policía, Ricardo Villar... Me aterra perderte.

Torquemada dejó su taza y abrazó a Candela, tratando de calmar su temblor.

—No te preocupes, abandonaré la idea del libro. Nos arreglaremos con nuestros trabajos y la herencia.

—¿Estás seguro? No quiero impedir que te conviertas en escritor, que al fin publiques tu primera obra... Y sé que este incendio ha sido tu obsesión todos estos años.

—Como te he dicho en varias ocasiones, el editor de *El País* me ofreció hacer un libro costumbrista sobre Madrid. Y eso haré.

Candela miró fijamente los ojos claros de Torquemada buscando alguna mentira y él, simplemente, sonrió con pena.

—Hay algo más que necesito que hagas… —dijo ella.

—Lo que sea, Candela.

—Si realmente deseas casarte conmigo, te pido que busques a tu padre en Barcelona. Mis padres murieron y estaré sola ese día. Creo que si te reconcilias con él, también encontrarás paz contigo mismo.

Luego Candela guardó silencio, recordando algo que no había compartido: Bergía le había confiado en secreto que la policía planeaba acabar con él. Sabía que si se lo explicaba a Torquemada este no se lo transmitiría a Candela, y el abogado sentía la necesidad de proteger a la pareja.

91

CAMBIO DE TERCIO

El 3 de enero de 1918, Torquemada dejó su residencia con destino a la oficina de *La Correspondencia*. Sin embargo, a mitad de camino, desvió su ruta inesperadamente hacia el Café de las Salesas, lugar donde desayunaba habitualmente el magistrado José María Ortega.

Madrid había amanecido cubierta de una capa blanca y sometida a un frío penetrante, contra el cual luchaba el abrigo que Candela le había regalado de una tienda de moda masculina situada en la calle Atocha. Elevó el cuello, buscando calor, y aceleró el paso. José Aldecoa había fallecido en junio del año anterior, y Torquemada pensó que Ortega podría resolver sus dudas. Al entrar, saludó al camarero y se dirigió directamente a la mesa de Ortega.

—Buenos días, su señoría —saludó el periodista.

—Torquemada… —respondió el magistrado, quien en ese momento trazaba una cruz en un papel con un lapicero.

—¿Me permite? —Torquemada señaló una silla, pidiendo permiso para sentarse.

Ortega asintió, y lo invitó a tomar asiento. Alonso observó la cruz en el papel y preguntó al respecto.

—Antes de dictar una sentencia, trazo una cruz para que Dios me ilumine en ser justo. Pero, cuénteme, ¿en qué puedo ayudarlo?

—Le quiero hablar de la demanda de los hijos de Elena Sanz contra el rey. Según entiendo, Aldecoa archivó el caso sin mayor análisis, aduciendo que Alfonso XII era inviolable.

—No exactamente, Torquemada. Lo que Aldecoa hizo fue evitar un chantaje —corrigió Ortega.

—Un chantaje fue lo de Elena Sanz, vendiendo su silencio por dinero. Pero cuando la Corona no cumplió, dejó de ser un chantaje; era ya un compromiso.

—Se equivoca, Torquemada. La Corona cumplió, y había un documento firmado por Fernando Sanz que lo corroboraba.

—¿Qué me dice?

—Le explicaré, pero sin notas. Esta conversación no ha ocurrido, ¿entendido?

Torquemada asintió.

—El 7 de diciembre de 1902, Jorge Sanz, hermano y tutor de los menores, había viajado a Madrid para convenir el cumplimiento de lo estipulado con el marqués de Borja. Acordaron que Alfonso y Fernando firmarían el acta en la que el banquero Prudencio Ibáñez, designado a tal menester por la reina, convertía en renta interior los 31.000 francos de exterior que tenía en depósito. El cambio de la moneda sufrió un revés y el depósito quedó en nada. Y eso no es un impago, señor Torquemada, es el cambio de moneda. La pérdida considerable causada por la conversión de la moneda es de deplorar; pero tiene que soportarla quien aceptan que sus dineros estén en ese tipo de depósitos...

Torquemada meditó y preguntó:

—¿Y firmaron el acta donde aceptaron el pago?

—Sí, el marqués de Borja les dijo que tenían que aceptar el depósito tal cual estaba, y que si Alfonso Sanz no firmaba el recibo se iba a quedar en nada. Nicolás Salmerón escribió a Jorge Sanz el 4 de julio de 1904 que había fracasado en sus gestiones y que ofrecían nueve mil francos de la renta que quedaba, ni un céntimo más.

—Pero ¿firmaron? —insistió el periodista, que sabía que había algo en la causa que valía un incendio.

Y al fin entendió por qué era necesario que el sumario de los hijos de Elena Sanz ardiese.

—Así es. Firmaron un documento que ha desaparecido con el incendio del Tribunal Supremo. Pero lo firmaron, yo lo vi. Era la liquidación de bienes de diecisiete mil pesetas de renta interior que hacían un total de trescientas mil pesetas liquidadas, dando por cerrada la cuenta entre ellos.

—¿Y por qué entonces poner una demanda?

—Porque necesitaban más dinero. Eran unos manirrotos, como su madre.

—El pago era de setecientas cincuenta mil pesetas, magistrado.

—Así es, Torquemada. Doscientas cincuenta mil por niño más lo que se le dio a la madre.

—Lo que es curioso es que ese documento exculpatorio se haya quemado cuando las causas de 1907 no se perdieron.

—Esta se quemó. Pero piense usted algo… Si la causa ya se había archivado en 1908 y la prensa ya había dado cuenta de ello, ¿qué le importaba a Alfonso XIII? ¿Por qué quemar algo que ya no se podía volver a juzgar? No tiene sentido, señor Torquemada. Ningún sentido. Se había pagado a Elena Sanz, y la demanda de 1907 no fue más que un ardid de Alfonso Sanz para hacer pagar más a su hermanastro, rey.

—¿Hermanastro?

—Mire, no quise entrar en el fondo del asunto porque entonces nuestro rey sería ilegítimo y sería su hermanastro Alfonso Sanz quien debería gobernar, pero si alguien hubiese querido quemar el Tribunal Supremo, habrían sido los hermanos Sanz. Solo a ellos les interesaba hacer desaparecer el documento que se había firmado dando por buena la liquidación del dinero.

—Me quiere decir, entonces, que los únicos que se beneficiaban de que ese documento desapareciese eran los hermanos Sanz… No lo había mirado desde ese punto de vista. —Tomó su libreta y apuntó sus nombres como sospechosos, luego, sonriente, elevó el rostro y habló—. ¿Y dónde lo puedo encontrar?

—Que yo sepa, solo debe quedar una copia en París, en los archivos del abogado francés monsieur Labori, que se querelló contra el marqués de Borja y contra el abogado Prudencio Ibáñez en aquel país.

Esa noche, en su hogar, Torquemada reflexionó sobre la información, dudando aún de las motivaciones para el incendio del

Tribunal Supremo. «Si la prensa y la Justicia ya sabían sobre el amorío, era un absurdo hacer quemar el Supremo», escribió.

Al día siguiente, en *La Correspondencia*, el director le informó que debía elegir entre seguir trabajando allí o aceptar la oferta de *El País* para publicar un libro costumbrista sobre Madrid.

—¿Ha recibido alguna llamada de palacio? —preguntó Torquemada.

«No me contestó, pero su rostro, su mirada de culpa, sus mofletes enrojecidos, decían que sí, que alguien le había llamado. ¿A quién informó Ortega?», se preguntan sus libretas de esa jornada.

Tras la conversación, Torquemada desocupó su lugar de trabajo, resignado a las consecuencias de sus descubrimientos, y abandonó la redacción, una vez más sin trabajo.

92

ESTRADOS

«El verdadero combustible de la historia se untó en los travesaños del guardamalleta del Tribunal Supremo dos años antes del incendio, el 19 de junio de 1913, cuando el joven abogado Pablo de Bergía protestó enérgicamente contra las inconveniencias procesales que el magistrado Pedro Usera, presidente de la Sección Primera de la Audiencia de Madrid, imponía a su hábil discurso. Bergía sabía que podía tensar la cuerda, pero, en esos momentos, no quería que se rompiese, ya que tenía preparada una estrategia por si no conseguía una sentencia *in voce* que absolviese a su cliente», escribió el 10 de enero Torquemada en su libreta, mientras se reunía con el abogado en la vivienda que compartía con Candela.

—Me detuvieron por defender al editor de *El País*, Alfredo Verdugo, que nada tenía que ver con el panfleto que circuló por Madrid sobre los amoríos de Alfonso XII y los engaños de Alfonso XIII a sus hermanos bastardos. Se lo explico... —dijo el letrado.

—Sí, por favor —le pidió Torquemada mientras daba un sorbo al agua—. ¿Más vino? —le preguntó.

—Sea —contestó el letrado.

—Siga, por favor, Pablo.

—Luis Moreno y Gil de Borja, marqués de Borja, se querelló contra los autores desconocidos del librito ese que le di y cuyo título oficial es «La Familia Real de España y los hijos de Elena Sanz». Se había publicado en 1912 por la imprenta del diario *El País*.

«En los primeros días del pasado mes de junio de 1912 comenzó a repartirse primero por Madrid y luego por toda España, del cual se hicieron dos mil ejemplares», señalaba la querella, solicitando, para el procesado, editor del diario *El País*, la pena de dos años, once meses y once días de prisión correccional y una multa de tres mil pesetas por un delito de calumnia; y la de cuatro años, nueve meses y diez días de destierro a más de cincuenta kilómetros de Madrid y una multa de mil quinientas pesetas por el de injurias graves.

Bebió un sorbo de vino y continuó:

—Como le dije, Elena Sanz había querido proteger a sus hijos y, para no hacer públicas sus cartas con Alfonso XII, se había pactado destruirlas a cambio de recibir un depósito en el Comptoir d'Escompte de París, que sería para sus hijos cuando llegaran a la mayoría de edad. La cuenta de valores la había abierto el banquero real Prudencio Ibáñez Vega, pero la suma nunca les había sido entregada. Así se narra en el folleto: «Señor, como se depositó a vuestro nombre y con vuestro patrimonio un capital en títulos que debían sernos entregados a nuestra mayor edad; habiendo sido hecho este depósito en París y por vuestro intendente, el señor marqués de Borja. ¿Cómo este señor, a nuestra mayor edad, no nos entregó los valores depositados, a pesar de imponerle este deber por una solemne escritura?

»Los valores defraudados eran 31.000 francos de renta exterior. Cuando fueron depositados valían 500.000 francos; cuando se descubrió el fraude valían 700.000, y hoy representan aproximadamente un millón de francos; y vuestro intendente hace veintitrés años que tiene en su poder la numeración de estos títulos».

—¿Y el marqués se querelló? —preguntó el reportero.

—Así es, el marqués de Borja consideró el folletín un libelo. Tras su querella se instruyó el oportuno sumario y, por no aparecer el autor de este, se había procesado a Verdugo. Su defensa la había llevado hasta ese momento el señor Julián Nougués, el mismo que había demandado al rey en 1908 e interrogado a su madre, que, viendo que se iba a condenar a un inocente el mes de abril anterior, se había retirado de la sala y renunciado a la defensa hasta que el señor Verdugo nombrase a otro defensor.

—Vamos, que quería ganar tiempo —lo interrumpió Torquemada.

—Así es, y entonces aparezco yo. Y cuando Verdugo tiene que declarar, me levanto y digo que está en la sala el verdadero autor del folleto, Enrique Lagasca, el anciano protutor de los hermanos Sanz, que se situó frente al tribunal y confesó.

—¡Madre!, vaya huevos el señor... Se autoinculpó para proteger a Verdugo...

—Así es, me dijo que un inocente no podía ir a la cárcel para defender a su fuente de información, que era él.

Torquemada asintió con admiración.

—Por cierto, Verdugo es el mismo que me ha ofrecido escribir el libro —dijo Torquemada.

—Así es, amigo mío.

Ambos rieron.

—¿Y usted cuánto ha tenido que ver? —preguntó Torquemada.

—Algo... Pero sigamos. Lagasca se situó frente al tribunal y dijo —alzó y engoló la voz—: «Ese que se sienta ahí como culpable no ha cometido delito alguno. Yo he sido protector de los hijos de Elena Sanz, yo conozco todas las intimidades de este asunto, yo he vertido en ese folleto el relato de todas sus desgracias...». —Tomó una pausa y respiró—. Y el magistrado le preguntó si se reconocía como el autor del folleto que había originado la causa, y el anciano va y contesta: «Ya lo creo; ¡lo he escrito yo! Y aquí traigo unas cartas del señor marqués de Borja y de otras personas que demuestran lo que dice el folleto».

Torquemada escuchó un ruido tras él y un sudor frío recorrió su espalda. Levantó la mano y se llevó el dedo índice a los labios. Poco después, dijo:

—Creí que era Candela... Le prometí dejar el libro y la investigación del incendio.

Bergía alzó las cejas, giró la cara y añadió:

—Si le puedo dar un consejo, no enfurezca a las mujeres, son terribles cuando se sienten defraudadas. Y sobre su viaje a Barcelona, hágalo, me han dicho que un tal Villar, un policía con muy malas pulgas, ha jurado que si seguía con esta investigación, iría a por usted. El otro día se lo comenté a Candela creyendo que usted no me haría caso...

—Lo sé, me lo dijo y me pidió que dejase la investigación. Por eso, ahora le solicito encarecidamente que de esta conversación ni palabra a Candela, que tampoco sabe que además de intentar localizar a mi padre quiero entrevistarme con Jenaro Rojas.

—¿Quién es? —preguntó Bergía.

—El hombre que posiblemente utilizaron para quemar el Tribunal Supremo...

Bergía abrió los ojos de par en par.

—Supe de él en la policlínica porque la noche del incendio tuvo que curarse heridas de fuego. Y en El Rastro supe que era quien había vendido unos cuadros que desaparecieron aquella maldita jornada. Hace pocos días visité de nuevo al perista que vendió las obras al marqués de Cerralbo y me ha dicho que anda por Barcelona.

—Como usted sabe, Cerralbo es mi cliente.

—Lo sé, Pablo, y por eso se lo digo. Si algo me pasa en Barcelona quiero que alguien sepa quién tiene la culpa. Y ahora, sigamos con su historia. ¿Por dónde íbamos? Usted le hablaba al tribunal.

—Tenga mucho cuidado, Alonso, se lo pido encarecidamente.

—Al meollo, Pablo, vamos al meollo, que Candela está a punto de llegar.

El abogado asintió.

—Como le decía, el verdadero autor del folleto se inculpó y, entonces, me giré y le dije al magistrado: «Señor presidente, la declaración del testigo es tan categórica que exige como medida de justicia la información suplementaria que autoriza la Ley de Enjuiciamiento Criminal en el apartado 6 del artículo 746. Además, solicito que se unan a los autos las cartas fotografiadas que presenta el testigo, y que, siendo la razón de su dicho, demuestran al mismo tiempo que mi patrocinado no es el autor del folleto que se supone calumnioso». Y va el juez y no me hace ni caso...

—¿Y por qué lo detuvieron?

—Pues tendrá que esperar un rato más, porque necesito ir al baño.

Mientras Torquemada veía a su amigo levantarse hacia el baño, se escuchó un ruido en la puerta. Su piel se erizó, creyendo que venían a detenerlo o a matarlo cuando, de repente, escuchó:

—¡Amor, soy yo!

Era Candela.

93

PARA «C»

Buenas noches —saludó Candela.

—¡Hombre, hete aquí a la señora de la casa! —dijo, ya achispado, Bergía.

Ella miró a la mesa, y cuando comprobó que únicamente había una copa con vino se relajó.

—Buenas noches, Pablo... ¿Por qué no me has dicho que iba a venir?

—Ha sido un atraco por mi parte, pero él ha accedido —contestó Torquemada—. Mañana me voy a Barcelona tal y como me pediste, y quería acabar de conocer la historia del porqué le detuvieron. Te lo resumo —dijo, disimulando el verdadero motivo del porqué estaba ahí Bergía—: cuando se publicó aquel folleto sobre los hijos de Elena Sanz, el marqués de Borja interpuso una querella. Al no conocerse al autor de los hechos, procesaron a Alfredo Verdugo, el editor de *El País*, que únicamente había impreso el folleto. Lo defendió un abogado que renunció, y entonces Pablo pasó a defenderlo y, cuando Verdugo tenía que declarar, se presentó en la sala el verdadero autor del folleto y confesó.

Candela se sentó al lado de Alonso y se sirvió un vaso de agua, mientras Bergía arrancaba nuevamente con su historia.

—Así es, pero al magistrado le importó poco y, entonces, hice mi magia. Mi cliente manifestó que renunciaba a mi defensa y le dije al magistrado: «Señor presidente, el procesado me dice que no está dispuesto a que su defensa siga encomendada a este letrado.

Por consiguiente, como me falta la confianza del procesado, yo declino el encargo que me había conferido y renuncio a continuar actuando». Y como usted bien sabe si un acusado no tiene abogado el proceso se tiene que suspender hasta que alguien lo defienda.

Los tres rieron.

—Al día siguiente la prensa señalaba: «Proceso sensacional. Un abogado detenido». Pocos días después, el 24 de junio, Enrique Lagasca escribió la siguiente carta confidencial al marqués de Borja. —Bergía sacó un papel de su maletín y leyó—: «Muy señor mío y de mi mayor consideración; a fin de evitar que un inocente sufriera las consecuencias de hechos que otros realizaron, me declaré responsable del folleto suscrito por los hijos de Elena Sanz, de quienes fui protutor, pero al adquirir dicha responsabilidad, en manera alguna pude ni sospechar que entrañara ello la más pequeña ofensa para usted». Continúa la misiva señalando al final que «siempre he creído, y sigo creyendo, que en este asunto no ha habido más que víctimas de la propia buena fe y de la falta de honradez del banquero».

—¿Y qué pasó? —preguntó Torquemada.

—El proceso se paró y el folleto continuó corriendo por Madrid. El 23 de julio de 1912, el propio marqués de Borja escribió, con el membrete de la Intendencia General de la Real Casa y Patrimonio, la siguiente carta confidencial a su abogado:

Con mucho gusto he leído su carta de ayer, porque cuando su padre ha redactado la querella es prueba evidente de que se encuentra bien y de que no le faltan bríos para ocuparse en asunto tan desagradable. Ya la leeré, seguro de encontrar en ella la vindicación más completa de este modesto, pero celoso, leal y honradísimo servidor de sus reyes.

Mucho celebro que estén Vdes. estudiando el nuevo juicio para poner, si es posible, término a las inacabables acometidas por esos caballeros que llevan ya veintiséis años molestando. Que ni el Alfonso ni el Fernando otorgaron la escritura a que se refiere la de 1886, requisito previo, condición sine qua non, para la entrega del depósito, es indudable; lo es también que a pesar de mis protestas, de mis reclamaciones y de mis amenazas, lo disiparon en una u otra forma, en proporción mayor o menor, Ibáñez Vega y los Sanz, sin que el legítimo dueño del depósito viera un solo papel ni una sola peseta.

Importa poco que los Sanz abusaran de Ibáñez cobrando de más o que Ibáñez abusara de los Sanz pagando de menos: el verdadero despojado es el depositante, y el único que tiene derecho a pedir cuentas.

Me aseguran que el interdicto se verá en el periodo de vacaciones. El ministro resolvió la cuestión de competencia de acuerdo con el Consejo de Estado.

Celebraré en el alma que don Eduardo [Cobian Rofficnac] pruebe bien el aire de esas playas. Salúdele cariñosamente, así como a todos los suyos, y disponga de su buen amigo.

Q.l.b.l.m.
Marqués de Borja.

Luego hablaron del viaje de Torquemada a Barcelona, de si ya había conseguido localizar a su padre, de qué haría tras dejar *La Correspondencia* y de sus planes de futuro con Candela.

Una hora después, la pareja despedía en la puerta a Pablo Bergía y, en cuanto estuvieron a solas, ella arremetió:

—Te pedí que no escribieses el libro.

—Y no lo haré, pero no quería perderme el final de esta historia.

—Espero que me hagas caso, Alonso —imploró ella—. Me voy a la cama. ¡Sola! Y mañana no te acompañaré a la estación. Me he cansado de tus vaivenes. Si me engañas con algo como esto, no sé si volverás a beber o volverás al «coco». Una mentira, una sola, rompe todo lo que hemos estado intentando construir.

Esa noche, Torquemada durmió en el salón, donde aprovechó para escribir en su libreta: «De la carta se infiere que Luis Moreno niega la existencia del acuerdo de 1886 del que tengo copia. Mentir a tu propio abogado es de tontos, pero lo hizo, para luego disculparse por no haber cumplido con el pago, culpando al banquero y a los hermanastros del rey. Por tanto, la querella contra Verdugo se basaba en una mentira. ¿Quién mandó incendiar el Tribunal Supremo? ¿Los hermanos Sanz para tapar un documento? ¿El entorno de Alfonso XIII para ocultar el documento falso de la liquidación económica? ¿O Luis Moreno para ocultar sus propias falsedades? Solo en París encontraré las respuestas. Si finalmente consigo escribir el libro, se lo dedicaré a "C"».

Al día siguiente viajaba a Barcelona, sin trabajo y con dos misiones: encontrar a su padre y a Jenaro Rojas, el ladrón del Tribunal Supremo.

94

BARCELONA

Eran las diez de la mañana del 12 de enero de 1918 cuando Amalia Alegre, una vecina de la calle El Olmo, lerrouxista convencida, convocó a las mujeres trabajadoras de Barcelona para que se unieran en manifestación y protestaran por la creciente carestía de la vida y el aumento del precio del carbón.

Torquemada se encontraba entre la multitud que se aglomeraba en el vibrante bullicio del mercado de la Boquería, apenas unos instantes antes de que la protesta cobrara vida. Alrededor de quinientas mujeres, en un acto de desafío, se congregaban bajo la majestuosa estructura de hierro y cristal del mercado, elevando sus voces en un coro de protesta que retumbó hasta los cimientos de la monarquía de Alfonso XIII. Torquemada, con una pluma en la mano, capturó el momento en su diario: «Allá donde voy, la revuelta se desata».

Recién llegado de Madrid, se encontraba alojado en un sombrío refugio, una reliquia de la Semana Trágica, bajo el ala de un anarquista de renombre. Mientras tanto, sus camaradas del sindicato seguían la pista de Locuaz Torquemada, su esquivo progenitor, cuyos últimos rastros apuntaban a una Barcelona industrializada, donde el crecimiento económico solo servía para profundizar las divisiones sociales.

Guiado por un inusitado sentido de pertenencia, Torquemada acompañó a la marea de mujeres a lo largo de la calle El Olmo hacia el histórico Arco del Teatro, adentrándose en el corazón de

Barcelona. La protesta se desbordó por la calle Conde del Asalto, serpenteando hasta la Rambla del Centro. «La ira contra los patronos se palpaba en el aire, y en medio de aquel fervor, una esperanza: quizás algún editor viera en mí al reportero que buscaba. Catalina, ojalá vivieses para ver esto», reflexionó Torquemada, mientras se infiltraba entre la multitud con una credencial de prensa improvisada.

La jornada se extendió hasta la Plaza Sant Jaume, donde el eco de las demandas de las mujeres resonó con fuerza ante un alcalde obligado a escuchar. La manifestación no solo marcó el día, sino que se convirtió en el preludio de una serie de acciones que paralizarían la ciudad en los días venideros.

Torquemada, ahora bajo el auspicio del pequeño diario catalán *El Diluvio*, se sumergió en el corazón de la huelga, documentando cada grito, cada rostro, cada esperanza de aquellas mujeres que, con cada paso, tejían la historia de una Barcelona en lucha. «La ciudad se transformó en un lienzo de reivindicaciones, en el que incluso la ausencia de la absenta y el «coco» pasaron a un segundo plano frente a la sed de justicia», escribía en sus libretas.

El lunes 14 de enero amaneció con una Barcelona inédita, paralizada bajo el peso de miles de voces que clamaban por un cambio. «Junto a cinco mil almas, irrumpí en el edificio del Gobierno Civil, testigo de la determinación inquebrantable de esas mujeres», narraba Torquemada, marcando el día en que la ciudad se vio envuelta en un paro general.

Con los teatros cerrados y las calles vacías, él vagaba, absorbido por las historias de resistencia, mientras conspiraba en las sombras con figuras anarquistas. «El cambio de gobernador fue apenas un susurro frente al rugido de cinco mil mujeres en la Font del Gat, un último acto de desafío antes de que el silencio se apoderara de las calles», relataba sobre aquellos días de enero que quedarían grabados en la memoria colectiva de Barcelona.

La trama de Torquemada se entrelazaba con la de la ciudad en un capítulo decisivo, cerrándose con una velada en Can Martin, donde los ecos de la rebelión se mezclaban con el sabor de una cena costosa y las noticias de un abogado madrileño en su búsqueda.

«Entre la opulencia y la lucha, Barcelona escribía su historia, y yo, con pluma en mano, me convertía en uno de sus narradores», concluía Torquemada, presagiando encuentros futuros que darían un nuevo rumbo a su destino.

Desde que había llegado a la ciudad no había tenido noticias de Candela, y comenzaba a pensar que el amor se le escapaba por las costuras del alma y que Catalina estaba intentando coserlas, allá donde estuviese. Y cuando llegaba a la vivienda donde se alojaba, vio a un grupo de mujeres entre las que identificó a Clara de Osuna, su perdición.

95

OSUNA, DE LOS OSUNA, DE TODA LA VIDA

—¡Alonso!, ¿qué haces en Barcelona?

—He venido a buscar a mi padre. ¿Y tú?

—Los anarquistas nos hemos unido a los lerrouxistas en la huelga. ¿Te apetece tomar algo? —preguntó ella.

Torquemada aceptó con reticencias, recordando que cada vez que veía a Clara sucumbía a su vida tóxica. Caminaron unos metros y entraron en un bar. Descendieron al subterráneo, donde había un cabaré llamado Au Fond du Mer, en donde actuaban artistas para un público formado por muertos de hambre y aspirantes a cualquier cosa: toreros, poetas o bailarines se confundían por el olor a tabaco de pipa y los perfumes de las aspirantes a señoras. El lugar, envuelto en tenues luces, vibraba con la música que un grupo en vivo tocaba desde una esquina. Las mesas, rodeadas de cortinas de terciopelo, y las paredes adornadas con espejos y carteles de espectáculos anteriores, creaban un ambiente de clandestinidad y decadencia elegante.

Se sentaron en una butaca y Clara posó su mano sobre la pierna de Torquemada, quien, algo incómodo, se apartó. Ella, como si nada hubiese pasado, comenzó a pedir para los dos.

—¡Camarero! Absenta.

Torquemada recordó que su antigua amante era lenguaraz y libertina.

—No, yo tomaré agua, gracias.

—¿Otra vez con esas, Alonso? Con lo bien que nos lo pasamos en mi casa. Llevo aquí unas semanas y estoy muy solita. Además de un par de amigas, no he estado con hombres —dijo ella, bajando la voz.

—Clara… No, no volvamos a eso. La última vez que nos acostamos, llegué a tu casa sereno y salí ebrio. No quiero volver a eso.

—Como digas… No seré yo quien dilapide tu buen nombre y tu sobriedad. Por cierto, hay por aquí un policía llamado Ricardo Villar que anda preguntando por ti y por mí.

Torquemada se asustó, pero no dijo nada.

—¿Estás seguro de que no quieres venir a mi hotel y pasar la noche conmigo y con una de las señoritas con los labios pintados que están bailando? Conozco a alguna y estoy segura de que por un par de medias se vendrían encantadas.

Torquemada negó con la cabeza y miró su piel casi transparente, su cara de niña buena y su pecho tan voraz como la absenta. Ella le sonrió con picardía recordándole lo que se perdía si le daba una negativa. Le devolvió la sonrisa y Clara, al segundo, se levantó y pidió fuego a un hombre de una mesa vecina con el que comenzó a hablar mientras, de reojo, miraba a Torquemada para comprobar si se ponía celoso. Él, por su parte, sacó su libreta y comenzó a apuntar: «Sé que Candela es lo mejor que me puede pasar. Clara, lo peor».

Poco después, se escabullía de allí, a solas. Cuando llegó a la vivienda que le habían prestado, encontró un sobre con su nombre. El remitente era Ángel Ossorio y Gallardo, uno de los abogados que había presenciado de primera mano el incendio del Tribunal Supremo. Ángel Ossorio había ocupado el cargo de gobernador civil de Barcelona y había sido ministro de Fomento durante el cuarto gobierno de Maura. Era una figura influyente en la corte y, según decía la misiva, Ossorio «deseaba encontrarse con él para comunicarle un mensaje que podría resultarle de utilidad».

Nada más salir a la calle y que el frío golpease su piel una pareja de policías lo detenía y se lo llevaban, de nuevo, para interrogarlo. Le preguntaron por los movimientos anarquistas, por la lucha obrera de las mujeres, por Clara de Osuna y por su último artículo. Simplemente querían dejarle claro que andaban tras él.

—¿Ha escrito usted que Dios no existe y que si existiese estaría en Barcelona ayudando a derrocar a Alfonso XIII?

96

OSSORIO

La cita se produjo el día 28 de enero de 1918 en la avenida Marqués del Duero, antaño un lugar de lumpen, que había transformado la ciudad. Tan solo cinco días después de los disturbios, la zarzuela, el teatro y la revista volvían a trepidar en la bohemia y en la clase media, con sus pases diarios llenos de champán y vino, en aquella arteria iluminada por las chimeneas de La Canadiense, que hacía de frontera entre el Raval y el Poble Sec.

Sentados frente a una mesa del Café Español, Torquemada miraba a su alrededor e identificaba a la fauna local: prostitutas al acecho de clientes, mujeres casaderas, soldados, traficantes de opio, obreros a su salida de las fábricas cercanas y muchos profesionales liberales con ganas de pasar el rato. Ossorio levantó la mano y llamó a un limpiabotas, que se sentó frente a él y, con manos que parecían rayos, comenzó a dejar relucientes los zapatos de cordón que el abogado se había calzado esa mañana para reunirse con el reportero. La agenda de Torquemada señalaba: «El detonante del sentimiento antimarroquí fue el gran número de bajas entre los soldados españoles que habían enviado a Marruecos, entre los que se encontraba Ricardo Villar, del que ahora huyo. Espero que Ossorio me pueda ayudar». En cuanto estuvieron solos y tras haber hablado de todo y nada, fue el letrado quien dejó las cosas claras al periodista:

—No me fastidie, Torquemada, que Dios sí existe. ¿Cómo se le ocurre decir esas estupideces? Déjese de discursos que lo puedan

407

llevar a la cárcel, olvide al rey y las malas compañías. A mi compañero Pablo Bergía, el primero.

—Me han intentado asesinar dos veces, Ossorio, y ya no puedo más. Primero incendiaron mi casa; ahora estoy convencido de que no fue por un cigarrillo. Aprovecharon mi borrachera para entrar e incendiarla. También quisieron atropellarme, y la paliza de Villar... —le dijo Torquemada, o, al menos, así lo escribió en sus libretas—. Necesito saber quién lo envía y qué quieren de mí.

—¿Y a usted quién diablos lo manda investigar al rey?

—¿Y usted por qué prohibió la reunión de Solidaritat Obrera durante la Semana Trágica de Barcelona? Ese fue el detonante de que se quemase la ciudad, Ossorio —contestó el—. Por cierto, gracias por interceder por mí la otra noche, para que los policías me soltasen...

Ossorio sonrió.

—En Barcelona, la revolución no se prepara, por la sencilla razón de que está preparada siempre... Asoma a la calle todos los días; si no hay ambiente para su desarrollo, retrocede; si hay ambiente, cuaja. Hacía mucho tiempo que la revolución no disponía de aire respirable; encontró el de la protesta contra la campaña del Rif y respiró a sus anchas. El motín se fragua a la luz del día, a presencia de gobernadores y jueces. No hay que conspirar ni confabularse. Para destruir en España a un pueblo, moral y materialmente, basta con la hábil utilización de la Ley de Imprenta, la de Asociación y la de Reuniones Públicas. Por eso sostengo que en los tristes sucesos de julio de 1909 hay que distinguir dos cosas: la huelga general, cosa preparada y cocida, y el movimiento anárquico-revolucionario, de carácter político, cosa que surgió sin preparación y, por eso, lo prohibí —dijo el letrado.

En Barcelona, la huelga se había iniciado en los barrios donde las fábricas echaban humo. Después, los obreros se habían trasladado al centro de la ciudad, donde se habían producido disturbios cuando intentaron detener por la fuerza los tranvías y obligaron a cerrar los comercios y los cafés. El capitán general de Cataluña, siguiendo las directrices del ministro de la Gobernación, había proclamado el «estado de guerra», a lo que se había opuesto Ossorio y Gallardo, que había dimitido de su cargo. Los días posteriores, la violencia se había dirigido contra las iglesias, que habían ardido en pocas horas, mientras los incendiarios se lanzaban al saqueo y al pillaje. El punto culminante del terror se había producido durante la noche trágica del martes 27 al miércoles 28 de julio, en la que veintitrés edificios en el centro de la ciudad y ocho conventos en la periferia habían sucumbido a las llamas.

—Y Lerroux, desde el exilio, lanzó a sus hombres del Partido Republicano Radical a unirse a los obreros para que la ciudad ardiese más que lo hizo el Tribunal Supremo años después igual que hizo años antes al provocar la detención de su socio, Isidoro Pedraza de la Pascua, que sí era un estafador —afirmó Torquemada—. ¿Es usted monárquico, Ossorio?

—Soy maurista y tan monárquico que sin rey estaría al servicio de la república. Soy un hombre que cree en el servicio público, y que solo está seguro de que ni la derecha recalcitrante ni el comunismo son la solución. Pero dígame, Torquemada, ¿cómo lo trata Barcelona? —preguntó Ossorio.

—Bien, la verdad. Al menos aquí sus amigos me han cobijado y me siento seguro, aunque me hablen en catalán.

—Cuando el Estado entienda las aspiraciones de este pueblo, los tendrán intentando ser independientes. Deben transferirse algunas cuotas de poder a las Cortes Generales a la Generalitat, pero no es eso sobre lo que hemos venido a hablar —apuntó el letrado.

—Dígame, Ossorio, ¿por qué ha viajado a Barcelona a verme? —preguntó Torquemada.

Ossorio se llevó la mano a su cabeza sin pelo y movió la nariz de un lado a otro, provocando que su barba recorriese la amplitud de la camisa bajo la que cobijaba su gran papada. «Parecía meditar sus palabras antes de lanzarlas», escribió en su libreta Torquemada, que dejó escrita la advertencia que le hizo el letrado:

—He venido en cuanto supe que los policías de información andaban tras usted. Olvide al rey y las malas compañías como Clara de Osuna. Le aseguro, señor Torquemada, que Su Majestad nada tiene que ver con el incendio de las Salesas. Este es un rey que se preocupa del pueblo.

—¡Ja! —Se burló el periodista—. El rey, señor Ossorio, ha recibido del Estado una asignación anual de 500.000 pesetas, que sumada a la herencia de su padre Alfonso XII, le deja un saldo de nueve millones de pesetas, más infinidad de propiedades y de acciones en sociedades que trabajan para el Estado, aunque ande flojo de metálico y recorte sueldos de los obreros que trabajan para el Estado.

—Olvide todo eso, Torquemada, yo le pido que vuelva a Madrid bajo mi auspicio. Le doy mi palabra de honor de que nada le pasará, pero debe olvidar sus investigaciones sobre la Intendencia de la Casa de su Majestad —afirmó el letrado.

—No me fío, Ossorio.

—Mire, *reporter*, durante la Semana Trágica, en 1909, se barajó la idea de enviar al ejército a Barcelona, y yo hice entender que la huelga no se paraba con violencia.

—Y tuvo que huir de Barcelona por mar, ¿no? —dijo con retranca el periodista.

—Así es, pero desde entonces Alfonso XIII me escucha, y me ha prometido que cuidará de usted como si fuese su propio hijo. Vuelva a Madrid, lo aceptarán de nuevo en *La Correspondencia de España*, como ya me ha confirmado el director. Vuelva a lo que mejor sabe hacer, que es escribir, y déjese de pamplinadas, señor Torquemada, que la vida es breve y usted debe empezar a vivirla con sosiego. Búsquese a una buena mujer y no se preocupe por el resto, que no tiene importancia.

—Para ello necesito una última cosa de usted —Torquemada hizo silencio. No estaba dispuesto a abandonar todo tan fácilmente; necesitaba pedirle algo más al letrado. Algo que podría darle las herramientas para terminar con su investigación de una vez por todas.

—Dígame —contestó su interlocutor.

Le explicó sus pretensiones, que el letrado aceptó.

—De acuerdo, volveré a Madrid. Sobre la chica, no se preocupe, que ya he encontrado a una —dijo Torquemada, pensando en Candela.

—Me alegro por usted, amigo mío, me alegro de que al fin el amor llame a su puerta. Hoy telegrafiaré a Madrid. ¿Cuándo piensa usted volver? Quiero evitar que antes lo encuentre Villar.

—Deme un par de días. Primero me tengo que ver con mi padre.

97

EN EL NOMBRE DEL PADRE

A l día siguiente, Torquemada caminaba con la mejor ropa que tenía por el centro de Barcelona. Andaba con entusiasmo desde el bullicioso centro de la ciudad hacia la calle Industria. Las calles empedradas del barrio resonaban con los ecos de los chismes sobre la huelga de mujeres que había tenido lugar pocos días atrás. Pero a medida que ascendía por la calle Urgel, otro sonido aceleró su corazón: el ruido de un balón de fútbol y los vítores de una multitud.

Al acercarse, pudo verlo. El campo de fútbol del Barcelona se extendía ante él en el norte de la ciudad. No era el estadio más grandioso ni moderno, aunque contaba con iluminación artificial, pero Alonso lo sintió como un templo. No había gradas como tales, y muchos de los espectadores se las ingeniaban para obtener la mejor vista posible del partido. Habían escalado muros y se habían apostado en los bordes, dejando una hilera de personas animando fervientemente a sus jugadores. Los menos afortunados se conformaban con espiar el juego a través de rendijas y huecos entre las paredes de ladrillo.

Se posicionó sobre un muro cercano, y ayudó a un hombre de mediana edad a hacer lo mismo. Desde allí, pudo ver el campo, salpicado de camisetas y el constante movimiento de los jugadores. Miró la hora y supo que llegaba tarde a su cita en un café de la Rambla.

Descendió por la calle Urgel hasta la Gran Vía, donde se volvió a encontrar a Clara de Osuna, que no iba sola. La acompañaba un hombre más mayor «con una nariz puntiaguda que se confundía con la barbilla. Parecía una bruja con dientes de rata y ropa de mercadillo». Ella hizo ver que no lo veía y ambos continuaron su camino.

Tardó cuarenta minutos en llegar a la Rambla, pero lo hizo puntual. Entró y ocupó una mesa donde desplegó su libreta sin apuntar nada. Miraba distraído a la gente pasar cuando un rostro familiar golpeó su memoria. Un hombre de aspecto cansado, con una barba cuidada y vestido con ropas que se asemejaban a la elegancia de la ciudad, se acercaba a él. El anciano lo miró con ojos entrecerrados, y reconoció a su hijo después de un momento.

—Alonso…

Era su padre. El reencuentro fue incómodo. Los dos hombres se observaron mutuamente, intentando conectar los recuerdos con el presente. Fue Alonso quien rompió el silencio.

—Al fin te encuentro.

Locuaz Torquemada tragó saliva y, con voz temblorosa, dijo:

—¿Tu madre?

—Murió hace dos años. Murió lavando la ropa de otros, mientras tú… ¿Qué haces aquí, en Barcelona? Porque te veo sin penurias.

—He estado haciendo lo que puedo para sobrevivir. Estuve vistiendo a los soldados que pelean en esa maldita guerra. Y gané algo de dinero. Luego me dediqué a vestir a otro tipo de gente…

—¿Mientras madre luchaba sola? ¿Mientras se esforzaba por sacar adelante a nuestra familia?

Alonso no podía ocultar el dolor y el resentimiento en su voz. Su padre lo miró.

—No sabía de tu madre. Nunca fue mi intención abandonaros.

Pero Alonso ya no podía contenerse.

—Te fuiste. Desapareciste. Nos dejaste. Madre murió pensando en ti, esperando que algún día regresaras.

—Lo siento…

Alonso respiró con fuerza. Luego hablaron durante mucho rato sobre sus propias vidas, sobre cómo habían pasado esos años y, al fin, su padre hizo la temida pregunta.

—¿Y Catalina?

—La asesinaron.

Le explicó lo que le había ocurrido y que había conocido a Candela con la que planeaba un futuro en común. Y cuando la conversación decaía, Alonso preguntó:

—¿Has conseguido lo que te pidieron en mi nombre?

—Sí, aquí tienes los datos de Jenaro Rojas. Te espera esta noche en el bar Marsella.

El ambiente se tornó pesado y los dos hombres se encontraron atrapados en un silencio incómodo. Pero después de unos minutos, el padre extendió sus brazos. Alonso, a pesar de la ira y el dolor, no pudo resistir el impulso de abrazar a su padre.

—Entonces... Candela, ¿no? Me gustaría conocerla.

—Ella me convenció para buscarte. Creo que quiero pasar el resto de mis días con ella —susurró Alonso en el abrazo.

Locuaz lloró. Alonso le contó que estaba escribiendo un libro sobre el incendio del Palacio de las Salesas y que el abogado Ossorio y Gallardo le había prometido que si volvía a Madrid no tendría consecuencias. No le explicó que no pensaba hacerle caso y que gracias a Pablo Iglesias y el dueño del Café de París intentaba conseguir una entrevista fundamental para encontrar la última pista que le permitiría demostrar que fue provocado.

Tres horas más tarde, cenados y llorados, los dos hombres se separaron, sabiendo que no podrían recuperar el tiempo perdido, pero con la esperanza de hallar alguna forma de reconciliación en el futuro. Alonso, además, llevaba cinco mil pesetas «para poder subsistir». No le dijo que era rico.

98

JENARO ROJAS

Al Marsella se le conocía como el templo de la absenta. Torquemada llegó caminando, envuelto en la luz tenue de la Rambla, entre artistas callejeros y vendedores ambulantes. El bar, con sus paredes gastadas y su atmósfera cargada de humo, era un relicario de secretos y negocios clandestinos.

Entró con cautela, y sus ojos se adaptaron rápidamente a la penumbra del local. Al fondo, sentado en una mesa apartada, estaba Jenaro Rojas, al que identificó por su gran quemadura en la mejilla izquierda. Con un gesto medido, se acercó y se sentó frente al hombre.

—Usted dirá.

—Mi padre me ha hecho saber que está dispuesto a contarme todo lo que ocurrió la noche del 4 de mayo de 1915.

—Pidamos algo para beber.

Levantó la mano y un camarero se acercó.

—¿Absenta? —preguntó Rojas a Torquemada.

—No, agua.

El delincuente le miró extrañado.

—Hace mal. Estos días la gente está enfermando y muriendo. Yo mismo me encuentro mal desde hace unos días, y la absenta mata todos los virus —dijo Rojas.

—Agua, de verdad, yo no bebo alcohol. Pero bueno, explíqueme qué paso aquel día.

—Un vecino del Palacio de Justicia me dijo que la zona olía a quemado desde hacía varios días. Me acerqué esa mañana y, en cuanto el portero abrió, me colé en el interior. Esperé a que acabasen la ronda y vi llegar a un par de magistrados. Subí a la planta superior, donde estaban las relatorías. Sabía que allí tenía que haber dinero. Pero noté que las paredes ardían e intuí que aquello era un polvorín. Luego subí al guardillón para esconderme y las llamas habían prendido. Tomé unos legajos de papel con el nombre del rey, creí que aquello podía ser importante y comencé a descender.

—Un momento… ¿me quiere decir que usted no lo incendió?

—¿Yo? ¿Por qué iba a hacerlo? Pero estoy seguro de que alguien lo hizo. Aquello prendió de forma muy extraña, todo a la vez, como si hubiera varios focos de fuego.

—Siga usted.

—Pues bien, me paseé por allí con una toga que robé y nadie me dijo nada; creyeron que era un abogado más esperando una vista judicial. Tuve tiempo de robar un cuadro y una medalla de oro, poco más. Luego sentí el calor e intuí que aquello era una caldera a punto de explotar —Jenaro hizo una pausa, tratando de recordar—. Bajé a las celdas, vi a un hombre allí que gritaba y me escabullí por un pasadizo que se cree secreto, pero cuya existencia me había sido revelada por un colega.

—El cuadro…. ¿cómo se llamada?

—Y yo qué sé. Era inmenso. Mostraba a un rey en un desembarco. Lo llevé a rastras como pude. Pero al final, le quité el marco y lo troceé con una navaja, intentando que quedasen pequeños cuadros.

—¿Qué hizo con el material robado? —preguntó Torquemada.

—Lo vendí en el Rastro. Salvo el sumario judicial, que lo guardé.

A Torquemada se le iluminó el rostro.

—¿Todavía lo tiene?

—Así es.

—Lo quiero —dijo Alonso.

—¿Cuánto me ofrece?

Pactaron un precio y Rojas prometió volver con el sumario, algo que hizo una hora y media después. Torquemada le entregó las cinco mil pesetas que pocas horas antes le había dado su padre. Se despidieron y Torquemada caminó por las calles de la ciudad.

En la calle El Olmo ascendió a un portal por unos escalones sucios y llegó a la vivienda donde se estaba alojando. La puerta estaba abierta y todo estaba revuelto. Alguien había entrado a robar.

Levantó una silla desvencijada del suelo y una mesa renqueante donde posó el sumario y comenzó a leer. Al día siguiente tomó un tren con destino a Madrid.

99

PANDEMIA

Debían encontrarse a las seis de la tarde del 15 de septiembre de 1918 en el parque de El Retiro, pero Torquemada llegó un poco antes. Los meses previos habían sido los más felices en la vida del periodista. En compañía de Candela, desde que había vuelto de Barcelona todo había sido para Alonso como una novela romántica, a pesar de que, aunque llevaban casi un año viviendo juntos, su relación nunca había ido más allá de un par de besos de amor. Se habían visto todos los días a la salida del trabajo de ambos, paseando por la ciudad, riendo en plazas —lo más bonito de aquel Madrid— y confiando el uno en el otro durante largas caminatas. Sus libretas describen aquellos tiempos de la siguiente manera: «Estos diez últimos meses han sido los mejores de mi vida. Catalina, al fin, se ha ido. Clara ya no forma parte de mi mundo y, con Madame Celestina muerta, solo queda ella, Candela, la persona que elijo para compartir toda una vida».

Había vuelto a trabajar en *La Correspondencia*, tal y como le había prometido Ossorio, y donde poco a poco le dejaban escribir crónica social. Y todas las tardes, después del trabajo, caminaban hasta a la vivienda que compartían.

La hora de la cita era siempre la misma, pero ese día Candela no llegaba. Alonso miró su reloj de bolsillo una vez más, su impaciencia crecía a medida que las manecillas avanzaban. La brisa de septiembre agitaba ligeramente las hojas de los árboles en el parque, ofreciendo un breve respiro del calor madrileño. Recordó los días más fríos cuando él y Candela se encontraban en este mismo lugar, envueltos en abrigos y con sus alientos formando nubes en el aire frío.

A su alrededor, un enjambre de niños jugueteaba y gritaba; los vendedores ambulantes voceaban sus pertenencias; y los enamorados paseaban o buscaban refugio bajo los árboles para dar rienda suelta a su pasión. Pero en el mundo de Torquemada solo existía la ausencia de Candela. Comenzó a preguntarse si algo le había ocurrido.

De repente, un carruaje se detuvo cerca de él, levantando un remolino de polvo. De él bajó un hombre, empleado en la Oficina Pro Cautivos, vestido con una capa, y le preguntó si era Alonso Torquemada. Él asintió, y el hombre le explicó que Candela estaba en el hospital, aquejada por la llamada gripe española, en estado grave. Tanto las fuerzas aliadas como las alemanas habían sufrido grandes pérdidas por causa de esta gripe, pero se restringía la información pública para que no llegara al enemigo. Los periódicos españoles, ya sin censura, informaban abiertamente de los cientos de miles de muertos y de una enfermedad que había postrado al rey y a parte del Consejo de Ministros. La mitad de la población madrileña estaba infectada cuando el *New York Times* le puso nombre. Torquemada pensó en lo peor camino del hospital.

Saltó del carruaje en cuanto vio la piedra caliza de la fachada norte del Hospital de Jornaleros de Chamberí, un edificio imponente que contrastaba con la sombría realidad que albergaba en su interior. El patio central, habitualmente un oasis de calma, estaba abarrotado de gente, entre familiares ansiosos y médicos exhaustos. Preguntó con voz urgente dónde estaban los enfermos de gripe y, al recibir indicaciones, se dirigió hacia el pabellón de infecciosos.

Corriendo por los pasillos, el eco de sus pasos se mezclaba con el murmullo constante de dolor y preocupación que impregnaba el aire. Las paredes, adornadas con azulejos que en otros tiempos parecerían artísticos, ahora lucían opacas y tristes. Al cruzar el umbral de un amplio recinto, el cambio de ambiente fue abrumador.

Allí estaba Candela, en una sala abarrotada y sin ventilación. La luz que se filtraba a través de las ventanas apenas disipaba la penumbra y el calor sofocante. Alrededor de Candela, una veintena de pacientes yacían en camas dispuestas en hileras apretadas, cada uno en su propia lucha silenciosa contra la enfermedad. Candela, con los ojos cerrados, parecía frágil y consumida por la fiebre. Su respiración era irregular y superficial, signo inequívoco de la cruel enfermedad que la asfixiaba desde dentro. Su piel, con un tinte azulado debido a la excesiva ingesta de aspirina, contrastaba con la palidez de su rostro.

Torquemada tomó una silla y se sentó a su lado, desafiando la advertencia de una enfermera sobre el peligro de permanecer cerca. Durante dos noches, veló junto a ella, observando cada difícil respiración, cada temblor febril. A través de la máscara de tela que cubría sus labios, el sonido de sus dientes castañeteando resonaba dolorosamente en el silencio de la sala.

En medio de este vigilante tormento, la voz de un doctor que pronunciaba palabras sombrías sobre la mortalidad de la neumonía bacteriana agravaba su desesperación. Pero fue en la capilla del hospital, frente al padre Carlos, donde encontró un atisbo de esperanza y consuelo.

—La última vez que nos vimos, usted había perdido a su madre, ¿verdad? —preguntó el sacerdote.

—Así es.

—¿Y hoy?

—La persona que quiero que sea mi prometida. Mire, padre, siendo joven perdí al que creía que era el amor de mi vida. Durante años me he fustigado por aquello. Me he hecho a mí mismo todo el daño posible con alcohol y drogas. He sido pendenciero, he hecho daño, me han hecho daño...

—Perdónate, porque Dios te perdona.

—Si se la lleva, si Candela muere, moriré con ella. No tenga duda.

—No sabemos qué tiene preparado Dios para ella, pero usted está aquí, ahora, frente a él. Y si pudiese ver lo que el Señor ve en usted, se daría cuenta de que debe perdonarse y acercarse a él. Si lo hace, conocerá otra vida.

Al día siguiente, Candela comenzó a respirar con tranquilidad y la fiebre descendió. Al fin, a las diez de la mañana, abrió los ojos lentamente.

—Hola, Alonso…

Y Torquemada barruntó lo que tantas veces se había negado desde el asesinato de Catalina.

100

LA JUVENTUD DE CANDELA

El 18 de noviembre de 1918, Torquemada le pidió matrimonio a Candela.

«Querida Candela, quiero que pasemos el resto de nuestra vida juntos. Fundemos una familia», le dijo esa mañana. Ella había aceptado, aunque con reticencia. Sabía que no podía acostarse con él debido a un hecho traumático ocurrido cuando era una joven de quince años. Torquemada dejó escrito: «A pesar de no tener más contacto físico que besos castos, casi de hermanos, creo que es mi alma gemela».

Esa tarde, salieron a celebrarlo al café Colonial, en la calle Alcalá, un pequeño local frecuentado por cupletistas, actores, actrices, literatos y toreros, y que nunca cerraba sus puertas. Cruzaron el local y se sentaron en una de sus sillas tapizadas de rojo, y pidieron dos medias raciones de cocido. Comenzaron a planear su futuro entre besos y risas, inmersos en una felicidad aparente. Parecía que lo peor había quedado atrás y que solo podían esperar días luminosos.

A las siete en punto, salieron y decidieron desviarse para cruzar por El Retiro, lugar de muchos recuerdos compartidos. Entraron por la puerta norte y se sentaron en un banco, cuando una voz rasgada y grave les interrumpió:

—Torquemada, lo estoy vigilando.

Era Ricardo Villar. La amenaza resonó con tal certeza que el semblante de Candela se endureció como los árboles que les rodeaban. Fue entonces cuando ocurrió algo que obligará a Torquemada a abandonar, de forma precipitada, Madrid, rumbo a París.

Transcripción literal de las libretas de Alonso Torquemada:

Candela tenía quince años cuando todo ocurrió.

Nacida en Sevilla, su familia llegó a Madrid cuando a Candela se le comenzaban a marcar los pechos. No tendría más de once años, pero siempre fue muy precoz. Su familia se instaló en un pequeño piso de Vallecas. Su padre trabajaba quince horas en una fábrica de tabaco y su madre limpiaba pisos en el barrio de Salamanca. Y Candela fue feliz.

Estudiaba, corría, paseaba y vivía en Vallecas, donde conoció a sus amigas, su pandilla de cuatro chicas. Juntas hacían todo. Hasta que un día su vida cambió.

—Hola Candela, ¿están tus padres?

—Nunca están, llegarán más tarde.

—Mejor. ¿Sabes que has crecido mucho? Estás muy guapa.

Candela todavía podía olerlo cuando me lo contó, diez años después. El olor a sudor, a colonia barata, a tabaco negro y alcohol. La voz. La misma voz que reconoció mientras estábamos sentados en El Retiro. Era él, ese policía atroz. Un hombre que a cambio de coimas se había hecho con un gran patrimonio inmobiliario que alquilaba a familias sin recursos. Un policía al que llamaban Patrón, pero cuyo nombre era Ricardo Villar.

—Vuelva esta noche cuando estén mis padres aquí —dijo entonces la joven.

—Si me voy, perderéis el piso —amenazó Villar.

Y fue entonces cuando cerró la puerta. Fue entonces cuando le tocó el pecho. Entonces, sí, fue entonces cuando le bajó las faldas.

—Por favor, señor, no lo haga —suplicó Candela.

—Tienes dos opciones: decir que no y os quedáis en la calle o decir que sí y continuar con tus amigos por el barrio.

Cedió. Sabía que la policía no haría nada a su familia si entregaba su virtud. Cedió y calló. Y así estuvo hasta que reconoció la voz.

101

MATRIMONIO

El 15 de diciembre de 1918 fue un día frío y Madrid había amanecido cubierto de escarcha. En el luminoso apartamento de Candela parecía un día más, pero no lo era. Las semanas previas, tras el asesinato de Ricardo Villar, ni Torquemada ni Candela habían podido vivir tranquilos.

Torquemada se miró al espejo, ajustando nerviosamente su corbata. Hasta hacía poco, su vida había sido una sucesión de errores y desaciertos, pero todo había cambiado cuando conoció a Candela. Su dulzura y calidez habían sanado las heridas que la vida le había infligido. Ella había iluminado su mundo oscuro con su amor inquebrantable.

La miró a su lado. Vestía un sencillo traje blanco y le contemplaba mientras acababa de arreglarse. No tenían mucho, quizás nada, pero al fin Alonso había decidido construir un futuro junto a ella.

El reloj en la pared marcaba las once en punto cuando llamaron a la puerta. Con el corazón latiendo con fuerza, Alonso abrió la puerta a su padrino de boda, Pablo Bergía, que apareció con sus ocho hijos, su mujer y una gran sonrisa en los labios.

—Estáis a punto de emprender el camino más importante de la vida, el del amor —dijo Pablo, dando un paso hacia adelante para abrazar a Alonso.

Poco después llegó el padre Carlos, un hombre de voz cálida y presencia tranquilizadora. El pequeño salón del apartamento se había transformado para la ocasión con algunas flores silvestres que Candela había recogido esa mañana. Los invitados, entre los que estaba Ossorio y Gallardo, ocuparon los espacios disponibles entre sofás y sillas.

Candela y Alonso asistieron, con las manos entrelazadas, a las palabras del cura. Con voz temblorosa y ojos cargados de emoción, intercambiaron sus votos. Alonso prometió ser su refugio y ella su luz en cualquier oscuridad que pudiera venir. El cura los declaró marido y mujer, y un aplauso cálido llenó la estancia.

Después de la ceremonia, se celebró un pequeño banquete en el mismo apartamento. Pablo Bergía, con su carácter jovial, se encargó de brindar por la pareja, contando anécdotas de Alonso y destacando la fortaleza y ternura de Candela. La comida fue sencilla, compuesta por platos preparados por los vecinos y amigos cercanos, entre los que se encontraban algunos periodistas. Risas, conversaciones y planes para el futuro se tejieron entre los asistentes.

Y cuando ya solo quedaban los novios, Ossorio y Gallardo se acercó a Torquemada, lo llevó a un rincón y le dijo:

—¿Cómo va en *La Correspondencia*?

—Bien, todo bien, de verdad, señor Ossorio. Muchas gracias por haber intercedido por mí.

—¿Y si dejamos las formalidades y comenzamos a tratarnos de tú?

Torquemada asintió, agradecido.

—¿Y al rey? ¿Lo has dejado tranquilo?

—Así es —mintió Torquemada, sintiendo que defraudaba a alguien que había hecho mucho por él sin tener obligación.

—Nunca te lo he dicho, pero te agradezco mucho que el día del incendio te jugases la vida intentando avisarme del peligro que corría. En el Café de las Salesas no se hablaba de otra cosa en aquellos días, de tu valentía enfrentándote a los policías para avisarnos del fuego.

—Has hecho mucho más por mí que yo por ti —le contestó Torquemada.

Luego se despidieron.

Al caer la noche, y después de despedir a los últimos invitados, Candela y Alonso, ahora solos, sellaron su unión en la intimidad de su amor compartido. Esta noche no solo marcaba el inicio de su vida en común, sino también el comienzo de una nueva etapa de esperanza y compañía inquebrantable.

La desnudó con delicadeza y ella se arrodilló sobre la cama dejando su torso en un ángulo perfecto de noventa grados. Candela no despegaba su mirada de los ojos claros de Torquemada que destellaban ternura. Su rostro parecía menos anguloso y su sonrisa era la de un hombre descansando. Él también se quitó la ropa y se fundieron en un beso eterno que duró hasta el amanecer.

Al fin los dos sabían lo que era el verdadero amor.

Por la mañana, entre las sábanas frescas a pesar del fragor de la noche, ella le dijo:

—Hoy sé que me amas. Sé que asesinar a Villar fue tu mejor acto de amor.

102

EL ASESINATO

Durante las siguientes semanas, Torquemada dedicaba sus días a trabajar en el periódico, mientras que ella, desde casa, tecleaba sus escritos en una máquina de escribir y buscaba documentación para el libro cuyo título ya habían elegido: *El sumario: el legado de Alfonso XII*. Las noches las reservaban para conversar, debatir los próximos pasos y planificar el viaje que Torquemada deseaba realizar a París. Gracias al sumario que Jenaro Rojas le había proporcionado, sabía que ahora podía llevar su investigación hasta el final.

Este sumario, parcialmente quemado, pertenecía a la demanda contra la reina María Candela de Austria, don Alfonso XIII y otros miembros de la Casa Real española, presentada en representación de D. Alfonso Sanz, quien solicitaba ser reconocido como hijo natural del rey Alfonso XII. El documento constaba de ochenta y ocho páginas que transcribían cincuenta y dos documentos, algunos en francés con su correspondiente traducción al español. Entre estos, se destacaban las cartas privadas entre Alfonso XII y Elena Sanz, numeradas del doce al veintiuno. También se incluían nueve cartas manuscritas datadas entre 1912 y 1915, ocho de las cuales eran del marqués de Borja, con membrete de la Intendencia General de la Real Casa y Patrimonio, dirigidas a D. Eduardo Cobián.

En esos días, Torquemada también se encontró con un camarero francés del Café de París, quien le mencionó que, ahora que la guerra había terminado, era más fácil conseguir información. Lo citó para reunirse pocos días después para proporcionarle más detalles.

Y casi había olvidado el asesinato de Villar hasta que, el 20 de diciembre, en la redacción del diario, el ruido de las máquinas de escribir y los teléfonos creaba una sinfonía caótica que se interrumpió abruptamente cuando Ossorio y Gallardo entró en la sala. Su presencia imponente y su mirada severa provocaron un silencio momentáneo entre los periodistas.

Torquemada levantó la vista de su escritorio, sorprendido por la visita inesperada. Ossorio, con su habitual traje impecable y un semblante grave, se acercó con paso decidido.

—Necesito hablar contigo a solas, Torquemada —dijo Ossorio con voz baja pero firme.

Él asintió, intranquilo, y lo condujo a una pequeña sala de reuniones al fondo de la redacción. Una vez dentro, Ossorio cerró la puerta y se sentó frente a Torquemada, quien notaba cómo la tensión llenaba la estancia.

—¿Qué ocurre, Ossorio? Pareces preocupado —inquirió Torquemada, intentando disimular su nerviosismo.

Ossorio suspiró profundamente antes de hablar, y clavó su mirada en los ojos de Torquemada.

—La policía te está investigando por la muerte de Ricardo Villar. Unos perros han encontrado su cuerpo enterrado en El Retiro. Tú eres el principal sospechoso —reveló, observando atentamente la reacción de Torquemada.

El rostro de Torquemada palideció ligeramente al escuchar el nombre.

—¿Quién? ¿Qué policía me investiga? —preguntó, aunque conocía bien la respuesta.

—Fernández Luna —continuó Ossorio, sin desviar la mirada.

—Es amigo —se defendió Torquemada, su voz apenas un murmullo.

—Es policía, y no tiene amigos si se ha cometido un delito —replicó Ossorio, su tono endurecido por la seriedad de la situación.

Un silencio tenso se instaló entre los dos hombres. Torquemada sabía que la cosa era grave. Si la policía lo estaba investigando por

un crimen tan severo, su situación en Madrid se volvía insosteni-
ble. Las palabras de Ossorio resonaron en su mente como un pre-
sagio oscuro.

Fue en ese momento, con la gravedad de las acusaciones pe-
sando sobre él, cuando Torquemada comprendió que debía tomar
decisiones drásticas. Su carrera, su vida en Madrid, y tal vez su
propia libertad estaban en juego. En su libreta, más tarde esa noche, escribiría la resolución que había tomado en aquel encuentro
tenso: abandonar Madrid lo antes posible.

103

LOTERÍA

El 21 de diciembre de 1918, al intentar entrar en el Café de París, Torquemada estuvo a punto de ser atropellado por una perdigonada de chiquillos que salían disparados, como locos.

—Todavía me quedan números de la lotería, señor —le dijo un granujilla con cara de insomnio.

Torquemada negó con la cabeza, apenado y sin entender muy bien qué ocurría y con los ojos puestos en la espalda. Miró alrededor y se sintió tranquilo por una marea de personas que se congregaba junto al local.

Finalmente, entró y se encontró con el café atestado de corresponsales de prensa de provincias, apretujados alrededor de las mesas, y con un numeroso público de pie. El olor era insoportable y el reportero se llevó un pañuelo impregnado del perfume de Candela a la nariz.

Se hizo paso entre la gente, intentando llegar a la barra donde el camarero francés le había prometido localizar al letrado Labori, pero le resultaba imposible sortear la muchedumbre. La tradicional «cola» que todos los años se formaba en la Casa de la Moneda, a veces con varios días de anticipación al sorteo, ese año se había prohibido y se había instalado un hilo directo en el local. Un inspector y cuatro agentes de la brigada móvil mantenían el orden mientras los niños del Asilo de la Paloma giraban el bombo en la Casa de la Moneda.

—¿Qué pasa aquí? —preguntó Torquemada.

—Que aquí cantan los premios.

Se giró y vio al popular actor Carmelo Bermúdez pidiendo silencio. En la Casa de la Moneda comenzaron a girar los bombos, y el número 47339 fue el primero en salir, premiado con 5.000 pesetas. Poco después, el 23603, premiado con doce mil duros.

—¿Dónde ha caído? —gritó uno de los corresponsales.

Bermúdez esperó la información del hilo telefónico y gritó:

—En Barcelona.

Otro premio de veinticinco mil pesetas salió inmediatamente, también para Barcelona, y el gentío comenzó a quejarse.

—20897 —silabeó el actor y añadió—: También para Barcelona.

Y el efecto fue instantáneo: gente corriendo, pisotones y algarabía.

—¡Que fumiguen al niño del bombo! —gritó un periodista valenciano.

Y más ruido ensordecedor.

Torquemada aprovechó el desorden para acercarse al camarero y preguntarle:

—¿Sabemos algo de mi viaje? Tengo que abandonar Madrid cuanto antes.

—¿Sabe que el número 42242, premiado con 25.000 pesetas, ha ido a Francia?

Torquemada puso cara de extrañeza y contestó:

—No, no lo sabía.

—A finales de noviembre, una señora enlutada se presentó en la Administración de Lotería de la calle Carretas y solicitó ese número. Dijo que un pelotón de soldados en las trincheras francesas se lo pidió y que lo buscó por todo Madrid hasta conseguirlo.

—¿Y eso qué tiene que ver conmigo?

Y, de repente, el actor cantó el gordo.

—5605. Vendido en Linares. Seis millones de pesetas.

Y lo repitió tres veces. El gentío del exterior se aglutinó frente al café. Unos tiraban los sombreros al aire y otros empujaban, separando a Torquemada de la barra. El ruido era ensordecedor y en la calle aumentaban los curiosos.

De repente, el actor anunció:

—47728, dos millones de pesetas a Barcelona.

Y volvieron a comenzar el ensordecedor gentío y las quejas. Así hasta que, de repente, una turba del exterior se apoyó en la vidriera, que estalló.

La calma tardó dos horas en llegar, durante las cuales Torquemada esperó pacientemente a que se recogiese el local y volvió a charlar con el camarero.

—Labori murió en marzo del año pasado.

Torquemada puso cara de pena.

—Pero no desespere. ¿Sabe la viuda que compró los boletos? Era un contacto mío que pudo llegar a París sin problema. Lo espera dentro de tres días en el Café de la Paix.

—¿Quién es?

—¿La viuda? Ya lo entenderá. ¿Cuándo se marcha?

—Mañana.

104

EL VIAJE HACIA LA VERDAD

Al día siguiente, se dirigió hacia la estación de tren para viajar a París, con la excusa de reportear el fin de la guerra mundial. Candela le acompañó y se esperó a verlo partir con un tren con destino a Barcelona para transbordar en el expreso que salía a las dos de la tarde desde la estación de Francia y llegaba a la estación parisina de El Bosque a las nueve y media de la mañana del día siguiente. Temía que al arribar a la ciudad condal lo detuviesen, pero no había expresado sus temores a Candela.

En el trayecto leyó la novela *Los cuatro jinetes del Apocalipsis*, de Blasco Ibáñez, y aprovechó para repasar los documentos que había conseguido en el que denominó, en sus propias libretas, «el último viaje».

«Si en Francia existía algún abogado famoso, ese era Fernand Labori. Nacido en Reims, se hizo famoso durante el juicio a Alfred Dreyfus, oficial de artillería francés de ascendencia judía cuyo juicio y condena en 1894 por cargos de traición se convirtió en uno de los dramas políticos más controvertidos de la historia de Francia. Labori, que finalmente consiguió la absolución de Dreyfus, fue víctima de un intento de asesinato durante el proceso y eso y su técnica jurídica lo catapultaron a la fama que buscaban los hermanos Sanz. Solo Labori podía acabar con el banquero de la reina, y los abogados de Alfonso XII lo sabían», escribió tiempo después Torquemada.

A través de Candela se había hecho con una carta en el Palacio de Oriente que le había escrito en 1916 el diputado a Cortes por Tarragona-Reus-Falset, Julián Nougués, 1916, al abogado Labori.

Estimado colega:

He recibido su carta del día 23, así como otra de nuestros clientes y el letrado Sanz, a los que escribo también. Puede contar por completo conmigo para todo.

Lamento que el planteamiento tan hábilmente orquestado por nosotros haya fracasado, y no puedo imaginarme cuál es la finalidad que estos «palaciegos» se proponen con esta conducta. Según nuestras indicaciones y de acuerdo con el letrado Salmerón, con quien celebré una conferencia, yo redactaré «la demanda».

Ruego al letrado Sanz que me dé una autorización legal con facultad de poder sustituir a «procuradores» para que pueda nombrar yo mismo a uno de mi entera confianza. Le ruego, mi distinguido colega, que acepte mis más cordiales salutaciones.

El tren llegó tarde a Barcelona, donde el frío se cernía sobre la ciudad. La estación era un hervidero de actividad que enmudecía con un pitido de un tren que partía hacia París. Torquemada descendió del tren.

Barcelona era solo una escala, un breve respiro en su camino hacia la verdad. Con paso vacilante, comenzó a deambular por la estación, intentando matar las horas que lo separaban de su siguiente tren. Las sombras de la tarde empezaban a alargarse, y la estación se sumergía en un bullicio de familias que huían de la pobreza.

Fue entonces cuando, entre la multitud, una cara familiar cortó su vagabundeo. La mirada penetrante y la postura firme del comisario Fernández Luna se encontraba a pocos metros de él. Alonso sintió cómo su corazón se aceleraba y el pulso retumbaba en sus oídos.

Sabía que de un momento a otro lo iban a detener por el asesinato de Villar y se llevó las manos a la espalda para que lo engrilletasen.

Durante unos segundos eternos, sus miradas se cruzaron. Fernández Luna lo observó con expresión indescifrable. Alonso esperaba un gesto, una señal para entregarse y que lo condujesen a prisión. Pero, de repente, el policía simplemente desvió la mirada, haciendo ver que no lo reconocía. Negó con la cabeza hacia otros hombres, de corbata estirada y pelo relamido, que lo buscaban por la estación.

Con el corazón aún acelerado, se dirigió de nuevo hacia el tren. El silbato anunciaba la próxima partida hacia París, hacia su futuro. Subió al vagón. Mientras el tren comenzaba a moverse, dejando atrás la estación, Torquemada supo que nunca más podría vivir en España con tranquilidad.

105

PARÍS

Bajo un cielo tenuemente gris, Torquemada puso un pie en el andén de la estación parisina de El Bosque el 23 de diciembre de 1918 y se sintió provinciano. Los hombres vestían levitas, las mujeres trajes vaporosos que dejaban ver sus rodillas, y el periodista llevaba un abrigo que parecía desfasado a pesar de ser nuevo. El ambiente olía a gasolina y sonaba el taf-taf de los automóviles cuando comenzó su recorrido por la ciudad de la esperanza. Quería rehacer el viaje que había hecho Alfonso XIII el 30 de mayo de 1905, cuando atentaron contra su vida y, sobre todo, investigar la detención del banquero del rey Alfonso XIII y su padre en París, así como sus escarceos amorosos en la ciudad del amor.

Durante los últimos meses, Torquemada se había estado documentando sobre aquel viaje de Alfonso XIII, en el que había seguido los pasos de su padre. Ese mismo año, tuvo un hijo con la aristócrata francesa Melanie de Gaufridy de Dortan. Año tras año habían nacido sus hijos: Alfonso (1907), Jaime (1908), Beatriz (1909), Candela (1911), Juan (1913) y Gonzalo (1914). Solo Juan fue un niño robusto y sano. En 1905, tras el nacimiento de Roger con la aristócrata francesa, le siguió Juan Alfonso Milán (1916), nacido de su amorío con la institutriz de sus hijos. Años más tarde, llegarían María Teresa (1925) y Leandro (1926), fruto de su relación con la actriz Candela Ruiz Moragas, sobre la que Torquemada había estado investigando esos años.

Caminó por las avenidas del Bosque de Bolonia, los Campos Elíseos, la Plaza de la Concordia y la calle de Orsay, e imaginó la ciudad engalanada con colgaduras y banderas españolas para recibir a Alfonso XIII doce años atrás. «Veinte mil hombres que parecían un dosel de sombrillas blancas, rojas y azules protegían al rey de la muchedumbre apostada para verle pasar. Las fuerzas de infantería formaban pabellones con sus armas, en grupos, al frente de los cuales estaban sus respectivos oficiales aguardando la llegada del tren regio», habían informado los diarios.

El gobernador militar de París había abierto la comitiva escoltada por la Guardia Republicana para esperar al tren real. Tras ellos, el presidente de la República. La gente había gritado «¡Vive Loubet!» mientras los vehículos de la embajada española los sobrepasaban y se oían los cañonazos de los Inválidos. El rey había descendido del tren y saludado a Loubet entre vivas y aplausos. Luego había recorrido la ciudad a bordo de un Gran D'Aumont, una gran carroza de gala, mirando de izquierda a derecha muy tranquilo. «El rey parecía fijarse en todo, en particular en las mujeres que lo aclamaban durante el recorrido», escribió Torquemada.

En los Campos Elíseos, el rey había reconocido a varios compatriotas que lo saludaban desde los balcones y les había devuelto el gesto afectuosamente, hasta que llegó al alojamiento que le había preparado el Ministerio de Asuntos Exteriores en el Palacio de Quai d'Orsay, donde lo aguardaban las marquesas de Muni y de Viana para saludarlo. «El rey se fumó dos cigarrillos, uno detrás de otro, mientras su ayuda de cámara le cepillaba el traje de gala», le había informado a Torquemada un corresponsal que había cubierto aquel viaje real. «A las cinco lo esperaban los presidentes de las cámaras francesas y Loubet, y aprovechó para despachar con el embajador de España en París». Fue entonces cuando supo que sus hermanastros pretendían su corona.

—Majestad, el abogado más importante de Francia, monsieur Labori, solicita reunirse con usted.

—¿Para qué? —había preguntado Alfonso XIII.

—Hace cinco días, el 25 de mayo, detuvieron al banquero de la reina madre, el mismo que tenía que pagar a sus hermanastros.

Torquemada rumiaba sobre todo aquello mientras andaba, con una pequeña maleta, por las calles de París hacia la pensión que le había alquilado el dueño del Café de París a través de su red de contactos. Caminó por la ancha Avenida de Strasbourg, una vía importante que conectaba la estación con el centro de la ciudad. La calle estaba llena de tranvías y carruajes, y la actividad comercial era intensa. Las tiendas mostraban sus escaparates llenos de productos de lujo al lado de panaderías modestas que apenas podían mantener el pan en sus estantes debido a la escasez.

Llegó al Puente del Arcole, cruzando el río Sena con vistas a la catedral de Notre Dame. El Sena era una vía fluvial esencial para la ciudad, con barcazas que navegaban por sus aguas, y recordó a Candela y lo mucho que le gustaría estar con ella allí. Una vez en la orilla sur del río, se dirigió hacia Saint-André des Arts, una calle bohemia llena de librerías, cafeterías y teatros. Giró hacia la calle Mazarine, en el barrio de Odéon, conocido por su ambiente artístico e intelectual, y sintió que aquel era su sitio. Finalmente, tras dos horas de paseo, llegó a la calle Guénégaud, tranquila y pintoresca, cerca del Instituto de Francia, donde se encontraba la pensión que le habían reservado.

Ya sabía que ese viaje era el punto final de su libro y que lo que ocurriría al día siguiente sería la clave para determinar por qué Alfonso XIII, su madre o el marqués de Borja habían ordenado quemar el Tribunal Supremo. Todo se había desencadenado en el viaje que el rey había hecho a París tres años antes de que Alfonso Sanz lo demandase. Al día siguiente de su salida de la Ópera, un anarquista intentó matarlo con una bomba. El rey se había salvado, pero sería la prensa parisina la que intentaría matarlo civilmente apoyando a los republicanos españoles exiliados en París. Los titulares sobre los hermanos Sanz y su reclamación del apellido Borbón fueron la portada de varios diarios. Su madre, la reina, supo que tenía que hacer algo para atajar las pretensiones de esos dos hijos adulterinos que su marido había tenido en París. Llamó a Luis Moreno de Borja para encargarle que se ocupara del problema. Fue entonces cuando se falsificó el documento sobre la liquidación de bienes que se les había dado a los herederos Sanz.

106

LA PENSIÓN

En 1918, París emergía lentamente de las sombras de la Gran Guerra, una ciudad en el umbral de la transformación. A pesar de las cicatrices dejadas por el conflicto, había un palpable sentido de renacimiento y esperanza en el aire. Las calles de París, una vez ensombrecidas por la incertidumbre y el miedo, comenzaban a vibrar nuevamente con el espíritu indomable de sus habitantes.

Torquemada se instaló en una pensión de la calle Guénégaud, donde no solo encontró refugio, sino una ventana a este fascinante momento de la historia parisina. La pensión, con su fachada desgastada y su interior cálido, era un microcosmos de la ciudad misma: resiliente, acogedora y llena de historias por contar. Dejó la maleta sobre la cama con una colcha de ganchillo, puso las pocas mudas que llevaba en una cajonera de madera desgastada y ordenó sus libretas sobre la mesa. Luego dejó la pensión camino del café de La Rotonde, situado en la encrucijada de los bulevares Raspail y Montparnasse. Este café era más que un simple establecimiento; era un testimonio de la resiliencia y el renacimiento de París. Hablaba con todos los que se cruzaba y les interrogaba sobre política, sobre el futuro y sobre sus costumbres. Comenzó a soñar con una vida mejor.

El café era un hervidero de actividad que se erigía como un bastión de la vida cultural y atraía a una diversidad de almas creativas. Pintores con manchas de óleo en sus delantales, poetas sumidos en fervorosos debates y músicos compartiendo nuevas composiciones. Todos convergían aquí, pues encontraban en La Rotonde un refugio para sus aspiraciones artísticas.

Se sentó a una mesa de madera, desgastada por innumerables conversaciones y proyectos soñados, y observó las paredes adornadas con obras de arte que iban desde lo revolucionario hasta lo abstracto. Pidió un café y tomó notas sobre la reunión que tendría al día siguiente y que iba a ser la clave de esa investigación que ya duraba más de tres años. Pagó y salió al poco camino de Montparnasse para la primera de las muchas citas que iba a tener en aquel viaje.

Durante su paseo, fue testigo de la efervescencia de la vida parisina en la posguerra. «La gente sonríe y la ropa desaparece», escribió. Las calles, con mares de gente que se entregaban a los placeres simples de la vida, como el arte de la *flânerie*, estaban impregnadas de un aire de libertad y renovación. Los *boulevards*, salpicados de luz y color por las tiendas y cafés que comenzaban a recuperar su antiguo esplendor, eran un escenario vibrante para el renacimiento cultural que se gestaba.

El encuentro con Pablo Picasso frente a Notre Dame, que tan bien relatan sus libretas, añadió otra capa de profundidad a la experiencia de Torquemada. La catedral, erguida con dignidad a pesar de las adversidades sufridas a lo largo de los siglos, simbolizaba la tenacidad y la esperanza de París. La majestuosidad gótica de Notre Dame, que contrastaba con el cielo cambiante, era un recordatorio de que, incluso en los momentos más oscuros, la belleza y la grandeza perduran.

Hacía pocos días, el 9 de noviembre, que el amigo de Picasso, Guillaume Apollinaire, había fallecido de gripe española en su apartamento del bulevar Saint-Germain y, quizás por eso, lo encontró abatido y no «en plena efervescencia sexual», como el resto de la ciudad. De su reunión con Picasso, Torquemada escribió: «Me cita en Notre Dame porque es el símbolo de todo lo que es París. "*La grandeur* republicana de París, la tienes delante, Alonso"», le dijo el pintor, y escribió en sus libretas: «Modernidad, belleza y luz. El símbolo de la resistencia que sobrevivió a la guerra, igual que había sobrevivido a la Revolución Francesa, a pesar de que perdió varias estatuas que los parisinos creían que representaban a los reyes franceses. Sufrió incendios durante la Comuna de París; presenció la autocoronación de Napoleón Bonaparte y, a pesar de todo, su belleza ilumina la ciudad».

Aquella noche, durmió creyendo que un mundo mejor estaba por llegar y escribió a Candela una carta que nunca le envió: «Querida mía, París es el centro del mundo. En esta ciudad confluyen la grandeza y la monumentalidad con lo artificial de tal forma que uno solo piensa en pasear por sus calles con la mujer que ama. Te echo de menos de tal forma que me duele. Mañana es el día. Siempre tuyo. Alonso».

107

EL BANQUERO DE LA REINA

—Aquí está usted, el periodista rebelde —lo recibió al día siguiente una mujer misteriosa, vestida de negro, en la terraza del Café de la Paix, al lado de la plaza de la Ópera.

Torquemada miraba a su alrededor con asombro; el aroma del café recién hecho y la música de un piano de cola que sonaba suavemente en el fondo lo hicieron sentirse en el cielo. Los techos altos estaban adornados con elaborados frescos y molduras doradas, mientras que grandes espejos y candelabros de cristal añadían un toque de sofisticación y brillo. El suelo estaba cubierto con elegantes mosaicos y las paredes ostentan paneles de madera oscura y terciopelos ricos, complementados por lujosos cortinajes. Las mesas de mármol, rodeadas por sillas de terciopelo y madera tallada, estaban dispuestas de manera que los clientes pudieran disfrutar de las vistas del bullicioso boulevard des Capucines.

—Gracias por recibirme —contestó Torquemada.

—Gracias a usted. Espero que consiga finalizar lo que mi jefe empezó y que en este mismo café se pactó: cómo acabar con Alfonso XIII.

—Entonces usted es…

—La secretaria y asistente de Ferdinand Labori.

El periodista sonrió.

—Comencemos el relato, entonces —dijo Torquemada.

—Pidamos antes, si le parece bien —dijo ella—. ¿Un vasito de absenta?

Él sonrió.

—Por mí, no, gracias —contestó—. Un café estará bien.

La mujer de pelo oscuro y mirada tierna pidió al camarero, que volvió a los pocos minutos. Mientras tanto, habían hablado de política y de cómo se veía a España, dormida y lenta, desde París. El camarero les sirvió, y fue ella quien tomó la delantera y comenzó a hablar.

—Cinco días antes de que llegase Alfonso XIII a París, en mayo de 1905, el magistrado Boucard y el jefe de seguridad del Tribunal de Siena, señor Hamard, junto a numerosos inspectores, desembarcaron en la sede del banco parisino de Prudencio Ibáñez Vega al que, tanto en su país como en Francia, se conocía como el banquero de la reina. Los hermanos Sanz habían demandado al banquero para conseguir el millón de francos que consideraban que la Familia Real española les debía, y mi jefe fue quien interpuso una querella contra él. —La mujer hizo una breve pausa—. No era la primera vez que alguien demandaba al banquero por abuso de confianza. Lo había hecho con anterioridad un tal José Antonio Moreno, pero Ibáñez Vega se había salvado por sus contactos con la Familia Real española.

—Tiene usted razón —la interrumpió Torquemada—. En mis investigaciones he sabido que en 1879 la reina Isabel de Borbón y Borbón le había otorgado un poder para que percibiese de la Comisión de Hacienda de España, en París, la cantidad que el Estado español le tenía asignada. También le había hecho un préstamo personal de dos millones de francos que la reina tenía de la herencia de su madre Candela de Borbón Dos Sicilias, préstamo que la reina canceló ese mismo año.

—Así es, señor Torquemada, pero parece ser que Ibáñez era algo manirroto. Llevaba una vida de gastos sin fin. Su último pago a los hermanos Sanz lo remitió con gran retraso... Déjeme ver... —dudó mientras consultaba unos papeles—, el 12 de marzo de 1905. Sí, aquí está —añadió poniendo su dedo sobre una especie de recibí—. Mil cuatrocientos francos.

—¿Y la querella que puso su jefe, monsieur Labori, contra el banquero? —preguntó Torquemada.

—Se ganó, como todo lo que hacía mi jefe. Ibáñez compareció en el Tribunal de Sena para responder dónde estaban los títulos que correspondían a los hijos del rey. Todo estaba en el testamento de Elena Sanz. Aquí lo tiene —dijo, y le tendió un papel que Torquemada leyó de forma pausada.

Declara en descargo de su conciencia que, por consideración que creyó debida al padre de sus hijos Alfonso y Fernando, guardó reserva respecto de la paternidad de estos, y se prestó después de muerto aquel a aceptar una solución en la que intervinieron respetables personas, alguna ya fallecida y conocidas las que viven de sus hijos, solución que implicaba un personal desistimiento a reclamar los derechos de estos y señaladamente de Alfonso. Hecha esta declaración que responde a una sagrada imposición de su conciencia, recomienda a sus hijos que, si se decidiesen a ejercitar los derechos que les asisten, no lo hagan sin aconsejarse previamente de las personas que mediaron en la solución aludida o, en defecto de estas, de otras personas de recto y elevado criterio.

—¿Y qué declaró Ibáñez? —preguntó el *reporter* tras tomar notas del testamento de Elena Sanz.

—Que hacía ya diez años que no quedaba nada de los títulos depositados. Pero no pudimos hacer más, porque los hermanos Sanz necesitaban el dinero y pactaron con el banquero a cambio de retirar la querella. Recibieron 300.000 francos en bienes y títulos de una sociedad de ferrocarriles. Poco después sabrían que aquello no valía nada.

—¿Y están seguros de que Alfonso XIII sabía todo esto en 1905? —preguntó el periodista.

—Monsieur Labori viajó a San Sebastián en 1906 y pidió una entrevista con el rey, que se negó a recibirlo porque ya había sido informado del asunto un año antes y no quiso tomarlo en cuenta. Pero lo peor ocurrió al año siguiente —dijo la empleada.

—¿Lo peor?

—En abril de 1907, el abogado Julián Nougués hizo saber a los hermanos Sanz que todo estaba arreglado y que iban a recibir su fortuna. El abogado de la Familia Real les pidió que viajasen a Madrid. Los hermanos no tenían dinero, pero consiguieron un préstamo y, cuando llegaron a España, les dijeron que Montero ya no representaba a la Familia Real, y entonces fue cuando presentaron la demanda en el Tribunal Supremo. Solo por eso se inició la demanda, señor Torquemada; porque el rey o su intendente, el marqués de Borja, los engañó.

—¿Entonces descarta usted el chantaje? —preguntó el *reporter*.

—Sí, por supuesto. Monsieur Labori jamás lo hubiese permitido. En el proceso que se siguió en el Tribunal Supremo español, los abogados del rey presentaron un documento falso.

—Documento del que no hay copias porque el original se quemó en el incendio de 1915.

—Yo tengo una —dijo la secretaria, llevando su mano hacia el maletín que descansaba al lado de sus pies.

Y, de repente, todo se iluminó alrededor de Torquemada. Al fin alguien le hablaba de ese documento del que había oído hablar la misma mañana del incendio del Tribunal Supremo y del que supuestamente nadie guardaba una copia.

—Aquí lo tiene…

Se trataba de una liquidación sobre lo que Ibáñez había pagado a los hermanos Sanz que, obligados por las circunstancias, habían firmado.

París, febrero 25 de 1904.

SR. D. FERNANDO SANZ MARTÍNEZ DE ARIZALA.
París.
Su cuenta con P. Ibáñez Vega.
A saber:

Liquidación de sus haberes ajustados a la fecha de hoy, 25 de febrero de 1904, en que entra en su mayor edad, liquidado hoy como sigue:
Valor de pesetas 17.000 (diecisiete mil) de Renta Interior de España 4 por 100, al tipo 72,50 por 100, hacen 307.525,50 pesetas liquidadas, y que al cambio F. 3,59, son francos. A deducir: Importe de la cuenta corriente cerrada hoy por préstamos y adelantos diferencia a su favor, francos 218.802,9599.798,00119.004,95.

108
SE SABE TODO

—Incluso durante la tramitación del proceso, en el Tribunal Supremo engañaron a los hermanos Sanz. Cuando la sentencia todavía no se había pronunciado, el conde de Romanones, su actual presidente, les pidió tranquilidad, y que tras la sentencia arreglarían las cosas. Y entonces... el abogado español de los hermanos Sanz, Nicolás Salmerón, murió —dijo ella, y le tendió un documento a Torquemada.

—¿Puedo copiarlo?

—Como guste.

Torquemada copió en su libreta ese documento que el propio Luis Moreno de Borja había enviado a Prudencio Ibáñez:

> *Intendencia de la Real Casa y Patrimonio*
> *Excmo. Sr. D. Prudencio Ibáñez Vega.*
> *San Ildefonso, 5 de septiembre 1889.*

> *Mi muy estimado amigo:*

> *Con su última atenta carta, fechada el 12 de agosto pasado, duplicada, por extravío de la primera, ha llegado a mis manos el recibo del depósito de treinta y un mil francos de Renta exterior de España, constituido por mí en poder de usted, así como la numeración de los títulos que forman dicho depósito. Y para que en ningún tiempo pueda surgir duda alguna acerca de la*

naturaleza del mismo y de las condiciones en que lo constituyo, debo declarar:

1.° Que el depósito responde a los fines expresados en la escritura de 13 de abril de 1886, otorgada por el Sr. D. Fermín Abella (que en paz descanse) con la concurrencia del señor D. Rubén Landa.

2.° Que mientras por parte de los interesados se cumplan las condiciones establecidas en dicha escritura, yo me comprometo a cumplir las que a su vez se impuso D. Fermín Abella.

3.° Que la renta que produzcan los valores depositados se continuará entregando, como hasta ahora, a la misma persona a quien la escritura se refiere.

Y 4.° Que el día en que yo fallezca se considere sustituido en todos mis derechos y obligaciones al Excmo. Sr. D. Alejandro Pidal y Món, facultando al Sr. D. Prudencio Ibáñez Vega, ó a quien lo represente, para que, una vez ocurrido mi fallecimiento, pasen los valores a nombre del referido D. Alejandro Pidal y Món, sin intervención alguna por parte de mis herederos y testamentarios.

Reiterando a usted mis más expresivas gracias por su amabilidad, se repite suyo afectuosísimo amigo s. s. q. b. s. m.,

LUIS MORENO.

—Entonces... Ibáñez engañó a los hermanos Sanz y Luis Moreno lo sabía, y a pesar de ello aportó el documento con la liquidación falsa en el procedimiento judicial que se sustanció en el Tribunal Supremo —dijo Torquemada.

—Así es, y no se habría podido probar hasta que la Justicia francesa actuó y detuvo al banquero, que se vio obligado a firmar un contrato por el que otorgaba a los hermanos Sanz unas acciones que, a la postre, también resultaron falsas.

—Y todo ello lo sabía el rey.

—Labori había viajado a Madrid el 14 de diciembre de 1905 para informar de todo lo ocurrido a la Familia Real. Los títulos depositados en nombre del rey, que ya habían desaparecido, valían setecientos mil francos, de los que Ibáñez había entregado pocos. Nada pudo hacer hasta que el 20 de diciembre de 1905 se habían reunido Nicolás Salmerón, el señor Labori y el señor Sanz en este mismo Café de la Paix, donde habían pactado encargar a Julián Nougués una demanda contra el rey Alfonso XIII. La demanda de 1908, cuya contestación por parte de los abogados del rey contenía documentos falsos que se quemaron en el incendio del Palacio de las Salesas —dijo ella.

—¿Hubo más contactos entre ustedes y la Familia Real?

—En 1911, un amigo de la familia Sanz contactó con el marqués de Borja. Parecía que nuevamente se iba a arreglar todo —dijo ella.

—Eso fue solo cuatro años antes del incendio.

—Así es.

—¿Y qué les dijo? —le preguntó Torquemada.

—Les preguntó qué pensaban hacer, y ellos respondieron que habían hecho todo lo humanamente posible. Nueve años de reclamaciones, cinco abogados, diecinueve viajes a España y todos sus recursos económicos consumidos. Y un intermediario les dijo que él mismo haría llegar la información al gobierno, algo que ocurrió el 16 de junio de 1911.

—¿Canalejas los ayudó? —preguntó extrañado Torquemada.

—No, pero los citó para tiempo después. Le ahorraré los tiempos, pero finalmente la cita se produjo el 14 de diciembre de ese año 1911 y el intermediario le entregó la siguiente misiva para Alfonso XIII.

A S. M. Don Alfonso XII
Rey de España

Señor:

Tengo el honor insigne de solicitar de vuestra Real benevolencia una corta audiencia, con el objeto de exponer a V. M. lo que sigue:

Los hermanos Sanz han sido despojados de una fortuna en títulos, depositados para ellos en nombre de V. M.

Por medio de cuentas falsas y de un activo sin valor entregado a cuenta, se ha hecho creer a V. M. y a la opinión que el pago de esos títulos había tenido lugar. El hecho es materialmente inexacto. Los defraudadores han guardado la fortuna y los hermanos Sanz están sin recursos.

V. M. no querrá dejar perpetrarse acto semejante. Le suplico, por consiguiente, se digne concederme la audiencia que solicito, bastándome pocos instantes para probar lo que en esta carta expongo.

Dígnese V. M. aceptar mis homenajes lo más profundamente respetuosos.

F. LECONTE
Madrid, 14 diciembre 1911.

—¿Y qué ocurrió? —preguntó Torquemada.

—Que Canalejas, dos días después, hizo que su secretario, un tal Zancada, devolviese la carta sin respuesta.

—Y justo un año después, Canalejas fue asesinado —afirmó el periodista.

—Así es. Y los hermanos Sanz publicaron el libro por el que Luis Moreno de Borja se querelló y el abogado Pablo Bergía acabó detenido. Aquí tiene una carta que Jorge Sanz escribió en 1913 a *maître* Labori.

París, 3 de abril de 1913

Estimado señor Labori,

Le remito el libro (con su traducción al francés) en el que he abordado, con los detalles que se conocen, el robo de la fortuna de mis hermanos.

Sería muy largo contarle aquí todas mis peregrinaciones durante los últimos dieciocho meses; nuestro procedimiento en Madrid y por la ruina brutal del amigo que nos ayudaba, este libro era necesario.

En efecto, allí nos hicieron creer que no se había producido ningún robo, que Ibáñez era como un santo y que con los 300.000 francos (en títulos «basura»), que había entregado a uno de los dos hermanos, los dos quedaban pagados.

Mañana vuelvo a partir hacia Madrid, para exponer esta infamia ante los tribunales. Y como el rey, la reina, etc., tendrán que comparecer, tendrá lugar una explicación completa. Pero de todo ello se deriva que cometimos un gran error al dejar escapar al banquero.

Para él, habría supuesto el Tribunal de lo penal y para mis hermanos, como parte civil, el reembolso obligado por parte de los responsables, de manera conjunta y solidaria. Pero esto requería varios meses y también varios francos. En cambio, desde entonces, se trata de una acción civil, la cual requiere un gasto de dinero que nunca hemos tenido. Es posible que esta vez obtengamos una solución, ya que se aclarará todo por la vía judicial. En caso contrario, nosotros recurriremos inmediatamente a los tribunales franceses, como podamos y siguiendo sus consejos.

Le recuerdo que la suma robada representa hoy en día más de novecientos mil francos, que mis hermanos han conservado todos sus recursos civiles contra el banquero, el administrador y el rey; que la transacción con Ibáñez era esencialmente condicional y que Fernando Sanz no la aceptó por insuficiencia notoria de activo. Tengo los valores que representan este dinero a disposición de a quien pueda interesar.

Por otra parte, los tribunales franceses ya han intervenido y han pronunciado su sentencia ejecutoria, que permitió descubrir el robo. Y al final, aparte del intendente y la reina regente, Alfonso XIII civilmente responsable, como jefe de la familia real, ante la Justicia francesa no es más que un simple particular. Fue en esta condición que recurrió a ella para obtener la herencia que un loco le dejó en Saint Gaudens.

No puede ser particular para cobrar y rey para no pagar. El proceso emprendido por Alfonso en España no fue más que un simple incidente de esta lucha que ya hace diez años que dura. No tiene nada que ver con el robo del depósito y las compensaciones necesarias.

No he querido molestarle, distinguido letrado, antes de que fuera necesario. Además de que he estado ausente y que todos hemos tenido grandes preocupaciones de todo tipo, sé lo muy ocupado que está usted y sé hasta qué punto su tiempo es precioso.

Pero, sin embargo, mañana por la noche me gustaría poder verle unos instantes. En efecto, puedo dar una respuesta de su parte a Monquès y al diputado republicano Soriano, que elevará esta cuestión a las Cortes. Asimismo, usted me dirá si en presencia de esta situación puedo hacer referencia a la confesión escrita del banquero, que usted ha conservado.

Por tanto, sería usted tan amable, distinguido letrado, de indicarme a qué hora usted podría concederme unos instantes y sírvase considerarme su seguro servidor.

109

BLASCO IBÁÑEZ

El encuentro tuvo lugar al día siguiente, en la encantadora vivienda del novelista, situada en la histórica calle Surènes de París, un rincón sereno a la sombra del imponente Ministerio del Interior. Al entrar en su despacho, bañado por la suave luz del amanecer, uno no podía evitar sentir una inmersión completa en la esencia de España, a pesar de la notable presencia de las obras completas de Shakespeare compartiendo espacio con la inmortal obra de Cervantes, *El Quijote*. Era un lugar donde, curiosamente, cada detalle, cada libro, cada mueble, parecía contar su propia historia, tejida entre los hilos del tiempo y la cultura.

La conversación inició con una cordialidad que trascendía lo formal, marcada por el intercambio de saludos entre viejos amigos:

—¿Cómo le va, Alonso? —preguntó el anfitrión con una sonrisa sincera, su voz teñida de una leve melancolía.

—No mejor que a usted, supongo —respondió el visitante, con un tono que reflejaba una mezcla de resignación y camaradería.

No se veían desde hacía años, justo en los días posteriores al incendio de las Salesas. El novelista, con un gesto de mano que invitaba a tomar asiento, continuó:

—Así es, amigo mío. Soy socialista de corazón, pero el inesperado éxito de mis novelas me ha colocado en una posición peculiar. Aunque mis convicciones siguen firmes, la ironía de la vida ha hecho que ahora esté en capacidad de ofrecer empleo a aquellos que una vez me expulsaron de nuestra querida España.

Hizo una pausa, como saboreando la dulce ironía de su situación, antes de compartir una anécdota que ilustraba a la perfección el surrealismo de su nueva realidad:

—No hace mucho, una duquesa, despojada de su anterior gloria por los vaivenes de la fortuna, vino a ofrecerse como cocinera en mi hogar. Le confieso que acepté no solo por no herir su orgullo, sino también porque, he de admitir, disfruto de los placeres de una buena mesa.

—Madrid, en cambio, sigue igual, sin fortuna.

—Lo sé. Pero, ¡dígame!, ¿cómo va su investigación? Recuerdo que le di varias pistas. La primera, si no recuerdo mal, fue la del estafador de nombre Isidoro Pedraza de la Pascua.

Torquemada asintió mientras sacaba su libreta de notas y comenzaba a relatarle todo lo que había sabido en aquellos años. A Pedraza lo había descartado al comprobar que no ganaba nada incendiando los sumarios que le afectaban, ya que sus problemas con la Justicia eran de sobra conocidos y, a pesar de ello, seguía siendo del círculo de amigos de Alfonso XIII.

—Y me dice que lo descartó porque si se quemaban los expedientes también se quemaba un sumario que lo convertía en insolvente.

—Así es, maestro, Pedraza necesitaba seguir siendo insolvente porque se le acumulaban las demandas. Igual que cuando me habló del sumario Garvey, nadie ganaba nada quemando un sumario cuando la Justicia ya había dejado claro que la hacienda española tenía que devolver el dinero…

—¿Y la dama que consiguió alquilar su edificio para alojar la Audiencia? —preguntó Blasco Ibáñez.

—Fue la más beneficiada, pero la descarté al comprobar que fue renuente a alquilar el edificio y que no ganó mucho más de lo que ingresaba alquilándolo piso a piso.

—¿Y a quién más tuvo usted en el punto de mira?

—A un violador al que pude descartar, al marqués de Cerralbo…

—¿Al jefe de los carlistas? —preguntó Blasco, intrigado.

—Así es. Se hizo con material robado del palacio, pero nunca lo mandó quemar. Igual que a un pobre desgraciado que se quemó tras haber robado y escaparse a través de un pasadizo secreto que los borbones habían hecho construir en el subsuelo.

—¡Qué familia más genial! —exclamó Blasco Ibáñez, y añadió—: Entonces solo queda una persona por descartar, ¿verdad?

—Así es. El rey o su entorno...

—¿Y cómo lleva su investigación?

—Casi acabada. En cuanto vuelva a Madrid sabré si hay caso o no.

110

PABLO BERGÍA

C on los documentos que le había facilitado la empleada de Fernand Labori en París, Torquemada se dirigió hacia España. Sabía que no debía volver ya que se arriesgaba a ser detenido por el asesinato de Ricardo Villar, pero con la verdad en su cabeza le fue imposible resistirse.

En el tren se sintió espiado como tantas veces le había ocurrido, pero algo le dijo que aquel día iba a morir. Corrió entre vagones y se sentó de forma aleatoria, observando caras y gestos, cuando recordó que hacía pocos días había asesinado a un policía que, aunque corrupto, estaba protegido por un sistema tan carcomido como él. «Me siguen de nuevo», escribió.

Ya sabía que, si alguien había hecho quemar el Tribunal Supremo, se debía a una conspiración que intuía relacionada con la realeza, porque el intendente de la Casa de Su Majestad y los abogados de Alfonso XIII habían mentido en el proceso de 1908. Finalmente localizó un lugar en el tren desde donde divisaba quién entraba y salía, y recordó las últimas frases de su conversación con la empleada de Labori.

A su llegada a Madrid, se reunió con Pablo Bergía y le explicó que el documento que se presentó en 1908 con la declaración de Prudencio Ibáñez era falso y que podían reabrir la investigación e interponer una querella por falsedad documental.

—¿Falso?

—Criminalmente falso. Prudencio Ibáñez no convirtió los títulos de Deuda Exterior que al principio tenía en su poder en Deuda

Interior. Fernando Sanz creía firmemente que, en efecto, era cierta aquella conversión y que Ibáñez se había encontrado en la absoluta obligación de efectuarla, por negligencia de la Real Casa, única depositante. He ahí la causa de encontrarse su firma en la conformidad del expresado documento.

—¿Cómo?

—El mecanismo fue muy sencillo: imputándoles las cantidades que recibían en concepto de adelanto y por la diferencia que existía entre la renta de papel Interior y la que debían de haber recibido, de no haber soportado ellos aquella conversión. Así se llegaba a la conclusión de que en un momento no lejano se habría consumido todo el capital de Fernando, y que este, por lo menos, aparecería como pagado de toda su fortuna, sin haber, realmente, recibido un solo céntimo del capital.

—Entretanto, la renta de Alfonso seguía secuestrada por orden del intendente, que todavía el 29 de mayo de 1904 reiteraba a Ibáñez sus órdenes de retirar el depósito.

—Así es.

—Y ese documento, tal y como me dijo Aldecoa, se presentó en 1908 por la defensa de Alfonso XIII. Y ya sabían que Labori preparaba una querella por falsedad documental, pero murió antes de poder hacerlo. Y lo supieron cuando la Justicia francesa detuvo a Prudencio Ibáñez.

—No me fastidie... —dijo Bergía.

—Así es, lo detuvieron y lo reconoció todo en el juzgado.

—Y si se quemaba el Tribunal Supremo se quemaban las pruebas..., ¿eso me quiere decir? —preguntó el abogado al periodista.

—Así es.

Al día siguiente, Torquemada desapareció.

Se habló de un asesinato, de una desaparición voluntaria e, incluso, de un suicidio. Llevaba consigo los documentos que creía que serían la muerte civil de Alfonso XIII junto con el documento falso que supuestamente había perecido en el incendio de 1915. Lo único cierto fue que parte del material que había reunido en ese viaje a París se esfumó, como si un nuevo incendio hubiese golpeado la vida del periodista rebelde.

EPÍLOGO
PALABRAS DEL AUTOR

E s cierto, el Palacio de Justicia ardió en 1915. También es cierto que la prensa dudó sobre la duquesa de Pinohermoso y que Pablo Iglesias elucubró sobre los vínculos del caso Garvey con el incendio. Los chismorreos mediáticos también se centraron en V.C., un preso acusado de violación. Las verdaderas dudas surgen cuando, años después, aparecieron cuadros que supuestamente habían perecido en el incendio, algunos creyeron que para proteger al pretendiente al trono español. Un delincuente, real como la vida misma, Ángel Romero, pintó durante su estancia en prisión un cuadro que ahora se expone en el museo carlista.

Es igualmente cierto que el catedrático Jiménez de Asúa, quizás uno de los abogados más brillantes de principios de siglo, interpuso en 1932 una querella contra Su Majestad, el rey Alfonso XIII, por falsedad documental. Se quejó de que no se pudo probar la paternidad de los hijos de Elena Sanz y lo que la Corona adeudaba a sus clientes, los hermanos Sanz, porque el documento original de la liquidación se había perdido en el incendio del Palacio de las Salesas.

Igual de innegables son las cartas de amor de Elena Sanz, que he conseguido a pesar de que deberían haber perecido en las llamas. También conseguí en una subasta de manuscritos antiguos la causa 326 de 1908, a medio quemar, que debería haber desaparecido aquel día. Entre los legajos que localicé estaban los originales de los documentos anexos a esta novela.

Elena Sanz, sus hijos y los amoríos con Alfonso XII son, por tanto, también muy reales. Tan ciertos como lo es el chantaje de 1886 y los pleitos de Luis Moreno de Borja contra el editor de *El País*. Al igual que la detención del abogado Pablo Bergía, que defendió la libertad de prensa, que es tan real como española.

Maître Labori fue, también, una persona de carne y hueso, y defendió a los hermanos Sanz y al capitán Dreyfus y consiguió el procesamiento del banquero real. Lo mismo ocurrió con Isidoro Pedraza, quizás uno de los primeros estafadores españoles que vivió como quiso, y no siempre al lado de la ley.

A Luis Moreno y Gil de Borja, abogado e intendente de la Casa Real, nunca se le ha vinculado con ninguna corruptela. Así que tómense como una licencia literaria su descripción y piensen siempre que solo lo que se puede probar, existe.

También es un personaje histórico el espía francés Joseph Denvignes, quien fue enviado a Madrid en 1916, donde accedió sin dificultad al entorno aristocrático de Palacio. Y Odette Florelle, una bailarina, encontró una documentación que contenía cartas dirigidas al exministro de Asuntos Exteriores Jean Louis Barthou y al ministro de Marina Georges Leygues, describiendo las conversaciones secretas entre el general Denvignes y Alfonso XIII. Pero nada de esto tiene que ver con el incendio de las Salesas.

Existieron también otros personajes históricos que han aparecido en el libro, como los magistrados José María Ortega y Aldecoa o el director de seguridad Méndez Alanís. También los testigos del siniestro, Terroba y Blas Santamaría; así como el bombero Julián Martínez, que casi murió aquel fatídico día. El camarero del Café de las Salesas, el crimen del señor Ferrero, la detención de Nilo Sáinz ocurrieron tal y como se las he narrado, también el policía que los detuvo, Francisco García Gómez, aunque este nunca amenazó a Torquemada. Es cierto también cómo ocurrió el crimen de «Blanca» y el "asesinato de la calle Alcalá". Pero no existe Ricardo Villar, aunque haya policías que se asemejen a él.

Tampoco existe Alonso Torquemada, que es producto de mi imaginación. Como también lo son Madame Celestina, Manolo

Barroso, Jenaro Rojas y Juanito. No busquen paralelismos, porque todos ellos son una mezcla de terceras personas a las que conozco y se han cruzado por mi vida. Las libretas de Torquemada son, por tanto, una licencia literaria, producto de la mezcla de diversos documentos que he ido adquiriendo en subastas y archivos históricos durante estos años y que me han ayudado a reconstruir este suceso de la historia española.

Por último, debo señalar que no existe Catalina, aunque el día de la boda de Alfonso XIII se produjo el atentado que se describe en la novela. En cuanto a la joven periodista cautivadora llamada Candela y la lenguaraz Clara de Osuna son personajes inspirados en varias personas que conozco, ellas podrían ser la «C» a la que Torquemada hubiese dedicado el libro y, por eso, es también un juego de palabras y una licencia literaria. Mientras escribía la novela yo también he conocido a varias «C» y en ellas me he inspirado, para dar vida a alguno de los personajes ficticios que recorren estas páginas, como también en otras mujeres con las que he tenido el placer de coincidir en estos años.

Sobre el origen del fuego, solo tengo que decirles que en la vida únicamente existe una verdad: la judicial. El resto son interpretaciones de un mismo problema, pero si un tribunal fija los hechos, nadie, salvo otro juez, puede poner en duda las certezas de su relato. Y el sumario 13/1915 es claro: el fuego fue fortuito. Que existiesen tres focos fue algo inusual y hoy en día sería objeto de una investigación más profunda. Pero debemos quedarnos con la verdad que el magistrado Félix Jarabo estableció tras una investigación del policía Ramón Fernández Luna, que también son personajes reales.

Además, debo señalar que no es el único incendio que hizo desaparecer las cartas de amor que hoy les dejo aquí reproducidas. En 1976, en Connecticut (Estados Unidos), la nieta de Elena Sanz sufrió un extraño incendio donde se quemaron un álbum de fotos de sus abuelos Alfonso XII y Elena Sanz junto a otras cartas de amor. Es, también, otra curiosidad que el albacea del testamento que dejó los cuadros legados al Museo Cerralbo fuese Félix Jarabo, el magistrado que dictaminó sobre si el incendio había sido fortuito o provocado.

Asimismo, es cierto que el 4 de mayo de 1915 murió el secretario del Tribunal Supremo, José María Armada, por su fiel sentido del deber y que hoy en día se cree que es un fantasma que continúa caminando por el subsuelo del Tribunal Supremo. Espero que tras este libro descanse en paz y los magistrados lo dejen de escuchar mientras vaga por el edificio.

Mientras eso ocurre, o para que deje de ocurrir y nadie escuche al fantasma de las Salesas, sería bueno que se cumpliese con la Real Orden que tras el incendio se publicó y nunca se ha llevado a cabo:

La nobilísima conducta del señor Armada, que durante el siniestro del Palacio de Justicia de esta Corte y en los momentos de mayor riesgo, en aras al cumplimiento del extremo deber, realizó actos extraordinarios de abnegación y sacrificio hasta perder generosamente la vida, es ejemplo que debe ser perpetuado para modelo y enseñanza de todos los ciudadanos, y en especial de aquellos que como él desempeñan funciones públicas.

De la gloria que conquista quien procede como el señor Armada, participa la colectividad o la institución que le cuenta en su seno, y es manera de obligar a toda aquella a seguir la senda de la virtud y del deber, la iniciativa y el esfuerzo sublime de uno de sus miembros, por lo cual los actos como los del digno secretario de Sala del Supremo contribuyen a labrar el porvenir y la grandeza de la patria, grandeza que tiene por base esencialísima la firmeza de la voluntad en el cumplimiento de todas las obligaciones ciudadanas.

Desertarían de las suyas los poderes públicos si no hicieran resaltar esos hechos insignes y dejando de recompensar decididamente incurriesen en grave injusticia social y privasen de fecundos estímulos a los espíritus que tendiese a imitar tan altos ejemplos.

Deseando, pues, SM el rey (q.D.g) contribuir a perpetrar hechos tan insignes, y honrar la memoria esclarecida de un ciudadano que no volvió la espalda a la muerte, por cumplir con su deber, se ha dignado disponer que al ser restaurado o edificado de nuevo el

Palacio de Justicia de esta Corte, se coloque en él, en sitio preferente, una lápida con el nombre del señor Armada, y una inscripción que relate en compendio el hecho que ha de conocerse.

De Real Orden le comunico a VE para los efectos consiguientes.

Dios guarde a VE muchos años.
Madrid 12 de mayo de 1915.
Excelentísimo presidente del Tribunal Supremo.

El día que leí ese documento, abrí el ordenador y taché el último nombre:

- El entorno del rey Alfonso XIII, para evitar la reclamación de filiación por un hijo extramatrimonial de su padre, el rey Alfonso XII.
- Isidoro Pedraza de la Pascua, para eliminar el sumario que lo vinculaba a fraudes económicos y que lo hacía parecer un delincuente frente a la compañía de seguros a la que reclamaba un millón de pesetas.
- La duquesa de Pinohermoso, para así alquilar su vivienda de la calle Amor de Dios como sede temporal del Tribunal Supremo.
- El servicio secreto español, para no devolver a la familia Garvey cinco millones de pesetas.
- Un presidiario que esperaba a ser juzgado en los calabozos del Tribunal Supremo.
- El marqués de Cerralbo, que mostró interés en un cuadro que supuestamente había desaparecido en el incendio y que, además, tenía en su Palacio la barandilla del antiguo Palacio-Convento de las Salesas Reales de Santa Bárbara de Madrid.

Porque Alfonso XIII, con sus luces y sus sombras, jamás mandó quemar el Palacio de las Salesas.

Este libro se ha realizado gracias a las siguientes personas e instituciones: los bibliotecarios del Tribunal Supremo, los archivistas de la Biblioteca Nacional y el personal del Archivo Histórico Nacional, del Archivo General del Palacio Real, del Archivo del Museo Cerralbo, del Archivo de la Administración, del Archivo de la Universidad de Navarra y de mi asistente, Eva Gómez, que durante todo el proceso de investigación para este libro me ayudó a conseguir los documentos que he utilizado en la fase de documentación.

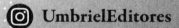
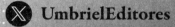